Die Tasche

Für Helga

Besonderen Dank für ihre Rolle beim Entstehen des Buches
spreche ich den Mitarbeitern der Augenklinik Universitätsallee in Bremen aus,
insbesondere der „Mitte".

Gestaltung und Foto: Bernd Eickhorst
Korrektorat: Andrea von Wackenitz
Druck und Bindung: CPI - Clausen & Bosse, Leck
Printed in Germany 2009
ISBN 978-3-9812936-0-9

Martin Grotjahn

Die Tasche

tom EICKHORST

Shanghai März 1945

Joseph lag draußen auf der Terrasse in Decken gehüllt. Ein warmer Frühlingswind wehte. Seine Haushälterin hatte ihm eine Bambusliege herausgestellt. Ihren bestürzten Blicken konnte er entnehmen, wie schlimm es um ihn stand. Seine Arme und Beine waren schon von dem kaum merklichen Zittern befallen. Das war der Anfang der Zerstörung seiner Person und seines kurzen Lebens.

Was nützten ihm jetzt noch die Vorwürfe, die er sich machte.

In dem großen Wasserbecken, in dem er seine Forellen und Karpfen züchtete, waren normalerweise um diese Zeit im März noch keine Wasserschlangen aktiv, ein simpler, auf seine Unvorsichtigkeit und Sorglosigkeit zurückzuführender Irrtum. Dieser würde ihn das Leben kosten. Die Bisse dieser Spezies waren tödlich. Die Kunst seines Arztes, seine Nadeln, seine verschiedenen Kräuter und bitteren Tees würden den Zeitpunkt seines Todes noch ein wenig aufschieben, vielleicht drei bis vier Tage. Vielleicht sogar bis Rebecca aus dem Internat kommen würde, um sich von ihm zu verabschieden. Der Rabbi kam fast jeden Tag.

Er biss sich wütend in die Lippe. Was für ein Desaster nach seiner Rettung vor zweieinhalb Jahren, die er vor sich vermied, als glückliche zu bezeichnen. Seine Eltern, sein Bruder, dessen Sohn Detlef, die ganze Familie bis auf ihn und seine dreizehnjährige Nichte waren ermordet. Zumindest glaubte er das, obwohl er es natürlich nicht definitiv wusste.

Nur die Tatsache, dass er gerade mit dem schweren Horch seines Vaters zu einer Süßwasserfischmesse nach Augsburg unterwegs war, hatte ihm und seiner Nichte das Leben gerettet. Seiner Lieblingsnichte.

„Nimm sie doch mit, sie liebt dich sehr und sie interessiert sich so für deine Fische. Jüdische Kinder sind derzeit ohnehin vom Unterricht ausgeschlossen", waren die Worte seiner Mutter und seiner Schwägerin.

„Derzeit?", war seine Antwort, aber auch ein freundliches Nicken. Die Zuneigung zwischen ihm und Rebecca beruhte auf Gegenseitigkeit.

Unterwegs hatte er sich geschworen: „Wir müssen hier weg. Wenn ich von Augsburg zurück bin, werde ich etwas tun. Auch wenn Vater nicht will."

Sein Vater und sein Bruder hatten sich trotz der vielen augenfälligen Abtransporte – es gab schon Engpässe beim Güterverkehr der Reichsbahn – eingeredet, dass die Familie Kohn weiterhin geduldet würde.

„Denk dran, ich bin als Leutnant vor Verdun verwundet worden. Und außerdem: die Nazis brauchen meinen Stahl und die Kugellager und Zahnräder, die wir daraus machen. Es ist Krieg. Wenn sie uns abtransportieren, bricht hier alles zusammen. Glaub mir, du brauchst keine Angst zu haben."

Sein Vater im Originalton, der die Realität damals gar nicht sehen wollte. Er blickte stolz auf sein Lebenswerk *Stahlwerke Kohn & Söhne* zurück. Außerdem liefen die Geschäfte kriegsbedingt auf Hochtouren. Er wollte den Erfolg mit seiner Familie genießen.

Aber Joseph hatte von dem Gerücht gehört: das Gerücht von der Auffanggesellschaft. In Düsseldorf hatten die Nazis es genauso gemacht. Dafür musste als kundiger Helfershelfer Sturmbannführer Dr. Müller, Dipl. Betriebswirt, ein echter Experte aus ihren Reihen, herhalten. Joseph hatte ihn von seinem Studium her gekannt.

Die entfernten Verwandten seines Vaters in Düsseldorf hatten überhaupt nicht gemerkt, dass die Fäden im Geheimen schon längst gezogen waren. Sämtliche notariellen Verträge, Bürgschaften, Betriebsübernahmeverträge waren bereits entwickelt und im unterschriftsreifen Stadium, als die Aktion durchgeführt worden war. Sein Großonkel hatte nur noch unterschreiben müssen, und sein gesamtes betriebliches Vermögen ging auf die Auffanggesellschaft über. Es gab keine Reibungsverluste. Die einfachen Arbeiter und Angestellten hatten ihren Chef, einen Großindustriellen, ohnehin selten gesehen und die Ebene des Managements bestand entweder aus Nazis oder Opportunisten. Denen war es völlig egal oder sogar recht, wenn *Henning & Söhne* nicht mehr Eigentümer waren.

Alles war heimlich abgelaufen. Er hatte sich den Schock vorgestellt, den sein Onkel gehabt haben musste.

„Sie brauchen nur noch zu unterschreiben."

Die Unterschriften mussten dann erfolgt sein. Ob durch Androhung von Schlägen und Folter oder das Versprechen, die Familie dürfe in diesem Falle ausreisen. Niemand würde das je rekonstruieren können, weil der Tod seine Ernte eingefahren hatte.

Eines Tages war die gesamte Familie verschwunden und keiner wusste, wohin. Offiziell hatte es geheißen, die Familie habe das Land verlassen. Es gab aber keinerlei Kontakte oder Mitteilungen an Freunde und Verwandte. Er hatte sich seinen Teil gedacht. Sein Großonkel Max war um sein und das

Leben seiner Familie betrogen worden. Das Versprechen auf freies Geleit war einfach gebrochen worden. Eine Dreistigkeit, die sich die Nazis nur deshalb erlauben konnten, weil es für solche Verbrechen keine Ankläger und Richter gab.

Die gesamte Übereignung des Betriebsvermögens war reibungslos verlaufen. Über den Preis hatten nur sein Onkel, der Notar und natürlich SS-Müller Bescheid gewusst. Das private Vermögen, zu dem der Erlös für die Firma hinzugerechnet worden sein musste, war beschlagnahmt worden.

Müller hatte ein paar Monate die Funktion des Vorstandsvorsitzenden bekleidet, wahrscheinlich so lange, bis alles im Betrieb wieder rund lief. Wer weiß, vielleicht musste man sich um betriebsinterne Störer kümmern.

Dann hatte sich Müller zurückgezogen, um sich neuen Aufgaben in Richtung nationalsozialistischer Verwertung jüdischen Vermögens zu widmen.

Damals hatte Joseph sich gefragt: „Wann sind *Kohn & Söhne* an der Reihe? Und wenn es nicht dieser Müller regelt, werden sie schon einen anderen Müller finden."

Wie anders waren die vielen Stellenausschreibungen für völkisch orientierte Betriebswirte im Industrieboten zu deuten, die sich gehäuft hatten. Adresse jeweils Reichsministerium für Wirtschaft, Sektion Rheinland.

Gut, wie er damals seinen ängstlichen Gefühlen getraut hatte. Rebecca und er verdankten diesen Gefühlen ihr Leben.

Also auch sein Leben. Was war eigentlich mit seinem Leben, seinem Individuum, abseits von seiner Zugehörigkeit zum Judentum, die er nie gefühlt hatte? Abseits von seiner Zugehörigkeit zum Familienclan der Kohns, der bis auf sie beide ausgelöscht war?

Noch in den letzten drei, vier Tagen, die ihm blieben, machte er sich mehr Gedanken über seine Familie, seine Eltern, seinen Bruder, dessen Kinder inklusive Rebecca, als über sich selbst.

Aber sein Leiden, die letzten Zuckungen seiner Glieder, sein Pech mit der vermaledeiten Schlange, seine Frustration, nach dem zweifelhaften Glück, einer der wenigen zu sein, die von Millionen überlebten, nun doch sterben zu müssen, wer sah das? Wer sah ihn, wer hatte mit ihm und seinem Schicksal Mitleid?

Der laue Frühlingswind, der seine feuchtheiße Stirn kühlte, war er ein Freund? Oder eine Freundin? Der Wind sollte ein sanftes Streicheln seiner

Mutter vor mehr als dreißig Jahren sein, als er ein kleines Kind war, erflehte er sich. Was gäbe er darum, wenn ihn ihre Liebe in den Tod begleiten könnte. Körper und Seele riefen im Todeskampf nach ihr, verzehrten sich nach ihr.

Stattdessen spürte er das Nichts und eine grausame Kühle, wenn er an sie dachte. Sie war wahrscheinlich Asche, verdammte tote Asche und er einer der wenigen Lebenden, die sich an diese Frau, ihr liebevolles, den Brüdern zugewandtes Gesicht, ihre schützenden Hände, ihr Mittelpunktsein in der Familie erinnerten. Mit seinem Tod wäre, von Rebecca abgesehen, die Erinnerung an dieses so von ihm geliebte Leben ausgelöscht. Wie das von Millionen anderer auch.

Er dachte einen kurzen unwilligen Moment an Regina, die er bald nach seinem Studium kennengelernt hatte. Das gemeinsame Kind, sie hatten es abtreiben lassen, als Regina bewusst geworden war, dass Halbjuden auch Probleme bekommen würden. Seine Eltern waren natürlich froh über die Trennung.

Aber in seinem Fieber beugte sich Regina über ihn und blickte ihn, ihren Mann, an, den sie liebte, und ihr Mund näherte sich dem seinen. Er hätte damals Regina geheiratet, wenn nicht ... Und dieses verdammte „wenn nicht" machte ihn eher zornig als traurig.

War es seine oder Reginas Schuld, dass zu dem Zeitpunkt, als sie sich liebten, ein gesellschaftlicher Koloss ihre Liebe wie einen lästigen Wurm zertrat?

Süddeutschland Schweiz November 1942

Joseph war ein leidenschaftlicher Autofahrer. Sich durch einen Chauffeur das Steuer des riesigen schwarzen Achtzylinders abnehmen zu lassen, kam für ihn nicht infrage. Das heiße Kühlwasser floss durch ein System von Kupferröhren unter den Fußmatten. Also trotz der drei Grad minus draußen eine behagliche Wärme im Innern des Horchs, der im Übrigen wie ein behaglicher Salon ausgestattet war: Ledersitze, Wurzelholzverkleidungen und Armaturen aus Messing, die der Chauffeur einmal die Woche zu putzen hatte.

Sie waren ganz früh aufgebrochen und würden zwei bis drei Tage für die Reise nach Augsburg benötigen. Seine dreizehnjährige Nichte Rebecca schlief neben ihm auf dem Beifahrersitz.

Es könnte alles so schön sein. Ein junger, ungebundener Mann mit Aussicht auf die Erbschaft der Hälfte der *Stahlwerke Kohn & Söhne*, ein riesiger Familienbetrieb in Essen, der Stahlteile produzierte.

Er hatte sich für eine Woche von seinem Vater beurlauben lassen, um die Süßwasserfischmesse bei Augsburg zu besuchen.

„Deine Spinnerei?“, hatte etwas ironisch sein Vater gefragt, als er um den Urlaub bat. Für einen der Großen aus dem Stahlgeschäft war eine ernsthafte Beschäftigung mit einer Angelegenheit wie der Zucht von Süßwasserfischen verständlicherweise eine Spinnerei.

„Keine Spinnerei, mein Zweitberuf, lieber Vater“, war seine Antwort. Der Tick mit den Fischen hatte sich bei ihm sehr früh schon von Kleinkindtagen an entwickelt. Schon damals lag er stundenlang auf dem steinernen Rand des Wasserbeckens im väterlichen Park und sah den Zierfischen zu. Wie sie ihre Runden drehten, war ein beruhigender und faszinierender Anblick für ihn.

Später hatte er sich junge Karpfen und Forellen gekauft und langsam - nun schon zwölfjährig - mit einer richtigen Zucht angefangen. Sein Vater hatte ihm schließlich die ersehnten großen Metallbehälter gekauft und im hinteren Teil des Parks aufstellen lassen. In diesen Becken züchtete er mit immer mehr Erfolg Karpfen, Forellen und in seltenen Fällen Barsche und Brassen. Er hatte ein Händchen für die Aufzucht von Fischen.

Sein Vater und Bruder hatten sich über seine Begeisterung anfangs lustig gemacht und gedacht, dass er schon irgendwann genug davon haben würde. Aber als er ihnen eines Tages nachrechnete, dass er mit seiner Spinnerei als

Dreizehnjähriger so viel Einkommen erzielte wie ein Arbeiter in Betrieben seines Vaters, konnten sie ihre Bewunderung nicht verbergen, und wenn sie „Spinnerei" sagten, klang das von da an immer etwas liebevoller und überhaupt nicht mehr ironisch. Ein Rest von Ironie bezog sich jetzt darauf, dass er sich damit beschäftigte und Geld verdiente, obwohl er es ja gar nicht nötig hatte als zweiter Sohn der Kohnfamilie. Aber Urgroßvater Kohn hatte auch irgendwann einmal ganz klein und sogar mit Trödel angefangen, und was hatte er letztlich aus diesem Trödel einmal entwickelt. Joseph knüpfte da anscheinend an eine alte Familientradition an.

Seine Abnehmer waren Großzüchter, die seine Fische als Jungtiere aufkauften und in ihren Teichen auswachsen ließen. Zu groß gewordene Fische verkaufte er direkt an Fischgeschäfte. Im späten Herbst und Winter, vor Weihnachten und Silvester, kam das Geschäft immer in Schwung. Inzwischen beschäftigte er einen Rentner in seinem kleinen Betrieb, weil er selber oft nicht mehr Zeit genug übrig hatte.

Die Gewinne, die ihm nach Abzug der Steuern blieben, hatte er sämtlich auf einem Postsparbuch eingezahlt. Sein Notgroschen, hatte er Vater gesagt, wenn der danach fragte. Mit dem heutigen Betrag auf dem Sparbuch könnte er sich, wenn er wollte, ein Einfamilienhaus in mittlerer Preislage in Essen Süd kaufen, vielleicht nicht gerade in dem Teil von Essen Süd, in dem die Familienvilla stand. Aber ein Häuschen wenigstens mit Blick auf die Ruhr hätte er sich schon leisten können. Aber wozu? Er benötigte ja gar kein eigenes Haus. Seine Dreizimmersuite in der großen Villa und die gemeinsamen offiziellen Räume, der große Salon, die Bibliothek, das Herren-, Rauch- und Musikzimmer, genoss er genauso wie das Gefühl, noch der großen Familie zuzugehören und in und mit ihr zu leben. Sogar sein Bruder mit Frau und zwei Kindern lebte bequem und komfortabel in dem riesigen, palastartigen Bau. Das Personal war für sie alle da.

Neben seinem exklusiv von ihm genutzten BMW Sportwagen stand ihm der gesamte Wagenpark der Familie zur Verfügung: zwei Daimler und der herrliche Horch, mit dem er am liebsten und natürlich ohne Chauffeur große Strecken zurücklegte.

Alles ein schöner, aber oberflächlicher Schein? Denn trotz des Reichtums und trotz des Komforts hatte er wegen der politischen Verhältnisse Angst um sein Leben und das seiner Eltern und der Familie seines Bruders. Viele

Juden wurden bereits verfolgt und einige waren spurlos und ohne jedes Lebenszeichen verschwunden. Dass seiner Familie bisher nichts geschehen war, verdankten sie dem Eigentum und perfekten Funktionieren einer großen, kriegswichtige Stahlerzeugnisse produzierenden Firma: *Kohn & Söhne*.

Ohne Stahl kein Krieg, keine Panzer, keine Kanonen.

Der Betrieb und sein Funktionieren waren so wichtig, dass er, obwohl dreißig und sein Bruder fünfunddreißig Jahre alt, nicht an die Front mussten, was ihnen viele neideten. Sie waren abgestellt für die Front an der Materialschlacht und hatten Sonderausweise, mit denen sie sich ohne Probleme zwischen Deutschland, Schweiz und Italien hin und her bewegen durften, um Halbfertigerzeugnisse und vor allem Messgeräte kaufen zu können, die im deutschen Reich knapp geworden waren.

Der Bürgermeister, obwohl NSDAP- und SS-Mitglied, hatte sich kürzlich bei der Familie bedankt. Es machte großen Eindruck, dass die Produktion trotz der Bomben und der fehlenden Facharbeiter fast neunzigprozentig aufrechterhalten wurde. Wie hatten sie das bloß mit dem Personal aus angelernten Frauen und alten Männern geschafft? Die ganze Stadt war stolz auf diese Familie und ihre Firma, und der Führer hatte kürzlich von dem „Wunder an der Ruhr" gesprochen.

Es war natürlich kein Wunder, sondern die flexible Arbeitsstruktur der Firma mit wenig bremsenden bürokratischen Abläufen und vor allem das Organisationstalent und die Führungskraft der drei Chefs, sein Vater, sein Bruder und er.

Joseph, nachdenklich, schon als Kind mit der Fähigkeit ausgestattet, sich stundenlang mit einer Sache zu befassen, wie seinen Fischen zuzusehen und dabei seinen Gedanken nachzuspüren, blieb skeptisch. Er konnte sich gut vorstellen, wie die Nazis über die Scharte *Kohn & Söhne* fluchten und wahrscheinlich gedanklich schon längst dabei waren, sie auszuwetzen, mit welchen Mitteln auch immer. Kriegswichtige Produktion in den Händen einer jüdischen Familie, welch eine Schande!

Das war es, was ihm Angst machte. Er konnte den Optimismus seines Vaters nicht teilen.

In Düsseldorf hatten SS-Funktionäre mit dem juristischen Kniff einer so genannten Auffanggesellschaft das gesamte Vermögen seines Großonkels beschlagnahmt und etwas später war die ganze Familie verschwunden. Nicht einmal von seinem Vater hatten sie sich verabschiedet. Es musste also etwas faul an der Sache sein. Er glaubte der These seines Vaters nicht, dass sie sich wegen des Verkaufs an die Nazis geschämt hätten und deswegen heimlich ausgereist seien.

Nach Augsburg und dem Besuch der Süßwasserfischmesse würde er etwas tun müssen.

Ein wenig hatte er schon damit begonnen. Seine große Aktentasche war voll mit beglaubigten Kopien von Dokumenten des gesamten Eigentums und Vermögens der Familie und der Firma *Kohn & Söhne*. Die Tasche führte er sogar jetzt mit sich. Sie lag im Kofferraum. Warum, wusste er gar nicht genau. Es war eine Ahnung der großen Bedrohung, die wie ein Damoklesschwert über ihnen hing und die Aktentasche war die Hoffnung, dass man sich, wenn das Schwert fiel, noch schnell auf die Seite drehen könnte.

Eine weitere, quasi unbewusste Vorsichtsmaßnahme war die Auflösung seines Sparbuchs und die Überweisung des gesamten Betrages auf das Familienkonto des Bankhauses St. Gallen. Oder war diese Umbuchung gar nicht so unbewusst? Auf jeden Fall war sie geheim. Seinem Vater hatte er nichts davon gesagt. Es war allerdings auch erst ein paar Tage her. Nach seiner Rückkehr würde er Vater davon berichten und der würde sofort begreifen und über seine überzogenen Ängste lachen.

Das ruhige Brummen des Achtzylinders und der gediegene Komfort des Wagens beruhigten ihn ein wenig.

Seine Nichte Rebecca gähnte. Der Gedanke daran, dass sich ein SS-Scherge an diesen feinen dunkelbraunen Haaren, dieser hellen Haut und diesem lieben Gesicht vergreifen könnte, ließ ihn wieder schaudern. Aber genau das war höchstwahrscheinlich vielen Kindern schon passiert, und Polizei und Staatsanwälte sahen weg.

Sie waren gegen sechs Uhr nach Augsburg aufgebrochen und fuhren inzwischen durch den Westerwald in Richtung Frankfurt. An einigen Bäumen befanden sich noch braune Blätter und die ersten Schneeflocken fielen auf den gefrorenen Boden. Gleich würde es etwas glatt werden. Doch der Horch hatte durch seine Schwere und den äußerst langen Radstand eine gute Straßenlage. Deshalb machte sich Joseph über die Glätte keine großen Gedanken. Große Waldstücke, das Dunkelbraun der umgepflügten Felder, Wiesen mit einem Schleier Raureifs flogen an ihnen vorüber. Er hätte dieses alles und die Gesellschaft seiner Nichte so genießen können. Aber die Befürchtungen über seine Situation und die seiner Familie ließen ihn einfach nicht zur Ruhe kommen. Als Kind hatte er immer geglaubt, er würde ein glückliches Leben haben.

Nach der Abtreibung ihres Kindes hatten Regina und er sich getrennt. Seine *Rasse*, für ihn ein verschwommener und leicht schwachsinniger Begriff, hatte ihre Verbindung unmöglich gemacht. Es hatte sehr weh getan und Zorn kam in ihm auf, als er spürte, dass seine Eltern über die Trennung erleichtert waren.

In einem Dorf kurz vor Gießen wurden sie von einem Trupp Artillerie angehalten und darauf hingewiesen, dass die Stadt wegen eines Bombenangriffs nicht passierbar sei. Der große Wagen und sein Sonderausweis nötigten dem Offizier des Trupps den entsprechenden Respekt ab. Er grüßte militärisch beim Abschied.

Um große Städte mussten sie ohnehin wegen der zunehmenden Bombenangriffe einen Bogen machen, das heißt, sie würden weder Frankfurt, noch Würzburg, noch Nürnberg sehen. Die Notwendigkeit, kleine Landstraßen befahren zu müssen, würde sie zwei Tage mehr kosten, als man üblicherweise für eine Reise nach Augsburg hin und zurück benötigte. Über die Firma war er im Besitz von hervorragendem Kartenmaterial der Reichswehr.

Die Mittelgebirgslandschaft mit ihren Bergen und Tälern, kleinen Dorfgasthöfen, Metzgereien und Bauernhöfen war aber ein schöner Ersatz für das Reiseerlebnis der großen Städte.

Der kleine Gasthof lag in einem Dorf zwanzig Kilometer vor Augsburg. Joseph war dort schon häufiger abgestiegen, weil man dort ein Telefon benutzen konnte.

Neben der Annehmlichkeit eines Telefons als seltene Ausnahme auf dem Land mochte Joseph den Goldenen Löwen wegen der guten und reichlichen Küche und der behaglichen Räumlichkeiten. Gast- und Schankraum waren bis zur Tischhöhe mit schimmernden Ebenholzplatten getäfelt, in denen sich die Flammen des Kamins spiegelten. In diesem drehte eine Magd zwei Spieße mit Spanferkeln. Der Anblick erinnerte ihn an ein Gemälde Brueghels, und die malerische Szene ließ ihn langsam von der anstrengenden dreihundert Kilometer langen Tagestour auf schmalen und eisglatten Straßen Abstand gewinnen.

Nach einem Feldsalat mit gerösteten Brotstreifen wurde eine Lachssuppe mit geriebener Gurke und danach eine große Portion von dem Spanferkel mit Rotkohl und Klößen aufgetragen.

Josephs Familie hielt sich schon lange nicht mehr an die traditionellen Speiseregeln gläubiger Juden und das Spanferkel schmeckte ihm ausgezeichnet. Zum Nachtisch gab es winzige, mit Zitronenparfait gefüllte Pfannküchlein.

Dazu trank er einen roten, gehaltvollen Badischen und Rebecca nippte glücklich, aber müde an einer Limonade. Wegen ihrer Müdigkeit hatten sie ihr übliches Gewitzel unterbrochen. Sie machte es sich auf der Sitzbank neben ihm bequem und schlief sofort ein. Er würde sie später wecken müssen. Es war kurz nach zwanzig Uhr.

Vor dem Verdauungsspaziergang in den völlig dunklen Straßen wollte er noch mit seinen Eltern telefonieren.

Wilma, die Haushälterin, war am Apparat. Sie flüsterte, was ihn sofort alarmierte, weil es völlig untypisch für sie war.

„Herr Joseph, es ist etwas passiert. Ihre Eltern und ihr Bruder mit der ganzen Familie, sie sind alle fort!"

Es durchfuhr ihn wie ein kalter Hauch.

„Was soll das heißen, alle fort?"

Aber da hatte er schon begriffen. Jetzt war es also soweit.

„Herr Joseph, ich kann ..."

Ein kurzes Knacken in der Leitung. Dann meldete sich eine ihm völlig unbekannte Männerstimme.

„Wer spricht denn da?"

Er schaltete sofort: „Ich bin ein Freund der Familie und wollte mit einem von den Kohns sprechen. Ich will sie am Sonntag auf der Durchreise besuchen. Mit wem spreche ich?"

„Also" - längeres Zögern - „wissen Sie, wo sich der jüngste Sohn der Familie, Herr Joseph Kohn aufhält?" Sein Gegenüber wollte offenbar keine Zeit verlieren.

„Warum wollen Sie das denn wissen?"

„Ich sollte ihm etwas ausrichten und kann ihn nicht erreichen."

„Ich frage noch mal: Wer sind Sie überhaupt?"

„Ich bin der Hausverwalter." Zynisch, aber durchaus zutreffend.

„Soweit ich weiß, ist der jüngste Sohn auf einer Dienstreise in Dänemark.

Das hat mir jedenfalls sein Vater vor drei Tagen gesagt."

„Aha, und wissen Sie, wo in Dänemark?"

„Soviel ich weiß, nimmt er immer ein Hotel in Kopenhagen. Ich glaube, es heißt Danska Haren oder so ähnlich. Als Hausverwalter müssten Sie das eigentlich wissen."

„Trotzdem, vielen Dank."

„Was ist nun mit der Familie, kann ich jetzt endlich mit Herrn oder Frau Kohn sprechen?"

Joseph erwartete neugierig die Antwort.

„Ja ... das wird nicht möglich sein."

„Warum? Sie können mir auch Detlef Kohn, den ältesten Bruder, geben oder seine Frau oder seinen Sohn."

„Hören Sie, derzeit ist keiner von der Familie da."

„Ja und wissen Sie, wann die Familie zurückkommt? Soll ich morgen noch mal anrufen? Oder geben Sie mir bitte noch mal Wilma."

„Das geht nicht. Für Telefonate bin ab sofort nur noch ich zuständig."

„Also dann sagen Sie mir doch bitte, wann die Kohns zurück sind."

„Also ehrlich gesagt, das haben mir die Kohns nicht mitgeteilt. Vielleicht rufen Sie später noch mal an. Oder besser noch: geben Sie mir Ihre Adresse und Telefonnummer und wir verständigen Sie, wenn die Familie wieder da ist."

Das könnte dir so passen. „Tut mir leid. Das wird Ihnen wenig nützen, weil ich mich auf einer längeren Reise befinde."

Das war genauso richtig, wie die Tatsache, dass seine Familie fort war, vielleicht für immer. Die falsche Spur in die völlig falsche Himmelsrichtung würde seine Häscher ein wenig aufhalten. Aber Eile war geboten. Es ging um sein Leben und das von Rebecca.

Der Wirt konnte es überhaupt nicht verstehen.

„Sie wollen heute noch abreisen? Wollen Sie nicht wenigstens bis morgen ganz in der Früh schlafen? Ich kann Sie wecken. Das kleine Madel wird es Ihnen danken."

„Tut mir leid. Ich bezahle die Nacht. Aber ich muss dringend zurück nach Düsseldorf. Es gibt Probleme im Betrieb. Meine Nichte kann gut im Auto schlafen. Das hat sie schon oft gemacht." Auch bei dem netten, aber verständnislosen Wirt mussten jetzt schon falsche Fährten gelegt werden.

„Schaun Sie mal heraus. Es hat Schnee und die Straßen sind spiegelglatt."

Joseph zuckte mit der Schulter.

„Ich geh jetzt aufs Zimmer unsere Sachen packen. Können Sie mir eine Thermoskanne mit frischem Kaffee machen? Meine Nichte schläft noch auf der Bank im Schankraum. Lassen Sie sie ruhig noch ein wenig schlafen."

Der Wirt konnte sich keinen Reim auf diese plötzliche Abreise machen und nickte unwillig.

„Ach, was ich noch sagen wollte. Können Sie mich noch einmal kurz mit der Telegrammaufnahme verbinden?"

„Ich rufe Sie hinunter, wenn sich das Telegrafenamt meldet."

Joseph war eingefallen, dass er zum Einkauf von Zierfischen eine größere Summe auf sein Konto bei der Sparkasse in Augsburg überwiesen hatte. Die wollte er den Nazis nicht schenken.

Als er mit den beiden Koffern am Tresen stand, klingelte das Telefon.

„Das wird das Telegrafenamt sein, gehen Sie nur ran."

Er wies die Sparkasse in Augsburg telegrafisch an, die fünfzigtausend Reichsmark zurück auf das Familienkonto des Bankhauses St. Gallen zu überweisen.

Die Möglichkeit telegrafischer Überweisungen war zwar neu und manchmal noch fehlerhaft. Aber es hatte auch schon oft geklappt, trotz Krieg und Bomben.

Dann zahlte er, ging hinaus und parkte den Horch direkt vor dem Eingang des Hotels. Den Motor ließ er zum Warmwerden laufen.

Nach einigen Minuten trug er eine schlaftrunkene, aber inzwischen aufgewachte Rebecca auf die Rücksitzbank und deckte sie mit der Lammfelldecke liebevoll zu.

Rebecca rekelte sich genießend.

„Schlaf noch ein wenig."

Die bevorstehende Flucht und vor allem, dass sie ihre Eltern wahrscheinlich nie wiedersehen würde, wie sollte er ihr das bloß erklären?

Splügen März 1998

Die spröde und faltige Haut seines Schädels und seiner Hände, die Bewegungslosigkeit seiner Haltung, die nur selten von einem Lidschlag unterbrochenen, starr geöffneten Augen legten den Vergleich mit einem Reptil nahe. Der Alte saß auf seiner Bank direkt vor dem Haus und ließ sich die Frühlingssonne auf den kahlen Schädel scheinen. Seine Füße hatte die Haushälterin in einen mit Kaninchenfell gefütterten Fußsack aus grauem Samt gesteckt, der an einigen Stellen schon ziemlich mitgenommen aussah. Sie hatte schon mehrfach die Neuanschaffung eines Fußsacks empfohlen. Der Alte hatte sie aber immer abblitzen lassen. Nicht nur, dass Fußsäcke schon seit Jahren in der Schweiz nicht mehr konfektioniert wurden, sie also einen Schneider mit der Herstellung beauftragen müssten, war er einfach der Meinung, dass er in seinem Alter keinen neuen Fußsack mehr benötigte, vor allem solange die Funktionsfähigkeit des alten noch gegeben war. Der Fußsack war zwar etwas abgewetzt, funktionierte aber immer noch bestens, wie er an seinen warmen Füßen feststellen konnte. Da unten an seinen Füßen war es sicher unter acht Grad. Der Boden vor dem Haus war vor Kurzem noch gefroren, während die Sonne in Bankhöhe und oberhalb davon schon warm war.

Nur wegen seiner Bewegungslosigkeit schwitzte der Alte nicht, sondern fühlte sich in dem alten Fellmantel, den er sich vor Jahren gegen die kalten Winter in Graubünden zugelegt hatte, angenehm temperiert.

Er hatte sich das alte Engadinhaus, das vor Jahrhunderten mal ein Gasthaus zur Beherbergung von Fremden gewesen war, 1950 gekauft und als Erstes komplett renovieren lassen. Den Splügenpass hatten ursprünglich Reisende genommen, die von Italien nach Süddeutschland und umgekehrt reisten. Später hatte dann ein System aus neu angelegten Tunneln und neuen Pässen den alten Pass obsolet gemacht und das Dorf, in dem wegen seiner geografischen Lage immer viel los war, starb langsam aus.

Wegen seiner ehemaligen Funktion als Gasthaus gehörte eine große Remise zu ihm, in der früher die Kutschen und Pferde untergestellt wurden. In dieser stand jetzt sein alter Mercedes, den er sich 1970 neu gekauft hatte. Da er selten reiste und nur alle halbe Jahre nach Chur fuhr, um mit den Angestellten seiner Bank zu sprechen, standen lediglich zwanzigtausend auf dem Kilometerzähler des Wagens. Der Verkäufer der Mercedesvertretung in

Chur, wo er den Wagen gekauft hatte, hatte mehrmals vergeblich versucht, ihn zur Anschaffung eines neuen Wagens zu motivieren. Der Wagen blitzte noch immer neu wie am ersten Tag und würde noch weitere fünfzig Jahre oder mehr halten und funktionsfähig sein, ihn in jedem Falle aber überleben. Inzwischen arbeitete der Verkäufer gar nicht mehr in der Vertretung und an seiner Stelle begrüßte ihn ein viel jüngerer Mann, wenn er den Wagen einmal im Jahr inspizieren ließ, und schwärmte von dem Oldtimer, den er fahre.

Die Pflege des Wagens hatte zu Beginn sein Gärtner übernommen, ein Bauer, der in den siebziger Jahren seinen Hof aufgegeben hatte. Inzwischen kümmerte sich dessen Sohn um den Wagen, weil sein Vater vor einiger Zeit gestorben war. Die Pflege bestand eigentlich ausschließlich darin, dass nach Gebrauch des Wagens entschieden wurde, ob nur eine Wäsche oder auch eine neue Politur nötig waren. Das kam selten vor, höchstens wenn der Wagen im Winter nach Chur gefahren war oder im Sommer nach einem Regenguss.

Zu dem tadellosen optischen und technischen Zustand des Mercedes trug auch die Tatsache bei, dass die Remise nicht allein stand, sondern in Höhe des Kellers an das Haus angebaut war. Daher wurde es in der Remise nicht einmal im Winter richtig kalt und das, obwohl die Winter in Splügen reichlich kalt waren, einem Ort, der tausendvierhundert Meter hoch liegt.

Bei der Renovierung des Hauses hatte er nicht gespart. Als Erstes war das Dach neu gedeckt worden. Dabei wies er den Vorschlag des Bauunternehmers zurück, die alten Dachplatten aus Feldstein gegen neue rote Tonziegel aus Holland zu ersetzen. Eigentlich verlangte er keine Neueindeckung, sondern eine Instandsetzung des alten Daches.

Das bedeutete, dass die alten, unbeschädigten Platten, die das Haus Jahrhunderte vor Regen und Schnee geschützt hatten, vorsichtig Stück für Stück abgedeckt und heruntergereicht werden mussten. Nach der Ausbesserung der Eichenkonstruktion des Dachstuhls wurde das Haus erneut mit ihnen eingedeckt. Einige Platten mussten ersetzt und aus einem stillgelegten Steinbruch herbeigeschafft werden. Für den Bauunternehmer war es schwierig gewesen, Handwerker zu finden, die diese alte Technik noch beherrschten. Man fand schließlich einen alten Bauern, der als Kind dabei geholfen hatte, das Bauernhaus seiner Eltern in dieser fast vergessenen Technik zu decken und den man in der Gegend rief, wenn ein Dach aus Steinplatten auszubessern war. Dessen Tätigkeit hatte mehr in einer beratenden Funktion bestanden, wenn die jungen Handwerker mit den vermaledeiten Steinplatten einfach nicht weiterwussten.

Er hatte in alle Räume Zentralheizung legen lassen, deren Heizkörper von einem Kessel im Keller gespeist wurden. Dieser Kessel war seit seinem Einzug drei Mal ausgewechselt worden, um von der Weiterentwicklung der Brennertechnik zu profitieren. In den siebziger Jahren ersetzte er die gesamte Einfachverglasung des Hauses durch Thermopenfenster. Etwas später renovierte er die drei Bäder, die er bei seinem Einzug hatte bauen lassen, und passte sie dem zeitgenössischen Geschmack an. Inzwischen war das Design so alt und unmodern, dass er schon überlegte, noch eine Renovierung zu veranlassen. Aber irgendwie hatte er sich an die hässlichen hellbraunen Fliesen gewöhnt und fürchtete sich davor, mit weißem Marmor und Designarmaturen nicht klarzukommen. Er war eben alt und unflexibel und hatte keine Veranlassung, das zu verbergen.

Von den Bädern abgesehen befand sich das alte Engadinhaus in einem hervorragenden Zustand. Die dicken Natursteinwände garantierten eine ausreichende Wärmedämmung.

Als er sich das Haus gekauft hatte, war er noch ein junger Mann gewesen. Dem Bürgermeister und dem Pfarrer hatte er sich als Deutscher vorgestellt, der von den Nazis verfolgt und im letzten Moment von alliierten Truppen vor der Vernichtung in einem Lager gerettet worden sei. Wegen der gesundheitlichen Schäden, die der Lageraufenthalt bei ihm verursacht hatte, bekäme er vom Deutschen Staat eine lebenslange Rente. Da er niemals wieder nach Deutschland zurückwolle, habe er die schweizerische Staatsbürgerschaft beantragt und plane, sein Leben hier am Ort zu verbringen. Deshalb habe er sich das alte Gasthaus gekauft. Für die Renovierung, mit Ausnahme des Geheimgangs, beauftragte er die einzige Baufirma am Ort.

In jedem Jahr spendete er der Kirchengemeinde einen dreistelligen Betrag. Außerdem besuchte er an zentralen christlichen Festtagen die Kirche. Sein Steuerberater in Chur überwies der Gemeinde regelmäßig die aufgrund seiner Einkommensteuererklärung fälligen Steuern. Dabei handelte es sich ebenfalls um einen anständigen Betrag, der der Gemeindekasse sehr guttat.

Wie er sich dem Bürgermeister und dem Pfarrer damals vorgestellt hatte, das bezeichnete der Alte für sich als „seine gelungene Informationspolitik".

Dadurch war es ihm von Anfang an gelungen, irgendwelchen Fantasien vorzugreifen, die sich die Splügener gemacht hätten, wenn er gar nichts gesagt hätte. Er hatte ein großes Bedürfnis gehabt, in Ruhe gelassen zu werden und so ruhig und ungestört zu leben wie möglich.

Dass er sich nicht am Dorfleben beteiligte, dass er früher keine der jungen Frauen in Splügen kennenlernen wollte, dass er an keinerlei Dorffesten teilnahm, dass er am liebsten von den Splügenern gar nicht wahrgenommen werden wollte, erklärten sich die Dorfbewohner einfach mit der Version, die Bürgermeister und Pfarrer in der Gemeinde streuten: durch die Verfolgung von Nazideutschland krank gewordener Deutscher, ist gar nicht dazu in der Lage, wie ein normaler junger Mann zu leben.

„Wahrscheinlich haben ihn die Nazis kastriert und gefoltert", sagten sich einige der Dörflerinnen und empfanden entsprechend Sympathie und Mitleid.

Natürlich befriedigten der Gärtner und die Haushälterin, eine damals fünfunddreißigjährige kinderlose Witwe, die er seit 1960 bei sich beschäftigte, nachdem er ein kurzes Verhältnis mit ihr gehabt hatte, in geringem Maße die Neugier der Dorfbewohner. Aber was diese erzählten, war nichts Spektakuläres, nichts Ungewöhnliches und nichts Sonderbares. So kam es, dass er in der Gemeinde lebte und akzeptiert wurde und niemand Anstoß an seinem zurückhaltenden Lebensstil nahm. Er war einfach der arme gefolterte Deutsche, vielleicht Jude, der irgendwann nach dem Krieg ihr Mitbewohner geworden war, und da sich seit seiner Ankunft in Splügen mehrere Generationswechsel ereignet hatten, gehörte er zur dörflichen Normalität, über die sich seit Langem keiner mehr Gedanken machte.

Der eigentliche Anlass, der ihn zum Kauf dieses Hauses bewogen hatte, war natürlich der damals noch fast intakte unterirdische Gang, der vom ehemaligen Wohnraum des Hauses, das an einem Hang lag, über eine Strecke von ungefähr dreißig Metern genau zu diesem Hang führte, von dem man in ein paar Sekunden im dichten Tannenwald hinter dem Haus verschwinden konnte. Der Angestellte der Immobilienfirma, bei dem er sich im Herbst 1949 nach einem Grundstück und Haus erkundigte, hatte diesen unterirdischen Gang als zusätzliches, skurriles Detail angepriesen und gar nicht begriffen, dass dieses für seinen Kunden den Ausschlag gegeben hatte, das Objekt etwas später zu kaufen. Bei der ersten Besichtigung des Hauses hatte er sich nach einem Durchgang durch sämtliche Räume zielstrebig auch den Gang angesehen. Irgendwelche früheren Bewohner des Hauses hatten ihn als eine Fluchtmöglichkeit angelegt. Man konnte von einem Zwischengang direkt hinter dem großen Wohnraum ein schmales, mit einer Wendeltreppe versehenes Treppenhaus betreten. Da es in den Berg gehauen war, war es unsichtbar. Jedenfalls gab es keinen Mauervorsprung oder Ähnliches, von dem man auf ein zusätzliches Treppenhaus hätte schließen können. So war es auch mit dem Gang. Es musste eine große Anstrengung gewesen sein, diese dreißig Meter in den Fels zu hauen. Ein verwitterter Trampelpfad, der vom Ausgang am Hang in den nahe gelegenen Wald führte, bewies, dass irgendjemand in der Vergangenheit des Hauses diesen Gang regelmäßig benutzt haben musste.

Der Alte, damals noch ein junger Mann, hatte sich beim Makler danach erkundigt, ob die Einwohner der Gemeinde von der Existenz dieses Ganges wüssten. Diese Frage konnte der Makler, der die Frage etwas seltsam fand, nicht beantworten.

„Nach unsern Unterlagen steht dieses Haus seit dem letzten Jahrhundert leer. Im Dorf hat sich seitdem keiner für das Haus interessiert. Es ist sehr unwahrscheinlich, dass viele Personen über diesen Gang Bescheid wissen. Hinzu kommt, dass das Haus die ganzen Jahre, in denen es leer stand, abgeschlossen war. Der jetzige Eigentümer lebt in Chur und hat es noch nie betreten. Sein Vater, der als Kind Splügen mit seinen Eltern verlassen hat, hat es ihm vor zwanzig Jahren vererbt. Soviel ich weiß, soll der Vater das Haus ebenfalls nie betreten haben und es von einem Großonkel in der Zeit des Ersten Weltkriegs geerbt haben.

Wir sind die erste Immobilienfirma, die einen Auftrag bekam, dieses Haus zu vermarkten. Ich habe den Gang durch Zufall bei meiner ersten Inspektion des Hauses entdeckt. Weil ich ein neugieriger Mensch bin, wollte ich wissen, was sich hinter der kleinen Tür verbirgt, die ursprünglich Teil der Rückwand eines Schrankes gewesen sein muss. Zuerst habe ich gedacht, dass es die Tür eines weiteren Schrankes ist, um zum Beispiel Wertgegenstände zu verbergen und zu sichern. Ähnlich sollen früher Schmuggler in ihren Häusern illegale Waffen versteckt haben. Da uns der Verkäufer hinsichtlich des Umgangs mit dem Objekt völlig freie Hand gelassen hatte, konnte ich aktiv werden, ohne jemanden fragen zu müssen. Ich lieh mir vom Nachbarn ein Brecheisen und stemmte die Tür auf. Dabei fand ich die Treppe und den Gang. Wahrscheinlich wissen noch nicht einmal die Nachbarn von dem Gang. Die Nachbarfamilie wohnt erst seit dreißig Jahren dort. Es ist unwahrscheinlich, dass sie davon wissen."

„Und was ist mit dem Ende des Ganges im Hang?"

„Sie haben ja die kleine Pforte aus Eichenbohlen gesehen. Das Holz ist zwar schon etwas verrottet, aber noch ganz stabil. Normalerweise hat an der Stelle, die zum Grundstück des Objektes gehört, keiner was zu suchen. Wenn sich trotzdem mal jemand dorthin verirrt hat, zum Beispiel ein Kind, wird es festgestellt haben, dass man die Tür wegen der starken Verriegelung von innen nicht öffnen kann. Sie haben ja gesehen, bis auf den kleinen Einbruch des Gesteins in der Mitte des Ganges war alles noch intakt. Ich glaube, ich war der Erste, der seit ein paar Jahrzehnten diese Tür geöffnet hat. Im Übrigen fand ich den Gang und die geheimnisvollen Türen ganz spannend. Das hat damals für Wochen unsere Fantasie angeregt."

„Unsere?"

„Ich hab meiner Frau von dem Gang erzählt. An einem Sonntag haben wir einen Ausflug zu dem Haus gemacht. Mein Chef hatte mir völlig freie Hand gelassen. Außerdem hätte er auch keinen Anstoß daran genommen, dass einer seiner Angestellten seiner Frau sonntags ein zu vermakelndes Objekt zeigt. Wir haben das Haus für ein Picknick missbraucht."

„Und dann?"

„War ich plötzlich weg."

„Wie, Sie waren plötzlich weg?"

„Wir saßen an dem großen Holztisch in der Küche. Meine Frau hatte die Tischplatte mit einem Lappen abgewischt. Auf dem Tisch standen ein paar Kerzen, die das Picknick aus Brot, Käse und Wein erhellten. Ich bin irgendwann nach oben gegangen. Weil sie in der Dunkelheit einige Minuten nichts von mir gehört hatte, wurde es ihr unheimlich und sie rief nach mir. Dann klopfte es an der Haustür und voilà, ich stand draußen. Danach musste ich ihr alles zeigen."

„Und wo leben Sie? Wahrscheinlich weiß jetzt ganz Chur über den unterirdischen Gang Bescheid."

„Woher wissen Sie, dass meine Frau so redselig ist? Sie machen fast den Eindruck, als würde es Sie stören, dass ein paar Leute von dem Gang wissen. Oder sind Sie Schmuggler? Ich bin mir sicher, dass Schmuggel der Grund für das Entstehen des Ganges war. Ich kenne übrigens mehrere alte Häuser, die ursprünglich über solche Gänge verfügten."

Er wiegelte ab und machte einen Witz, dass man ja nie wisse, wovon man in diesen Tagen seinen Lebensunterhalt bestreiten solle.

„Und, wollen Sie das Haus nun kaufen?"

„Ich bin mir noch nicht sicher. Ich muss jetzt erst mal zurück und melde mich in einigen Tagen telefonisch oder schicke Ihnen ein Telegramm."

„Falls es am Preis liegt, darüber lässt sich noch verhandeln. Der jetzige Eigentümer will den alten Kasten unbedingt loswerden. Der braucht anscheinend schnell Geld."

Shanghai März 1945

Er verkroch sich unter die Decke und war ganz klein. Seine Mutter würde gleich vorbeikommen und ihn danach fragen, ob sie ihm eine Gute-Nacht-Geschichte vorlesen solle, oder ob es reiche, wenn sie ihn noch ein bisschen in den Schlaf streichele. Wie er sich nach ihr sehnte! Die Vermutung, fast Gewissheit, sie ist tot, tat schrecklich weh. Und nun würde er auch selber bald wegtreten müssen. Von der ganzen Familie, dem Reichtum, dem großen Haus, aber noch vielmehr von dem Innenleben: der Liebe seines Vaters, seines Bruders, der Wertschätzung und Liebe, die er diesem allen entgegenbrachte, würde nur noch ein großer Haufen Nichts übrig bleiben, außer vielleicht Rebecca, die auf dem Weg hierher war, sich von ihm zu verabschieden.

Das Kind, das er mit Regina gezeugt hatte, war dem Rassenwahn in vorauseilendem Gehorsam und artig als Opfer dargebracht worden.

Die jüdische Gemeinde Shanghai hatte gute Kontakte nach Europa, sogar zu dem fast zerstörten Deutschland, in dem Briten, Amerikaner, Russen und Franzosen kämpften und kurz vor dem Sieg standen. Die jüdischen Organisationen in den USA bauten gerade eine Kartei auf, die den Verbleib der vielen deutschen Juden und deren Eigentum erforschen sollte. Aber von seiner Familie, den Stahl-Kohns aus Essen, gab es bisher keine Spur, hatte ihm der Vorsteher der Gemeinde gesagt. Seine Ahnungen, die er verfluchte, weil sie ihm jegliche Hoffnung nahmen, hatten ihn nicht getrogen.

Er spürte die Kälte des Todes und des Nichts, die ihn nun selber Gliedmaß für Gliedmaß befiel.

Dabei hatte er mit ihrer Flucht und seinem Kampf den NS-Schergen mit Bravour Paroli geboten. Ihre großen Mühen, die Familie komplett auszulöschen, waren an seiner Kämpfernatur und seinem gesunden jüdischen Misstrauen gegenüber der Nazimischpoke gescheitert.

Es war ihm von Anfang an klar gewesen: Die Nazis hatten allen Anlass, das Problem hundertprozentig zu lösen. In diesem Fall nicht nur wegen ihrer rassistischen Primitivlogik, sondern natürlich in erster Linie wegen des riesigen Vermögens, das den Kohns gehört hatte und wahrscheinlich schon verteilt war. Daran würden sich viele Leute in der Region nach dem Krieg erinnern. Das könnte sich nicht einfach in Luft oder Ruinen aufgelöst haben, und Interessierte würden sich dann fragen, wieso es nicht mehr den Kohns gehörte, was überhaupt passiert war und wieso die neuen Eigentümer nun die Eigentümer waren.

Wie überzeugend, wenn die Kohns einfach weg wären? Wahrscheinlich hatten sie alles schon 1942 verkauft, um sich irgendwo eine neue Existenz aufzubauen. Im Übrigen, karbonisierte Juden pflegen keine Fragen zu stellen und sind nicht grundbuchfähig.

Rebecca und er hatten damals im Eiltempo die circa hundert Kilometer bis Bregenz geschafft und die Grenze mittels seiner Firmenausweise überschritten. Das war überhaupt kein Problem. Die zunächst skeptischen Grenzer wurden sehr freundlich, als er ihnen die beiden Ausweise zeigte, und salutierten brav zum Abschied.

Das Mittagessen in St. Gallen wollte nun mit Genuss und der Befriedigung genossen werden, denen einen Strich durch die Rechnung gemacht zu haben. Die Sorgen und die Verzweiflung des *was - Rebecca - sagen* kamen erst in der Nacht, die durch Schlaflosigkeit strafte. Was im Morgengrauen endlich ruhig und schläfrig machte, war die Gewissheit, dass er über die zwei Konten des Bankhauses St. Gallen verfügen konnte, auf denen sich ein großer Betrag des Familienvermögens befand. Glücklicherweise hatte sein Vater vor Kurzem eine nicht geringe Summe auf dem einen der beiden Konten platziert. Wahrscheinlich hatte er irgendetwas in der Schweiz mit Franken bezahlen wollen. Eigentlich musste sich auch noch die Summe, die seine Mutter vor einigen Jahren von ihrer Tante geerbt hatte, auf irgendeinem anderen Konto der Bank befinden. Seine Eltern waren hinsichtlich dieser Erbschaft und ihrem Verbleib immer etwas geheimnisvoll gewesen, was sich im Nachhinein, wie man jetzt sah, als Fehler herausgestellt hatte.

Dann war seine Entscheidung gefallen, die Schweiz zu verlassen. Das war vielleicht auch ein Fehler gewesen.

Ohne Fischteich in Shanghai keine giftige Viper im dortigen Karpfenbecken und keine Todeskälte, sondern ein Internat für Rebecca in Genf und eine gewerbliche Karpfenzucht zum Beispiel im Engadin bei Chur oder sonst wo. Aber wäre dem Frieden und der Neutralität der Eidgenossen zu trauen? Wahrscheinlich weniger wegen ihrer Friedfertigkeit und Neutralität. Diese Charaktereigenschaften eines Volkes hatten noch nie einen Tyrannen daran gehindert, in dessen Land einzufallen, eher im Gegenteil.

Wenn er Zeit und Muße gehabt hätte, Ende 1942 in St. Gallen einmal richtig nachzudenken, wäre er vielleicht von alleine darauf gekommen.

Die intelligenteren Nazis hatten zu diesem Zeitpunkt schon längst herausgefunden, dass das Ende nahte. Also musste das geraubte Vermögen in die Tresore eines sicheren Landes, wo man es später, wenn Gras über die Sache gewachsen war, abholen würde oder zur Verfügung hätte. Dabei musste man nur überzeugend den Ahnungslosen spielen.

Eine Eindeutschung der Schweiz kam schon aus diesem Grunde nicht infrage. Deutsche Banken hätten den fatalen Nachteil, dass ihre Tresore für die Sieger nicht tabu wären.

Egal, jetzt lag er hier und fing an zu sterben. Wenigstens hatte er damals in St. Gallen noch Lisa kennengelernt, und er bedauerte seine anfängliche Reserviertheit und Coolness. Immerhin hatte sich zwischen ihnen dann doch noch eine heftige Leidenschaft entwickelt. Vielleicht hatte er nicht genug dafür gekämpft, dass sie und ihre Tochter mit ihnen die Schweiz in Richtung China verlassen hatten. Er hatte lange nichts mehr von ihr gehört. Ihr letzter Brief hatte ihn vor einem halben Jahr erreicht. Wie schön wäre es, wenn er sie jetzt an seiner Seite hätte.

Man war damals hinter ihnen her und wollte sie auslöschen wie Parasiten. Bis auf Rebecca war seine Familie vielleicht schon ausgelöscht. Der Tod hatte damals auch nach seinem Leben gegriffen und diese Gier nach Leben, nach Sex, nach Frauen ausgelöst. Natürlich war er in Gegenwart von Rebecca ein bisschen zurückhaltend. Es wäre ihm peinlich gewesen, ihr diese Seite von sich zu zeigen.

Gleich am ersten Abend war er, als Rebecca im Hotelbett schlief, herausgegangen auf den Kiez. Vormittags hatte er sich einen neuen dunkelbraunen Schaffellmantel gekauft, weshalb ihm die Kälte und der Schnee, der in dichten Flocken vom Himmel rieselte, nichts ausmachten.

In dem Viertel, durch das er am Morgen zur Bank gegangen war, lag das Edelweiß, eine Nachtbar, die einen ganz passablen Eindruck machte. Er klingelte und eine hübsche, vollbusige Blondine in einem ärmellosen, roten Samtkleid machte ihm auf.

„Grüezi, ja, wen haben wir denn da? Was für ein schöner junger Herr und was das für ein schönes weiches Fell ist. Darf man da vielleicht ein wenig streicheln?"

Ihre Hand näherte sich ohne Umwege seinem Schritt, und seine Geilheit war auf der Stelle da. Dazu trug auch bei, dass die Prostituierte ein Samtkleid trug. Samtkleider fand er aus einem nicht nachvollziehbaren Grund sexy. Aber es war ihm zu schnell. Er war zwar ein Verdurstender, aber musste das die scharfe Blonde denn sofort registrieren, dass er sich sexuell in der Tat in einer Wüste befand, dass man sein Leben auslöschen wollte, dass es Judensex, seinen schönen, geilen Judensex überhaupt nicht mehr geben sollte und wie er im Aufbäumen dagegen ein „jetzt erst recht" dachte? Dass fraglich war, wie lange er überhaupt noch Sex haben dürfte und in welchem Maße diese Stimmung seine Geilheit beflügelte.

Die Blonde schien eine Menschenkennerin zu sein und hatte mit professionellem Geschick gespürt, was sich zwischen seinen Beinen abspielte. Sie sagte mit einer Mischung aus Ironie und Mitleid: „Ja, was denn? Vielleicht muss der junge Herr ja erst einmal richtig ankommen, und da wird er ohne Vertun von einer läufigen Hündin angefallen. Aber was halten Sie denn davon, wenn wir erst ein Gläschen trinken, denn dass Sie um diese Zeit nicht nach einer warmen Mahlzeit aus sind, sieht man schon", und ihre Augen zwinkerten in Richtung seines Hosenschlitzes.

Sie gab dem schweren Mantel, den sie schon in den Händen hielt, einen Kuss und umarmte ihn wie eine Puppe, was ein schwaches Lächeln in seinen Gesichtszügen auslöste. Damit war das Eis gebrochen. Ihr war sein Lächeln jedenfalls nicht entgangen.

Seit dem Ende seiner Beziehung zu Regina war er ab und zu in Bordellen gewesen. Auf Sex wollte er nicht auch noch verzichten, wenn es ihm schon an Liebe zu einer Frau mangelte. Seine Ahnung, dass eine neue Liebe lange auf sich warten ließe, hatte ihn nicht getrogen. Ein kleiner, schöner Ersatz war die Aufgehobenheit in seiner Familie, die zärtliche Vertrautheit seiner Mutter, die mit ihm litt trotz großer Erleichterung.

Auch sein Vater gab sich ihm nach der Trennung weicher und milder, obwohl er kein Hehl daraus machte, dass das Ende der Beziehung zu Regina ihn mit großer Genugtuung erfüllte.

Warum eigentlich? Wenn es um wirklich wichtige Fragen und Entscheidungen im Leben ging, streiften sie die moderne kosmopolitische und aufgeklärte Haltung, das Akzeptieren des Sonntags als Tag der Freizeit, die Besuche im Golfklub, die Feiern mit Freunden und Geschäftspartnern, das Genießen von nicht koscheren Speisen einfach ab wie eine Schlange ihre alte Haut. Dann kam plötzlich eine traditionelle, fast dogmatische Einstellung zum Vorschein, die er nicht erwartet hatte und die er auch nicht nachvollziehen konnte. Sein Leben lang hatten sie ihn davon überzeugt, wie engstirnig und unfrei die jüdische Tradition machen könne, und dass das nicht nur für die jüdische, sondern auch die deutsche, angelsächsische Tradition gelte.

Ihre strikte Abneigung gegen seine Beziehung mit Regina hatte ihn tief getroffen und verunsichert. Damit hatte er überhaupt nicht gerechnet, eher mit dem Gegenteil. Auch seine Liebe und sein Festhaltenwollen an Regina waren dadurch beeinträchtigt. Regina musste das mit ihrer feinfühligen Art gespürt haben und hielt dann auch nicht mehr fest. Er hatte seinen Teil zu ihrer Trennung beigetragen.

Er hätte ja auch ganz anders reagieren können, spätestens als sie schwanger wurde: „Liebe Eltern, lieber Bruder, ich habe mich jetzt vierunddreißig Jahre ausschließlich im Kreise der Familie aufgehalten. Seit etwas über vier Jahren arbeite ich in unserem Familienbetrieb. Jetzt ist Abschied angesagt. Ich besuche zusammen mit Regina Onkel Leo in Detroit, dort werden wir heiraten und unser Kind bekommen."

Dass er damit einen großen Zorn verursacht hätte, war völlig klar. Die ganze Familie hätte mit Liebesentzug gedroht und diesen praktiziert. Um sich dieser Situation nicht auszusetzen, hätte es auch ein simpler Brief getan, den die Familie nach ihrer beider Abschied vorgefunden hätte. Dann wären sie schon auf dem Weg nach Genua oder auf dem Schiff gewesen.

Aber: Regina und er ein Paar. Eine Tochter, eine kleine Rebecca oder ein Joseph wären geboren, mit seinen Englisch- und Französischkenntnissen und mit Unterstützung von Onkel Leo wäre er Geschäftsmann in einer Bank oder Unternehmen und vor allem: Er sah es wie Schwarzweißfotos vor sich: ihn mit einer MP um die Schulter in einem Jeep der US-Army, eine Gruppe ausradierter Nazis unter einem Baum an der Ruhr, ihn als Sieger, ihn im Rathaus Essen den Nazibürgermeister verhaftend. Was für eine Genugtuung!

Leider nur der vergebliche Wahn eines Sterbenden. Es war damals noch nicht einmal so weit gewesen, dass die Amerikaner in Europa waren. Dass sie es jemals tun würden, war damals pure Spekulation.

Wäre er bloß diesen, seinen Weg gegangen, wenn er temporär auf die Familie und ihre Zuneigung verzichtet hätte, wenn er stattdessen seinen eigenen Gefühlen vertraut und den Fehdehandschuh, den ihm die Nazis hingeworfen, mutig aufgegriffen hätte. Hätte, hätte ... ein hätte-Leben, das nun zu Ende ging. Warum sollte er mit seinem Schicksal hadern? Hatte er es sich doch selbst eingebrockt!

Der Abend mit der Blonden hatte ihm sehr gut gefallen. Der Gedanke, es mit einer, wie ihm schien, reinrassigen Arierin zu tun, belustigte ihn. Sie hatte nicht den Eindruck gemacht, als würde sie ihr Pflichtprogramm absolvieren.

Nach ein paar Gläsern Champagner an der Bar waren sie nach oben gegangen und hatten ihre jungen Körper genossen. Der Tod, dessen Hauch ihn gerade gestreift hatte, und der bei seiner Familie reiche Ernte eingefahren hatte, löste eine starke Sehnsucht nach Leben und nach Sex bei ihm aus. Es gelang ihm in den Armen der Blondine, ein paar Stunden lang sein jüdisches Schicksal zu vergessen.

St. Gallen November 1942

„Was ich dir jetzt sagen muss, tut mir sehr leid." Rebecca weinte bitterlich, als er ihr mitteilte, dass sie wahrscheinlich ihre Eltern und Großeltern nie wiedersehen würde. Dass er vermutete, sie seien von den Nazis in eins der Lager gebracht worden, aus denen noch nie jemand zurückgekommen sei.

„Aber wenn sie jetzt noch in einem Lager leben, warum holen wir sie nicht?"

„Wenn wir zurück nach Deutschland fahren, kommen wir auch in ein Lager und werden getötet." Es hatte keinen Sinn, ihr diese schreckliche Nachricht in ein rosarotes Päckchen zu verpacken. Was ihnen beiden geschehen war, war schreckliche Realität und je eher sie beide diese akzeptierten und damit leben würden, desto besser.

Es war im Übrigen nicht so, dass das Leiden und die Trauer von Rebecca größer waren als seine. Innerlich ging es ihm genauso wie Rebecca: Die Hilflosigkeit und die Aussichtslosigkeit, irgendetwas gegen diese Monsterstruktur unternehmen zu können, hatten ihn in eine passive Rolle bugsiert, vergleichbar der eines Kindes, das sich an die Realität anpassen muss. Der einzige Unterschied zwischen ihnen war sein Erwachsensein, sein Funktionieren, seine Flucht vor den Nazis, die ihm und Rebecca das Leben gerettet hatten. Es war ihm klar, dass diese Flucht noch nicht zu Ende war.

Die Schweiz war kein sicherer Ort für sie beide. Er misstraute der völkerrechtlich propagierten Neutralität dieses Staates. Es war zwar nicht wahrscheinlich, aber doch immerhin möglich, dass die Wehrmacht die Schweizer Grenzen niederwalzen würde und die Schweiz unter diesen Umständen auch *Heim ins Reich* käme. Eigentlich war es die Frage, wie mächtig sich die Nazielite fühlte. Die augenblicklich um Stalingrad tobende Schlacht war noch nicht beendet. Solange diese Entscheidung offen war, würde sich die nazistische Intelligenz gegen einen Einmarsch entscheiden. Der Verlust von Stalingrad würde wahrscheinlich bedeuten, dass sie relativ sicher in der Schweiz leben könnten. Ein verlorenes Stalingrad wäre der Anfang der Niederlage des Naziregimes.

Die bevorstehende Niederlage verlangte geradezu eine völkerrechtlich neutrale Schweiz, in die man im Ernstfall fliehen könnte und in der man schon seit Jahren strengsten Verboten zum Trotz seine Nummernkonten sicherheitshalber eingerichtet hatte.

Aber was wäre, wenn das Naziregime in Russland die Oberhand behielte und die Pläne der Alliierten, die Achsenmächte in Westeuropa zu schlagen, nicht aufgingen?

In diesem Fall wäre die Neutralität der Schweiz keinen Pfifferling mehr wert und die Verfolgung der Juden in der Schweiz würde genauso effektiv organisiert werden wie in Frankreich, Belgien und den Niederlanden. Dieses Risiko war für sie beide zu groß.

Hinzu kam: Eine unter Druck der Nazis geratene Schweiz könnte sich dazu entschließen, ausländische Mitbürger jüdischer Rasse an Deutschland auszuliefern. Es gab in der Schweiz zum Beispiel den BTE, Bund Treuer Eidgenossen, der sich jetzt schon dagegen wandte, dass deutsche Juden in der Schweiz Zuflucht suchten. Der hatte zwar im Moment nicht besonders viel Aufwind, weil sich die Schlacht um Stalingrad zugunsten der Sowjetunion und gegen Nazideutschland entwickelte. Für den Fall, dass sich dort das Blatt noch einmal wenden würde, bekäme diese Gruppierung wahrscheinlich einen großen Zulauf, weil viele Schweizer mit Hitler und der Verfolgung der Juden sympathisierten.

Sie mussten raus aus der Schweiz.

Am nächsten Morgen setzte er zwei Entschlüsse in die Tat um: Der erste war die Kabelung eines Hilfetelegramms an seinen Onkel Leo in Kanada und der zweite seine Bewaffnung.

Die blonde und vermutliche Arierin im Edelweiß schmückte sich mit dem Namen Lisa. Es handelte sich zwar um eine käufliche Liebe, die sich Joseph inzwischen mehrere Male erworben hatte, aber mit jedem neuen Treffen wuchs eine menschliche Dimension heran, die zunächst klein war, dann tendenziell größer wurde.

Schon nach dem zweiten Treffen hatte Lisa angefangen, sich für sein Schicksal zu interessieren. Da ihm dieses Interesse relativ kommerzfrei erschien, nahm er es dankbar an. Der Zuneigung, die er in seinem bisherigen Leben, reichlich insbesondere von seiner Mutter, empfangen hatte, war er durch Mord und Totschlag verlustig gegangen. Diese Leere würde über Jahre bleiben. Wahrscheinlich würde sie ihn nie wieder verlassen und sein ständiger Begleiter sein. In diese tödlichen Leeren zu stoßen beziehungsweise gestoßen zu werden, war seit Jahrhunderten in Europa christliche Tradition auf der Aktiv- und jüdische Tradition auf der Passivseite. Seine Eltern hatten sich mit der Darstellung und Überlieferung dieser Tradition ihm gegenüber sehr zurückgehalten. Sie wollten aus ihm einen modernen, vorurteilsfreien Europäer machen. Die leidvolle jüdische Tradition sollte ihn nicht belasten. Er hatte diese Vermeidungshaltung als künstlich wahrgenommen. Gerade das Künstliche war es, was seinen Verdacht bestärkte und ihn misstrauisch machte. Ein Volk, das Jahrhunderte von seinen Zeitgenossen bestohlen, ausgeraubt und vernichtet wird, trägt dieses Leid, lebt mit ihm und bekennt sich zu ihm. Für ihn war es eine unrealistische Einstellung, so zu tun, als wenn es die jahrhundertealte Verfolgung seines Volkes nicht gegeben hätte. Im Übrigen war es leichtsinnig - auch im zwanzigsten Jahrhundert - als Jude so zu leben, als hätte es dieses Leid nicht gegeben. Seine ermordete Familie war der beste Beweis für diese künstlich propagierte Ahnungslosigkeit und ihre Folgen.

Die große, anscheinend jüdische Leere in seinem Leben würde ihn immer begleiten und er würde mit ihr leben müssen. Trotzdem oder gerade deswegen tat ihm Lisas Interesse an seinem Leben hoffnungsvoll gut. Es war eine ganz normale Hinwendung, die ein interessierter Mensch seinem Mitmenschen entgegenbringt, der Probleme hat, und diese Normalität war es, die guttat.

Dass er mit seiner dreizehnjährigen Nichte unterwegs war - mit ihr eine längere Reise machte, war die Version, von der er Lisa zunächst berichtete - fand ihre besondere Aufmerksamkeit. Sie lebte als alleinerziehende Mutter mit ihrer zwölfjährigen Tochter zusammen und konnte sich deshalb gut in Josephs Lage versetzen.

An einem freien Nachmittag waren sie zusammen mit den beiden Mädchen in einem Kaffee neben einer großen Rodelbahn eingekehrt. Die beiden Mädchen hatten bald entdeckt, dass es einen Schlittenverleih gab, und da war natürlich kein Halten mehr; für Rebecca ein willkommener Anlass, ihre Trauer für einige Momente zu vergessen. Sie rodelten in einer Traube von lauten und sich balgenden Kindern bis zum Beginn der Dunkelheit, während sich Joseph und Lisa angeregt unterhielten und dabei immer näherkamen. Kurz vor dem Ende des Kaffeeaufenthaltes fasste sich Joseph ein Herz und fragte Lisa nach einer Waffe und ob sie jemanden wisse, der ihm eine Pistole verkaufen würde.

Lisa war einigermaßen geschockt und fragte ihn nach dem Sinn der Aktion. Da gestand er ihr alles: „Ich bin vor fast einem Monat aus Deutschland geflohen. Ich bin Jude. Meine Eltern und die Familie meines Bruders sind von den Nazis entführt worden und leben wahrscheinlich gar nicht mehr. Rebecca und ich sind die einzigen Überlebenden und ich habe Angst, dass uns ein ähnliches Schicksal droht. Damit sind wir auch die einzigen Zeugen, dafür, dass es meine Familie gegeben hat und für ihr Vermögen, das die Nazis wahrscheinlich längst beiseite geschafft haben.

Ich lebe hier zehn Kilometer von der deutschen Grenze entfernt in ständiger Angst ..."

„Aber wir sind doch in der Schweiz. Die Deutschen haben hier nichts zu sagen ..."

„Im Moment trifft das noch zu. Aber es gibt auch bei euch eine starke nationalistische Bewegung, die lieber heute als morgen in der Schweiz nationalsozialistische Verhältnisse einführen will. Ich habe davon in der Zeitung gelesen. Es heißt, sie arbeiten auch jetzt schon illegal mit den Nazis zusammen."

So oder ähnlich verlief ihre Unterhaltung damals. Er konnte Lisa zwar davon überzeugen, dass es gut war, sich zu bewaffnen. Es war aber einiges an Überzeugungskraft notwendig. Sie versprach ihm endlich, sich nach entsprechenden Kontakten umzuhören und sprach von einem entfernten Onkel Alois, der Schmugglern illegal Waffen verschaffte.

Aus dem gegenseitigen Interesse war an diesem verschneiten Nachmittag echte Zuneigung geworden, und zwischen dieser Zuneigung und Liebe befand sich eine hauchdünne Schicht. So jedenfalls Josephs Gefühle. Er sagte Lisa davon nichts und traute sich auch nicht, sie zu fragen, wie es bei ihr aussah. Gut, dass die hauchdünne Schicht da war.

Der gegenwärtige Zeitpunkt war äußerst ungünstig für eine große Liebe. Es hing überhaupt nicht damit zusammen, dass sie eine Prostituierte war. Dass er das Entstehen einer Beziehung zunächst einmal vermeiden wollte, hing mit seiner Situation als Flüchtling zusammen oder noch viel mehr mit seinem gnadenlosen Sinn für seine jüdische Realität, den er – sehnsüchtig nach Liebe – verfluchte, der ihm und Rebecca aber schon einmal das Leben gerettet hatte, und dessen Fehlen bei seiner Familie deren Tod zur Folge gehabt hatte.

Auch der Wunsch nach einer scharfen und gefährlichen Waffe gehörte zu diesem Realitätssinn.

In der friedlichen Schweiz rieselten jede Nacht Unmengen von friedlichen Schneeflocken auf den neutralen Boden, jedenfalls keine amerikanischen und englischen Bomben wie in Deutschland, plapperten gut gekleidete Damen Nachmittage lang in edlen Kaffeehäusern und gaben das viele, von ihren Männern zum Beispiel mit der Verwaltung von Nummernkonten verdiente Geld aus.

In diese friedliche Schweiz passte einfach kein Jude, der um sein Leben wie Espenlaub zitterte und der mit einer Beretta oder *08* herumfuchtelte, vielleicht ein Fall für den Psychiater. Mit einer solchen Waffe müsste er äußerst vorsichtig und zurückhaltend umgehen. Selbst jemand wie Lisa von der Gefahr zu überzeugen, in der sich er und Rebecca befanden, hatte eine Menge Überzeugungskraft gekostet, und Lisa hatte wirklich nicht nur auf der Sonnenseite des Lebens gestanden.

Sie, eine ehemalige Friseuse, hatte sich von ihrem Mann, einem Banker, trennen müssen, weil er die Finger nicht von seiner Tochter lassen konnte. Bei dieser Trennung war es zu zahlreichen gewalttätigen Szenen gekommen, die in jeder Beziehung sehr schmerzhaft für sie verlaufen waren. Und ihr Job, der in direktem Zusammenhang mit dieser Trennung stand, tat ein Übriges dazu, dass sie nicht gerade über ein sonniges Gemüt verfügte.

Der Anruf erreichte ihn mittags im Hotel: „Stimmt es, dass Sie an einer Handfeuerwaffe interessiert sind?" Lisa hatte gute Arbeit geleistet.

„Wer spricht denn da?"

„Keine Fragen bitte!"

Joseph kapierte sofort. „O.K. Das stimmt."

„Ich verkaufe Ihnen eine fast ungebrauchte *08*, allerdings für dreihundertfünfzig Franken und es gibt keinen Verhandlungsspielraum nach unten."

Noch ein „O.K." von Joseph.

„Ich habe aber noch eine Frage."

„Und die wäre?"

„Ich habe noch nie eine Pistole bedient. Können Sie mir zeigen, wie man so etwas macht?"

„Herr Gott sakra! Das ist ein scharfes Gerät. Davon muss man etwas verstehen. Das ist was anderes als die Bedienung eines Waschbretts. Wie stellen Sie sich das vor? Eine Übungsstunde im Stadtwald, vielleicht neben der Rodelbahn?"

„Kennen Sie nicht ein einsames Grundstück auf dem Land, wo ich unter Ihrer Anleitung üben kann?"

„Das kostet aber und es muss unter uns bleiben, zu keinem ein Sterbenswörtchen."

„Versteht sich, kein Problem."

Die Geheimnistuerei des Anrufers kam ihm entgegen.

„Haben Sie ein Automobil? Mit Schneeketten?"

„Ja, die Ketten könnte ich mir umgehend besorgen."

„Gut, ich könnte mit Ihnen zu Sepps Alm fahren. Da ist es relativ ruhig. In dem Wald dort können Sie ein wenig üben. Aber ohne Schneeketten kommen wir da nicht hin. Passt es Ihnen übermorgen? Ich frage Sepp, ob er den Schnee mit seinem Schneepflug wegschiebt."

Sie verabredeten sich für den übernächsten Tag. Joseph versprach, um zwölf Uhr mittags vor dem Hotel im Horch zu sitzen.

Der Waffenverkäufer - einen Namen nannte er nicht - war ein circa fünfzigjähriger Mann, der einen wattierten Mantel und hohe Lederstiefel trug. In der Hand hielt er eine Schaufel.

„Für den Schnee da oben", sagte er auf den fragenden Blick Josephs hin.

Er bewunderte den Horch, der in der Hotelgarage gestanden hatte und sich in blankem Schwarz und völlig schneefrei präsentierte, und vergaß nicht, nach den Ketten zu fragen. Dann dirigierte er sie aus der Stadt Richtung Säntis heraus. In einem Vorort bei einer Tankstelle legten sie dem Wagen die Schneeketten an. Der Schnee wurde höher, je weiter sie aus der Stadt herausfuhren.

Die dichte Schneedecke dämpfte das Motorgeräusch des Wagens auf ein Minimum. Joseph genoss immer wieder die Fahrt und den Komfort der großen Limousine. Der Zeitpunkt, an dem er sich von dem Wagen trennen müsste, kam näher und er bedauerte es.

Die Wohnhäuser wurden weniger. Die Wiesen im Tal bildeten eine riesige weiße Fläche. Der Schnee hatte die Weidezäune und Abgrenzungen völlig bedeckt. Nach einer halben Stunde passierten sie die ersten schneeverhangenen Bäume und sahen schließlich den Wald in einer Höhe von ungefähr dreihundert Metern.

„Schafft der Wagen die Steigung? Der Schneepflug ist zwar heute Morgen schon durch. Aber eine Restglätte bleibt immer auf der Straße."

Joseph brummte etwas wie: „Schaun wir mal" und konzentrierte sich auf die Verhinderung des Ausbrechens des Hecks in den Kehren. Es war jetzt ungeheuer wichtig, dass der Wagen nicht zum Stehen kam, sondern immer in Bewegung blieb. Ein entgegenkommendes Fahrzeug hätte den Anstieg unterbrochen. Der Schneepflug hatte nur eine zwei Meter breite Schneise in den Schnee gefräst. Die Ketten auf den Rädern des gutmütig brummenden Achtzylinders drehten das Fahrzeug langsam, aber stetig durch die Serpentinen in den Berg auf den Wald zu.

Der Anstieg hatte ungefähr eine halbe Stunde gedauert.

„Ich hab heute Morgen mit dem Sepp telefoniert. Er hat dahinten einen kleinen Abstellplatz für das Fahrzeug in den Schnee gepflügt."

Joseph sah die kleine Schneise, in die der Horch gut hineinfahren konnte. Es war sogar noch etwas Platz, um später rückwärts zu rangieren.

„Nehmen Sie mal die Tasche."

Der Waffenverkäufer ging mit der Schaufel voran. Er schob lediglich die weiche, flockige Schneeschicht beiseite. In die festere darunterliegende Schicht sanken sie tief mit den Stiefeln ein und hatten ihre Mühe dabei. Nach zwanzig Metern befreite der Waffenverkäufer einen glatt abgesägten Baumstumpf und den darumliegenden Bereich vom Schnee. Es kamen einige zerbeulte Konservendosen mit Einschusslöchern zum Vorschein.

„Waren Sie gar nicht beim Militär oder haben Sie den Gebrauch einer Waffe schon wieder verlernt?"

Joseph murmelte Unverständliches. Warum sollte er erklären, dass *Kohn & Söhne* zwar Waffen, unter anderem genau das Modell *08*, das in der braunen Ledertasche lag, für die deutsche Wehrmacht produziert hatten. Für das Ausprobieren der Funktionsfähigkeit solcher Waffen war eine ganz bestimmte Abteilung zuständig gewesen. Ihn hatten nur die Logistik und das Marketing, die Beziehung zu den Beschaffungsabteilungen bei der Wehrmacht, interessiert. Sein Bruder, der den Umgang mit Waffen interessant fand, hatte ihn sogar mal aufgefordert, mit in die Ballistik zu kommen und schießen zu lernen. So gesehen, war seine Weigerung damals ein Fehler gewesen.

Sie beide waren jedenfalls nicht in der Wehrmacht gewesen. Ihr Vater hatte ihre Einberufung immer mit dem Hinweis darauf verhindern können, dass der Einsatz der Kohnsöhne in den Fabriken mit kriegsrelevanter Produktion sinnvoller für die Erreichung des Kriegsziels sei als der persönliche Einsatz in der Armee.

Dass die väterlichen Gesuche nach Freistellung der Söhne vom aktiven Dienst in der Wehrmacht wahrscheinlich wesentlich damit zusammenhingen, dass die Kohnsöhne reinrassige Juden waren, war Joseph immer bewusst gewesen. In der Zeit, in der er mit seinem Bruder in der Firma die kriegswichtige Produktion vorantrieb, waren ja viele *normale* Juden schon verhaftet und verschwunden. Der Dienst von Juden in deutschen Institutionen, also auch in der Wehrmacht, war verboten. So gesehen, war es eine Art falscher Höflichkeit, dass das zuständige Amt die Anträge von Vater Kohn überhaupt angenommen und beschieden hatte.

Genauso wie die deutschen Behörden und die Justiz bei dem Mord an Menschen eines ganz bestimmten Typus wegsehen konnten, konnten sie, wenn es einem höheren Ganzen, dem Endsieg zum Beispiel, diente, auch mal so tun, als wenn dieser Menschentyp ein ganz normaler, untadeliger deutscher Staatsbürger wäre.

Die Korrektur konnte dann später trotzdem noch erfolgen. Dann hatte man sich einfach in der Rasse des Menschen geirrt und das Bemerken dieses Irrtums führte bei der Kohnfamilie zu einer etwas späteren Liquidierung als beim Durchschnittsjuden.

Die Nazis konnten es sich gar nicht leisten, Juden in der Wehrmacht Dienst tun zu lassen. Juden in der Wehrmacht würden auch Juden als Ritterkreuzträger bedeuten. Das ganze System würde sich damit selbst infrage stellen und sich angreifbar machen.

Wie auch immer. Die Nazis hatten seine Familie ausgelöscht und würden sicherlich nicht zögern, auch das seine und Rebeccas Leben auszulöschen. Seit ihrer gelungenen Flucht in die Schweiz war der Verdacht in ihm gewachsen, sie würden wahrscheinlich nicht nur nicht zögern, sie beide zu töten, sondern aktiv ihre Liquidierung betreiben. Angesichts der Bedeutung des Vermögens und des Images seiner Familie war es nur logisch, die beiden Überlebenden verschwinden zu lassen. Jeder Gangster und Verbrecher würde genauso handeln. Den Gebrauch dieser Waffe zu üben war also überlebenswichtig.

Es stellte sich heraus, dass Joseph ein guter Schüler war. Die ersten Schüsse gingen wegen des unerwarteten Rückschlags weit am Ziel vorbei.

Etwas später traf er die Konservendosen auf Anhieb und das auf eine Entfernung von zehn Metern. Nachdem er sich von dem einwandfreien Funktionieren der Waffe überzeugt hatte, wechselten dreihundertfünfzig Franken den Besitzer. Die Kosten für die Übungsstunden sollten beim nächsten Mal bezahlt werden, vereinbarten sie.

Der Waffenverkäufer lobte ihn und stellte Fragen nach seiner Herkunft und einem potenziellen Aufenthalt in der Armee. Joseph antwortete ausweichend und blieb seiner Haltung treu.

Irgendwann antwortete er auf eine neue Frage brüsk mit: „Keine Fragen, das kommt doch von Ihnen, oder?"

Danach blieb die Unterhaltung zwischen ihnen auf die korrekte Haltung der *08* und auf das Wetter beschränkt. Mit eiskalten Füßen verließen sie die Alm gegen fünfzehn Uhr, als die Dämmerung hereinbrach.

Auf dem Rückweg sprachen sie kaum miteinander, was Joseph völlig recht war. Vor dem Hotel angekommen, verabredeten sie sich für die gleiche Zeit eine Woche später.

Joseph hatte sich auf die nun bevorstehende nächste Lektion mit der *08* gefreut. Dabei ging es ihm nicht nur darum, dass ihm das Handling mit der Waffe Spaß machte. Er genoss wieder die Fahrt in die verschneite Landschaft und das gutmütige Brummen des großen Wagens. Außer der Schaufel hatte sein Unterweiser einen Rucksack mit leeren Konservendosen dabei.

„Werden Sie eigentlich verfolgt?"

Joseph dachte schon, er würde wieder mit seiner Fragerei anfangen.

„Kennen Sie den Wagen hinter uns?"

Joseph guckte in den Rückspiegel und erblickte in vierzig Meter Entfernung eine dunkelgrüne Limousine. Auf den Vordersitzen saßen zwei Personen mit Hüten.

„Ich habe den Wagen noch nie gesehen."

„Die fahren schon eine ganze Zeit hinter uns her. Kann es sein, dass Sie jemand verfolgt?"

„Nicht, dass ich wüsste."

Der Waffenverkäufer wurde zunehmend unruhiger. Lisa hatte Joseph gesagt, dass er wahrscheinlich wegen Schmuggels von der Polizei gesucht würde. Daher seine Unruhe.

„Ich schlage vor, wir hängen die erst mal ab. Da vorne auf dem Hof können Sie wenden."

Hinter einer Kurve, die durch Bäume nicht einsehbar war, wurde ein Bauernhof sichtbar. Der Misthaufen dünstete warme Wolken aus. Ein Mann mit Fellmütze und braunem Filzmantel spannte gerade ein Pferd vor einen Schneepflug. Aus den Nüstern des Pferdes strömten ebenfalls kleine Wasserdampfwölkchen. Der größte Teil des Schindeldaches war schneebedeckt. Aus dem Schornstein quoll weißer Rauch. Auf dem Platz vor Scheune und Haus war der Schnee frisch gefegt. Joseph wollte gerade das winterliche Stillleben genießen.

„Hier rein und auf dem Hof wenden!", rief sein Beifahrer laut und erregt.

Er bremste den Wagen kräftig ab. Das Heck brach ein bisschen aus, ließ sich aber dank der Ketten ganz gut auffangen. Der Gesichtsausdruck des völlig überraschten Bauern, der bis dahin friedlich an seinem Pferd hantiert hatte, wurde ärgerlich, als der Horch mit Schwung das offene Tor passierte.

Sein Beifahrer hatte das Fenster heruntergekurbelt und winkte:

„Hallo Sepp, da will jemand hinter uns her. Mach hinter uns das Hoftor zu."

In diesem Moment sahen sie den dunkelgrünen Mercedes am Hof vorbeifahren. Kurz danach ein Bremsgeräusch.

„Wenden und zurückfahren. Machen Sie schnell. Die hängen wir jetzt ab."

Das Getriebe krachte, als Joseph den Horch wendete und den Hof in Gegenrichtung verließ. Sie schlugen den Weg zurück nach St. Gallen ein.

Der Mercedes setzte zurück und wollte ebenfalls auf dem Hof wenden, aber der Bauer hatte das Hoftor schon geschlossen. Die wütenden Blicke des Mercedesfahrers und seines Begleiters ließen ihn völlig gleichgültig. Wenn er gesehen hätte, dass der Beifahrer eine Pistole in der Hand hielt, hätte er vielleicht anders reagiert. Das hätte auch für Joseph und seinen Beifahrer gegolten.

Sie passierten gerade die ersten Vororte von St. Gallen und sahen den grünen Mercedes circa einen Kilometer entfernt.

„Hab ich doch gesagt, die haben es auf uns abgesehen. Ich frage mich nur, auf wen von uns beiden? Ich hab zwar öfter etwas mit der Schmiere zu tun, aber derzeit läuft bei mir nix. Das muss mit Ihnen zusammenhängen. Fahren Sie bei der Tankstelle da vorne hinter den Laster. Dann sehen die uns nicht."

Der große, mit Kohlesäcken beladene Laster war ein gutes Versteck. Hinzu kam, dass vier Männer dabei waren, die Säcke abzuladen und damit das Versteck perfektionierten. Joseph, der noch nie im Leben an einer Verfolgungsjagd im Auto teilgenommen hatte, bekam Angst. Waren seine Häscher schon hinter ihm her oder vielleicht Polizei, die ihn zu einem Verhör wegen illegaler Einwanderung mitnehmen wollte? Vielleicht Abschiebung? In der Annahme, die Verfolger hätten es auf seine Begleitung abgesehen, war er innerlich sehr ruhig geblieben. Das war jetzt vorbei und seine Finger takteten nervös auf dem Lenkrad.

„So, die sind wir erst mal los. Wollen Sie jetzt noch immer Ihre Lektion?"

Sie hatten vor ein paar Minuten gesehen, dass der Mercedes an der Tankstelle vorbeigefahren und nicht zurückgekommen war.

Joseph überlegte und entschied sich für eine weitere Lektion im Gebrauch der Waffe. Sie fuhren zurück auf die Alm. Die Bedrohung durch die Verfolger hatte ihn umso mehr davon überzeugt, wie wichtig es wurde, sich im Ernstfall verteidigen zu können. Das musste nicht unbedingt Schweizer Polizei gewesen sein. Die Landesgrenze zu Deutschland war vielleicht zehn bis zwanzig Kilometer von hier entfernt. In ihm nahm das Gefühl Oberhand, die Bedrohung habe ihm und Rebecca gegolten.

Eine dreiviertel Stunde später parkten sie den Horch in der frisch aus dem Schnee gepflügten Haltebucht. Er würde den Bauer für die Arbeit mit dem Schneepflug bezahlen müssen.

„Können wir nachher noch einmal zu Ihrem Bekannten, dem Sepp, fahren? Ich will ihn noch für die viele Arbeit bezahlen."

„O.K., machen wir."

Sein Begleiter schob die lockere Schneeschicht wieder mit der Schaufel beiseite und sie stapften zum Schießplatz. Trotz der Aufregung: Joseph hatte eine ruhige Hand beim Schießen und erzielte wieder gute Ergebnisse. Sein Begleiter war zufrieden mit ihm. Er hatte eine eigene Waffe dabei und es entstand eine Rivalität um die meisten Treffer. Sie waren beide etwa gleich gut. Später zeigte ihm sein Begleiter, wie man die Waffe auseinandernahm und einölte. Von der Technik des Schießens verstand er nun genug.

„Wenn Sie die Waffe häufig gebrauchen, zerlegen Sie sie einmal die Woche und putzen sie mit einem in Öl getränkten Lappen, am besten ein Öl ..."

Das Zischen mit dem unmittelbar folgenden Plopp kam ganz dicht an Josephs Ohr vorbei.

„Sofort auf den Boden. Das sind die mit dem Mercedes. Das ist keine Polizei."

Zwei unterschiedliche Geräusche bewiesen: Ihre Angreifer waren zu zweit und sie schossen auch mit Pistolen. Die Schüsse kamen aus dem Wald vor ihnen. Wegen des vielen schneebedeckten Unterholzes konnten sie ihre Gegner nicht ausmachen. Die allerdings gaben sehr gezielte Schüsse auf sie ab und wussten anscheinend sehr gut über ihre Position am Waldrand Bescheid. Die Kugeln pfiffen über ihre Köpfe. Wenn man nur das eine Geräusch hörte, lud der andere gerade sein Magazin neu.

Sie mussten sich auf ihr Gehör verlassen und erwiderten das Feuer in die Richtung, aus der die Schüsse kamen. Das hatte offenbar für etwas Überraschung gesorgt. Für ein paar Sekunden unterbrachen ihre Gegner das Feuer. Danach pfiffen die Kugeln erneut über ihre Köpfe und lösten ihre heftige Gegenwehr aus.

Da sie Ersatzmagazine mit vielen Patronen zum Üben dabeihatten, fühlten sie sich im Hinblick auf ihre Sicherheit in einer relativ komfortablen Situation. Das würde sich ändern, wenn ihre Gegner eine Flinte benutzten. Aus einer weiteren Entfernung könnten sie wie Wild gejagt werden, und mit den Pistolen könnten sie nichts ausrichten. Da müssten sie schon die Dunkelheit abwarten.

Einfach sofort die Flucht zum Horch anzutreten, kam auch nicht infrage. In dem säßen sie auf einem Präsentierteller.

Wenn sie durch den hohen Schnee krabbelten, wäre das wahrscheinlich die sicherste Methode, den Gegnern zu entkommen.

„Aber warum ihnen entkommen?" Joseph, der anfangs am liebsten in eine Art Totstellreflex geflohen wäre, spürte, wie die Wut über diesen Mordanschlag in ihm riesig heranwuchs.

Wahrscheinlich hatten die Pistolenschützen, die irgendwo dreißig Meter vor ihnen im Unterholz lagen, gedacht, der Kampf wäre schon nach kurzer Zeit zu ihren Gunsten beendet. Anscheinend hatten sie sich das ein wenig einfacher vorgestellt: Joseph Kohn, ein Jude ohne jede militärische Ambitionen, ein Sesselfurzer, der seine Tage in Büros verbrachte, ein Geldmensch mit unendlich viel Kapital, wenig Kontakt zu Menschen und wenn, dann als Gutmensch bei Betriebsfeiern oder Wohlfahrtsveranstaltungen auftretend, würde ein leichtes Opfer sein. Den würden sie abknallen wie einen Hasen.

Sein Begleiter, der ihm den Umgang mit der Waffe zeigte, das war schon ein anderes Kaliber. Bei dem mussten sie aufpassen. Als Schmuggler hatte der schon manches Feuergefecht mit Zollbeamten in den Alpen erfolgreich zu seinen Gunsten beendet. Aber diesmal war er quasi allein. Kohn spielte ja noch in der Liga Jugendschützenverein.

Düsseldorf November 1942

aus einem Schreiben
SS-Oberabschnitt West Düsseldorf
an SS-Wirtschafts- und Verwaltungshauptamt Berlin

Datum der Enteignung 30.10.1942

Überführung der Kohn AG in das Kontingent
von SS-Wirtschafts- und Verwaltungshauptamt

Verweis auf Bericht vom 30.10.1942
durch SS-Oberabschnitt West Düsseldorf

Bei der Inhaftierung der Eigentümerfamilie fehlten die Personen Rebecca Kohn, geb. 1929 und Joseph Kohn, geb. 1908.

Auf Nachfrage beim Hauspersonal stellte sich heraus, dass Joseph und Rebecca Kohn am Vortag der Inhaftierung die Villa mit unbekanntem Ziel verlassen hatten. Hauspersonal macht allerdings den Eindruck, dass das Ziel der Reise ansatzweise bekannt ist. Im schlimmsten Fall hat Joseph Kohn mit seiner Nichte die Flucht angetreten.

Bei einem Telefonat am Abend der Inhaftierung nennt ein Bekannter (Freund) der Familie Kopenhagen, Dänemark als Reiseziel der möglichen Dienstreise Kohns. Entsprechende Nachfragen erwiesen sich als Fehlanzeigen.

Unsere Vermutungen gehen dahin, dass Joseph Kohn der vermeintliche Anrufer war und mit der Nennung des Ziels Kopenhagen eine falsche Spur legen wollte.

Da Kohn & Söhne gute Beziehungen zur Schweiz hat und viele Kontenbewegungen der Firma von St. Gallen nach Essen und vice versa gehen, haben wir unseren Mann in der Deutschen Botschaft beauftragt, den Verbleib der beiden Kohns in der Schweiz zu erforschen.

Sein Bericht folgt, sobald er hier verfügbar ist.

Gez. Dr. Müller, Obersturmbannführer,
SS-Oberabschnitt West Düsseldorf

Auschwitz Berlin Norddeutschland Mitte Januar 1945 Am Vorabend hatte ihn sein Freund aus Berlin telefonisch über den gegenwärtigen Kriegsverlauf informiert und dieser Freund war in der obersten Heeresleitung als eine Art Sekretär tätig. Die Rote Armee hatte die Ostgrenze des Reiches bereits überschritten. Ohne einen eventuellen Widerstand bestünde für die Russen die Möglichkeit, Auschwitz in ein paar Tagen zu erreichen. Der Lagerkommandant ließ sich von der höflich grüßenden Ordonnanz die gesamte Akte der Kohns mit sämtlichen Unterlagen geben, fingerte sich die gesuchten Dokumente aus einem Briefumschlag und steckte sie in seine Aktentasche.

Danach ließ er seinen Stellvertreter kommen und informierte ihn, er müsse noch heute in die Zentrale nach Berlin, würde ein paar Tage dort bleiben und übergab ihm das Kommando des Lagerleiters.

Kohn Senior betreffend gab er keinerlei Anweisungen, was sein Stellvertreter eigentlich erwartet hatte. Vor Kurzem war hohe SS-Prominenz im Lager erschienen, um das Problem Kohn doch noch zufriedenstellend zu lösen. Dabei war es zwischen dem Mann von der Zentrale in Berlin und dem Lagerkommandanten offensichtlich zu einem heftigen Streit gekommen. Es hieß sogar, der Lagerkommandant habe den Berliner des Lagers verwiesen, und alle warteten gespannt auf die Replik, die demnächst aus Berlin kommen würde. Wahrscheinlich bestand sie darin, dass der Chef nun nach Berlin zitiert wurde. Ihm war das gleichgültig. Er würde hier einfach seine Arbeit tun und das Lager leiten.

Der Kommandant bat ihn, die Akte zurück in die Registratur zu geben und verabschiedete sich, als draußen der Wagen in den Hof einfuhr. Den Sekretärinnen teilte er mit, er würde in ungefähr einer Woche wieder im Lager sein.

Die Fahrt nach Berlin würde den ganzen Tag dauern. Wahrscheinlich würden sie sehr spät ankommen. Wegen der Bombenangriffe gegen das Reich waren viele Brücken und Straßen zerstört. Die Reparaturen wurden grundsätzlich nur an strategisch relevanten Stellen und improvisiert ausgeführt. Als hoher SS-Offizier genoss er einen quasi militärischen Status und durfte viele Stellen passieren, wenn er seinen Ausweis zeigte.

In den Dörfern, durch die sie fuhren, sah man fast gar nichts vom Krieg und seinen Folgen. Sobald man sich größeren Städten näherte, zeigte sich ein ganz anderes Bild. Viele der größeren Brücken waren zerstört, manchmal aus strategischen Gründen von Sprengkommandos der Wehrmacht selber, und sie mussten mehrmals Provisorien aus miteinander verbundenen Schwimmkörpern benutzen. Einige größere Städte hatten sich bereits in Ruinenlandschaften verwandelt. Die Menschen, denen sie in diesen Städten begegneten, machten einen ausgelaugten und resignierten Eindruck. Nach Zuversicht und Siegesgewissheit, die der Bevölkerung in Radiosendungen von der Propaganda angedichtet wurde, suchte man hier vergeblich. Zweimal durften sie nicht passieren, weil der Ort, durch den sie fahren mussten, gerade von Bombardierung bedroht war.

Seine neu entstandene Leidenschaftslosigkeit dem Regime gegenüber, dem er immerhin seine Karriere und gesellschaftliche Stellung verdankte, ließ ihn frösteln.

Schon als Jugendlicher hatte er sich in der Hitlerjugend und deren Vorgängerorganisationen engagiert, war als einer der ersten Jugendlichen Mitglied der SS geworden und hatte es nie an Engagement fehlen lassen. Die Erfolge seiner Haltung und seines Einsatzes für die Bewegung hatten ihm immer recht gegeben. Die Bewegung wuchs und wurde jeden Tag stärker. Inzwischen saß sie längst an den Schalthebeln der Macht. Diese Dynamik hatte er früher als andere Gleichaltrige begriffen. Als diese noch zögerten und überlegten, ob und in welchem Maße sie sich der Bewegung anschließen sollten, war er längst Mitglied und aktiv tätig. Dass es bei diesen Einsätzen einer gewissen Hemdsärmeligkeit und Skrupellosigkeit bedurfte, war ihm nur recht gewesen.

„Von nichts kommt nichts" und „Wo gehobelt wird, da fallen Späne" waren die Kommentare seiner Führungspersonen und Anleiter aus der Bewegung, wenn sie einen fragenden Gesichtsausdruck bei ihm wahrnahmen. Eine gewisse Unsicherheit war bei ihm in den Anfangsjahren der Bewegung schon aufgekommen, wenn sie in irgendeiner Nacht die Tür zur Villa eines prominenten Gegners aufbrachen, um diesen zu töten. Die Schreie der überlebenden Angehörigen hatten ihn in manchen Träumen gequält, und diese Alpträume verunsicherten ihn partiell. Wenn ihm beruhigend vom Leiter der Aktion ein: „Das war ein Schwein. Der hat der Bewegung geschadet. Wenn solche Leute weiterhin ihr Unwesen treiben, kommen wir nie aus der Misere", entgegengehalten wurde, ließ er sich überzeugen und gab sich zufrieden.

Die Tatsache, dass die Tötungen quasi nie oder nur halbherzig von Polizei und Gerichten verfolgt wurden, ließ bei ihm das Bewusstsein wachsen, dass alles schon seine Ordnung habe. Als er den Chef seiner Aktionsabteilung einmal danach fragte, was sie tun würden, wenn die Polizei und Staatsanwaltschaften ermitteln würden, bekam er die Antwort:

„Das wagen die nicht!"

Wahrscheinlich deshalb nicht, weil sie dann nachts in ihren Häusern getötet werden, hatte er manchmal gedacht.

Solche kritischen Gedanken vor seinen Genossen zu äußern, hätte er sich natürlich nie getraut.

In dem Bezugsrahmen der in der Bewegung aktiven Parteigenossen handelte es sich dabei auch nicht um Morde, sondern Hinrichtungen, mit denen sich das Deutsche Volk vor Verrätern schützen müsse. Sein Einsatz bekam also einen quasi heroischen Anstrich, der sein Selbstbewusstsein stärkte und stärken sollte.

Die Tatsache, dass die Personen, die die Aktionen lenkten, in der Regel Männer in dem Alter seines im Krieg gefallen Vaters waren, die den Krieg und seine Härte erlebt hatten, also mitreden konnten, hatte ihn wahrscheinlich am meisten geprägt und überzeugt. Als Jugendlicher hatte er lange nach väterlicher Anerkennung gehungert, hatte sich nach einer Vaterfigur gesehnt, die ihm das Schicksal verweigert hatte, wenn es überhaupt das Schicksal war. In der Bewegung wurde es als Fakt angesehen, dass die Personen, die sie am Anfang der dreißiger Jahre hingerichtet hatten, sämtlich Mitschuldige am verlorenen Krieg waren. Sein Schicksal war von ihnen gewissermaßen fabriziert, und jetzt rächte er sich.

Als seine Organisation, die SS und die dortigen Chefs den Eindruck von ihm gewonnen hatten, er habe sich die Hörner abgestoßen, die Selbstzweifel bei ihm seien nun passé, trafen sie die Entscheidung, er sei nun reif für höhere Aufgaben. Wegen seiner Kaltblütigkeit und Entschiedenheit war er kurze Zeit wachhabender Offizier in mehreren KZs gewesen, hatte sich dabei ein umfangreiches Wissen über die Komplexität und das riesige Aufgabenspektrum dieser Lager erworben und wurde schließlich als relativ junger Mann – er war 1908 geboren – zum Lagerkommandanten ernannt. Mit dieser Beförderung zählte er nun zur Elite der SS und man gab viel auf seinen Rat und seine Ansichten.

Die Zeit, in der er bewundernd zu den älteren Chefs der Bewegung aufgesehen hatte, war vorbei. Wenn er Fehler sah, spielten Alter und Ansehen der Personen und Gruppen keine Rolle. Es wurden in seinen Augen jeden Tag viele Fehler bei der riesigen Aufgabe gemacht, die sie in den Lagern zu bewältigen hatten. Der größte Fehler bestand oft darin, dass die Bediensteten eines Lagers zu persönlich waren, ihre sadistischen Neigungen ausleben wollten, glaubten, ein lang ersehntes Eldorado für die Erfüllung von bisher latenten Folterwünschen gefunden zu haben, oder andere psychische Störungen ausleben wollten. Solche Leute hatten in den Lagern nichts zu suchen und ihr Einsatz war Gift, verursachte völlig unnötige Reibungsverluste, und war geeignet, Widerstand zu provozieren.

Deshalb hatte die Entwicklung eines Fragebogens durch ihn, der allen potenziellen Bediensteten in Lagern des Deutschen Reichs vorgelegt wurde, und mit dem er den Versuch unternommen hatte, unfähige Bewerber herauszufiltern, ganz schön Furore gemacht. Sein Engagement in dieser Sache führte zu vielen Einladungen zu Fortbildungsveranstaltungen, in denen er als Referent zum geeigneten psychologischen Profil von Lagerbediensteten Stellung nahm. Das war auch der Kern seiner Auseinandersetzung mit Müller gewesen.

Jetzt, durch dieses zerstörte Land fahrend, waren ihm alle Hoffnungen auf ein militärisches und in der Konsequenz politisches Überleben des Regimes zerstoben. Es würde seine Intelligenz und die vieler seiner Genossen beleidigen, wenn man ihnen ernsthaft weismachen wollte, dass man jetzt noch ein bisschen aushalten müsse, um danach den Endsieg zu feiern. Die meisten Angehörigen der SS würden das für das halten, was es nun mal war: Propaganda. Wenn man jetzt hellseherische Fähigkeiten hätte! Wie würde jetzt alles weitergehen?

Offenbar war ein völlig alternatives Vorgehen gefragt. Bisher hatten sie alle in einer Organisation gelebt und von ihrem Schutz und ihrer Fürsorge profitiert. Bis zu einem gewissen Grad hatte die Organisation auch den innerorganisatorischen Gedankenaustausch gefördert. Außerdem hatte es auch informelle Beziehungen, Freundschaften und Feindschaften gegeben.

Ein reeller Austausch war nun nicht mehr möglich. Wer in dieser Situation seine wirkliche Meinung äußerte, würde sich sofort verraten. Das würde drastisch negative Konsequenzen bis zur Tötung haben. Im Grunde war damit schon das Ende der Organisation besiegelt. Denn eine Organisation wird unter anderem deshalb gegründet, um von der potenzierten Intelligenz der ihr angehörenden Mitglieder zu profitieren und damit die Realität zu gestalten. Da dieser Austausch nun verboten oder zu gefährlich war, war die Organisation jetzt dumm: Ein Haufen von Leuten, die sich was vormachten oder zumindest so taten, als würden sie sich noch entschlossen einsetzen und insgeheim schon wünschten, niemals ihr Mitglied geworden zu sein.

Natürlich würden die Sieger später als Erstes ihre Organisation zerschlagen und verbieten. Tot oder nutzlos war sie aber von allein geworden und zwar bereits zum gegenwärtigen Zeitpunkt. Er begriff, dass es längst schädlich für ihn war, ihr anzugehören, ihr Mitglied zu sein. Sie jetzt zu verlassen, konnte aber auch sehr schädlich für ihn sein. Es war eine Zwickmühle, in der er sich befand.

Als ihn sein Chauffeur beim Hotel, das er schon vor zwei Tagen gebucht hatte, abgeliefert hatte, gingen die Sirenen, die einen bevorstehenden Luftangriff der Amerikaner ankündigten. Es war bereits Mitternacht. Er lief mit dem Pförtner, seinen Koffer in der Hand, in den zweihundert Meter entfernten Bunker. Sie verbrachten die ganze Nacht dort und schützten sich mit den Händen, wenn die Bunkerwände dröhnten, aber Treffer erfolgreich abwehrten.

Sein Chauffeur hatte bei einer Tante in Steglitz übernachten wollen und er fragte sich, ob er diese Nacht überlebt hatte.

Sepps Alm November 1942

Die erste Garbe der Geschosse, mit der Joseph und sein Begleiter den Angriff erwidert hatten, schien sehr gut platziert. Sie kam eindeutig aus verschiedenen Pistolen und hatte ihre Gegner gelehrt, es mit ebenbürtigen und harten Gegnern zu tun zu haben. Prima! Joseph schlüpfte zwar mit Angst, aber großer Befriedigung aus der Rolle des Gejagten in die des Jägers, endlich!

Diesmal würde er nicht einfach die Position des fliehenden Wildes übernehmen. Diesmal würde er kämpfen. Die Rolle des Mörders oder Töters von Nazischergen kam ihm gerade recht. Das waren Nazis! Wer sollte ihm sonst in diesem neutralen Land ans Leder wollen? Für Alois war anscheinend klar, dass es diesmal nicht um seinen, sondern um den Kopf Josephs ging. Er hatte ja von Anfang an seine Zweifel bei Joseph gehabt.

Sie duzten sich. Der Angriff auf ihr Leben hatte sie zusammengeschweißt. Sie brauchten sich beide, um dieser Gefahr zu entkommen. Alois, der auch den Eindruck bekommen hatte, dass die Gegner weniger entschlossen als zu Beginn der Attacke schienen, und der von Josephs Angriffslust angenehm überrascht war, schlug vor, einen Zangenangriff zu wagen. Sie sollten beide halbkreisförmig auf die vermutete Position der beiden Gegner durch den hohen Schnee kriechen und am besten aus einer Position in ihrem Rücken angreifen. Er würde im Abstand von jeweils fünf Minuten ein paar Schüsse feuern und Joseph sollte es ihm gleichtun. So würden sie möglichst lange die Fiktion aufrechterhalten können, ihre Ausgangsposition nicht zu verlassen. Beim direkten Kontakt müssten sie aber höllisch aufpassen, sich nicht gegenseitig zu treffen. Die eigentliche Attacke sollte in genau einer Viertelstunde erfolgen. Sie verglichen ihre Uhrzeiten.

Zunächst sah es so aus, als würde der Plan von Alois funktionieren.

Joseph kam sich vor wie ein Schneeregenwurm, falls es so etwas gab. Er kroch durch das verschneite Unterholz und achtete sorgfältig darauf, keine heftigen Bewegungen zu machen. Die jungen, niedrigen Tannen durften ihn nicht dadurch verraten, dass er sie anstieß und die dichte Schneeschicht weithin sichtbar von ihnen herabfiel. Sein Schal hatte sich gelockert und ließ das trockene Schneepulver ungehindert auf seine warme Haut rieseln, wo es augenblicklich zu einer eisigen Brühe schmolz.

Seine nach unten dichten Schaffellstiefel ließen in der Horizontalen den Schnee oben an der Wade eindringen mit dem gleichen Effekt. Er fror zwar, aber er kämpfte um sein Leben und ließ sich nicht wie einen Hasen jagen, eine Befriedigung, die ihn wenigstens innerlich erwärmte.

Plopp, Plopp meldete sich Alois und Josephs *08* echote eine gleichlautende Antwort. Es waren fünf Minuten vergangen. Ihre Gegner erwiderten das Feuer. Aber er hörte die Kugeln nicht mehr über seinen Kopf pfeifen und kroch langsam weiter. Ihren Positionswechsel hatten sie noch nicht bemerkt.

Etwas später hörte er seitlich von sich zum ersten Mal die Stimmen ihrer Gegner. Wenn Alois jetzt wie vereinbart schießen und er mit der *08* antworten würde, war ihre neue Position und ihr Angriffsplan verraten. Diese Möglichkeit hatten sie in der Eile nicht bedacht. Er vertraute darauf, dass Alois den gleichen Gedanken hatte und stillhielt. Einfach weiterkriechen und das so lautlos wie möglich, war jetzt angesagt. Plötzlich konnte er deutlich zwei Stimmen unterscheiden: Eine sprach Schweizerdeutsch, die andere Hochdeutsch: ein binationales Mörderduo.

„Hier, ich hab eine gute Stablampe. Wir warten einfach ab, bis es dunkel wird. Dann knöpfen wir sie uns vor."

Jetzt hatten sie sogar ihren Angriffsplan verraten. Herrlich!

Eine Woge von Mut und Zuversicht breitete sich in Joseph aus. Umso mehr strengte er seine Bemühungen an, sich ungesehen in eine rückwärtige Position der beiden zu begeben.

Plopp, Plopp hörte er Alois Pistole in einer Entfernung von ungefähr zehn Metern.

„Die greifen an." Ihre Gegner hatten die neue Position von Alois ausgemacht. Ein Kugelhagel folgte.

Ein Schrei.

Alois war getroffen. Joseph musste jetzt aktiv werden. Als er sich vorsichtig im Schutz einer vielleicht zwei Meter hohen Tanne erhob, sah er ihre Gegner von sich weg in die Richtung von Alois laufen und dabei heftig schießen. Die Entfernung zu den beiden betrug ungefähr acht Meter.

Ein weiterer Schrei von Alois und dann noch ein Schrei.

Diesmal war seine *08* die Ursache. Er hatte den Schweizer im Rücken, und zwar ziemlich genau in der Herzgegend getroffen und sah ihn langsam in die Knie gehen.

„Hände hoch!" Das war seine Stimme. So hatte er sich noch nie gehört. Diese Entschiedenheit und Aggressivität erinnerte an das Knurren eines angreifenden großen Hundes. Vielleicht nicht aggressiv genug. Der Deutsche drehte sich um, hob die Waffe und war schon tot. Joseph hatte ihn mitten ins Herz getroffen. Wenn er Zeit gehabt hätte, hätte er die große Genugtuung registriert, die ihn überkam, als der Deutsche in den Schnee sank. Sie fühlte sich sehr gut an.

Alois lag am Boden und hielt sich mit der rechten Hand in Hüfthöhe die Seite. Über seinen rechten Stiefel lief ein Blutbach. Seine Augen waren aufgerissen.

„Bring mich zu Sepp! Kein Hospital!"

Der Horch war ungefähr fünfzig Meter weg. Es war ihm nicht möglich, den schweren Körper von Alois zu tragen. Aber Alois legte den Arm um seine Schulter und Joseph stützte im Gehen den schweren Körper. Wegen der vielen Pausen brauchten sie eine Viertelstunde bis zum Horch. Joseph war schweißgebadet.

Alois, der am Anfang des Wegs zum Horch noch ab und zu Unverständliches gemurmelt hatte, war still geworden. Manchmal drang ein tiefes Stöhnen aus seinem Mund.

Joseph öffnete die rückwärtige Tür des Horchs und half ihm unter großen Mühen auf die Rückbank. Dann startete er den Wagen und fuhr langsam den Berg hinunter zum Hof von Sepp. Kurz bevor sie Sepps Hof erreichten, hörte Joseph ein Röcheln auf dem Rücksitz.

ESSEN März 2002

„Herr Köhler, wir würden jetzt gerne Ihre Meinung zu der Angelegenheit hören." Köhler reagierte nicht. „Herr Köhler?", fragte der Vorsitzende. Köhler erschrak. Seine ganze Konzentration war auf die Überwindung dieser neuen Panikattacke gerichtet. Es waren zwei Welten. Die eine die reale: Wulfmeier gegen Schmidt, dessen Segelmast bei einer Brise kurz vor Norderney umgebrochen war und Wulfmeier, friedlich an der Reling der Fähre lehnend, fast zum Krüppel geschlagen hatte. Die zweite irreal, allerdings für ihn heftig real. Seit drei Minuten glaubte Köhler felsenfest: „Gleich werde ich hier im Gerichtssaal ohnmächtig." Nach außen saß er ruhig am Verhandlungstisch. Jetzt guckte er verschämt nach unten auf die Stelle des Fußbodens, auf die er fallen würde. Da würde er gleich liegen. Peinlich. Denn der Psychiater, den er von Zeit zu Zeit wegen seiner Angstneurose aufsuchte, hatte ihn hundertmal beruhigt: „Das sind Ihre Nerven. Ihnen wird nichts passieren. Die letzte Katheteruntersuchung Ihres Herzens, und die ist erst zwei Monate her, hat einen eindeutig negativen Befund."

„Ich sterbe." Dann wieder die Stimme des Vorsitzenden aus einer weit entfernten Welt. „Herr Köhler?"

Eigentlich müsste er jetzt aufstehen und gehen. Das wäre wirklich mal konsequent. Ein psychokranker Mann mit ausgeprägter Angstneurose verlässt seine Arbeitsstelle, weil er eben krank ist und lässt sich krankschreiben. Genau, also los!

Aber würde er es bis zur Tür schaffen? Er würde kurz vor der Tür genau auf dem Kokosläufer zusammenbrechen. Die harten Fasern des Materials würden Druckstellen in seiner Haut hinterlassen. Die Bestatter, die ihn später zurechtmachten, würden sich wundern.

„Was hat'n der für rote Stellen an den Armen? Hat den eigentlich schon die Polizei gesehen?" Er sah die Bestatter, ihn entkleidend, deutlich vor sich. Ein Dicker mit wurstigen Fingern und ein langer Dürrer, dessen fleischloses Gesicht einen guten Tod in einem Theaterstück abgegeben hätte. Jetzt pellte sich der Dicke eine Wurst.

Plötzlich war er wieder vor seinen Augen, der Ausschnitt aus dem Sautet-Film mit Michel Piccoli und Romy Schneider, den er vor allem wegen des zweisitzigen Alfas aus den Fünfzigern und nicht wegen Romy nie vergaß und vergessen würde und schon zigmal gesehen hatte. Diese nicht enden wollende Sterbeszene; der Alfa lag schon zertrümmert im Feld und der Dicke war einer der das Festmahl genießenden Gäste. Südfrankreich mitten auf dem Land. Wäre schön, wenn er jetzt da wäre!

Aber nicht kurz vor seinem Abgang, sondern voll im Leben! Mit *Mon* auf einer Decke, mitten auf der großen Wiese. Sein Schwanz würde hart werden. Aber für einen kleinen Fick waren viel zu viele Leute auf der Wiese.

„Ja?" „Herr Köhler, Sie haben jetzt das Wort." Er schrak auf. Die Attacke war vorbei. Nur sein Puls war noch auf mindestens 130.

„Entschuldigung, Herr Vorsitzender, ich musste kurz einen Blick auf diese Papiere werfen. Also ... ich hab dem Ganzen nichts mehr hinzuzufügen. Der Beklagte wendet hier ein ..." Bla, bla, bla ... juristisches Bla, bla, bla. Er konnte sich selber nicht mehr zuhören. Es war für ihn ein nicht endender Verdruss, sich mit dieser ganzen juristischen Sprache und Kultur zu beschäftigen. Außerdem, er musste ja nicht nur sich selber hören, sondern seine vielen Kollegen, Richter, Staatsanwälte und andere, die in den gleichen Sprechblasen redeten. Es war nicht nur eine Beschäftigung. Er war ein Teil der Jura-Kultur.

Manchmal dachte er, dass die Panikattacken mit seinem immer stärker werdenden Widerwillen gegen die Juristerei zusammenhingen und das, obwohl er ein hervorragender Jurist und Spezialist für Schadensersatz und das Verteidigen von Wirtschaftsdelikten war.

Diesen Prozess hatten sie schon fast gewonnen. Wulfmeier, der noch immer eine schwarze Augenklappe trug, stünde eine lebenslange Rente von circa achthundert Euro monatlich und ein Schmerzensgeld von wenigstens fünfzigtausend Euro zu. Wenn sein Kontrahent jetzt nicht bald einlenkte - der Vorsitzende wurde schon sauer über den nicht enden wollenden Redefluss seines jungen Kollegen - würden sie es sogar bis sechzigtausend schaffen.

Wie lange machte er das eigentlich schon? Mit siebenundzwanzig hatte er als angestellter Rechtsanwalt bei *Köhler, Vogelsang & Partner* angefangen. Jetzt war er zweiundsechzig. Fünfunddreißig lange Jahre hatte er in der Kanzlei gearbeitet. Sein Vater hatte die Kanzlei Anfang der Dreißiger in Essen gegründet. Jetzt waren sie zehn Anwälte, wenn man die jungen Hüpfer mit den Angestelltenverträgen nicht mitrechnete.

Der Vorsitzende hatte nichts gemerkt. Er könnte in diesem Saal Purzelbäume schlagen und das damit begründen, das sei wegen seines Kreislaufs notwendig und habe ihm sein Arzt verordnet. Auch das hätte man ihm durchgehen lassen. Darauf würde er wetten. Sein Ruf als Anwalt, als Verhandlungspartner, der schnell zur Sache kam, ohne das anstrengende Salbadern gewisser Kollegen. Er war beliebt. Ursprünglich war er sich gar nicht bewusst, wie sehr.

Bis dann vor fünf Jahren Emma an Krebs gestorben war und ihm eine überwältigende Sympathie entgegenschlug. Eine Menge Beileidsbriefe und -bekundungen. Viele litten mit ihm.

Das gefiel ihm oder hatte ihm gefallen, obwohl er es gar nicht wahrhaben wollte. 1997, das Jahr, in dem Emma gestorben war, hatte er gerade mit der Therapie angefangen. Für sich nannte er die Zeit davor seine *Vor-Therapie-Zeit*. Zu deren Kälte, das heißt auch seiner damaligen Kälte, gehörte das geschickte Ausblenden und Verdrängen von allem, was entfernt danach aussah, als sei er ein liebenswerter und beliebter Mensch. Natürlich hatte er immer heimlich geargwöhnt und damit kokettiert, dass er liebenswert war. Er konnte gegenüber Personen, die das offen infrage stellten, sehr ruppig und vernichtend sein.

Sein großes Problem bestand auch nicht darin, dass ihn jemand nicht liebenswert fand. Sein Problem bestand darin, dass er gegenüber Menschen, die ihn gernhatten und ihn das wissen ließen, den sofortigen Totstellreflex auslöste; quasi so tat, als hätte er die Zuneigung und Sympathie nicht wahrgenommen. Das Fatale war, dass der Reflex überproportional zunahm, je intensiver die Nähe zu dem Menschen war, der ihm seine Liebe oder Zuneigung oder eine kleine Andeutung mit Chance auf mehr bekundete und je mehr er sich nach dessen Liebe oder Gemochtwerden sehnte. Die Folge davon war natürlich ein großer Hunger danach, Zuneigung zu bekommen und eine große Leere, weil er genau das durch sein Verhalten verhinderte. Die Ader, durch die zu allen *normalen* Menschen Zuneigung und Nähe strömt oder besser strömen muss, war bei ihm gewissermaßen verstopft. Die Illusion, Nähe und Zuneigung seien schlicht automatische Begleitumstände des Zusammenlebens eines verheirateten Ehepaares, hatte er parallel zu der Weiterentwicklung seiner Therapie längst aufgegeben.

Das war sein Skript, quasi sein Drehbuch, hatte ihm sein Therapeut versucht zu erklären. Aus irgendwelchen Gründen hatte er sich als Kind zu diesem Drehbuch seines Lebens entschieden. Mithilfe seines Therapeuten war es ihm gelungen, wenigstens fragmentarisch die Gründe aufzudecken, die ihn veranlasst hatten, sich genau für dieses und kein anderes Drehbuch zu entscheiden. Weil er damit vermeintlich gut leben konnte: guter Sohn und guter Schüler, Abitur, Studium, Ehe mit Emma, beruflicher Erfolg und erfolgreicher Anwalt – das alles schien im höchsten Grade in Ordnung – folgte er dem Drehbuch weiter und weiter, selbst als er schon gewisse Zweifel an dem ewigen „Weiter so!" hatte.

Lerntheoretisch gesehen stabilisierten die positiven Rückmeldungen aus seiner Erfolgsserie das Skript. Es gab keinen Anlass, es infrage zu stellen.

Das einzige Wasser im Wein seines Erfolgsskripts waren die verdammten Panikattacken, in denen er sich oft als realen Toten sah und die gegen Ende der neunziger Jahre an Frequenz deutlich zunahmen. In dieser Zeit traute er sich ohne starke Beruhigungsmittel gar nicht aus dem Haus und selbst unter ihrer Wirkung traute er sich nicht in Kaufhäuser, Theater und an Orte, wo sich viele Menschen aufhielten. Eine höllische Angst, in sterbendem Zustand von einer voyeuristischen Menschenmenge aufgefunden und beäugt zu werden, hielt ihn davon ab.

Emma hatte zwar oft unter dieser seiner Art, seinem menschliche Nähe vermeidenden Skript, gelitten, aber eine Änderung hatte sie rigoros abgelehnt. Ihr Skript war von seinem gar nicht so verschieden, vermutete sein Therapeut, und seine Entscheidung, sich einer Psychotherapie zu unterziehen, hatte sie offen kritisiert. Am schlimmsten war es, wenn sie sich über seine Therapie lustig gemacht hatte oder mit schneidender Kälte kritisierte: „Warum nimmst du nicht einfach stärkere Tabletten? Du mit deinen siebenundfünfzig Jahren eine Therapiewoche in den Alpen? Wahrscheinlich hast du es nur auf die jungen Frauen abgesehen und so was nennt man nun Therapie!"

Es ging erst richtig los mit seiner Therapie, nachdem er sich eine gegenüber Emmas negativen Tendenzen immune Position erkämpft hatte. Über die Arbeit an seinem Skript diskutierte er danach nicht mehr mit Emma und ließ sie spotten.

Etwas später war das auch gar nicht mehr möglich, weil sie nach einer kurzen, heftigen Krankheit gestorben war.

Die Woche in den Alpen ein paar Tage nach Emmas Tod hatte ihm sehr gutgetan. Nicht nur, weil sie ihm bei seiner Trauer half. Man war eigentlich die ganze Woche über in Bewegung, am Wandern, Bergsteigen, in Bächen waten und sie aufstauen - in Therapiesprache: die Entdeckung des freien Kindes - und natürlich waren auch junge und hübsche Frauen dabei.

Am wichtigsten aber war das, was sein Therapeut „Begegnung und Nähe herstellen" nannte. Dabei war jedem Teilnehmer der Gruppe eine individuelle Spezialaufgabe zugeteilt worden.

Seine Aufgabe war es, wenn ihm ein Gruppenmitglied in irgendeiner Form Zuneigung signalisierte, diese als solche zu registrieren, sie anzunehmen und sich dafür zu bedanken und zwar ausdrücklich. Der Totstellreflex war daher überhaupt nicht angesagt. Die anderen Gruppenmitglieder hatten ihm gegenüber die Aufgabe, darauf zu achten, wie er sich verhielt. Wenn sie wahrnahmen, wie ihm gegenüber jemand Zuneigung signalisierte und er seinen Reflex auslöste, mussten sie das abends in der Abschlussrunde ansprechen. Die Gruppenmitglieder, die nicht bis dahin warteten, sondern ihn spontan kritisierten, wurden dafür gelobt.

Es war für ihn sehr anstrengend gewesen, immer wieder mit seinem Skript konfrontiert zu werden. Mehrmals war er kurz davor gewesen, abzureisen. Aber nach dieser Woche begriff er langsam, wie festgefahren seine Situation war.

Dann fing er - wieder in Essen - an, darüber nachzudenken, was ihn wohl veranlasst hatte, so rigide Zuneigung und Liebe zurückzuweisen und warum dieser Stil zentraler Bestandteil seines Drehbuchs geworden war.

Was ihm langsam dämmerte, war, dass hinter dieser Zurückweisung von Nähe und Liebe ein unstillbarer Hunger genau danach lauerte. Diesen irgendeinem Menschen zu offenbaren, wäre sehr peinlich für ihn gewesen. Dann hätte man vielleicht aufgedeckt, dass sein Gefühlshaushalt ungefähr mit dem eines einjährigen Jungen zu vergleichen war, dem plötzlich die Mutter gestorben war. Natürlich konnte der Kleine diesen Umstand und seine Folgen nicht begreifen. Aber die Fluten von Sehnsüchten, die so entstanden waren, schwollen zu einem Stausee heran, dessen Damm zu brechen drohte. Das oder etwas Ähnliches versetzte ihn in Panik und außerdem schämte er sich.

Wenn er mutiger in sich hineinhören würde, würde er das schreckliche Brüllen und die Schreie des Verlassenen in sich hören. Es erschien ihm maßlos, angesichts der Tatsache, dass es ihm ja vorgeblich gut ging, dass er verheiratet war, dass er ein guter Anwalt war, dass ihn Kollegen achteten, teilweise bewunderten. Zwar war seine Mutter Opfer einer kriegsbedingt ausgebrochenen Typhusepidemie geworden, als er gerade ein Jahr alt war. Aber nach ihrem Tod war doch alles für ihn getan worden. Sein Vater und dessen neue Frau hatten alles für ihn getan. Sie hatten sich wirklich in seine Situation hineinversetzt, hatten sich tröstlich gegeben und hatten ihn mit viel Liebe in die Lage versetzt, gut zu funktionieren. Ihnen mithilfe seiner Babyschreie die Qual seiner Verlassenheit zur Kenntnis zu geben, wäre undankbar und geradezu unangemessen gewesen. So war sein Schreien stumm geworden. Wenn es die Chance des Transportes durch seine Stimmbänder bekommen hätte, wäre er zum Oskarchen Matzerat geworden, den man nach den harten Kriegsjahren und dem zu viel erlittenen Unrecht belächelt hätte. Davor bewahrte ihn ein ausgeprägtes Schamgefühl.

„Was hätte wohl ein Jude kurz vor der zwanghaften Abführung in die Gaskammer gesagt, wenn du ihm von deinem Konflikt und der Tragik mit deiner Mutter berichtet hättest! Das ist jetzt fast sechzig Jahre her. Hör endlich mit diesem Rausch von Vergangenheitsbewältigung auf und bleib auf dem Teppich!", war der Originalton von Emma als Antwort darauf, dass er ihr das Bild mit dem brechenden Stausee deutete, von dem er geträumt hatte.

Er war verletzt, aber unfähig, ihr diese Verletzung zu zeigen.

Die Verhandlung war zu Ende. Seinen Gedanken nachspürend, hatte Köhler nur die Fakten der Ergebnisse registriert:

Wulfmeier bekam hundert Prozent recht. Schmidts Versicherung musste eine monatliche Rente von achthundert Euro zahlen. Außerdem erhielt Wulfmeier eine einmalige Zahlung von fünfundfünfzigtausend Euro für die Einnahmeverluste, die sein Geschäft erlitten hatte, als er sich im Krankenhaus aufhalten musste und für die Zeit danach, in der er noch nicht arbeiten konnte.

Er bedankte sich überschwänglich bei Köhler, der zu einem mechanischen Lächeln floh. Sie drückten sich die Hand. Köhler verwies ihn wegen der Zahlungsmodalitäten an sein Büro. Seine gedankliche Abwesenheit war ihm peinlich, aber sie war nun einmal da. Vor zehn Minuten hatte er Todesqualen erlitten, die ein Psychiater vielleicht als neurotisch, also unrealistisch, abqualifizierte. Für ihn war es eine fürchterliche, reale Angst vor dem Sterben. Er verließ langsam den Verhandlungssaal. Die Sekretärin des Richters rief schon die nächsten Parteien auf.

Sein Handy. Auf dem Display erschien die Nummer seiner Sekretärin Wilma. „Was gibt's? Ich bin in zwei Stunden da."

„Es hat eine Baufirma angerufen. Beim Ausschachten eines Grundstückes wurde ein großer Stahlschrank gefunden, abgeschlossen. Auf einem am Schrank vernieteten Schild steht: *Köhler, Vogelsang & Partner.*"

„Ja und?"

„Die fragen, was sie mit dem Schrank machen sollen."

„Ich nehme an, wir haben den Schrank irgendwann mal verkauft. Mein Vater hat ihn vielleicht irgendwann mal verkauft und die haben das Schild drangelassen. Von mir aus kann der Schrank verschrottet werden. Oder die müssen das den richtigen Eigentümer fragen."

„Das Grundstück, das ausgeschachtet wird, ist Düsseldorfer Straße 35."

„Kann ja sein."

„Herr Köhler, im Aktenkeller habe ich vor mehreren Jahren ganz zufällig eine Akte gesehen, auf der *Köhler, Vogelsang & Partner, Düsseldorfer Str. 35* stand."

„Was?" Jetzt hatte irgendwas bei ihm geklickt. Ein uralter Film lief bei ihm ab. Er in kurzen Hosen, den Lederhosen, die in den Fünfzigern bei Jungen Mode waren. Vielleicht waren sie auch nicht Mode. Sie waren günstig und haltbar. Jedenfalls wurden sie kollektiv von fast allen Jungen zwischen sechs und fünfzehn Jahren getragen. Auf dem kleinen Schwarzweißfoto, das mit der Box gemacht war, hatte er sich so vor Kurzem beim Aufräumen alter Fotoalben gesehen. Spindeldürre Beine, Bundschuhe, die Lederhose und ein knapper Pullover mit hellen und dunklen Streifen, ein ernstes Knabengesicht und die gleiche Frisur, die fünfzehn Jahre früher Hitlerjungen getragen hatten. Das wusste er von Fotos, die er in der Zeitung gesehen hatte.

Er sah sich mit seinem Vater vor einem Trümmergrundstück stehen. Das musste ungefähr 1950 gewesen sein. Die ganze Stadt lag noch zur Hälfte in Trümmern. Seine Schule konnte er vom Bahnhof aus gut sehen, weil einfach noch keine Häuser da waren, die den Blick verwehrten. Er hatte also mit seinem Vater vor einem Trümmergrundstück gestanden und sein Vater erklärte ihm etwas. Aber er war nicht bei der Sache. Heute hätte er gerne gewusst, warum er nicht bei der Sache war. War er damals schon von den Verlassenheitsgefühlen beeinträchtigt? Jedenfalls war sein Vater ärgerlich geworden: „Du hörst mir ja gar nicht zu!"

Das kam mit einem etwas gefährlichen Unterton. Sein Vater war immer schnell ärgerlich, wenn er ihm nicht zuhörte. Da konnte eine Backpfeife folgen.

„Interessiert dich denn gar nicht, dass ich hier gearbeitet habe?"

„Doch, ich dachte nur ..."

„Was dachtest du?"

„Die Kanzlei liegt doch dahinten." Er zeigte in Richtung Hauptstraße, wo die Kanzlei jetzt war und er seinen Vater schon oft besucht hatte.

„In der Hauptstraße sind wir erst seit 1945. Das sage ich dir doch die ganze Zeit. Vorher waren wir hier. Dann haben die Bomben alles zerstört."

Er begriff und fragte Wilma nach der Telefonnummer der Abrissfirma.

„Meier, *Hochtief*."

„Köhler, Sie haben auf dem Grundstück, auf dem unsere Kanzlei bis 1945 war, einen Stahlschrank gefunden."

„Endlich ruft mal jemand zurück. Ich wollte gerade den Auftrag zur Verschrottung erteilen. Was ist nun mit dem Schrank?"

„Können Sie den Schrank zu einem Tresor-Spezialisten bringen lassen? Wir übernehmen die Kosten."

„Tut mir leid. Um Ihren alten Stahlschrank müssen Sie sich schon selber kümmern. Ich sage dem Baggerfahrer, dass er ihn auf den Bürgersteig hieven soll. Aber dann sind Sie dran, und zwar muss der Schrank noch heute Abend weg, weil wir den Platz morgen früh für die Schuttcontainer benötigen."

„O.K., ich kümmere mich darum."

Er rief Wilma an. „Wilma, suchen Sie bitte die Nummer von einer Schwergutspedition und einer Schlosserei, die sich mit Tresoren auskennt, heraus und fragen Sie, ob der Schrank heute noch zu der Tresorschlosserei abtransportiert werden kann. Falls Sie kein Glück haben, rufen Sie andere Firmen an, die das Problem heute noch lösen können. Ich gehe essen. Sie können mich wie immer über Handy erreichen."

Das war eindeutig eine Kanzleisache, und weil er der Seniorpartner war, musste er sich um das Problem mit dem Stahlschrank kümmern. Er war zwar nicht der Meinung, dass sich irgendwelche relevanten Unterlagen in dem Schrank befänden. In jedem Fall hatte die Kanzlei eine Sorgfaltspflicht gegenüber ihren Mandanten, und wenn die schon gestorben waren, gegenüber deren Erben und vielleicht deren Erben.

Wenn seine Erinnerungen ihn nicht trogen, musste die Düsseldorfer Straße 35 im Frühjahr 1945, wahrscheinlich kurz vor Kriegsende, zerstört worden sein. Falls sich Unterlagen in dem Schrank befänden, müssten diese zumindest ordnungsgerecht entsorgt, das heißt geschreddert werden. Die Wahrscheinlichkeit, dass sich irgendetwas Relevantes in dem Schrank befände, war schon deshalb gering, weil der Schrank all die Jahre dort gelegen und ihn keiner vermisst hatte.

Sein Vater und dessen Partner hätten den Schrank geborgen, wenn es die Vermutung gegeben hätte, dass irgendetwas Wichtiges darin verborgen war. Das war nicht geschehen.

Allerdings hatte ihm sein Vater einmal gesagt, dass er und sein Partner Vogelsang gegen Ende des Krieges doch noch eingezogen worden waren. Sein Vater musste damals fünfzig Jahre alt gewesen sein. Vogelsang musste auch ungefähr so alt gewesen sein. Sie mussten beide beim Volkssturm antreten und ergaben sich so schnell wie möglich den Amerikanern, die Essen eroberten.

Er hatte sich nie dafür interessiert, was in dieser Zeit mit der Kanzlei war. Ob sie geschlossen war, ob es eine Notbesetzung gab oder Ähnliches. Sein Vater und Vogelsang waren schon über zwanzig Jahre tot. Es gab niemanden, der ihn über die damalige Situation der Kanzlei informieren würde. Wilma hatte ihm allerdings vor einigen Jahren gesagt, sie habe mit einer ehemaligen Sekretärin seines Vaters telefoniert, die inzwischen sehr alt war. Sie hatte angerufen und gefragt, ob es die Kanzlei überhaupt noch gäbe, in der sie über dreißig Jahre gearbeitet habe. Er würde mit Wilma mal darüber sprechen müssen.

Das italienische Restaurant, das er zu Fuß ansteuerte, lag kurz hinter der Düsseldorfer. „Also gehe ich mal an unserem Schrank vorbei", sagte er sich und machte einen kleinen Umweg.

Von Weitem hörte er die knirschenden Geräusche auf der Baustelle. Als er sich näherte, sah er, wie der große Bagger einen riesigen Stahlschrank, der provisorisch, aber effektiv in einem Geflecht aus Stahlseilen hing, aus dem Kellergeschoss auf den Bürgersteig hob. Die Knirschgeräusche waren martialisch. Sie entstanden, wenn sich das Stahlseil an den Wänden des Schrankes rieb. Endlich stand der Schrank auf dem Bürgersteig und Köhler konnte auf dem Blechschild in Sütterlin *Köhler, Vogelsang & Partner* lesen.

Ein Arbeiter löste das provisorische Netz aus Drahtseilen. Die Schaufel des Baggers konnte sich, befreit von dem Netz, mit großer Lautstärke wieder ungehindert in die Erde und den Schutt des Kellers krallen.

Meier von *Hochtief* sprach ihn an. Er trug keine Arbeitskleidung und war anscheinend so etwas wie der leitende Ingenieur auf der Baustelle. Sie hatten sich zwar nie gesehen, hatten aber beide das Gefühl, die Personen zu sein, die vor ein paar Minuten miteinander telefoniert hatten.

„Meine Sekretärin ist schon am Telefonieren. Ich glaube, wir schaffen es. Morgen ist der Schrank hier weg."

Auschwitz Dezember 1944

Nummer 516 litt unter ständigem Husten. Ein unbändiger Lebenswille verhinderte, dass er sich aufgab. Er war zwar nur noch ein Schatten seiner selbst, aber er lebte, und die Wärter waren offenbar noch überzeugt, dass er eine genügende Arbeitsleistung erbrachte. Würde er andernfalls noch leben?

Als sie das Zeichen bekamen, öffnete er die Tür der ersten Gaskammer. Die mit Gummidichtungen versehene Stahltür wurde von außen durch ein Rad entriegelt, das er nach rechts drehen musste. Die Atmosphäre, die ihnen aus der geöffneten Tür wie ein Geruch entgegenwaberte, war ein Gemisch aus Angst, aus *endlich haben wir's hinter uns*; *wird uns jemals einer rächen?*; *wird sich jemals einer an uns erinnern?* Das jedenfalls waren die Sätze, die Nummer 516 den Leichnamen als letzte lebende Gedanken ihrer sterbenden Gehirne zuschrieb. Der tatsächliche Geruch in der Kammer war eklig. Es roch nach menschlichen Exkrementen, die die Körper im Todeskampf peristaltisch ausgeschieden hatten, nach Angstschweiß, nach menschlicher Überfülle und Verzweiflung.

Bei den ersten Malen, in denen er die Kammern ausleeren half, war der Geruch nicht einmal das Schlimmste, sondern der Anblick der Ermordeten. Der Schrei aus dem Mund einer Mutter, die ihr kleines Kind in den Armen hielt, war als Starre in ihrem Gesicht sichtbar. Die Hände einer alten Frau, die im Todeskampf ihre Brüste zerkratzt hatte. Das Grinsen eines offensichtlich wahnsinnigen Mannes.

Unter normalen Umständen Situationen, die einen lähmen oder die Nummer 516 früher gelähmt hätten, als er noch der Mensch Kohn, 63 Jahre alt, war. Als Nummer 516 hatte er andere Probleme.

„Wie lange wollt ihr hier noch rumstehen und glotzen?"

Die Kapos trieben sie zur Eile an. Es hagelte Schläge, wenn sie zu langsam waren.

Als er vor ein paar Wochen in dem Körper einer, wie es ihm schien, uralten Frau den Körper von Lena gerade noch erkannte, bevor er ihn auf die Karre warf, war er gelähmt und tat gar nichts mehr, konnte gar nichts mehr tun. Er hörte nicht einmal das wütende Gebrüll des Kapos, das sich lauter werdend gefährlich näherte.

„Du Idiot!"

Dann traf ihn der Fausthieb auf die Nase und warf ihn zu Boden. Auf dem Boden liegend trafen ihn die Tritte. Letztlich waren diese es, die seine Starre lösten. Er kam unter Mühen hoch. Ein Mitgefangener half ihm. Die Karre mit Lenas Leichnam war schon weg.

War das überhaupt Lena gewesen? Hatten ihm seine Sinne einen Streich gespielt? Vielleicht hatte irgendeine menschliche Regung in ihm überlebt? Vielleicht die Sehnsucht nach der Frau, mit der er vierzig Jahre verheiratet war? Diese Sehnsucht hatte ihn in dem Leichnam einer alten Frau Lena sehen lassen. Eine Illusion!

Realität war das Blut, das ihm noch immer aus der Nase floss und das er vergeblich mit dem verdreckten Ärmel seiner Jacke stillen wollte.

Danach funktionierte er wieder. Was sich geändert hatte, war: Er vermied es ab sofort, den Toten, die sie aufluden, in die Gesichter zu blicken und hörte mehr und mehr auf, sich für die Veränderung zu verachten, die in ihm vorging. Er verwandelte sich in ein Tier, das nichts tun musste, als um sein Überleben zu kämpfen. Ein Tier muss fressen, saufen, es nachts warm haben und schlafen können. Fressen, Saufen, Schlafen und nicht sterben wollen waren Nummer 516s einzige Funktionen.

Immer wenn er mehr wollte, wenn er die Erinnerung an früher zuließ, sich Mitleid in ihm beim Anblick eines abgemagerten Jungenleichnams regte, wenn er über sein Schicksal nachdachte, gab es gefährliche Konflikte und er holte sich eine blutige Nase.

Das „Nummer 516 zur Lagerleitung!" hörte er zunächst gar nicht. Das war ein dermaßen unüblicher Sprachfetzen, das er ihn gar nicht wahrnahm. Auf: „Idiot, steh nicht rum, ein bisschen dalli" oder einen gezielten Tritt hätte er sofort reagiert.

„Bist du schwerhörig?" Erschrocken legte Nummer 516 den Leichnam einer abgemagerten jungen Frau mit Stoppelhaarschnitt oben auf den Haufen auf dem Karren und drehte sich dem Kapo zu.

„Du sollst dich bei der Lagerleitung melden."

„Nach der Arbeit?"

„Nein, auf der Stelle!"

Als der Kapo sein erschrockenes Gesicht sah, beruhigte er ihn: „Das kann nichts Schlimmes sein! Leute, die bestraft werden, gehen vorher nicht zur Lagerleitung."

Von dieser Aufforderung war 516 alles andere als angetan. Die SS in der Lagerleitung waren sämtlich Mörder und organisierten täglich von Neuem ihr tödliches Geschäft. Außerdem hatte es sich herumgesprochen, dass die Chefs im Suff schon mal Häftlinge ohne jeden Grund abgeknallt hatten. Das war aber nicht der eigentliche Grund für seine Gefühle gegenüber dieser Aufforderung. Denn um diese Zeit wurde in der Lagerleitung noch kein Alkohol getrunken.

Der eigentliche Grund war die Angst um dieses stabile psychische Gleichgewicht, das er sich im Verlauf der letzten Wochen erworben hatte. Die Befürchtung, bei der Lagerleitung mit seiner Vergangenheit als Detlef Kohn, Familienvater und Industrieller, konfrontiert zu werden, lag nahe. Das würde dazu führen, dass er die schmerzhafte Verwandlung in ein funktionierendes Lagertier von Neuem auf sich nehmen musste. So wie es derzeit war, war das Leben zwar nicht akzeptabel, aber einigermaßen erträglich.

Die Lähmung, die ihn befallen hatte, als er Lenas Leichnam entdeckte, hätte ihn fast sein Leben gekostet.

Der Fausthieb auf seine Nase und die Tritte gegen seinen liegenden Körper waren nicht als Bestrafung gedacht, sondern hatten bewirkt, dass er schleunigst aufstand.

„Wenn du noch eine Sekunde länger am Boden geblieben wärst, wärst du schon tot. Ich habe es genau gesehen: der SS-Scherge hatte die Pistole schon in der Hand. Der hätte dich erschossen", hatte ihm der Kapo später gesagt.

Ob diese Alternative nicht richtiger für ihn gewesen wäre, hatte sich 516 gefragt. Aber schon dieses Fragen bedeutete Unsicherheit, bedeutete Erinnerung an das Leben vor dem Lager, ließ die schreckliche Sehnsucht wachsen, bedeutete Lähmung und Tod. Auch die folgende und quälende Selbstverachtung war letztlich suizidal.

Er hatte sein Leben und die Existenz seiner Persönlichkeit vor dem Lager lieber vergessen. Noch mehr: Er hatte vergessen müssen, dass er sie vergessen hatte. Er durfte nur noch dieses Lagertier, die Nummer 516 sein, nichts sonst. Das hatte langsam dazu geführt, dass die schreckliche Selbstverachtung nachließ und völlig in den Hintergrund getreten war.

Seinem Kapo war es anscheinend genauso ergangen. Es war vor ein paar Wochen bei der Aufführung eines Konzerts durch das Lagerorchester gewesen. In einem unbeobachteten Augenblick hatte der Kapo eine Geige an sich genommen, sie ganz professionell angesetzt und dann hastig wieder zurückgelegt. Aus der Art, in der er das Instrument hob und handhabte, konnte man spüren: Dieser heute ungeschlacht wirkende Mensch musste in seinem Leben vor dem Lager ein völlig anderer Mensch gewesen sein. Vielleicht ein Geiger, Komponist, jedenfalls Musiker.

Wenn man sein Gebrüll vor den Leichenbergen hörte und von seinen Schlägen getroffen wurde, die zur Eile zwangen, würde man nie auf die Idee kommen, er habe je etwas anderes in seinem Leben gemacht, als Leichen aus einer Gaskammer in Krematorien zu transportieren und Mithäftlinge zu quälen. Warum die Hast beim Zurücklegen des Instruments? Keiner sollte ihn auf die Liebe zur Musik ansprechen, weil das eine schmerzende Sehnsucht auslöste, die in letzter Konsequenz arbeits- und überlebensunfähig machen würde. Eine Nummer oder ein Tier brauchten keine Erinnerungen. Wahrscheinlich war es noch nicht einmal so, dass er befürchtete, von anderen auf Musik und das Instrument angesprochen zu werden. Vorwiegend ging es um seine eigenen Gefühle, die er fürchtete.

Was würde in der Lagerleitung auf ihn zukommen? Es war so gut wie sicher: Dort lauerte seine Vergangenheit, und dieser Schock würde seine Fähigkeit als funktionierender Leichenausräumer infrage stellen.

Die Ordonnanz vor dem Haus der Lagerverwaltung hatte ihn schon erwartet.

„In diesem Aufzug kannst du hier nicht rein. Das mag der Chef überhaupt nicht. Lass uns mal dahinten in die Baracke gehen."

Diese stellte sich als eine Art Bedienstetenbaracke heraus. Jedenfalls strömten Häftlinge in Kellner- oder Kellnerinnenkleidung aus der Baracke heraus und hinein.

Der SS-Mann von der Ordonnanz wandte sich an zwei ungefähr dreißigjährige Frauen, die saubere weiße Blusen und gut gebügelte schwarze Röcke trugen. „Könnt ihr dieses kleine Ferkel mal auf die Schnelle sauber machen? Der Chef bringt mich um, wenn ich den so bei uns hereinlasse. Wascht, rasiert, säubert ihn, schneidet ihm die Fingernägel und verpasst ihm einen neuen Lagerdress. Neue Schuhe braucht er auch. Und alles dalli, dalli, bitte. Ihr schafft das in einer halben Stunde. Gebt euch mal ein bisschen Mühe."

Als die beiden weiblichen Häftlinge nickten und gerade mit 516 gehen wollten, fasste der SS-Mann die jüngere der beiden unter das Kinn: „Du bist aber ein schönes Kind, dich hab ich hier noch gar nicht gesehen. Ich lass mir mal was Schönes für uns beide einfallen. Aber jetzt schrubbt bitte erst unser Ferkelchen."

Das Gesicht der Angesprochenen erstarrte. Der Scherge wandte sich grinsend um und ging zum Haus der Lagerleitung zurück.

In der Bedienstetenbaracke gab es in Duschen und Waschbecken warmes Wasser. 516 rasierte sich, ließ sich die Fuß- und Fingernägel schneiden und duschte sich. Neben dem offenen Duschbecken lagen ein neuer Häftlingsanzug und kaum getragene Schuhe, die ihm passten.

Es war kaum eine halbe Stunde vergangen und er meldete sich erneut bei der Ordonnanz, die ihn in das Gebäude begleitete.

St. Gallen Sepps Hof und Alm November 1942

Sepp hatte den Wagen schon erwartet. Als der Horch das Hoftor passierte, öffnete sich die Tür des Wohnhauses und Sepp trat heraus. Er trug eine Knickerbocker aus grünem Leder, eine hellgraue Wolljacke mit grünen Rändern und einen grünen Filzhut mit Gamsbart.

Das „Ich hab da oben Schüsse gehört, die nicht von euch waren. Was war denn los?" war in so reinem Schwyzerdeutsch gesprochen, dass es Joseph nur mit Mühe verstand. Auf den ratlosen Blick Josephs hin, bemühte er sich nun um ein für diesen verständlicheres Deutsch.

Er wollte gerade misstrauisch: „Wo ist Alois?" fragen, als er sah, dass sich auf der Rückbank des Horchs etwas bewegte. Joseph öffnete die Fahrertür, stieg aus, und Sepp hörte Alois röcheln.

„Der Alois ist verletzt."

„Er will nicht ins Hospital, hat er oben auf der Alm gesagt. Aber er ist sehr stark verletzt. Am besten Sie begleiten uns zum nächsten Hospital. Ich weiß nicht, wo es ist."

Vom Rücksitz kam ein entschiedenes: „Kein Hospital!" Alois war wieder aufgewacht.

„Die Anna Lena kann mir helfen."

Später erfuhr Joseph, dass Anna Lena, Sepps Frau, früher als Krankenschwester gearbeitet hatte. Sie war eine Kusine von Alois und Alois hielt anscheinend viel von ihrer medizinischen Begabung.

„Anna Lena, lass mal die Kühe! Hilf uns bei Alois", rief Sepp ins Haus.

Anna Lena guckte zur Haustür heraus. Wegen der beginnenden Dunkelheit konnte sie Joseph nicht erkennen.

Etwas später kam sie, eine große, starke Frau von etwa vierzig Jahren. Sie trug eine provisorisch aus zwei Latten und einer Wolldecke angefertigte Bahre, und es gelang ihnen, den stöhnenden und fluchenden Alois ins Haus zu bringen. Alois bestand darauf, nicht in das Wohnzimmer und auch nicht in das Schlafzimmer des Ehepaares gebracht zu werden.

„Bringt mich in die Mägdekammer hinter dem Stall. Es kann sein, dass Polizei kommt. Ich will nicht, dass die mich finden."

Die Mägdekammer war eigentlich gar kein Zimmer, sondern eher ein frisch geweißter Stall mit einer winzigen, quadratischen Öffnung in der

Außenwand. Ein zusammengelegter Sack verhinderte, dass Kälte eindrang. Innen- und Seitenwand grenzten an die Kuh- und Pferdeställe. Das hatte den Vorteil, dass die Mägdekammer eine erträgliche Temperatur hatte.

Vorsichtig wurde Alois mit der Bahre auf ein weiß bezogenes Bett gehoben. Er stöhnte, als die Wolldecke unter ihm hervorgezogen wurde. Sepp und Joseph halfen beim Ausziehen.

Die Wunde blutete nicht mehr. Aber die Kleidung von Alois war im Bauchbereich von Blut getränkt.

Anna Lena untersuchte zunächst die Wunde im Bauchbereich, dann widmete sie sich der Fußverletzung.

Alois stöhnte. „Das mit dem Fuß ist kein Problem. Das kann ich wirklich alleine richten. Aber aus der Bauchwunde muss eine Kugel entfernt werden. Das kann ich nicht alleine. Alois, da muss der Bierbichel her. Der hat nicht nur Viehdoktor studiert, sondern davor hat er Arzt studiert. Oder du musst ins Spital. Ich will nicht, dass du stirbst."

Alois fluchte, fügte sich aber in das Unvermeidliche.

„Dann holt den Bierbichel."

„Der nimmt natürlich Geld."

„Das ist kein Problem", sagte Joseph. „Ich übernehme das."

Genauso wie es das Interesse von Alois war, war es das von Joseph, die Schießerei nicht bekannt werden zu lassen.

„Alois, ich leg jetzt erst mal ein paar von meinen Kräutern auf die Wunde. Das hilft gegen die Blutung. Versuch ein wenig zu schlafen, bis der Bierbichel kommt."

Sie verließen die Kammer.

Im Hof von Sepp gab es noch kein Telefon.

„Der Bierbichel wohnt zu Fuß eine dreiviertel Stunde von hier."

„Wir können mit dem Wagen hinfahren", schlug Joseph vor.

„Hat der Wagen Ketten?"

Joseph bejahte. Sie verließen das Haus und gingen zum Horch.

Es hatte wieder angefangen zu schneien. Die Straßen waren schon von einer dünnen Schicht Neuschnee bedeckt. Der Horch hatte keine Probleme mit der Glätte, krackselte durch ein Dorf und dann wieder über kleine Straßen, die selten an Häusern vorbeiführten. Einige der einsam gelegenen Gehöfte waren anscheinend unbewohnt, jedenfalls quoll kein

Rauch aus den Schornsteinen. Im Auto wollte Sepp Näheres über die Schießerei wissen, und Joseph informierte ihn.

„Wisst ihr, hinter wem von euch die beiden her waren?"

„Ganz genau weiß ich es nicht. Ich muss morgen noch etwas überprüfen. Ich muss mir morgen die Leichname noch einmal ansehen."

Joseph wusste nicht einmal, ob die Gegner, die sie auf der Alm im Schnee liegen lassen hatten, tot waren. Der Gedanke, dass sie noch lebten und unter diesen Umständen in der kommenden Nacht erfrieren würden, verursachte bei ihm keine tieferen Gefühlsregungen. Er konnte sich nicht vorstellen, dass ihre Gegner sich anders verhalten hätten, wenn Alois und er bei dem Schusswechsel unterlegen wären. Sie hatten seinen Tod gewollt und nun wollte er ihren. In den Lagern der Nazis organisierten sie den Tod von Millionen seines Volkes. Wahrscheinlich waren seine Eltern und die Familie seines Bruders schon ermordet. Wer weiß, wie viele Angehörige seines Volkes die beiden schon auf dem Gewissen hatten. Jedenfalls gehörten sie der Organisation an, die für das massenhafte Morden hauptverantwortlich war.

Sepp fragte erst gar nicht nach dem Zustand der beiden. Wahrscheinlich ging es ihm ebenso. Es waren Menschen, die Alois töten wollten.

„Du willst morgen noch mal auf die Alm?" Joseph nahm das Duzen als positives Zeichen.

„Ich will genau prüfen, wer das ist und wen die eigentlich umbringen wollten."

„Wir müssen vorsichtig sein. Bisher weiß kein Mensch, was da oben passiert ist. Dazu ist die Alm zu weit weg von den nächsten Häusern. Schüsse, die da oben fallen, hört man nur von unserem Hof. Da oben geht aber manchmal der Förster nach dem Wild schauen."

Joseph ließ keinen Zweifel daran, dass er die Leichname trotzdem inspizieren musste und Sepp versprach ihm seine Hilfe. Sepp würde eben herausbekommen müssen, wie die Pläne des Försters für morgen aussahen.

Joseph kam die Idee, gleich im Dunkeln nach dem Abholen des Doktors noch hinzufahren.

Aber Sepp lehnte ab: „Heute ist es schon zu dunkel und wir müssten vorher mit dem Schneepflug auf die Alm. Außerdem kann es sein, dass wir später noch deinen Horch benötigen, um zur Apotheke zu fahren."

Sepp dirigierte ihn in einen kleinen Weg linker Hand. Inzwischen war es dunkel. Der Weg war so schmal, dass nur ein Fahrzeug passieren konnte. Rechts und links türmten sich hohe Schneewälle, die der täglich eingesetzte Schneepflug verursacht hatte. Etwas später sahen sie die Lichter des Hofs auf sich zukommen. *Dr. Bierbichel - Veterinär.* Die Scheinwerfer des Horchs beleuchteten ein Schild, das am Eingang zum Hof stand und das so aussah, als wenn es auf einer Schneewehe läge. Auf dem Hof war der Schnee perfekt geräumt und anscheinend abtransportiert. Alle Tore der Scheunen und Stallungen konnten bequem erreicht werden. Der Doktor musste schnell zu seinen Patienten kommen können.

Joseph parkte den Horch neben einem Adler, über dessen Rädern sich ebenfalls Ketten spannten, wahrscheinlich der Wagen des Doktors.

Sie betätigten eine Türglocke und betraten das Haus.

Eine Magd kam aus der Küche und fragte, was sie wollten.

„Können wir das dem Bierbichel selber sagen?"

„Er schläft, weil er heute Morgen ganz in der Frühe herausmusste."

„Dann musst du ihn wecken. Es geht um Leben oder Tod."

„Das sagen alle und dabei geht's doch nur um Viehzeug, das ohnehin bald geschlachtet wird", erwiderte die Magd lakonisch, ging aber durch den Flur zu einer Tür im hinteren Bereich. Sie blieb ein paar Sekunden.

„Der Doktor kommt sofort. Aber begeistert ist er nicht. Setzt euch so lange auf die Bank vor der Praxis.

Bierbichel fragte schon im Gehen, ob das Pferd vom Sepp wieder lahmte und ob das nicht bis morgen Zeit gehabt hätte.

„Nein Herr Doktor, es ist etwas Ernsteres. Können wir in die Praxis gehen?"

„Ich bin Tierarzt. Ich behandele keine Menschen mehr."

„Herr Doktor, wenn die Polizei erfährt, dass Alois schon wieder in eine Schießerei verwickelt ist, muss er in den Knast. Das wollen wir verhindern. Ich weiß, dass Sie schon mal als Chirurg bei Menschen tätig waren und Sie waren gut. Anna Lena ist der gleichen Meinung."

Joseph bekam den Eindruck, dass der Veterinär schon überzeugt war. Die Komplimente kamen äußerst befriedigend bei ihm an und jetzt legte er nach: „Es soll Ihr Schaden nicht sein. Wir bezahlen Sie besser als einen Arzt, der einen Menschen operiert."

„Alois hat nicht viel Geld."

„Ich bezahle", sagte Joseph. „Wollen Sie in meine Geldtasche schauen?" Joseph zückte sein Portemonnaie.

Diese Geste war offensichtlich überzeugend.

„Nein nein, ist schon gut. Am besten ist es natürlich, wenn wir sofort aktiv werden. Je früher die Kugel entfernt wird, desto besser. Im Übrigen, ich kann nicht für den Erfolg meiner Arbeit garantieren. Falls der Alois doch ins Spital muss, müsst ihr mir trotzdem mein Honorar zahlen. Und wenn er stirbt, ich weiß von nichts!"

Joseph reagierte und zog sein Portemonnaie wieder aus der Hosentasche: „Wir können Vorkasse machen."

Jetzt fing es an, Bierbichel peinlich zu werden. „Gut, ich brauche noch ein paar Minuten für meine Instrumente und ein paar Medikamente hab ich schon. Fahrt schon vor. Ich komme in fünf Minuten nach."

Der Einsatz von Bierbichel als Menschenarzt war offensichtlich kein Einzelfall. Wahrscheinlich besserte er mit solchen Einsätzen sein Honorar als Tierarzt auf.

Inzwischen war es dunkel geworden. Als sie auf Sepps Hof aus dem Horch stiegen, hörten sie schon den Motor von Bierbichels Auto.

Anna Lena nahm ihn mit in die Kammer bei den Ställen. Die Untersuchung der Wunden wurde schnell und fachmännisch ausgeführt. Beide beschlossen, unverzüglich ans Werk zu gehen und die Kugel aus Alois' Wunde zu entfernen.

Joseph fragte Anna Lena, ob seine Assistenz gebraucht würde und ob er später noch zur Apotheke fahren müsste.

Die Krankenschwester und der Arzt berieten sich kurz und entschieden, dass er fahren konnte.

Joseph gab Bierbichel fünfhundert Schweizer Franken, die dieser angenehm überrascht in seinem braunen Lederköfferchen verschwinden ließ.

„Falls es nicht reicht, bezahle ich morgen den Rest. Ich kann es auch zu Ihnen nach Hause bringen. Sagen Sie einfach Anna Lena, was ich Ihnen noch schulde."

„Das wird schon reichen", sagte der Arzt, der anscheinend ein gutes Geschäft gemacht hatte.

Dann besprach er mit Sepp die Pläne für morgen.

„Am besten, du kommst gegen zehn Uhr hier an. Bis dann habe ich herausgefunden, was der Förster morgen macht."

Während der Fahrt nach St. Gallen spürte Joseph befriedigt die Veränderung, die er durchgemacht hatte, oder besser gesagt, die er im Begriff war, durchzumachen. Er hatte heute zwei Menschen getötet. Wenn er sie nicht getötet hätte, hätten sie ihn getötet. Es war Krieg und er war dabei, sich zu einem Krieger zu mausern. Er spürte die Entschiedenheit in sich, mit der er ein aktiver Krieger wurde, und das Gefühl, ein ernst zu nehmender Gegner, ein Feind zu werden, genoss und begrüßte er. Ab sofort war er nicht mehr der hilflose Jude, der sich von den Nazischergen herumschubsen ließ und der geduldig alles Leid, das sie für ihn vorgesehen hatten, ertragen würde. Keinen Moment lang hatte ihn eine Lähmung befallen angesichts der Tatsache, dass er zwei Menschen umgebracht hatte. So wäre es ihm früher gegangen. Sein humanistisches Weltbild, das den gewaltsamen Tod von Menschen verbot, seine pazifistischen Ideale, seine Vorstellungen über die gewaltlose Beilegung von Konflikten, das alles war ihm in seiner Kindheit von seinen Eltern, seiner jüdischen Kultur und Tradition, in der Schule und auf den Universitäten vermittelt worden. Er hatte diese Einstellungen quasi wie Muttermilch in sich aufgenommen. Das war jetzt alles perdu und er hielt es angesichts von organisiertem Massenmord auch für unehrlich.

Er saß in seinem Horch, den er früher ausschließlich als luxuriöses Fortbewegungsmittel betrachtet und genossen hatte. Inzwischen war der Horch nicht mehr nur dieses, sondern er war zu einem Gerät geworden, das er entschieden in diesem Krieg einsetzen würde, das ihn zu Kriegseinsätzen transportieren, ihm die Flucht erleichtern würde. Zur Not würde er ihn als Waffe einsetzen.

Nicht anders war sein permanentes in-den-Rückspiegel-Schauen zu deuten, mit dem er sich vergewisserte, ob er verfolgt wurde. Er überlegte, ob es nicht sinnvoll wäre, einen anderen Wagen zu benutzen, der nicht so auffällig war und eine bessere Tarnung böte. Wenn entschieden worden war, Joseph Kohn zu töten, würde der vereitelte Versuch seiner Ermordung auf Sepps Alm sicherlich nicht der einzige bleiben. Er musste auf der Hut bleiben und zwar Tag und Nacht, wie im Krieg. In der Manteltasche umschloss seine Hand befriedigt den Stahl der *08*: „Versucht es und ihr werdet ihre Kugeln spüren", rief er einem imaginären Gegner entgegen.

Er hatte Angst um Rebecca, die diesen Tag bei Lisa und deren Tochter verbrachte. Sie würden umziehen müssen. In dem Hotel saßen sie wie auf dem Präsentierteller. Er vermutete, die beiden Gegner von der Alm hatten von dort die Verfolgung aufgenommen. Irgendjemand musste den Auftrag erledigt haben, in allen grenznahen Hotels anzurufen und nach einem Mann namens Kohn in Begleitung eines dreizehnjährigen Mädchens zu fragen, die mit einem schwarzen Horch unterwegs waren. Schweizer Polizei war das sicher nicht gewesen. Die Recherche mit den Anrufen war erfolgreich verlaufen. Jemand hatte keine Kosten und Mühen gescheut, ihren Aufenthaltsort zu ermitteln.

Auf dem Weg ins Hotel konnte Joseph, der inzwischen routiniert nach Verfolgern Ausschau hielt, nichts Bemerkenswertes feststellen.

Der Hotelpage öffnete ihm das große Tor der Hotelgarage, in dem noch ein paar andere Limousinen geparkt waren. Bisher hatte sich Joseph keinerlei Gedanken über deren Besitzer gemacht. Das hatte sich nunmehr geändert. Er parkte neben einem Mercedes, der am Morgen noch nicht dort gestanden hatte.

Ein paar Schneebrocken auf dem Dach tauten. Der meiste Schnee war als Tauwasser auf den Garagenboden geflossen. Der Wagen konnte noch nicht lange in der geheizten Garage stehen. „Ein deutsches Nummernschild", stellte Joseph argwöhnisch fest.

Er gab dem Pagen ein Trinkgeld.

„Können Sie mir einen Gefallen tun?"

Er nickte angetan.

„Ich möchte nicht durch die Halle gehen. Ein bestimmter Gast soll mich nicht sehen. Ich nehme das Treppenhaus hier, das direkt zu den Zimmern führt. Können Sie mir meinen Zimmerschlüssel von der Rezeption holen und nach oben bringen?"

Der Page vermutete irgendwelche Frauengeschichten und nickte verständnisvoll. Außerdem erwartete er ein weiteres Trinkgeld, was seine Bereitschaft zu Extradiensten anspornte.

Im Treppenhaus begegnete Joseph keinem Menschen. Weil es unter normalen Umständen nur von Dienstboten benutzt wurde, die Gepäck aus der Garage zu den Zimmern trugen, war es weniger komfortabel und erschien etwas vernachlässigt. Die Tapeten waren an einigen Stellen abgeschürft. Der Teppich auf den Stufen und die Vorhänge vor den Fenstern hatten schon bessere Tage gesehen.

Im zweiten Stock angekommen, ging Joseph auf die Tür ihres Zimmers zu und wollte sie mechanisch öffnen. Das Niederdrücken der Klinke und der Gedanke, dass der Schlüssel gleich gebracht würde, geschah im gleichen Moment. Die Tür ging auf. Jemand musste in ihr Zimmer eingedrungen sein.

Da der Hotelpage mit dem Schlüssel gerade kam, schloss Joseph die Tür wieder und ließ sich den Schlüssel geben. In Erwartung eines Trinkgeldes zögerte der Page.

„Moment, Sie können mir noch einen Gefallen tun. Ich glaube, das Frühstücksgedeck ist noch nicht abgeräumt. Vielleicht können Sie das mit nach unten nehmen."

Joseph wollte das Zimmer nicht ohne Begleitung betreten und hatte schnell geschaltet.

„Das kann ich mir zwar nicht vorstellen, weil das Zimmermädchen dann Ärger kriegen würde, aber schauen wir mal."

„Oh, ich glaube, ich habe gar nicht abgeschlossen. Die Tür ist gar nicht verschlossen."

Sie betraten das Zimmer. Josephs Hand hielt die ungesicherte *O8* in der Manteltasche.

„Dachte ich es mir doch. Kein Geschirr zu sehen. Unser Service ist eben perfekt."

„Warten Sie noch einen Moment. Ich will noch mal im Bad nachsehen."

„Auch alles weg. Auf unsern Zimmerservice ist Verlass."

Joseph sicherte vorsichtig die *O8*. Für ihn war es wichtiger, zu wissen, dass sich kein Fremder in dem großen Zimmer befand, als die Erkenntnis, dass der Zimmerservice des Hotels perfekt organisiert war. Der Boy zögerte und Joseph steckte ihm das wohlverdiente Trinkgeld zu.

Die Spuren eines Fremden hatte er sofort bemerkt. Sie mussten bei der Durchsuchung des Zimmers sehr diskret vorgegangen sein. Der Hoteljunge hatte nichts gemerkt.

Joseph war sich völlig sicher, dass Rebeccas Puppe links von ihrem Kopfkissen an dem Kopfteil des Bettes gesessen hatte.

Jetzt saß die Puppe rechts vom Kopfkissen. Rebecca, die vor ihrer Flucht schon fast aufgehört hatte, mit Puppen zu spielen, widmete sich neuerdings wieder sehr intensiv dem Spiel mit der Puppe. Sie legte sie nachts neben sich und achtete darauf, dass sie auch warm zugedeckt war. Wenn sie dachte, dass Joseph mit anderen Dingen beschäftigt war, redete sie mit der Puppe und ließ sie reden, indem sie mit hoher Stimme sprach. „Die Intensität des Spiels mit der Puppe ist ihre Trauerarbeit", sagte sich Joseph und er war froh darüber. Dass sie die Puppe jemals in die Position rechts vom Kopfkissen gesetzt hätte, war undenkbar. Nur von der linken Seite des Kopfkissens war es der Puppe möglich, das Schaufenster mit den Spielzeugen zu sehen, das sich im Erdgeschoss des Hauses gegenüber vom Hotel befand.

Im Badezimmerschrank standen die Badeutensilien anders, als er sie am Morgen eingeordnet hatte. Er vermutete, dass das Zimmer gründlich durchsucht worden war. Allerdings war die Person, die die Durchsuchung durchgeführt hatte, relativ dezent vorgegangen. Wahrscheinlich hatte sie das Zimmer mit der Gewissheit verlassen, dass keine Spuren zu sehen waren.

Theoretisch konnten es die beiden gewesen sein, die sie später im Feuergefecht getötet hatten, und zwar in der Zeit, in der Joseph den Horch fertig gemacht und Rebecca zu Lisa gebracht hatte. Da war für sie Zeit genug vorhanden gewesen.

Aber darauf konnte er sich nicht verlassen. Er würde davon ausgehen, dass mehrere Personen auf ihn und Rebecca angesetzt waren und sich nicht in einer vielleicht falschen Sicherheit wiegen.

Er rief in der Bar an und orderte einen Kaffee und einen Cognac. Letzterer war notwendig, um die Aufregung dieses Tages, die anscheinend nicht von alleine abebben wollte, in Schach zu halten.

Der Junge brachte ein paar Minuten später die Getränke. „Wenn Sie nachher noch einmal aus dem Hotel gehen, sprechen Sie bitte bei der Rezeption vor. Die wollen irgendwas von Ihnen."

Der Page ging mit einem erneuten Trinkgeld.

Joseph war gespannt und wählte die 12 der Rezeption.

„Rezeption, Hotel Zur Post, Schwarz."

„Kohn, der Page hat mir ausgerichtet, Sie wünschen mich zu sprechen."

„Ach Herr Kohn, schön, dass Sie sich melden. Dann sind Sie also doch noch nicht abgereist."

„Wie bitte? Wie kommen Sie darauf, dass ich abgereist bin. Ich hab Ihnen gegenüber doch kein Wort in diese Richtung geäußert. Warum sollte ich abgereist sein?"

„Tut mir leid, Herr Kohn, zur Mittagszeit war ein Herr hier, der ..." „Ja und?"

„Der Herr sagte, er käme in Ihrem Auftrag und solle uns mitteilen, Sie hätten plötzlich abreisen müssen. Er solle Ihr Gepäck einpacken und mitnehmen. Aber vor allem wollte er Ihre Tasche aus dem Safe. Sie wissen doch, die braune Ledertasche, die Sie uns gleich nach Ihrer Ankunft zur Aufbewahrung im Safe gegeben haben und die Sie unserer besonderen Umsicht und Sorgfalt anempfohlen haben."

„Er hat nach meiner Tasche gefragt?" Joseph atmete tief ein. Die Kühnheit seiner Feinde nötigte ihm eine Spur Bewunderung, aber auch eine Mischung aus Angst und Hass ab.

„Nicht ausdrücklich nach Ihrer Aktentasche. Er sagte, er wolle die Unterlagen aus dem Safe."

„Wann war der Herr denn hier?"

„Sagen wir mal, kurz nach elf Uhr heute Morgen. Ja, was ist nun mit dem Herrn? War er von Ihnen beauftragt?"

Wenn das einer von den beiden im grünen Mercedes gewesen war, die sie auf der Alm getötet hatten, waren die beiden also davon ausgegangen, dass Joseph nicht mehr ins Hotel zurückkäme. Sein Tod wäre ja schon am frühen Nachmittag erfolgt. Wenn das stimmte, mussten sich die beiden ja sehr sicher über den Erfolg ihrer Mission gewesen sein. Wie musste das für den Nazi von den beiden gewesen sein, als er sterbend sah, dass der Jude Kohn ihn selber ausgelöscht hatte und nicht umgekehrt. Der Krieger in Joseph registrierte diese Überlegung mit Befriedigung. Ein echter Kämpfer darf nicht den Fehler machen, seinen Gegner zu unterschätzen. Eine tödliche Lektion, die sie dem SS-Schergen erteilt hatten. Sein Selbstbewusstsein wuchs und das war genau das, was er jetzt benötigte. Denn das machte ihn zu einem gefährlicheren und potenteren Gegner.

„Sind Sie noch dran?"

„Ja natürlich, ich höre."

„War der Herr nun von Ihnen beauftragt? Herr Kohn, wir müssen das wissen. Wenn das nicht der Fall war, wenn Sie ihn nicht beauftragt haben, wäre das eigentlich ein Fall für die Kantonspolizei."

„Ich glaube, es wird nicht nötig sein, die Polizei einzuschalten. Ich habe eher den Eindruck, das war eine Art Spinner. Der hat mich schon ein paar Mal in der Stadt angesprochen, ob ich sein Bruder bin und ob ich ihn nicht wiedererkenne. Ich glaub, der ist ein bisschen gaga. Natürlich habe ich ihm nicht den Auftrag gegeben, mein Gepäck an sich zu nehmen und schon gar nicht meine Tasche. Sie können davon ausgehen, dass ich mich persönlich abmelde, wenn ich das Hotel verlasse. Das ist in Kürze jedenfalls nicht zu erwarten. Die Tasche vor allem händigen Sie bitte keinem außer mir aus. Für den Fall, dass Sie die Tasche doch einer anderen Person aushändigen sollen, werde ich Ihnen vorher Bescheid geben."

Der Portier schien erleichtert. Das hätte kein gutes Licht auf das *Zur Post* geworfen, wenn Polizei im Hotel nach einem Kriminellen oder noch schlimmer, einem Verrückten fahnden würde. Der Direktorin, die gerade in St. Moritz beim Skiurlaub war, würde das auch nicht gefallen und sie würde sich unnötige Gedanken machen und wahrscheinlich den Urlaub abbrechen, wenn er ihr eine solche Nachricht kabelte.

Die Erleichterung bei Joseph war um vieles größer, da ihm die Geschichte mit dem Verrückten so schnell eingefallen war und so ein Einschalten der Kantonspolizei vermeidbar war. Er legte auf und nahm einen tiefen Zug.

Eins war klar, seine Gegner legten ein entschiedenes Tempo vor. Wenn er sich nicht bewaffnet und trainiert hätte, läge er jetzt als gefrorene Leiche im tiefen Schnee auf Sepps Alm. Wahrscheinlich hätte man seinen und vielleicht den Leichnam von Alois im Frühjahr gefunden. Irgendwann wäre er als Deutscher, von dem keine Angehörigen ermittelt werden könnten, beerdigt worden. Seine Unterlagen aus dem Safe des *Zur Post* wären in den Händen der Nazis. Es wäre nie mehr möglich gewesen, das Eigentum der Familie Kohn an diversen Grundstücken, Gebäuden, Gemälden, Fabriken, Konten, inklusive der in der Schweiz, zu beweisen. Das Ausrauben der Familie Kohn hätte genau den Verlauf genommen, den die Nazischergen geplant hatten.

Rebecca hätten die Schweizer Behörden nicht bei Lisa gelassen, selbst wenn Lisa ihre Bereitschaft bekundet hätte, sich um sie zu kümmern. Dafür hatte Lisa keinerlei Legitimation. Selbst ein Schreiben aus seiner Hand musste nicht unbedingt den Erfolg haben, von den Schweizer Jugendämtern akzeptiert zu werden.

Die Nazis würden sich einschalten und die Überstellung eines elternlosen deutschen Kindes nach Deutschland verlangen. Die Vollmacht eines angeblichen Onkels, Rebecca von Lisa adoptieren zu lassen, würde gemäß schweizerischem und deutschem Familienrecht verworfen werden. Im Übrigen hatte er bisher nicht einmal eine entsprechende Vollmacht erteilt.

Sein Tod hätte also die Folge gehabt, dass Rebecca doch in die Hände der SS gekommen und somit biologisch und als Erbin des Kohnvermögens ausgeschaltet worden wäre. Und sein Tod war für die Mittagszeit des heutigen Tages fest einkalkuliert. Ihn schauderte. Gleichzeitig freute er sich über seine Verwandlung in einen ernst zu nehmenden Gegner.

Wie es schien, konnte er da noch ein wenig zulegen. Wenn sich seine Gegner in Bezug auf ihren Plan, den übrig gebliebenen Kohn zu vernichten, so sicher waren, würde er etwas mehr tun müssen, als sich lediglich mit einer Handfeuerwaffe zu rüsten. Die *08* hatte sich zwar als ganz effektiv erwiesen, wovon zwei getötete Feinde zeugten. Aber wie waren weitere Häscher bewaffnet? Wer weiß, was man für Waffen in dem grünen Mercedes finden würde. In Unterschätzung ihrer Gegner hatten sie einfach die Waffen benutzt, die sie bei sich trugen. Mit Infanteriegewehren ausgestattet wäre der Kampf vielleicht ganz anders ausgegangen. Im Dunkeln und mit einer guten Taschenlampe ausgerüstet hätten sie seelenruhig den Abzug von ihm und Alois abwarten können, um sie von einer größeren Entfernung wie Wild abzuknallen. Damit, dass Alois und er angriffen, hatten sie nicht gerechnet.

Er beschloss, sich zu seinem und Rebeccas Schutz effektivere Waffen anzuschaffen. Er leerte das Glas und spürte das Wohlgefühl, in das ihn der Alkohol versetzte. Irgendetwas in seinem Hinterkopf ließ ihn an seinen Vater denken. Das musste im Zusammenhang mit der Bewaffnungsfrage stehen.

Sein Vater hatte im Ersten Weltkrieg an vorderster Front gekämpft. Er war mehrmals verwundet worden und hatte einige Tapferkeitsauszeichnungen erhalten. Er war immer stolz auf seinen Einsatz im Krieg gewesen. Leider war er dem Wahn erlegen, zu glauben, die Nazis würden ihm aus diesem Grunde seine Zugehörigkeit zur jüdischen Rasse verzeihen. Trauer überkam ihn, als er an Vater und die anderen dachte.

In Gedanken wanderte er durch die Geschosse und Räume der großen Villa in Essen, besuchte seinen Bruder und dessen Frau in ihrer Suite im rechten Flügel des großen Hauses, machte Scherze mit seinem Bruder, neckte dessen Frau mit den Worten: „Als Ehefrau von Joseph Kohn hättest du eine bessere Partie gemacht." Fragte nach den Kindern, ging weiter in den Flügel, den seine Eltern bewohnten, stritt sich ein paar Minuten mit seinem Vater, der ihn gerne mit der Sinnlosigkeit der Haltung von Nutz- und Zierfischen aufzog und war wie immer darauf aus, von seiner Mutter ein paar Streicheleinheiten in natura oder im übertragenen Sinn zu ergattern. Die Tränen schossen ihm in die Augen bei dem Gedanken, keinen von ihnen je wiederzusehen. Er fragte sich verzweifelt, ob es irgendeinen imaginären Ort gäbe, an dem sie oder ihre vermeintlichen Seelen sich aufhielten und spürte den Schmerz wie einen Stich: Alle Mitglieder seiner Familie waren Asche, verdammte tote Asche. Er weinte lautlos, aber mit Tränen, die er trotzig mit dem Taschentuch wegwischte.

Wie hatte sein Vater noch eine im Ersten Weltkrieg zum ersten Mal verwendete Wunderwaffe genannt? Straßenfeger? Wegfeger? Jedenfalls irgendetwas mit Fegen. Sein Gehirn mühte sich, das Wort zu finden. Schließlich kam die Erinnerung: Grabenfeger!

Grabenfeger war der Spitzname für eine MP, also eine kurzläufige Waffe mit der Mechanik oder Technik eines Maschinengewehrs. Das bedeutete: Minuten andauernde Schusssalven mit einer hohen tödlichen Effektivität, mitten im Krieg von einem Deutschen namens Bergmann erfunden und in den Grabenkämpfen beim Stellungskrieg eingesetzt.

Sein Vater hatte oft begeistert von dieser Waffe gesprochen, die in seiner Kompanie erstmals ausprobiert wurde. Wenn er nur seinen Bruder fragen könnte, der in den Kohnwerken administrativ für die Abteilungen tätig gewesen war, in denen Waffen produziert wurden. Er verfluchte sein damaliges Desinteresse an der Waffenproduktion in der eigenen Firma. Jetzt hätte es ihm geholfen, vielleicht sogar dabei, sein Leben zu retten.

Er würde morgen Alois fragen, ob und wie man sich in der Schweiz einen *Grabenfeger* zulegen könnte, falls Anna Lena und Bierbichel die Operation erfolgreich durchgeführt hatten.

Berlin Norddeutschland Januar 1945

Das Hotel lag ungefähr fünfhundert Meter vom Hauptbahnhof entfernt. Es war fünf Uhr in der Früh. Den Schlaf im Bunker konnte er vergessen. Es war dort viel zu laut. Die Menschen hatten vor Angst geschrien, wenn Einschläge in der Nähe die Wände erzittern ließen.

In den Räumen der Fahrkartenschalter lagen die Fenster zersplittert am Boden. Ein Trupp von Bahnhandwerkern war dabei, die Fensteröffnungen mit einer Konstruktion aus Dachlatten und Pappe provisorisch zu schließen. Ein eisiger Wind fegte durch das Büro, gegen den sich der Beamte am Auskunftsschalter mit einem Mantel und einem überdimensionierten Schal schützte. Auf dem großen Bahnhof war kaum Betrieb. Bei dem gewaltigen Bombengewitter in der vergangenen Nacht hatten sich die Menschen in die Bunker wie Mäuse in ihre Löcher verzogen. Sie waren noch nicht überzeugt, dass das Bombardement nun eine Pause machte.

„Ist es möglich, heute per Bahn nach Osnabrück zu reisen?"

Der Bahnbeamte guckte etwas unwillig. Die Zentrale hatte die Parole ausgegeben, dass ausschließlich Militärs über das Bahnnetz verfügen dürften, und jetzt stand dieser unrasierte und etwas ungepflegte Mensch vor ihm und fragte nach einer Fahrmöglichkeit.

Er begriff und hielt ihm, bevor er etwas sagte, seinen Ausweis hin.

„Ach, so ist das. Unter diesen Umständen können Sie den Sonderzug bis Hannover nehmen. Von da aus" - er warf einen Blick in ein dickes Kursbuch - „fährt fahrplanmäßig ein Zug über Minden nach Osnabrück. Ob der tatsächlich fährt, müssen Sie in Hannover fragen. Der Zug nach Hannover fährt in einer halben Stunde von Gleis 6. Weil mit Tieffliegern zu rechnen ist, hält er oft an, und Sie müssen in Deckung gehen."

Er löste für dreißig Mark eine Fahrkarte nach Osnabrück, nahm den Koffer und ging zum Gleis. Seine Uniform sah mitgenommen aus, der Beamte am Auskunftsschalter hatte sie gar nicht als solche erkannt. Da viele Menschen mit kaputten und zerfetzten Kleidern unterwegs waren, fiel das gar nicht weiter auf. Das beschädigte Bahnhofsgebäude war ein Chaos aus auf dem Boden liegenden Teilen des Daches, aus Steinen, Betonteilen und zerstörten Sitzbänken. Das Bombardement in der Nacht hatte seine Spuren hinterlassen. Kleine Bautrupps improvisierten mit Säcken und nicht enden wollenden Rollen Dachpappe, um das Dach einigermaßen zu schließen. Ein eisiger Wind wehte. Die Menschen huschten frierend mit eingezogenen Köpfen aneinander vorbei, ohne sich in die Augen zu blicken. Jeder wollte so schnell wie möglich sein Ziel erreichen und ja nicht aufgehalten werden.

Der Zug stand schon unter Dampf. Eine Hälfte bestand aus ramponierten Personenwagen, die andere aus Güterwagen Die Fenster der Personenwagen waren mit Brettern zugenagelt. In den Güterwagen standen Flakgeschütze, mehrere Schützenpanzer und Militärmotorräder. Die Lokomotive blies weiße Dampfwolken in den Himmel. Mit einem lauten Pfiff probierten der Lokführer und sein Helfer die Signalpfeife aus. Der Heizer schaufelte schwitzend Koks in den Kessel.

„Dann wird es innen ja wenigstens etwas warm sein", sagte er sich und bestieg den ersten Wagen hinter der Lok. Dort musste die Dampfheizung am wirksamsten sein. Der Wagen war fast leer. Lediglich im Nachbarabteil saß ein Wehrmachtsoffizier und döste oder schlief.

Der Heizkörper unterhalb des Fensters war warm.

Jetzt kamen auch die übrigen Reisenden und füllten den Wagen komplett aus. Es handelte sich um einen Zug aus Wehrmachtstechnikern, die von Hannover nach Berlin abkommandiert waren und nun die Heimreise antraten. Ihm gegenüber saß ein schwer verwundeter Soldat, dem man ein Bein abgenommen hatte. Der Verband des Stumpfes war rot vor Blut. Anscheinend traute er den zerstörten Krankenhäusern in Berlin nicht und hatte auf eigene Faust die Rückreise angetreten. Ohne die Benutzung von zwei Krücken konnte er sich nicht bewegen. Einige Soldaten aßen Schwarzbrotscheiben. Es roch nach billigem Käse und Dosenleberwurst. Thermoskannen mit Tee wurden herumgereicht.

In der Nähe von Magdeburg hielt der Zug mit einem ohrenbetäubenden Kreischen. Tiefflieger! Die Maschinengewehre ratterten schon los, bevor die letzten Soldaten den Zug verlassen und Zuflucht in den Büschen am Bahndamm gefunden hatten. Sie hörten die letzten heilen Fenster des Zuges splittern und pressten sich ängstlich auf die eisige Erde. Die blattlosen Büsche boten zu wenig Schutz. Schreie von Getroffenen. Zuerst beschossen sie den Zug. Nach einer Wende belegten sie das Buschwerk. Er sprang auf, ließ den Koffer liegen und sprintete so schnell er konnte auf ein zerstörtes Bahnwärterhäuschen zu. Dach, Türen und Fenster waren verbrannt. Er hechtete sich durch die Eingangstür und hörte die ersten Kugeln an die Ziegelwände des Häuschens prallen. Er war gerettet. Ein Soldat, der ebenfalls auf die Rettung durch das Häuschen gesetzt hatte, schaffte es nicht und lag jetzt tot auf der Türschwelle.

Die englischen Maschinen machten noch zwei Kehren, um ihre tödliche Aufgabe zu vollenden. Danach drehten sie nach Westen ab. Ungefähr achtzig Prozent der Fahrgäste waren getötet. Spontan half er einem provisorisch zusammengestellten Sanitätertrupp bei der Ersten Hilfe. Da er wenig Erfahrung im Sanitäterbereich hatte, folgte er willig den Anweisungen eines Sanitäters. Wegen seiner zerfetzten Uniform sah dieser nicht, dass er es mit einem hohen SS-Offizier zu tun hatte, oder es war ihm egal. Er hatte andere Sorgen. Der Soldat mit dem amputierten Bein, der ihm gegenüber gesessen hatte, war tot. Sie trugen ihn auf den Bahndamm.

Mit dem einzigen noch intakten Funkgerät stellten sie Verbindung zu einer in der Nähe stationierten Panzerdivision her, die zwei Stunden später anrückte und deren Sanis ganze Arbeit leisteten. Dazu wurden die Räumlichkeiten einer nahe gelegenen Dorfschule beschlagnahmt und ein provisorisches Lazarett eingerichtet. Um zehn Uhr abends waren die meisten Verwundeten versorgt.

Da die Ladung des Zuges nur ansatzweise zerstört war, beschloss der kommandierende Offizier nach einem langen Gespräch mit der zuständigen Generalität in Hannover, dass der Zug in der Nacht nach Hannover gefahren werden sollte.

Die Lok war noch in Ordnung. Er würde alles tun, um weiter zu kommen und meldete sich als Ersatz für den getöteten Heizer. Die ungewohnte Handarbeit würde ihm nicht schaden. Der Lokführer warf einen Blick auf ihn, stellte fest, dass es sich um einen gut gebauten jungen Mann handelte, der anscheinend in Form war, und nickte. Jetzt stand sein Koffer in der kleinen Gepäckablage der Lok neben dem großen Rucksack des Lokführers.

Die verschlissene Uniformjacke musste er nach kurzer Zeit ausziehen. An der offenen Tür des Kessels war es zu heiß. Außerdem musste er sich mit dem Koks beeilen, um die Lok unter Dampf zu bringen.

Als sie bereit war, kam ein Offizier und gab den Befehl zur Abfahrt. Die Luftaufklärung hatte das Schienennetz bis Hannover geprüft und grünes Licht gegeben.

Das „Jetzt aber ein bisschen dalli!" des Lokführers erschreckte ihn. Seit mehr als zehn Jahren hatte es niemand gewagt, ihn so anzusprechen. Der Lokführer sah nicht, wie er in einer Mischung aus Zorn und Angst erbleichte. Automatisch hatte er an die Hüfte gefasst, wo im Lager die Pistole steckte. Doch er begriff schnell. Eigentlich passte die Aufforderung des Lokführers genau in sein Konzept. Etwas Besseres konnte ihm in dieser Situation gar nicht passieren. Er musste sich schnell von seiner Rolle als Chef eines großen Konzentrationslagers lösen. Diese Zeit war vorbei und je früher er die neue Entwicklung begriff und gestaltete, desto besser.

Er fasste die Schaufel fester und schaufelte schweigsam und willig. Die Lok bewegte sich schnaufend.

Als sie morgens um halb drei in den Bahnhof von Hannover einfuhren, machte ihm der Lokführer das Angebot, weiter als Heizer unter ihm zu arbeiten. Lokomotiven und ihr Personal würden in diesen Tagen gebraucht und mit jemandem wie ihm könne er gut arbeiten. Mit der Zeit würde er schon schneller werden. „Auch keine schlechte Möglichkeit, ein neues Leben anzufangen", dachte er. Keine schlechte Tarnung, aber zu viel Kontakt zu Menschen, vor allem neugierigen Militärs oder Militärpolizei. Bei dem Überfall durch die Tiefflieger hatte ihn nur die Tatsache, dass er sich dem Sanitärtrupp angeschlossen hatte, vor neugierigen Befragungen durch Militärpolizei geschützt.

„Ich muss zurück an die Front im Osten. Ich hab nur Urlaub für eine Beerdigung bekommen."

„Schade, ich könnte dich gut gebrauchen. Dann müssen sie mir einen anderen geben. Allein schaffe ich das nicht. Du willst nach Osnabrück?"

Er bejahte.

„Du darfst nur nachts fahren. Lass dich bloß nicht darauf ein, wenn dir einer sagt, du sollst tagsüber fahren. Heute Abend um zweiundzwanzig Uhr fahre ich einen Güterzug an die Holländische Grenze. Du kannst mitfahren, wenn du uns wieder beim Befeuern des Kessels hilfst."

Er nahm das Angebot an.

Der Lokführer bedankte sich und schlug ihm ein Hotel in einem Vorort vor. „Dort finden keine Bombardierungen statt. Da kannst du ruhig schlafen. Heute Abend treffen wir uns hier auf Gleis 14, aber bitte pünktlich!"

Den Tipp mit dem Hotel fand er sehr gut. Er hatte seit zwei Tagen nicht mehr richtig geschlafen, und fuhr mit der Straßenbahn durch die zerstörte

Innenstadt. Zwei Kilometer vor der Endhaltestelle stoppte die Bahn. Der Schaffner erklärte den beiden einzigen Benutzern, die Schienen seien ab hier durch den jüngsten Bombenangriff zerstört. Er ließ sich von dem anderen Fahrgast, einem Soldaten, den Weg zum Hotel erklären und machte sich auf den Weg. Das Fahrrad, das unabgeschlossen an einem Baum stand, kam ihm gerade recht. Er stellte seinen Koffer auf den Gepäckträger und schob. Überall roch es nach verbranntem Stoff und Papier. Der Wind trieb angekohlte Papierfetzen über die Straße. Seine Uniformmütze und Schultern wurden von einer Ascheschicht überzogen.

Es war gar nicht so einfach, das Hotel zu finden. Irgendwelche Leuchtreklamen gab es nicht, oder sie waren wegen der Bombardements abgeschaltet. Er klopfte an das beleuchtete Fenster eines Hauses, das ein mürrischer Mann öffnete.

„Was gibt's?"

„Ich suche das Hotel oder die Pension. Das muss hier irgendwo sein."

„Das ist das da." Der Mann zeigte auf ein Haus schräg gegenüber.

„Da werden Sie aber kein Glück haben. Die Eigentümer sind seit ein paar Tagen nicht mehr da. Wahrscheinlich in der Stadt bei einem Bombenangriff ums Leben gekommen."

Das Fenster schlug zu.

Er ging auf das Haus zu, das ihm als Hotel gezeigt worden war und klopfte laut an die Tür. Nachdem beim dritten Klopfen keine Reaktion erfolgte, drückte er die Klinke herunter. Die Tür ließ sich öffnen und er trat ein. Das Licht funktionierte. Auf einer Theke standen eine Schreibmaschine und einige andere Büroutensilien. Die Tür zur angrenzenden Gasthausküche stand offen. Auf dem großen Tisch standen ein angeschnittenes Brot, Margarine, Marmelade und eine geöffnete Dose Wurst. Das Brot war hart und stand anscheinend schon ein paar Tage auf dem Tisch. Er suchte in diversen Schubladen nach einem Messer und fand ein großes Fleischmesser, mit dem er ein paar Scheiben von dem harten Brot abschnitt.

Mit einer Flasche Bier, die er in einer Speisekammer fand, war das ein vorzügliches Mahl, mit dem er in dieser Nacht gar nicht mehr gerechnet hatte. Nach dem Essen nahm er den schweren Koffer und ging dem Pfeil mit der Aufschrift *Gästezimmer* folgend nach oben. Die Zimmer waren alle offen. Seine Prüfung ergab, dass das Fenster des ersten Zimmers rechts zu einem Schuppen mit einem Flachdach lag. Im Notfall verfügte er so über einen Fluchtweg und entschied sich für dieses. Es bestand aus einem Doppelbett, einem Schreibtisch und einer Kommode, auf der eine große weiße Porzellanwaschschüssel und die dazugehörige Wasserkanne standen. Nach einer gründlichen Wäsche würde er ruhiger schlafen können und holte aus der Küche kaltes Wasser.

Später nahm er den Schlafanzug aus dem Koffer und stellte die Kommode direkt vor die Tür. „So lässt es sich wahrscheinlich etwas ruhiger schlafen", sagte er sich.

Es war halb sechs, und er schlief sofort ein.

ESSEN März 2002

Von *Mon* hatte er zum ersten Mal gehört, als die Stimme des Anrufbeantworters seiner Hautärztin aufgefordert hatte: „In dringenden Fällen wenden Sie sich an Dr. Monika Scheurebe."

„Auch das noch!"

Die Allergie, falls es eine war, hatte ihn vor ein paar Tagen befallen. Nicht nur, dass seine Lippen in kurzer Zeit zu einem sogenannten Trompetenmund anschwollen und er deshalb total beknackt aussah, gleichzeitig war seine Schrittgegend heftig von rötlichen und vor allem juckenden Quaddeln befallen. Jemand, der die Umgebung seines Geschlechtsteiles sähe, würde sich ekeln, bevorurteilte er seinen Zustand.

Außerdem wütete die Allergie, oder was zum Teufel es nun war, in seinem Körper nach Belieben. Befiel ihn plötzlich mitten in einer Verhandlung, sodass er sich an der prekären Stelle nicht kratzen konnte, oder machte sich gemütlich und halb so schlimm breit in ihm, wenn er abends beim Fernsehen saß. Er musste jetzt irgendetwas unternehmen und war entsetzt, dass seine Hautärztin nicht da war.

Ihr, die er schon seit Jahren aufsuchte, hätte er die Stellen in seiner Schrittgegend genauso unverfänglich gezeigt wie seine Uhr. Aber ihre Vertretung, diese Dr. Monika Dingsbums, war womöglich eine attraktive und vielleicht junge Frau und vor der sollte er sich entblößen!

Die ihn immer heftiger quälenden Quaddeln und die aufgequollenen Lippen, die es ihm schwer machten, zu sprechen, ließen ihn schließlich handeln. Es war doch albern, sich von diesen Peinlichkeitsgefühlen weiterhin daran hindern zu lassen, sich Hilfe zu holen, und er suchte die Praxis auf.

„Was kann ich für Sie tun?"

Es war wirklich eine attraktive, schwarzhaarige Frau in den Vierzigern, die ihn freundlich und aufgeschlossen anblickte.

„Ach, Sie sehen das gar nicht?"

„Was soll ich nicht sehen?"

Sie blickte ihn aufmerksamer an, und an seinen Lippen schien ihr gar nichts aufzufallen.

„Meine Lippen, sehen Sie nicht, wie aufgequollen die sind?"

„Ach so, ich dachte, die sähen immer so bei Ihnen aus."

„Sie denken also, ich sehe immer so beknackt aus?"

„Moment mal, erstens finde ich überhaupt nicht, dass Sie beknackt aussehen, selbst wenn Ihre Lippen so aufgequollen sind, und zweitens bin ich keine Kosmetikerin. Ihr Aussehen interessiert mich eigentlich gar nicht. Was mich interessiert, ist Folgendes: wenn Ihre Lippen geschwollen sind, deutet das auf eine Allergie hin, und Allergien im Mundbereich sind gefährlich. Wenn die Zunge oder der Kehlkopfbereich befallen werden, kann ich Sie eigentlich nur noch ins Krankenhaus schicken. Dann kriegen Sie nämlich keine Luft mehr und es wird ernst. Da hilft manchmal nur noch ein gezielter Luftröhrenschnitt. Gibt es noch andere Bereiche, die befallen sind?"

Köhler nickte und deutete auf seine Leistengegend.

„Zeigen Sie mir das mal."

„Soll ich die Hose herunterziehen?"

„Ja natürlich, ich habe leider keine Röntgenaugen. Ach, Sie sind gschamig. In Ihrem Alter ... ich meine, Sie sind doch schon über die Pubertät hinaus. Keine Angst, ich tu Ihnen ja nichts. Aber sehen muss ich die Stellen schon."

Sie lächelte mit einer Mischung aus Ironie und Fürsorglichkeit, die Köhler sehr gut gefiel. Die Peinlichkeitsgefühle waren verflogen.

So hatte er die Frau kennen gelernt, die er seitdem für sich *Mon* nannte.

Deswegen war er brav bei den mit ihr vereinbarten Terminen erschienen, und es war ihnen gelungen, seine Allergie, die vorher unberechenbar wie ein Tiger auf Beutesuche in seinem Körper gewütet hatte, zu einer Hauskatze zu zähmen. Immer wenn sich ein Anfall ankündigte, nahm er die Tablette eines Antihistamins und die Symptome machten Anstalten, sich zu trollen. Den die Allergie auslösenden Stoff, ein Nahrungsmittel, ein Medikament, eine innere Entzündung – theoretisch konnte es sogar ein Parfüm einer Person sein, die sich im gleichen Raum befand wie er –, zu identifizieren, war anscheinend ein Jahrhundertwerk. *Mon* hatte ihm vorgeschlagen, eine Zeit lang täglich systematisch aufzuschreiben, welche Lebensmittel er zu sich genommen hatte. Das war ihm allerdings zu umständlich. Er fand es besser, von Zeit zu Zeit einen Termin bei ihr zu haben.

Er steuerte das italienische Restaurant an, das nur wenige Schritte von *Mons* Praxis entfernt war. Ein Freund hatte es ihm empfohlen und die Küche war wirklich gut. Er verstand etwas vom Kochen. Das war aber nicht alles. Immerhin könnte es doch sein, dass *Mon* hier manchmal essen gehen würde.

Er würde sich freuen, diese Frau hier zu sehen, selbst wenn sie vielleicht mit ihrem Freund käme. Falls sie einen hatte, was ja leider sehr wahrscheinlich war. Es sah immer mehr so aus, als würde er sich ernsthaft nach einer neuen Frau umschauen, wenn er schon abwog, welche Chance er bei *Mon* hatte. Wahrscheinlich war er ihr zu alt. Mal sehen, zu welchen Torheiten ihn sein Interesse an *Mon* verleiten würde.

Dann fiel ihm wieder der Stahlschrank und sein Vater ein. Ein bisschen spannend war es ja schon, einen alten, verloren und vergessen geglaubten Schrank zu finden. Spannend war vor allem, was er in dem Schrank fände. Wahrscheinlich war es ja alter, wertloser Krempel, aber was, wenn nicht?

Jedenfalls glaubte er nicht, dass sein Vater von einem für die Kanzlei interessanten Geheimnis ausgegangen war. Dann hätte man den Schrank nach 1945 geborgen. Aber definitiv wusste er das auch nicht. Über eine ehemalige Mitarbeiterin der Kanzlei wusste er, dass die Chefs der Kanzlei gegen Ende des Krieges beim Volkssturm eingesetzt waren. Also bestünde eine theoretische Möglichkeit, dass ein wichtiges Schriftstück oder Ähnliches ohne deren Wissen in dem Schrank deponiert worden war.

Er rief seine Sekretärin an. Vorsichtshalber sollte sie der Firma mitteilen, dass die Öffnung des Stahlschranks nur in seiner Gegenwart durchgeführt würde. Er käme mit dem Taxi hin und sie solle einen Termin machen.

Er betrat das Restaurant. Der Kellner nahm seinen Mantel und wies auf die Tafel mit den Tagesgerichten hin. Als neuer Gast fühlte er sich ganz wohl mit dieser Begrüßung. Der Kellner sah ihn aufmerksam an, um festzustellen, ob er Hilfe benötigte, war aber in keiner Weise aufdringlich oder kumpelhaft.

Die Hälfte der Tische war inzwischen besetzt. Die Frage, ob er allein sei, bejahte er und bekam einen Tisch neben dem Aquarium, in dem sich zwei Hummer mit zusammengebundenen Zangen quälten. Hummer würde er jedenfalls nicht bestellen. Stattdessen stellte er sich vor, wie es wäre, wenn er die Arretierungen aus Isolierband mit einer Schere aufschnitte.

Die erfolgreich überstandene Panikattacke im Gericht und der Spaziergang zu der Baustelle hatten ihn hungrig gemacht. Er bestellte einen Antipastiteller, Spaghetti al scoglio und eine gegrillte Dorade. Ganz schön gewagt für ein Mittagessen an einem normalen Wochentag, denn abends würde er ja wie immer noch einmal warm essen.

Leider war die Hautärztin nicht anwesend, stellte er fest und beschloss, sich nun ausschließlich dem Essen zu widmen, und nicht weiterhin ihre Abwesenheit zu bedauern.

Wenn sie tatsächlich das Lokal beträte, würde er wahrscheinlich lediglich kühl grüßen. Bescheuert! Also gar nicht daran denken. Mal gucken, ob die Küche wirklich so gut war wie man ihm empfohlen hatte.

Gegrillte Dorade hatte er bisher nur in Italien gegessen, wo die Restaurants dieses Gericht ständig anboten. In seinem Fischgeschäft bot man in letzter Zeit häufiger Dorade an. Inzwischen gab es im Mittelmeerraum große Fischzuchtanlagen, in denen dieser Fisch massenweise produziert wurde. Die Dorade, die er hier bestellt hatte, kam auch aus einer mediterranen Fischzucht, hatte ihm der Kellner erklärt. Er war gespannt, ob sie trotzdem gut schmecken würde und beschloss, falls das der Fall sein würde, selber mal eine zu grillen.

Das Handy klingelte wieder. Seine Sekretärin: Die Öffnung des Stahlschranks würde um siebzehn Uhr erfolgen. Falls er damit einverstanden war, solle er bei der Tresorfirma anrufen und sich die Adresse geben lassen.

Als er das Freizeichen bei der Firma hörte, betrat Dr. Monika Scheurebe alias *Mon* das Restaurant und blickte sich Hilfe suchend nach einem Platz um. Das Restaurant war inzwischen voll besetzt. Anscheinend hatte sie der Kellner ermuntert, sie solle sich doch zu einem anderen Gast an den Tisch setzen.

„Sehr schön!" Köhler freute sich, behielt das Handy geschäftig am Ohr, und bekam von der Frauenstimme am andern Ende der Verbindung nichts mit, die ihn vergeblich motivieren wollte, doch endlich etwas zu sagen. Stattdessen winkte er *Mon* einladend zu sich an den Tisch. Das Handy hatte er einfach auf den Tisch gelegt, bevor die Frauenstimme endlich aufgegeben hatte.

„Ich möchte wirklich nicht stören."

„Sie stören überhaupt nicht. Im Gegenteil. Ich war ein wenig einsam und Sie kommen mir gerade recht. Außerdem kann ich jetzt mit Ihnen feiern, dass aus meiner Tigerallergie eine brave Hauskatze geworden ist. Setzen Sie sich doch!"

„Stimmt, mir fällt auf, dass Sie heute keine große Lippe riskieren, obwohl es mir auch nicht so scheint, als wären Sie auf den Mund gefallen."

Wieder diese Mischung aus einem netten Lächeln und einem ironischen Grinsen.

„Also schön, ich habe Dorade bestellt. Falls ich davon eine dicke Lippe bekommen sollte, können Sie mich nachher gleich mitnehmen und etwas dagegen unternehmen."

„Das wäre dann ein Fischmund und wahrscheinlich würden Sie ganz stumm werden, wie ein Fisch eben. Das wäre doch schade, wo Sie doch so gerne reden. Wahrscheinlich würden Sie Höllenqualen ausstehen. Außerdem steht Ihnen Trompetenmund besser als Fischmund, mal rein ästethisch gesehn. Ja, ich glaube, mit einem Trompetenmund sehen Sie wirklich besser aus."

Als Antwort streckte er ihr die Zunge raus.

Sie lachte.

Er war glücklich, *Mon* getroffen zu haben, ein sehr schöner Zufall, dem er ein bisschen auf die Sprünge geholfen hatte. Keine Spur von seinem Totstellreflex, als er spürte, dass da ein Interesse und eine Sympathie für seine Person sichtbar geworden waren. Er wandte sich nicht ab und guckte *Mon* tief in die Augen. Seine Blicke signalisierten ihr relativ offen: Ich mag dich. Ich will mehr von dir. Jedenfalls bildete er sich das ein; glaubte er fest daran. Schön, dass die Reaktion *Mons* diese Einbildung keine Lügen strafte. Er spürte, dass sie sich wohl fühlte und bildete sich ein, dieser Zustand hinge mit der lockeren Unterhaltung zusammen.

„Entschuldigung, ich muss mich noch eben für ein Abenteuer heute Nachmittag anmelden. Als Sie sich an meinen Tisch setzten, war ich gerade bei der Anmeldung. O.K.?"

Sie schwieg, Betroffenheit mimend.

Er wählte und bekam die Verbindung mit der Tresorfirma.

„Hören Sie, ich hab eben schon mal angerufen. Da wurden wir unterbrochen" - *Mon* bekreuzigte sich - „Ich komme heute um 17 Uhr zu der Tresoröffnung."

„Sagen Sie mir bitte noch einmal, wer Sie sind?"

„Mein Name ist Köhler von *Köhler, Vogelsang & Partner.* Ich vertrete die Kanzlei, der der Tresor gehört."

„Geht in Ordnung, Herr Köhler, wir erwarten Sie dann um siebzehn Uhr und kommen Sie bitte pünktlich, weil wir ab achtzehn Uhr Feierabend machen."

Köhler ließ sich noch die Adresse geben und stellte das Handy aus.

„Hört sich ja geheimnisvoll an, ein Tresor wird geöffnet und Sie müssen dabei sein? Falls da viel Geld drin ist, würde ich auch gern dabei sein. Außerdem: bei welcher Bank haben Sie das gute Stück entwendet?"

„Geld ist da wahrscheinlich nicht drin und wenn, dann wären es Reichsmark, die nicht mehr gültig sind. Aber wir könnten Monopoly damit spielen, falls Sie mal Monopoly mit mir spielen würden. Würden Sie?"

„Können wir nicht etwas mehr Erwachsenes spielen? Monopoly hat mir mit zwölf gut gefallen."

„Etwas mehr Erwachsenes spielen? Machen Sie bitte einen Vorschlag!"

„Im Moment fällt mir nichts ein. Lassen Sie uns ein anderes Mal darauf zurückkommen."

„Klingt irgendwie zurückhaltend."

Sie streckte ihm die Zunge aus.

Dann erzählte er ihr von dem Tresor. „Ich weiß auch nicht, ob irgendetwas Interessantes drin ist. Immerhin könnte es der Fall sein. Ich bin schon ganz gespannt."

„Was könnte denn drin sein? Haben Sie irgendeine Ahnung?"

„Jemand könnte der Kanzlei meines Vaters irgendetwas anvertraut haben: ein Testament, eine Urkunde oder Ähnliches. Wahrscheinlich hat ein solcher Inhalt gar keine Relevanz mehr. Seit dem Bombenkrieg sind siebenundfünfzig Jahre vergangen. Wenn mein Vater etwas Wichtiges vermutet hätte, hätte man den Schrank kurzfristig nach dem Angriff geborgen. Da das nicht der Fall ist, gehe ich erst mal davon aus, dass wertloses Papier drin ist. Da kommt mir eine Idee. Wollen Sie nicht dabei sein?"

„Wobei?"

„Na bei der Öffnung des Tresors?"

„Ich?"

„Ja, warum denn nicht? Heute ist doch Mittwoch, heute Nachmittag arbeiten Sie doch eh nicht."

„Mh, meinen Sie das ernst?"

„Ja, es würde mich freuen, wenn Sie mich begleiten."

„Ich wollte mir eigentlich heute Nachmittag ein neues Kostüm kaufen."

„Das machen wir vorher."

„Wir?"

„Ja, Sie nehmen mich als Coach mit."

„Als Coach?"

„So nennt man das heute und warum denn nicht? Dann geht's vielleicht schneller."

„Woher wissen Sie das?"

„Weiß ich was?"

„Dass das bei mir immer irre lange dauert, bis ich mich zum Kauf von einer Klamotte durchringe?"

„Intuition, ich nehme an, Sie suchen schon Wochen nach dem passenden Kostüm."

„Lassen Sie mich beschatten?" Sie lächelte und zwei hübsche Grübchen wurden sichtbar.

„Nein, ich lasse Sie nicht beschatten. Ich mach es selber. Haben Sie das noch gar nicht gemerkt, dass ich wie ein Schatten an Ihnen klebe?"

„Ach, Sie sind das?"

Sie stimmte schließlich zu und Köhler freute sich darauf, nach langer Zeit wieder einmal eine Frau beim Einkauf von Klamotten begleiten zu können. Emma hatte ihn immer ganz anstellig gefunden und großen Wert auf sein Urteil und seinen Geschmack gelegt. Allerdings hatte der Kauf eines Kleidungsstückes immer unbeschreiblich lange gedauert. Es war wohl sein Schicksal, sich für Frauen zu interessieren, die dafür viel Zeit brauchten.

Sie besuchten mehrere exquisite Geschäfte. Köhler fand, dass die etwas größeren mindestens jeweils ein Kostüm anboten, das *Mon* gut stand.

„Finden Sie wirklich, dass mir das steht?"

„Ja, es steht Ihnen sogar sehr gut."

„Sie haben es nur eilig."

„Ich schwöre!"

„Meineid steht unter Strafe."

„Ich weiß, ich hoffe Sie besuchen mich."

„Wo?"

„Im Knast."

„Nur, wenn Sie jetzt noch mit mir zu der Boutique gehen, wo sie das Armanikostüm verkaufen."

„Ich denke, das gefällt Ihnen nicht."

„Doch, ich glaube, es steht mir ganz gut. Sie haben doch selber gesagt, dass es mir gut steht."

„Ja, habe ich. Aber Sie waren anderer Meinung."

„Das war vorhin."

„Sie haben Ihre Meinung geändert? Na gut, dann können wir jetzt hingehen und es kaufen."

„Nicht so schnell!"

„Ich versteh gar nichts mehr."

„Das ist bei mir immer so. Ich kann mich nicht so schnell entscheiden. Wenn es mir nicht gefällt, hängt das Kostüm die nächsten zehn Jahre im Kleiderschrank, bis ich es der Altkleidersammlung gebe."

„Zwischen Skylla und Charybdis?"

„Zwischen was?"

„Eine ausweglose Situation: wenn Sie es kaufen, ziehen Sie es vielleicht nicht an, wenn Sie es nicht kaufen, ärgern Sie sich, dass Sie es nicht gekauft haben."

„Ach, Sie meinen Odysseus?"

„Ja, zwischen den beiden Seeungeheuern. Wenn ihn das eine nicht frisst, frisst ihn vielleicht das andere."

„Ein Kostüm für tausend Euro zu kaufen und es nicht anzuziehen, das ist schon ein bisschen wie von einem Seeungeheuer gefressen zu werden. Jedenfalls kann ich mir jetzt schon gut vorstellen, wie das an mir nagt."

„Und wenn Sie es nicht kaufen?"

„Dann ärgere ich mich vielleicht morgen, dass ich es nicht gekauft habe. Außerdem ist es morgen vielleicht nicht mehr da."

„Aber irgendwie ist Odysseus doch nach Hause gekommen, auf sein geliebtes Ithaka, oder?"

Die Grübchen wurden wieder sichtbar.

„Sind Sie sehr genervt?"

„Ich weiß die Ehre zu schätzen, Begleiter eines klassischen Helden zu sein. Da färbt vielleicht was ab."

„Na gut, vielleicht sollten wir die Irrfahrt fürs Erste beenden. Ich lad Sie zu einem Cappuccino ein, als Dankeschön für die große Geduld."

„Viel Zeit haben wir aber nicht mehr."

"Warum?"

„Der Stahlschrank."

„Entschuldigung, den habe ich ja völlig vergessen. Jetzt wird's ja noch richtig spannend. Schatzsuche! Das hab ich zum letzten Mal bei meinem zehnten Geburtstag gemacht. Wissen Sie was, der Nachmittag mit Ihnen war ein Highlight für mich. Das Essen war gut, Ihre Begleitung beim Kostümkauf hat mich fast dazu gebracht, das Armanikostüm zu kaufen und jetzt noch die Schatzsuche. Ist alles wie Kindergeburtstag. Sie haben einen hohen Unterhaltungswert. Aber das haben Ihnen sicher schon viele Frauen gesagt."

Köhler deutete einen Handkuss an.

Etwas später bezahlte *Mon* den Cappuccino.

„So siehst du ja ganz manierlich aus. So kann ich dich dem Chef vorführen und benimm dich anständig! Was der Chef sagt, wird gemacht, kapiert?"

Diese Kränkung, deren unbedingte Beachtung wahrscheinlich lebensnotwendig war, kam bei Nummer 516 gar nicht richtig an. Er war viel zu viel damit beschäftigt, dass ihn der Kontakt zum Chef des Lagers aus seiner mühsam erworbenen Lagerstabilität herausreißen könnte und ob er dazu in der Lage war, diesen Zustand von Neuem zu erlangen. Er wusste genau, welche Klippen er umschifft hatte, um ein funktionierender Häftling zu werden.

Wenn er hier so herausgeputzt worden war, bedeutete das irgendwelche Erwartungen der Lagerleitung an seine Person und die mussten logischerweise mit seiner Vergangenheit zusammenhängen. Er hätte in diesem Moment viel darum gegeben, vor der Verhaftung durch die SS ein kleiner kaufmännischer Angestellter gewesen zu sein und nicht der Vorstandsvorsitzende eines großen Stahlkonzerns.

Als Kohn war 516 ein ziemlich umtriebiger und strategisch denkender Geschäftsmann gewesen, der sich sehr schnell für eine Aktion oder ein Geschäft entscheiden konnte, wenn diese der Firma oder Familie Vorteile brachten, und mit der gleichen Schnelligkeit hatte er Situationen bei Verhandlungen mit Geschäftspartnern zum Wohl der Firma eingeschätzt. Er war ein weithin bekannter, angesehener und bisweilen auch gefürchteter Wirtschaftsboss gewesen. Es musste heute um das große Vermögen von *Kohn & Söhne* gehen und wenn man ihn noch nicht ermordet hatte, hinge es damit zusammen, dass seine Person in lebendem Zustand irgendeinen Wert für die SS haben musste. Wahrscheinlich sollte er irgendetwas, eine Urkunde oder Ähnliches, unterschreiben. Wenn er es dann unterschrieben hatte, war sein Leben keinen Pfifferling mehr wert. Zu unterschreiben war also Selbstmord, was er in seiner Situation, in der er täglich Hunderte von Ermordeten wegräumen musste, als gar nicht die schlechteste Art einschätzte, aus dem Leben zu scheiden. Jedenfalls hatten ihn die Schergen des Lagers nicht deshalb am Leben gelassen, weil er sich so nützlich beim Transport der Leichen machte, sondern weil sie noch mehr von ihm wollten. War der Rettungsversuch seines Kapos, als er sich beim Anblick von Lenas

Leiche weigerte, weiterzuarbeiten, eine Art Finte gewesen? Er würde zu gerne wissen, ob der Kapo in dieser Angelegenheit mit dem Lager zusammenarbeitete, oder hatte er gedacht, seine Erschießung durch den Bewacher stehe tatsächlich unmittelbar bevor. Vielleicht hätte der Bewacher ja daneben geschossen. Würde er die Wahrheit jemals erfahren? Er wusste nicht einmal, ob er die nächste halbe Stunde noch überleben würde, oder ob der Kapo, wenn er an die Gaskammern zurückgekehrt war, noch existierte.

Bei der Inhaftierung im Herbst 1942 hatten sie der Familie gegen die Unterschrift unter den Verzicht auf den Konzern und die Überschreibung an irgendeine staatliche Organisation freies Geleit in die USA oder ein Land ihrer Wahl angeboten. Außerdem sollten sie einen Bruchteil des Wertes der Firma in der Währung des Landes erhalten, in das sie ausreisen wollten. Dafür sollten sie einen entsprechenden notariellen Vertrag unterzeichnen, der schon unterschriftsreif vorlag. Der beurkundende Notar könne innerhalb einer halben Stunde in der Villa sein.

Als er erwidert hatte, dass das ja ein seltsames Geschäft sei und welche Sicherheiten sie erhielten, das Geld behalten und tatsächlich ausreisen zu können, schlug ihn der SS-Offizier, ein Mensch, der sich vorher mit Dr. Müller, Sturmbannführer, vorgestellt hatte, heftig ins Gesicht. Einer Bitte, sich mit seiner Familie ohne Zeugen beraten zu können, kamen sie widerwillig nach. Sie erhielten eine Stunde. Lenas Position hatte schließlich den Ausschlag gegeben.

„Wenn wir das unterschreiben, sind wir vogelfrei und man wird das mit uns machen, was sie schon mit vielen Juden gemacht haben."

Über seinen Einwand, er sei doch im Ersten Weltkrieg Offizier und hoch dekoriert worden, lachte sie.

„Denen steht die Mordlust und die Gier, unser Vermögen an sich zu raffen, ins Gesicht geschrieben. Siehst du das nicht? Das sind eiskalte Mörder. Ich bin nur froh, dass Rebecca und Joseph nicht hier sind. Wenn die eine Chance haben sollen, den Konzern jemals zu besitzen, dürfen wir nicht unterschreiben."

Also weigerten sie sich.

„Ihr werdet schon sehen, was ihr davon habt, ihr raffgieriges Judenpack", war die Antwort des Wortführers, der anscheinend völlig außer Fassung war. Die Familie hatte die SS und ihre Pläne durchschaut. Der Anführer der

Gruppe war ein hohes Tier bei der SS, der sich mit *Kohn & Söhne* hervorragend auskannte und über sehr viele Insiderinformationen verfügte, die er von einem hochrangigen Mitarbeiter aus der Verwaltung des Konzerns haben musste, wahrscheinlich einer der vor Kurzem neu eingestellten Betriebswirte. Die übrigen Mitglieder der Gruppe waren normale brutale SS-Offiziere ohne höheres geistiges Niveau und wahrscheinlich fürs Grobe zuständig.

Als solche wurden sie dann sofort tätig. Mit Schlägen waren die Familienmitglieder, auch sein kleiner Enkel, getrennt und in einzelnen Zimmern isoliert und später abgeführt worden.

Seitdem hatte Kohn alias 516 keinen mehr aus seiner Familie gesehen, außer vielleicht die Leiche Lenas, die er beim Beladen der Transportloren erkannt haben wollte.

Die Aktien der großen Gesellschaft waren zu fünfzig Prozent auf seinen Namen und den seiner Frau eingetragen. Je zwanzig Prozent gehörten den beiden Söhnen und zehn Prozent Rebecca und ihrem Bruder. Sämtliche Tochtergesellschaften waren hundertprozentiges Eigentum der großen Gesellschaft *Kohn & Söhne*, gehörten also der Familie zu den gleichen Anteilen. Er musste sich nun mit einem der Cheforganisatoren der Auslöschung seiner Familie und wahrscheinlich Millionen anderer Familien treffen. Der einzige Grund für das Interesse an seiner Person war ein nochmaliger Versuch, dem Raub seines Vermögens einen legalen Anstrich zu geben. Er dachte an Lena, blitzlichtartig ging ihm ihr geschundener Leichnam in der Lore durch den Kopf. Die Trauer und die Sehnsucht nach ihr und den anderen schwoll zu einem reißenden Strom von Gefühlen, den er nicht mehr aufhalten konnte und vor dem er schließlich resignierend kapitulierte.

Schade, das war das Ende seiner Selbstverwandlung in ein funktionierendes Lagertier, und das Ende dieser Lebensform würde zwangsläufig auch das Ende seiner physischen Existenz bedeuten. Denn hinsichtlich irgendwelcher Zugeständnisse in Form von Unterschriften unter Dokumente, mit denen er sein Vermögen legal an die SS transferierte, würde er Lenas Position folgen. Das war er ihr schuldig. Das Einzige, was ihm noch blieb, war, auf Zeit zu spielen. Er würde den Eindruck eines noch nicht ganz Überzeugten mimen, den man aber mit ein wenig Zeit und viel Überzeugungskraft vielleicht herumkriegen könnte. Ob er Lust dazu hatte, in diesem Stil Zeit zu schinden, darüber war er sich nicht gewiss.

Das alles ging ihm blitzschnell durch den Kopf, als er zur Lagerleitung geführt wurde und verursachte bei ihm einen Gefühlscocktail aus Todesangst, Rache, Wut, Trauer und Resignation. Er beschloss, diesen desaströsen inneren Zustand zu verbergen und sich nichts anmerken zu lassen. Die Aufgabe der Rolle des perfekten Häftlings und die Rückverwandlung in die Rolle des großen Wirtschaftskapitäns hatte schon begonnen.

Das Ambiente der Büros der Lagerleitung unterstützte ihn in dieser Haltung. In einem Vorraum saßen zwei Sekretärinnen, die an den seiner Kenntnis nach modernsten Schreibmaschinen arbeiteten, die ihn mit: „Herr Kohn, Sie werden schon erwartet" ansprachen, freundlich anlächelten und für eine kurze Zeit zum Warten aufforderten. Der Offizier von der Ordonnanz verabschiedete sich grinsend mit einem: „Sei brav, Ferkelchen!", das die Sekretärinnen überhörten, als gehöre eine solche Unerhörtheit zu einer völlig anderen Welt, mit der sie nichts zu tun haben wollten.

Das Büro, das er betrat, konnte es durchaus mit seinem Büro in Essen aufnehmen: ein circa vierzig Quadratmeter großer Raum. Auf dem Parkett lagen mehrere Perserteppiche. Das Mobiliar schätzte er als original Biedermeier ein. Ein riesiger Kronleuchter aus Messing erleuchtete die Mitte des Raumes. Die Bilder an den Wänden waren Originale. Anscheinend hatte der Kommandant ein Faible für französische Expressionisten. Die Vorhänge vor den Fenstern waren aus einem dezenten beigefarbenen Samt. Kohn konnte sich gut vorstellen, woher die luxuriöse Ausstattung des Büros stammte und vermutete, dass die Möbel aus der großen Villa in Essen inzwischen ähnlich genutzt wurden.

Der Schreibtisch, an dem der Kommandant in frisch gebügelter SS-Uniform saß, war riesig. Auf der Tischplatte aus polierter Buche befanden sich ein großer Strauß Gladiolen, ein in Silber gerahmtes Foto, ein Telefon und eine mit Lederrändern versehene Schreibunterlage, auf der ein luxuriöser Füller lag. Dieser Schreibtisch-Habitus erinnerte ihn an seinen Schreibtisch. Er hatte es ganz genauso gehalten. Als seine Firma noch kleiner war, bevor die Rüstungsaufträge den Umsatz vervielfacht hatten, war sein Schreibtisch immer voll gewesen: diverse Akten, zu korrigierende Briefe, verschiedene Schreibutensilien, Auftragslisten und vieles mehr.

Eine produktive Unordnung, die von ihm aber perfekt verwaltet wurde. Wehe, wenn eine Putzfrau hier Ordnung geschaffen hätte! Ein Polieren der Platte, dem er wegen der Staubentwicklung von Zeit zu Zeit zustimmen musste, wurde ausschließlich in seiner Gegenwart geduldet.

Mit der Expansion der Firma und dem Wachsen seiner Verantwortung und der Vervielfachung von zu tätigenden täglichen Entscheidungen, war die Schreibtischplatte, die nun täglich, aber natürlich nicht mehr in seiner Gegenwart, gereinigt und poliert wurde, immer leerer geworden: ein Foto von Lena und den Kindern, ein Telefon, ein Füllfederhalter, eine Schreibunterlage und ein täglich frischer Blumenstrauß, für den eine seiner Sekretärinnen zuständig war. Manchmal hatte er sich nach der produktiven Unordnung auf seinem Schreibtisch zurückgesehnt, aber bald resigniert begriffen, dass diese Zeit passé war.

Der tägliche Druck, viele wichtige Entscheidungen zu fällen, die er nicht delegieren konnte, weil seine Kenntnis und seine Verantwortung gefragt waren, gestattete es nicht, dass er selber Briefe las oder schrieb, dass er sich Akten zog et cetera. Das waren alles vorbereitende Arbeiten, die die zuständigen leitenden Angestellten verrichten mussten und nicht einmal deren Kontrolle und Überwachung oblag ihm, sondern den Direktoren, deren Funktion in den letzten Jahren seine Söhne bekleidet hatten. Selbst seine Söhne bedienten sich eines Stabs aus mehreren nach Zuständigkeit gefächerten Fachleuten, die ihnen zuarbeiteten. Letztere wiederum bedienten sich ganzer Abteilungen von Aktenbearbeitern, Schreibbüros, Einkäufern, Controllern und anderen.

Ein Riesenunterschied zu der Zeit, in der er als kleiner Junge mit seinem Vater auf dem Pferdewagen gesessen hatte, mit dem sie Schrott gesammelt und transportiert hatten. Eigentlich hatte ihm dieses Leben viel besser gefallen. Da hatte man Leute getroffen, hatte mit ihnen um Preise gefeilscht, hatte Spaß gehabt, war zur Mittagszeit in Wirtschaften eingekehrt und hatte laut mit dem Wirt gestritten. Sein Vater hatte mit den hübscheren Mägden geflirtet und so manches Stelldichein verabredet, wenn er dachte, dass sein Sohn davon nichts merkte.

Dieses Leben hatte er später vermisst, wenn er, einsam seine Entscheidungen treffend, an dem großen, leeren Schreibtisch gesessen hatte. Völlig undenkbar, mal eben nach unten in die Stadt zu gehen und einen zu heben, schon allein aus dem Grund, weil er zuerst einen riesigen Park hätte durchschreiten müssen, um in die Stadt zu gelangen. Wegen seiner Prominenz wäre das unverfängliche Aufsuchen einer Kneipe ein Krampf geworden.

Der Lagerkommandant, der ihn bigott und freundlich mit: „Einen schönen guten Tag, Herr Kohn, ich hoffe, es geht Ihnen gut" begrüßte, erinnerte ihn an seine nun etwas länger als zwei Jahre zurückliegende Zeit als Vorstandsvorsitzender von *Kohn & Söhne*.

Die Organisation der täglichen Ermordung von Tausenden von Menschen, das reibungslose Entsorgen der Leichen, nicht ohne den Leichnamen die zu verwertenden Ressourcen wie Goldzähne, Haare et cetera zu entnehmen, war eine immense Aufgabe. Sie erforderte eine Verwaltungsorganisation, die der von großen Industrieimperien glich, sagte sich Kohn. Selbst die zu Tausenden Tonnen anfallende Asche musste produktiv eingesetzt und verwertet werden, wie die Güterwagen mit dem Aufdruck *Torino* bewiesen, bei deren Beladung mit Aschesäcken er vor Kurzem helfen musste. Neben der produktiven Verwertung der menschlichen Überreste erforderte der reibungslose Mord noch größere Sorgfalt. Es musste alles vermieden werden, dass die dem Tode Geweihten sich wehrten und dadurch große Probleme verursachten. Das Personal, das die Morde organisierte, musste sehr sensibel auf Tendenzen reagieren, die in Richtung Gegenwehr liefen. Eine offene Rebellion wäre kaum beherrschbar und man würde wesentlich mehr Personal benötigen. Dadurch würde nicht nur die Liquidation des menschlichen Lebens teurer, sondern mehr Menschen würden Mitwisser der millionenfachen Ermordung. Die Gefahr, dass sich außerhalb des Todeslagers Kritik breitmachte, würde größer. Entsprechende Gegenmaßnahmen würden organisiert und bezahlt werden müssen. Am ökonomischsten wäre es, wenn sich der ganze Liquidierungsprozess mit möglichst wenig Personal von außen regulieren ließ, etwa nach dem Prinzip, dass sich der letzte Jude nach der Vernichtung aller anderen selbst umbrächte. Es war daher eine riesige destruktive Verantwortung. Die große Todesmaschine musste möglichst leise, effektiv und wirtschaftlich funktionieren. Hier das kleine Antriebszahnrad direkt am Motor zu sein, das die ganze Maschine antrieb und in Gang hielt, war deshalb eine außerordentlich wichtige Führungsaufgabe.

Kohn betrachtete den Kommandanten mit einer Mischung aus Bewunderung und Abscheu und verhielt sich nach außen gefasst und unerschüttert.

Der Kommandant stand auf, kam ihm lautlos auf dem weichen Teppich entgegen, drückte ihm die von Kohn alias 516 nicht verweigerte Hand und spielte den verbindlichen Geschäftspartner: „Setzen Sie sich doch!"

Er wies auf die große Sitzecke aus braunem Rindsleder. Kohn setzte sich und der Kommandant setzte sich ihm gegenüber auf einen Sessel.

„Wie geht es Ihnen? Ich habe mich in letzter Zeit häufiger gefragt, ob ich Sie nicht an einer anderen Stelle einsetzen soll. Was würden Sie zum Beispiel von unserer Registratur halten?"

Kohn sagte sich: „Das hab ich ja noch völlig vergessen. Das tausendfache Morden muss auch dokumentiert werden. Eine nicht dokumentierte Leistung gilt als nicht erbracht." Dieser Leitsatz musste auch bei diesem Unternehmen beachtet werden, das seine Millionen Dienstleistungen in Gestalt von Tötungen für den nationalsozialistischen Staat erbrachte. Unabhängig davon musste natürlich auch der Wertschöpfungsprozess, die Produktion von zu verwertenden menschlichen Überresten registriert und kontrolliert werden. Nicht auszudenken, wenn solche Güter veruntreut oder nach dem Räuberbandenprinzip unter die Besatzung von Lagern verteilt würden.

Er schwieg erst einmal und ließ den Kommandanten reden, eine alte Kohnsche Verhandlungsstrategie: Lass deinen Verhandlungspartner reden, schaffe ein Klima, das ihn zum Reden auffordert. Erwecke den Eindruck, dass du interessiert zuhörst. Dann wagt er sich hervor und du bekommst einen ersten Eindruck davon, was er wirklich von dir will. Dann kannst du ihn später besser über den Tisch ziehen. Diese Taktik hatte er von seinem Vater, dem Schrotthändler, abgeguckt, der sie bei der Preiserzielung von Schrott fast täglich erfolgreich eingesetzt hatte und damit reich geworden war. Dann ging plötzlich die Tür auf. Es trat der SS-Mann ein, der die Festnahme der Familie in Essen geleitet hatte: Sturmbannführer Dr. Müller.

St. Gallen Sepps Alm Dezember 1942

Er packte nur die notwendigsten Sachen von sich und Rebecca ein. Danach fuhr er mit dem Taxi über verschneite Straßen zu Lisa. Der Horch würde auf der Straße vor Lisas Wohnung zu sehr auffallen. Er bezahlte und wartete, bis das Taxi weg war. Als er bei ihr klingelte, war es schon fast zwanzig Uhr.

Lisa begrüßte ihn in einem eng anliegenden grünen Samtkleid, das ihre üppigen Formen betonte. Er war ganz hingerissen und befürchtete schon, sie habe sich für das Edelweiß so zurechtgemacht, obwohl sie eine andere Vereinbarung getroffen hatten.

„Du kommst aber spät!"

„Tut mir leid, ich wurde aufgehalten."

„Was war denn los?"

Joseph berichtete ihr von dem Kampf auf *Sepps Alm*, der Durchsuchung ihres Hotelzimmers und der Gefahr, in der er sich nun glaubte. Trotz der Schminke sah er die Blässe, die sein Bericht bei ihr ausgelöst hatte.

„Es ist alles gut. Mir ist nichts passiert."

„Das hätte aber auch anders ausgehen können. Das weißt du genau!"

„Du hast recht. Deshalb fühle ich mich ja wie neugeboren. Aber vergiss nicht! Ich bin im Krieg. Das ist anders als bei dir."

„Es geht mir nicht nur um Rebecca und was mit ihr passiert wäre, wenn du tot wärst. Mir hätte man sie nicht gelassen. Sie wäre völlig allein auf der Welt. Aber glaub ja nicht, es geht mir nur um sie."

Er nahm sie in den Arm, um sie zu trösten. Dabei spürte er ihren Busen durch den Samt des Kleides und wurde scharf.

„Lass das! Ich mein es ernst."

„Was soll ich lassen?"

„Glaubst du, ich spür nicht, dass du scharf wirst? Da können wir später drauf zurückkommen."

„Ich weiß gar nicht, wovon du redest."

„Scherzkeks, ich aber. Wie soll es nun weitergehen?"

Er lenkte ein und genoss ihre Fürsorge.

„Ich habe großen Hunger, lass uns mit den Kindern essen gehen. Danach muss ich uns noch ein Hotelzimmer suchen. Das Zur Post ist mir nicht sicher genug."

„Joseph Kohn, du spinnst, du suchst kein Hotelzimmer. Ihr bekommt für diese Nacht erst einmal ein Zimmer in der Pension Lisa und wir überlegen heute Nacht, wie es mit euch beiden weitergeht. Natürlich nur für den Fall, dass man mit dir eine Nacht verbringen und gleichzeitig überlegen kann."

Als Antwort küsste er sie. Sie wies den Kuss nicht zurück, sondern schmiegte sich an ihn. Damit war auch die Frage beantwortet, für wen sie das grüne Samtkleid angezogen hatte.

„Lass uns zum Freischütz gehen. Das ist nicht so weit weg und wir können zu Fuß hingehen."

Die Kinder spielten in Birgits Zimmer Quartett und waren sehr beschäftigt. „Rebecca kann heute Nacht hier schlafen. Ihr Onkel schläft auch hier." Beide Mädchen freuten sich. „Kann Rebecca heute Nacht in meinem Bett schlafen?"

„Das sehn wir dann nachher. Wollt ihr mit zum Essen kommen oder wollt ihr lieber hierbleiben und Brot und Aufschnitt essen?"

Sie wollten lieber mit ins Restaurant und da die Schule für Birgit am nächsten Tag später anfing, war das auch kein Problem.

„Kann Rebecca morgen früh mit in meine Schule gehen?"

„Das ist im Moment keine so gute Idee", antwortete Joseph. Sie mussten die Schweiz verlassen und das bald. Wenn sich Rebecca erst in einer Schule einlebte, entstünden feste Bindungen und es wäre komplizierter für sie, sich zu lösen. Dabei dachte er allerdings in erster Linie an Lisa und seine Bindung zu ihr oder ihre gegenseitige, die zumindest latent vorhanden war. Er wollte gar nicht darüber nachdenken, wie sehr ihm der Abschied wehtun würde. Verdammte Nazibande! Sie waren schon wieder dabei, seine Beziehung zu einer Frau zu zerstören. Sein Frust und seine Wut wuchsen. Dabei stellte er wieder mit Genugtuung fest, dass er inzwischen dabei war, sich zu wehren und sogar zwei Gegner beseitigt hatte.

Nach außen hin wirkte alles so friedlich. Ein Mann und eine Frau kurz davor, sich heftig ineinander zu verlieben, ihre oder ihnen anvertraute Kinder, die sich gut verstanden, ein Spaziergang im dunklen St. Gallen, in dem noch immer heftig Schnee fiel und ein bevorstehendes Abendessen in einem Restaurant am Fluss, auf dem sich das erste Eis bildete.

Die Küche des Freischütz hatte sich auf das Winterwetter und die Kälte eingestellt. Sie nahmen Hühnersuppe mit viel Fleischeinlage und Eierstich. Danach gab es mit Äpfeln und Maronen gefüllte Gans, dazu Rotkohl und

Klöße, zum Nachtisch eine Bayrische Creme. Die Erwachsenen tranken einen schweren Rotwein, die Kinder eine Limonade. Joseph erzählte Lisa während der Mahlzeit von seiner Leidenschaft, Fische zu züchten und von der beruhigenden Wirkung, die die in den Becken umherziehenden Fische immer bei ihm ausgelöst hatten. Wenn er eine neue Arbeit suchte, würde er wieder eine Fischzucht eröffnen.

Weil sie vor den Mädchen, die ihnen gegenüber friedlich Quartett spielten und ihre Umgebung anscheinend völlig vergessen hatten, nicht offen sprechen konnten, waren die Gesprächsthemen unverfänglich. Joseph nahm jede Gelegenheit wahr, Lisa zu berühren, ihre Hand zu nehmen, versuchte witzig zu sein, ihr zu imponieren und machte ihr Komplimente über ihr Aussehen und ihre Figur. Sie sollte ruhig sehen, dass er in sie verknallt war. Lisa nahm das alles von ihm an, wollte aber, immer noch skeptisch, nicht zeigen, wie sehr sie die Bewunderung durch diesen Mann genoss. Von dieser Beziehung war ja noch nichts in trockenen Tüchern. In jedem Fall war er heute mit seinen Gefühlen ihr gegenüber so offen wie noch nie. Wie schön!

Aber was, wenn sie dieser Mann bald wieder verlassen müsste? Sie wäre wieder allein auf sich gestellt und würde weiter im Edelweiß anschaffen gehen, immer auf der Suche nach einem neuen Märchenprinzen und das, obwohl im Moment einer in Griffnähe vor ihren Augen saß. Derzeit hatte sie sich beim Edelweiß Urlaub geben lassen, weil Joseph sie darum gebeten hatte. Er kam für die Kosten auf, die ihr durch die Wohnung und Lebenshaltung entstanden. Das Geld, das er ihr angeboten hatte, um ihre Garderobe zu erneuern, nahm sie nicht an. Was ihr an ihm gefiel, war neben seiner schlanken und grazilen Figur, seinen dunkelbraunen Augen, seiner rassigen, etwas gebogenen Nase über den vollen Lippen und seinen dunkelbraunen, fast schwarzen und vollen Haaren, seine Zurückhaltung, fast Schüchternheit gegenüber den Menschen. Sie hatte selten so geschäftlich und privat erfolgreiche Männer kennengelernt, die nicht versuchten, daraus sofort Kapital auch gegenüber Frauen zu schlagen. An der Verfolgung durch die Nazis konnte Joseph nichts ändern. Wenn man diese einmal wegdachte, war Joseph ein erfolgreicher Wirtschaftsboss, der es gewohnt war, ein Heer von Untergebenen zu managen und zu befehligen. Er hatte ihr in seiner zurückhaltenden Art schon viel von seinem Einsatz in dem großen Konzern berichtet.

Von ihrer Arbeit im Edelweiß kannte sie Männer zur Genüge, die sie mit Imponiergehabe und Profilierungssucht zu beeindrucken versuchten. Denen war es völlig gleichgültig, dass sie neben ihren sexuellen Dienstleistungen ja noch mehr anbot, nämlich Zuhören. Rein zeitlich machte der normale Sex, den sie im Edelweiß anbot, ungefähr zehn bis zwanzig Prozent ihrer Dienstleistung aus. Meistens war es eine relativ kümmerliche Art von Sex.

In der restlichen Zeit ging es darum, dass ihre Kunden reden wollten, und sie gefälligst zuhören sollte, obwohl sie dafür nicht bezahlt hatten. Außerdem wollten sie von den Huren bewundert werden, was ihnen bei ihren Ehefrauen anscheinend nicht überzeugend gelang.

Mit Joseph hatte sie am ersten Abend im Edelweiß einen Mann kennengelernt, der im Bett richtig gut war und der auch nicht gekommen war, um sich bewundern zu lassen, sondern mit ihr Spaß beim Sex haben wollte und einen riesigen Hunger danach hatte. Warum ausgerechnet sie und ihr üppiger Körper diese Gefühle bei ihm auslösten, wusste sie nicht. Eigentlich hatte sie ihre rundlichen Formen immer ein wenig verachtet und schlankere Frauen beneidet.

In den ersten zwei Stunden im Edelweiß hatten sie fast gar nicht geredet, sondern ihre Körper genossen. Josephs Lust und die Gier nach ihrem Körper hatten bewirkt, dass es nach kurzer Zeit auch bei ihr so richtig abging und sie scharf auf ihn wurde.

Die Nächte danach, die sie schließlich in ihrer Wohnung verbrachten und die sie vor Birgit und Rebecca geheim halten konnten, indem sie sich früh am Morgen trennten, hatten sich genauso entwickelt. Irgendwann fand sie es schade, von dem Mann so wenig zu wissen, der es ohne viel Federlesens verstand, ihr mit seinem Körper und vor allem mit seinen Händen so viel Lust zu machen. Er erzählte ja fast nichts von sich, litt anscheinend unter einer tiefen Traurigkeit und war so zurückhaltend, wie nur wenige Männer, die sie kannte. Wenn sie nicht gewusst hätte, wie es im Bett mit ihm war, hätte sie ihn für aussichtslos depressiv gehalten, und das hätte sie von einem Kontakt abgeschreckt.

Ihren Versuchen gegenüber, mehr über sein Leben und seine Gefühle zu erfahren, entwand er sich zunächst widerstrebend wie ein frisch gefangener Aal. Als sie nicht aufgab, fing er an, sich zu zeigen und sie nahm wahr, dass es ihm Freude machte, sich ihr und anscheinend gerade ihr zu öffnen.

Gegen zweiundzwanzig Uhr verließen sie den *Freischütz*. Die Kinder waren vor Müdigkeit schon ein bisschen nörgelig und freuten sich über den Weg durch die Kälte zurück in Lisas Wohnung, bei dem sie noch mal richtig wach wurden und sich mit Schneebällen bewarfen und balgten.

Joseph hatte den Arm um Lisas Hüfte gelegt und erwartete schon ganz begierig die Nacht mit dieser herrlichen Frau. Sie machte sich los und warf ihm einen Haufen Schnee ins Gesicht.

„Vielleicht tut dir ein bisschen kühler Schnee ganz gut."

„Dir aber vielleicht auch."

Er bückte sich, formte einen Schneeball und warf ihn der Flüchtenden vorsichtig, aber treffsicher an den Hinterkopf. Sie lief weiter, parierte den Angriff und plötzlich entstand eine ausgelassene Schneeballschlacht, an der die Kinder mit Begeisterung teilnahmen.

Dabei wechselten die Gegnerschaften nach Lust und Laune: Kinder gegen Erwachsene, Joseph und Rebecca gegen Lisa und Birgit, dann alle gegeneinander. Zum Schluss lachten alle erleichtert und fröhlich.

Die Anspannung hatte sich gelöst und Joseph und Lisa hatten beide den gleichen Gedanken, wie sehr sie solche befreiten Erlebnisse vermissten und wie schön es wäre, sie häufiger zu haben.

In der Wohnung brachten sie die Kinder in Birgits Bett, das glücklicherweise groß genug für zwei Kinder war. Sie ließen sich viel Zeit damit. Joseph musste wie vor Jahren, als sie noch klein war, eine Geschichte vorlesen. In der Mitte der Geschichte bat sich Birgit aus, dass Lisa zu Ende lesen solle.

Als Birgit beim Abschied fragte, ob Joseph im Bett von Lisa schlafen würde, antwortete Joseph mit etwas Ironie: „Mal sehen, ob ich darf. Ich werde deine Mutter gleich fragen."

Birgit zu Rebecca: „Ich glaube, die lieben sich. Ich habe vorhin gesehen, wie sie sich geküsst haben." „Die lieben sich, die lieben sich, lieben sich", fiel Rebecca ein.

Zu diesen Spekulationen äußerten sich Lisa und Joseph nicht, machten das Licht aus und verließen das Zimmer von Birgit.

„Und werde ich jetzt noch gefragt?"

„Hab mir gerade überlegt, ich schlafe heute lieber im Wohnzimmer. Du hast doch nichts dagegen?"

Dabei lagen sie sich aber schon in den Armen und zogen sich gegenseitig aus. Das Liebesspiel begann auf dem Sofa im Wohnzimmer. Als sie merkten, dass sie zu laut wurden, wechselten sie in Lisas Schlafzimmer und gaben sich Mühe, die Lustschreie möglichst leise zu halten.

In den Pausen zwischen dem Sex versuchten sie die Frage zu klären, wie es nun weitergehen könnte. „Ich glaube, es ist nicht gut für mich und Rebecca, weiter im Zur Post zu wohnen. Wenn Rebecca heute Morgen allein im Zimmer gewesen wäre, wär sie jetzt verschwunden, entführt oder tot. Der Einflussbereich der Nazis ist von hier nur ein paar Kilometer entfernt und wie sie agieren habe ich heute Nachmittag am eigenen Leib gespürt."

„Polizei?"

„Ich glaube nicht, dass die Schweizer Polizei engagiert aktiv wird, wenn es um geflohene Juden geht, die illegal in der Schweiz leben. In meinem Visum ist von einer Dienstreise die Rede und Rebecca ist als eine begleitende Person eingetragen. Wenn herauskommt, dass das, was ich hier mache, keine wirkliche Dienstreise ist, könnten wir abgeschoben werden."

„Und in der Schweizer Öffentlichkeit mehren sich Stimmen, die für einen schärferen Kurs gegenüber Juden plädieren. Heute Morgen haben sie im Radio und im Grenzboten einen Realschullehrer zitiert, der das offen gefordert hat. Er soll gesagt haben: „Gottlob hämmer no gnueg Baum", an denen solche Schweizer aufgehängt werden sollen, die gegen eine nationalsozialistische Schweiz sind. Das heißt, diese Fraktion fühlt sich in der Schweiz zunehmend stärker."

„Wenn du nichts dagegen hast, bleiben Rebecca und ich erst einmal hier. Das Hotelzimmer behalten wir, weil wir da offiziell wohnen. Meine Papiere sind im Hotelsafe erst einmal gut aufgehoben. Da kommen auch meine Post und meine Telegramme an. Für den Fall, dass sie uns hier bei dir aufspüren, müssen wir uns eine andere Wohnung suchen."

„Das kostet doch alles eine enorme Summe."

„Darüber zerbrich dir nicht den Kopf. Ich komme hier an unsere sämtlichen Konten, die wir seit Jahren in der Schweiz haben, und da sind reichlich Schweizer Franken drauf. Das reicht für eine lange Zeit auch für Birgit und dich. Wenn du willst, können wir uns eine größere Wohnung nehmen. Aber vor allem musst du dir morgen früh ein Auto kaufen oder mieten, weil der Horch zu auffällig ist. Der bleibt erst einmal in der Hotelgarage."

„Wenn das gefährlich für euch ist, sollte man uns außerhalb der Wohnung nicht zu häufig miteinander sehen. Aber wie geht's weiter? Wollt ihr noch immer die Schweiz verlassen?"

Joseph berichtete ihr von dem Telegramm an seinen Onkel in Kanada und dass er von dort eine Antwort erwarte. Sein Onkel würde ihnen wahrscheinlich eine Schiffspassage von Italien aus in irgendein Land buchen, das nicht mit den Nazis kollaborierte.

„Das heißt, ihr werdet uns bald verlassen?"

„Wollt ihr mit? Lisa, du weißt doch, dass ich dich liebe, ich bitte dich, kommt mit uns mit. Wenn der ganze Spuk vorüber ist, können wir ja zurückkommen."

„Das ist ja nett, dass ich auf diesem Wege auch einmal erfahre, dass du mich liebst."

„Schade, dass ich keinen Schnee habe. Ich würde dich jetzt schrecklich gerne einseifen."

„Ach, weil du mich liebst?"

Er antwortete mit: „Ja, genau!" und das Liebesspiel begann von Neuem.

Erst gegen vier Uhr waren sie aneinander geschmiegt in einen tiefen Schlaf gefallen und standen etwas zu spät, aber gerade noch rechtzeitig für Birgits Schule auf. Außerdem hatten sie beide sehr gute Laune. Lisa sollte vor dem Frühstück mit der Autovermietung telefonieren. Sie gab ihre Daten durch und die Autovermietung war damit einverstanden, dass ihr Bekannter den Wagen gegen eine Kaution und Vorkasse für zwei Wochen abholte.

Nach einem minimalistischen Frühstück gegen acht Uhr brachten Lisa und Rebecca Birgit zur Schule. Rebecca war maulend damit einverstanden, auch diesen Tag bei Lisa zu verbringen. Am liebsten wäre sie mit in die Schule gegangen oder hätte den Tag mit Joseph verbracht, was diesem viel zu riskant erschien.

„Bring mir wenigstens meine Puppe aus dem Hotel mit", rief sie ihm zum Abschied nach.

Im Taxi zum Autoverleih las Joseph in der Tageszeitung, dass der Funktionär einer rechten Gruppierung in einem öffentlichen Vortrag wörtlich: „Die Schweiz ist keine Arche Noah, und nicht dazu da, das Israelitische Volk vor dem Versaufen zu bewahren" gesagt hatte. Die offizielle Schweiz wehrte sich zwar gegen die Rechten. Es gab sogar eine Bewegung, nationalsozialistische Beamte aus dem Staatsdienst zu entfernen. Er erinnerte sich aber an die Entwicklung in Deutschland vor der Machtergreifung.

Auch dort waren die Nazis von den demokratischen Parteien isoliert, einige waren sogar verhaftet worden. Aber die Nazis hatten sich über die Borniertheit der sogenannten demokratischen Kräfte lustig gemacht und weiter geprügelt und gemordet. Der Polizeiapparat und die Justiz waren teilweise schon unterwandert oder sympathisierten mit der angeblich völkischen Bewegung. Insgesamt waren die sich demokratisch nennenden Kräfte von der Mitte bis zur Linken aber viel zu wenig ausgeschlafen, viel zu bürokratisch und behäbig, um sich der Nazibewegung mit Erfolg entgegenzustellen.

Hitler hatte seine nationalsozialistische Bibel *Mein Kampf* ungehindert während der Festungshaft schreiben können, und es war ihm gelungen, die politische Bühne siegessicherer als vorher von Neuem zu betreten. Der Märtyrereffekt hatte ihm sogar noch Auftrieb gegeben. Schließlich hatte ein demokratisch gewählter Reichspräsident, der unfähig gewesen war, sich mit der jungen Demokratie zu identifizieren, sie heimlich verachtete und für den verlorenen Ersten Weltkrieg verantwortlich sah, Hitler zum Reichskanzler ernannt. Danach war jeder Widerstand mit wenigen Ausnahmen zwecklos geworden. Joseph konnte zwischen dem gegenwärtigen Zustand der demokratischen Kräfte in der Schweiz und dem derselben Kräfte in Deutschland vor der Machtergreifung keine relevanten Unterschiede feststellen. Das illegale Morden von Juden und Nazigegnern hatte hier, wie er gestern feststellen musste, auch schon begonnen.

Er zeigte der Frau von der Autovermietung seinen Führerschein, seinen Ausweis und eine Vollmacht von Lisa und zahlte für vierzehn Tage im Voraus. Gegen zehn Uhr, es war gerade hell geworden, startete er den Adler, ein in der Schweiz gängiges und weniger auffälliges Auto als der Horch. Die Vermietung hatte ihm Schneeketten in den Kofferraum gelegt.

Die *08* lag in seiner rechten Manteltasche und ihre Wärme und Funktionsfähigkeit fühlten sich gut an.

„Eine einzige Klapperkiste!" Der Adler war wesentlich leichter und kleiner. Im Unterschied zum Horch steckte er die von den Lkw vorgepflügten Eis- und Schneespuren nicht einfach weg, sondern hoppelte und wand sich über die Straßen wie ein lahmer Hase. Bei entgegenkommendem Verkehr musste Joseph das Tempo auf ein Minimum drosseln, um Zusammenstöße zu vermeiden. Er entschloss sich, die Ketten sofort anzulegen und erreichte damit ein bisschen mehr Stabilität und Sicherheit. Im Hof von Sepp war der Schnee bereits geräumt.

Sepp trug einen Stapel geschlagenes Holz in den Armen und begrüßte ihn. Sie betraten das Haus und trafen Anna Lena in der Küche. In dem großen Raum war es sehr warm. Es roch nach frisch aufgelegtem, noch ein wenig nassem Holz. Der Herd war ein großer, weiß emaillierter Kasten. In die Kochfläche waren Eisenringe eingelassen, die man nach Belieben herausnehmen konnte, um eine Öffnung zum Feuer zu erhalten. Geschickt nahm Anna Lena den mittleren Ring heraus und stellte einen kleinen Topf mit Milch auf die geöffnete Stelle. Dann öffnete sie die obere Tür zum Herd und pustete. Die entfachte Glut brachte die Milch zum Kochen, und Anna Lena goss die dampfende Milch auf den Kaffee in einer großen weißen Tasse. Danach schob sie den Ring mit dem Feuerhaken wieder an seinen Bestimmungsort.

„Dem Alois geht's gut. Der Bierbichel hat ihm nach der Operation eine starke Spritze verabreicht. Der schläft noch den ganzen Tag und das ist ja auch am besten für ihn und er spürt seine Schmerzen nicht. „Willst du ihn sehen?"

Joseph schüttelte den Kopf. Er wusste, dass Alois bei Anna Lena in besten Händen war.

„Auch einen Kaffee?" Joseph bejahte und bedankte sich.

Er wandte sich an Sepp. „Weiß man was Genaues vom Förster?"

„Der besucht heute seine Mutter im Spital von St. Gallen. Wenn er wiederkommt, ist es schon fast dunkel. Von da haben wir nichts zu befürchten."

„Lieber wär's mir schon, wenn du mitkommst. Ich kenn mich auf der Alm nicht aus."

„Anna Lena macht uns noch den Kaffee. Dann können wir losfahren. Den Weg zu eurer Übungsstelle hab ich heute schon freigepflügt."

Anna Lena stellte zwei große weiße Tassen auf die eiserne Herdplatte, goss aus einer großen Kanne Kaffee auf und wiederholte die Prozedur mit den Herdringen.

„Ich weiß übrigens, wo der Wagen steht."

„Welcher Wagen?"

„Der Wagen, mit dem die beiden zur Alm gefahren sind, der Mercedes."

„Ich habe mich schon gefragt, wo sie den geparkt haben."

„Ich zeig ihn dir gleich."

Nach dem Kaffee fuhren sie mit dem Adler in Richtung Alm. Kurz vor dem Aufstieg zeigte Sepp auf eine kleine Lichtung am Waldrand. Wenn Joseph nicht wüsste, dass es sich um ein Auto handelte, hätte er auf einen verschneiten Stapel mit Holzscheiten getippt. Der Wagen war so zugeschneit, dass man von der Lackierung nichts sehen konnte. Dieser Umstand machte es einfacher. Die Entdeckung eines leeren Mercedes' an der Alm mitten im Winter hätte viel Aufmerksamkeit auf sich gezogen. Da würde Polizei hinzugezogen werden und eine Untersuchung stattfinden.

„Hast du schon geguckt, ob der Wagen abgeschlossen ist?"

Sepp nickte: „Ist er. Ich habe mir gedacht, dass wir den Schlüssel da oben bei den beiden schon finden werden."

„Dann fahren wir mal."

Der Adler bockte und stotterte, als hätte er partout keine Lust, den Weg die Alm hoch zu schaffen. Zweimal musste Sepp aussteigen und schieben. Als sie endlich oben waren, musste er sich von einer Menge Schnee befreien, mit der ihn die durchdrehenden Antriebsräder zugeworfen hatten.

Wegen des Neuschnees, der in der Nacht gefallen war, konnte man die beiden Körper, an der Stelle, wo Joseph sie erschossen hatte, nicht sehen. Es kam ihm schon die Befürchtung, dass die beiden noch lebten und ihnen die Flucht gelungen war. Er brach einen trockenen Ast ab, stocherte in den Schneemassen und fand schließlich beide, steif gefroren und mit fahlen, zusammengezogenen Gesichtern. Beide trugen mit Fell gefütterte und nun nutzlose Mäntel. Der erste lag auf dem Rücken. Joseph öffnete seinen Mantel und fand eine lederne Brieftasche in seinem Jackett. In den übrigen Taschen des Jacketts und der Hose fand er nichts von Bedeutung, ein Taschentuch, ein kleines Schweizer Messer und eine Nagelschere. Ein Blick auf den Ausweis in der Brieftasche, der in Chur ausgestellt war, zeigte ihm, dass es sich bei dieser Leiche um die des Schweizer Angreifers handelte. Die Leiche des Deutschen lag auf dem Bauch. Er war nach Josephs Schuss vornüber gefallen. Seine Hand krallte sich um den Ast einer Tanne, mit der er anscheinend im Todeskampf den Fall in den Schnee abwenden wollte. Im Rücken auf der Höhe des Herzens war die Kugel ausgetreten. Das Blut, das dort aus seinem Körper herausgeflossen war, war gefroren. Die Leiche des Mannes war schwer. Er war fett und ließ sich nur mit Mühe auf den Rücken drehen. In der Brieftasche fand Joseph einen deutschen Reisepass, einen Führerschein und einen Parteiausweis. In den Hosentaschen des Toten fand er ein Schweizer Messer und die Schlüssel des Mercedes'. Mit dem Schweizer Messer schnitt Joseph den Stoff des Jacketts und des Oberhemds am rechten Oberarm auf und fand die Tätowierung, die ihn als SS-Mitglied auswies.

Die beiden Pistolen, die die beiden benutzt hatten, fanden sie unmittelbar bei den jeweiligen rechten Händen der beiden im Schnee. Es waren eine *08* und bei dem Schweizer eine Beretta. Joseph sicherte sie und packte sie in eine Tasche aus Tuch, die ihm Lisa am Morgen gegeben hatte. Die Brieftasche des Schweizers steckte er, so wie er sie gefunden hatte, zurück in sein Jackett. Aus der Brieftasche des Deutschen nahm er die drei Ausweise heraus und steckte einen alten Werksausweis mit Bild, der ihn als Mitarbeiter von *Kohn & Söhne* auswies, hinein. Auch diese Brieftasche praktizierte er zurück in das Jackett des toten Deutschen. Dann verließen sie die beiden Leichen, nachdem sie sie vorsichtshalber noch mit Schnee zugedeckt hatten.

Danach schlidderten sie mit dem Adler ins Tal und stoppten bei dem zugeschneiten Mercedes. Sie kämpften sich durch den hohen Schnee. Joseph ging zur Fahrertür, probierte den Schlüssel, der passte. Er öffnete vorsichtig die Fahrertür, um die hohe Schneedecke, unter der der Mercedes lag, zu erhalten. Die Ledertasche, die neben dem Beifahrersitz stand, reichte er Sepp. Die Papiere des Wagens mit einem deutschen Nummernschild steckten in der Seitentasche der Fahrertür, und er reichte sie ebenfalls Sepp. Im Übrigen war der Fond des Wagens leer und auf den Rücksitzen lag auch nichts.

Dann kam die Überraschung. Im Kofferraum des Mercedes' fanden sie eine große aufgeklappte Holzkiste, in der sich mehrere Waffen und die dazugehörige Munition befanden. Auf einer großen Pistole war in den Stahl *MP 18 - made in Suhl, Germany* eingraviert. Joseph war glücklich und erinnerte sich daran, dass sein Vater damals davon gesprochen hatte. Wenn er eine solche Waffe sähe, solle er daran denken, dass sie ihm mehrmals das Leben gerettet hatte. Er hatte den legendären Grabenfeger gefunden! Die Nazis hatten ihm ein wunderschönes Geschenk gemacht.

Köhler war froh, seine Heldin auch ohne neues Armanikostüm in sein Taxi gelotst zu haben. Sie saßen beide auf dem Rücksitz des Taxis auf Tuchfühlung. Tuchfühlung hieß, dass Mons Parfümduft bei ihm eine aphrodisierende Wirkung hatte, dass seine Gedanken unter dem dunklen Mantel und der Bluse darunter einen wohlgeformten Busen streichelten, dass er die Grübchen von der Seite viel besser als von vorne sehen konnte, dass sein rechtes Bein in den Kurven, die der Fahrer glücklicherweise häufig nehmen musste, angenehm gegen ihr linkes Bein gedrückt wurde. Selten hatte er in seinem Leben eine Taxifahrt so genossen.

„Schön!"

„Was ist schön?"

„So dicht neben Ihnen zu sitzen. Ich mag Ihr Parfüm. Und überhaupt."

„Wie überhaupt?"

„Es war bis jetzt ein schöner Nachmittag!"

„Sie meinen die Irrfahrt von Odysseus auf der Suche nach Armani?"

„Ja, genau die."

„Und Sie sind sich sicher, dass Sie nicht nur heute unter ihr leiden?"

„Unter welcher?"

„Ich dachte eher an eine Art Geschmacksverirrung. Es könnte sich auch um ein masochistisches Syndrom oder etwas in dieser Richtung handeln."

„Dann kann es ja nicht so schlimm werden."

„Kann was nicht so schlimm werden?"

„Meine Störungen. Schließlich sitzt eine Ärztin neben mir. Ein beruhigendes Gefühl."

Das Taxi bog in die Einfahrt von *Meyer - Tresore & Geldschränke - GmbH*. Köhler bezahlte den Fahrer. Sie stiegen beide aus.

„Die Unterhaltung hat zum Schluss eine interessante Wendung genommen. Wir werden darauf zurückkommen müssen."

Auf dem Hof der Firma standen unter einem Wellblechdach aufgestapelte Tresore und Stahlschränke in allen Größen. In die meisten waren Rechtecke geschnitten, durch die ein Blick in ihr Inneres möglich war. Ein Arbeiter transportierte auf einem Hubwagen einen aufgeschweißten Schrank unter das Wellblechdach. Es roch nach rostigem Stahl und altem Schmieröl.

Köhler meldete sie im Büro an.

„Ach Herr Köhler, der Chef erwartet Sie schon. Sie können hier durch direkt in unsere Werkstatt gehen."

Der Chef der Firma trug seine Schweißerbrille auf der Stirn und begrüßte sie. „Sind Sie Herr Köhler?"

Er nickte.

„Ich habe eine Bitte. Der Schrank ist ein Modell aus den dreißiger Jahren. Die Ornamentik, das Schild der Herstellerfirma, die Schlüssellochumrandungen ... Jugendstil ... sehen Sie mal ... Was ich sagen will: Der Schrank ist eigentlich viel zu schön, um ihn durch den Einsatz von Schweißbrennern zu zerstören und dann abzuwracken. Ich zahle Ihnen zweihundert Euro für den Schrank. Ich werde ihn nach dem Öffnen wieder funktionsfähig machen und aufarbeiten lassen, wenn Sie einverstanden sind."

„Was Sie mit dem Schrank machen, ist mir egal. Mich interessiert nur der Inhalt."

„Weil ich deshalb mit Bohrmaschinen und nicht mit dem Brenner arbeiten muss, dauert das aber ein bisschen. Wir benötigen ungefähr zwanzig Minuten. Wenn Sie wollen, serviert Ihnen unsere Sekretärin einen Kaffee im Büro."

„Wenn ich ehrlich bin, schau ich lieber zu, wie Sie hier arbeiten. So was sieht man ja nicht alle Tage." *Mon* nickte. Ihr ging es ganz genauso.

„O.K. dann fangen wir mal an."

Der Chef legte die Schweißerbrille beiseite, nahm eine Bohrmaschine und setzte an. Das Bohrgeräusch verursachte ein Kreischen, das durch Mark und Bein ging. Wenn es ganz laut wurde, kam ein Arbeiter mit einer Ölkanne und tröpfelte ein paar Tropfen Öl auf die Bohrstelle. Als ein Arbeiter sah, wie Köhler und *Mon* sich die Hände schützend auf die Ohren legten, überreichte er ihnen zwei Ohrenschützer, mit denen sich das Geräusch ertragen ließ.

Das Bohrfutter musste bei der Prozedur zweimal gewechselt werden. Schließlich brach sich der Bohrer mit einem Ruck durch die vordere Tresorwand. Mit einem Lappen wurde das Bohrloch von Ölresten gereinigt. Danach wurde eine Sonde durch das Loch in das Innere des Tresors geführt. Das Kabel an der Sonde steckte auf der anderen Seite in einem Laptop, der aufgeschlagen auf einer Werkbank stand.

„Wollen Sie schon mal einen ersten Blick in das Innere werfen?"

Sie waren ganz aufgeregt. Natürlich wollten sie.

Mon maulend: „Ich will aber zuerst gucken!"

Der Monitor des Laptops war groß genug. Sie konnten beide gleichzeitig gucken. In dem ungefähr hundertachtzig Zentimeter großen Stahlschrank konnten sie im Halbdunkel vier Regale unterscheiden. Die Papierstapel, die anscheinend auf den oberen gelegen hatten, waren durch die Schüttelei beim Bergen und dem Transport des Schrankes völlig durcheinander geraten und hatten sich im ganzen Schrank verteilt. In den unteren zwei Regalen konnten sie umgefallene Akten und eine alte Ledertasche erkennen. Der Chef bewegte die Sonde in eine Richtung und es gelang ihm, den Mechanismus der Verriegelung zu erkennen. Mit dem passenden Schlüssel konnte man offensichtlich eine senkrecht stehende Stahlstange, an die drei Zapfen als eigentliche Riegelungen geschweißt waren, hin- und herbewegen, also den Schrank auf- und zuschließen. Mit einem dünnen Stahl, an dem am unteren Ende eine Art Lasso aus Draht befestigt war, gelang es dem Chef schließlich, einen der Riegel zu fassen und die Stahltür zu entriegeln, die sich danach knirschend öffnen ließ.

„Voilà, den Tresor, den wir nicht öffnen können, gibt es nicht", bemerkte der Chef stolz. „Da unten ist er anscheinend ziemlich heiß geworden." Er zeigte auf einige halb verkohlte Akten auf dem unteren Regal.

Köhlers Blick fiel als Erstes auf die völlig verstaubte Tasche und er wollte danach greifen.

„Moment mal. So stauben Sie sich völlig ein." Einer der Angestellten brachte einen großen Werkstattstaubsauger, sammelte zuerst die losen Blätter zu einem Stapel und saugte dann das Innere des Schrankes vorsichtig aus. Jetzt konnte man erkennen, dass die Rückwand und die Regale des Tresors mit grünem Filz bespannt waren, der sich im unteren Bereich durch ein Feuer schwarz verfärbt hatte. Das Braun der Ledertasche zeigte sich. Das Modell kannte Köhler. Sein Vater hatte eine ganz ähnliche Aktentasche benutzt.

Köhler griff sich die Tasche. Sie war abgeschlossen. Der Chef griff nach einem Briefumschlag, der im Tresor neben der Tasche gelegen hatte, öffnete ihn und zog einen kleinen, flachen Schlüssel hervor.

„Versuchen Sie den mal."

Der Schlüssel passte. Die Tasche ließ sich öffnen. Es lagen eine Reihe staubige und vergilbte Hefter in der Tasche. Köhler öffnete einen, pustete den Staub weg und stellte fest, dass es sich um Kopien von Grundbuchauszügen und andere wahrscheinlich juristische Dokumente handelte. Das zu sichten und zu untersuchen war ein ganz normales juristisches Geschäft, dem er sich in Ruhe widmen würde. Er schloss die Tasche wieder ab und steckte sich den Schlüssel in die Hosentasche.

„Wie, ist das schon alles, keine Truhe mit Gold und Edelsteinen? Ich bin schwer enttäuscht."

„Abwarten, solche Dokumente können wertlos sein. Sie können aber auch sehr wertvoll sein. Das kann man auf den ersten Blick gar nicht sagen. Wenn sie einen Wert darstellen sollten, würde das aber nicht für mich und meine Kanzlei gelten, sondern für einen Eigentümer, vielleicht einen Erben. Für mich könnte sich aber eventuell ein Auftrag ergeben. Allerdings halte ich das für sehr unwahrscheinlich. Diese Dokumente liegen da schon seit fast sechzig Jahren. Aber sie sind unserer Kanzlei aus irgendeinem Grund anvertraut worden. Durch die Bombardierung sind sie in Vergessenheit geraten."

„Dabei ist meine Hilfe wahrscheinlich nicht gefragt. Gold und Edelsteine einsortieren, dabei bin ich ganz gut. Aber Akten lesen, das überlasse ich lieber dem Experten. Außerdem wird man dabei ganz staubig."

„Aber was machen wir jetzt mit dem angefangenen Abend?"

„Ich fürchte, ich muss jetzt erst einmal nach Hause."

Köhler war ganz zufrieden, das Date mit *Mon* erst einmal zu beenden. Ihr ging es ja anscheinend ähnlich. Aber natürlich würde er sie gerne bald wiedersehen und er überlegte, wie er da einen Fuß in die Tür bekäme.

„Sagen Sie mal, hätten Sie nicht Lust, morgen Abend mein Gast zu sein? Ich würde uns was Schönes kochen und wir können uns doch so gut unterhalten."

„Morgen Abend habe ich leider schon was vor, aber ..."

„Aber?"

„Ich will mich Ihnen ja nicht aufdrängen. Wenn Sie Freitag Abend Zeit hätten, würde ich gerne kommen und Ihre Kochkünste bewundern."

Köhler war glücklich. Sie wollte zwar nicht morgen, aber wenigstens übermorgen kommen. Heute hatte sie wahrscheinlich Besuch von ihrem Freund. Verheiratet war sie anscheinend nicht. Jedenfalls trug sie keinen Ring.

„Das ist ja wunderbar. Ich bestehe allerdings darauf, dass Sie mit dem Armani kommen!"

„Das ist nicht Ihr Ernst."

„Warum nicht?"

„Machen Sie keine Scherze mit mir. Dann müsste ich es ja morgen oder übermorgen kaufen."

„Genau! Ich könnte Ihnen ja beim Kauf behilflich sein."

Sie streckte ihm die Zunge raus.

„Na schön, ich hab ja nur gedacht, ich könnte mich noch einmal nützlich machen."

„Vielleicht komme ich ein anderes Mal darauf zurück."

„Was sich ziemlich ernst anhört", dachte Köhler. Sie verabschiedeten sich. Dabei guckten sie sich beide interessiert und mit viel Wärme in die Augen. Trotzdem waren sie erleichtert, erst einmal wieder ein bisschen Abstand zwischen sich zu bekommen. Jetzt brauchten sie Zeit, die ganze Sache zu verdauen. Außerdem wollte die Richtung, in die es nun zwischen ihnen ginge, genau überlegt werden.

Mon nahm ein Taxi nach Hause. Köhler ließ sich von dem Chef der Tresorfirma zwei große Kartons geben, in die er sämtliche Unterlagen inklusive der Aktentasche verstaute. Ein Arbeiter trug die beiden Kartons zu einem wartenden Taxi. Der Taxifahrer half ihm zehn Minuten später, die Kartons vom Taxi in sein Haus zu tragen.

Es war kurz vor sieben. Er musste sich beeilen, wenn er noch was zum Kochen einkaufen wollte. Sein Fischgeschäft hatte schon zu. Aber der kleine Supermarkt hatte noch auf.

„Älterer alleinstehender Herr auf dem Weg in seinen Supermarkt." Solche Gedanken gingen ihm gerade durch den Kopf. In früheren Generationen waren Menschen in seinem Alter schlicht Greise, und ein paar tausend Jahre früher waren Menschen in der Regel mit dreißig schon altes Eisen oder tot. Die ständig wachsende Lebenserwartung in der westlichen Hemisphäre hatte dazu geführt, dass Menschen, die unter historischen Bedingungen längst an Altersschwäche oder sonst was gestorben wären, heute von den Kolumnisten und Soziologen als „die jungen Alten" bezeichnet wurden. An einem Abend wie diesem fühlte er sich alt und einsam. Dass er nun seine dynamischen Ausprägungen als junger Alter leben und in Besitz nehmen sollte, kam ihm im Moment wie blanker Hohn vor. Emma war schon einige Jahre tot, und obwohl sie sich oft gestritten hatten, einsam hatte er sich mit ihr nie gefühlt. Gerade der Streit hatte immer wieder dazu geführt, dass die Beziehung, wenn sie schon fast eingeschlafen oder tot schien, mit Leben erfüllt wurde. Darin war Emma ganz groß. Immer, wenn sie Anzeichen spürte, dass er ihre Beziehung leid war, dass sich eine Art gähnende Routine einstellte, fing sie an zu streiten. Letztlich hielt sie unter anderem damit die Beziehung am Leben. Er wusste schon, warum er nach heute Nachmittag die Beziehung zu Emma idealisierte. Er war *Mon* in einigen Situationen sehr nahe gekommen, und so was konnte ihn völlig aufreiben.

Vor einigen Jahren – in der Vor-Therapie-Zeit – hätte er sich nach einem gemeinsamen Essen von einer Frau, die er interessant und die ihn ebenso interessant fand, freundlich und förmlich verabschiedet. Er hätte den Kontakt vermieden und hätte sich kommunikationsmäßig quasi tot gestellt. Das funktionierte nun leider oder auch glücklicherweise nicht mehr.

„Sei nicht blöd! Du kannst froh sein, dass du diesen Kontakt aufgebaut hast."

„Hab ich das?"

„Allerdings, hast du und ich fand das gar nicht übel, wie du das gemacht hast. Mach weiter so!"

„Soll ich wirklich?"

„Idiot!"

Solche sich in seinem Inneren abspielende Dialoge gab es noch gar nicht lange bei ihm. In diesen wog er das Für und Wider von ganz bestimmten Richtungen ab, die er einschlagen wollte.

Sich für *Mon* zu interessieren und engagieren könnte sehr schmerzhaft werden. Wenn er jetzt aufs Ganze ginge, zum Schluss würde das wahrscheinlich darauf hinauslaufen, dass er waidwund geschossen und als ein Häufchen Elend übrig bliebe.

Mon war einige Jährchen jünger als er. Außerdem hatte sie wahrscheinlich einen Freund. Vielleicht würde sie sich amüsiert abwenden, wenn sie seine Absichten erführe. Gar nichts zu riskieren wäre wahrscheinlich viel einfacher.

„Idiot!"

„Selber!"

„Wie kann man nur ein solcher Feigling sein? Was kann dir denn passieren? Wenn sie dich nicht will, hat sie selber Schuld. Lass dich doch einfach mal drauf ein!"

„Meinst du wirklich?"

„Sie hat gesagt, dass sie Freitag Abend kommen will und dass sie deine Kochkünste bewundern will."

„Und Liebe geht durch den Magen."

„Genau, du sagst es."

„Ich hab Angst, dass mir Freitag Abend gar nichts einfällt, was ich sagen soll."

„Ach, das Konfirmandensyndrom! Keine Bange, ich steh an deiner Seite. Mir fällt schon was ein. Außerdem ... woher weißt du, ob sie nicht genauso denkt?"

Er ließ sich vorübergehend von seinem Alter Ego überzeugen und ließ von der Idealisierung der Zeit mit Emma ab.

Auschwitz Dezember 1944

Als Nummer 516 seinen Peiniger von vor zwei Jahren auf sich zukommen sah, bluffte er. Er legte seine Arme panisch und schützend über den Kopf, als würde er erwarten, wieder von Müller geschlagen zu werden.

„Herr Kohn, halten Sie das nicht für etwas übertrieben?"

„Bei Dr. Müller weiß man nie, wann er einem eine blutige Nase haut", war seine Antwort. „Ich habe gewisse Erfahrungen."

Der Lagerkommandant grinste. Er freute sich darüber, dass Müller hier einmal sein Fett wegkriegte. Müller war ihm ohnehin viel zu forsch und viel zu schnell auf dem Sprung, Porzellan zu zerschlagen. Es war natürlich klar, dass das Porzellan irgendwann zerschlagen werden musste. In diesem Fall war der Zeitpunkt gar nicht mehr so weit. Die Russen hatten bereits die Ostgrenze des Deutschen Reiches überschritten. Es würde nicht lange dauern und sie würden hier den ganzen Zauber beenden müssen. Vorher mussten sämtliche Spuren verwischt sein, und trotzdem musste man versuchen, so viel wie möglich zu erreichen, bevor man spurlos verschwand.

So viel wie möglich zu erreichen, hieß in diesem Fall, die Aneignung von großen Vermögen politikwechselneutral zu machen. Vor einer alliierten Besatzung würde die Übereignung der Kohnmillionen keinen Bestand haben. So jedenfalls nicht. Ganz anders wäre das gewesen, wenn der Krieg anders ausgehen würde, als er derzeit dabei war, auszugehen.

Seine Koffer waren jedenfalls schon gepackt. Seine Flucht in die Schweiz und von da wahrscheinlich weiter nach Südamerika war geplant. Die Gemäldesammlung, die er inzwischen sein Eigentum nennen konnte, war in Friedenszeiten circa hunderttausend Reichsmark wert. In Schweizer Franken wäre das vielleicht nicht ganz so viel, aber der Erlös würde sicher ausreichen, um ein unbeschwertes Leben in einem weit entfernten Land zu führen. Leider befand sich die Sammlung im Keller eines einsam gelegenen Bauernhauses im Teutoburger Wald in der Nähe von Osnabrück. Sie ins sichere Ausland zu transferieren wäre viel zu auffällig gewesen.

Das Haus hatte er von einem alten Onkel geerbt, der vor ein paar Jahren gestorben war. Nach außen hin war das sein Ferienhaus. Jedenfalls sollten das die Nachbarn denken und nicht wissen, dass er hin und wieder neue Bilder in dem Keller des Hauses versteckte. Da das Haus an einem Hang lag, floss das Wasser gewissermaßen an dem Keller vorbei ins Tal. Der Keller blieb trocken und hatte die richtige Temperatur für die mehrjährige Lagerung von wertvollen Bildern.

Selbst in der neutralen Schweiz würde man in den unmittelbaren Jahren nach dem Krieg für die Bilder keinen angemessenen Preis erzielen können.

In den USA und England standen die jüdischen Organisationen Gewehr bei Fuß. Sie forderten Rache für den Mord an den Juden und waren gegenwärtig schon dabei, geraubtes jüdisches Gut zu dokumentieren. Der Verkauf eines jeden Gemäldes würde misstrauisch beäugt und auf den beutekunstrelevanten Aspekt überprüft werden, insbesondere in der Schweiz, die man bereits als möglichen Fluchtpunkt für ehemalige Nazis ausgemacht hatte. In Deutschland würde er überhaupt keine Chance haben. Die Strategie, das Haus vor Kurzem seinem Bruder zu überlassen, der in Hamburg ausgebombt war, war das einzig Wahre. Sein Bruder, der durch einen Unfall sein rechtes Bein verloren hatte, war Uhrmacher und Goldschmied. Schon ein paar Wochen nach seiner Übersiedlung konnte er gute Geschäfte mit den Bauern in der Gegend machen. Er reparierte ihre Uhren und schätzte den Wert des Schmuckes für sie ab, den ihnen Städter auf der Suche nach Kartoffeln, Wurst und anderen Lebensmitteln als Gegenleistung anboten und kaufte den erworbenen Schmuck günstig bei ihnen ein. Bei der schlechten Versorgungslage boomten diese Geschäfte bereits. In ein paar Monaten oder schon Wochen, je nachdem wie lange der Krieg noch dauerte, würde es seinem kleinen Bruder sehr gut gehen. Letztlich hatte dieser doch den richtigen Riecher gehabt. Er hatte ihn und seine Spießigkeit ja immer verachtet.

„Komm zu uns! Ich sorg dafür, dass du einen guten Posten bekommst. Ich weiß da was. Komm doch endlich mal heraus aus diesem ganzen Familienklüngel." Experten, die sich mit Schmuck und Wertsachen auskannten, waren spätestens ab 1938 bei der SS und den nationalsozialistischen Behörden sehr gefragt.

Man hatte händeringend Fachleute benötigt, die einen Riecher dafür hatten, wo die Juden ihre Wertgegenstände versteckt hielten und welche Gegenstände überhaupt wie viel Wert waren und wie man diese ganzen Vorgänge registrierte und dokumentierte. Die Zwangsverordnung des Reiches, dass Juden sämtliche Gegenstände aus Edelmetallen bei einer eigens geschaffenen staatlichen Pfandverleihbehörde mit zig Filialen in jeder größeren Stadt abgeben mussten, wo sie angenommen, registriert und dann ohne Rücksicht auf ihren künstlerischen und kulturellen Wert eingeschmolzen wurden, war ein fataler Irrtum und zu einem Millionengrab geworden.

Hätten sie mehr Leute gehabt, die etwas von der Materie verstanden, wäre dieser Schwachsinn gar nicht passiert.

Aber sie hatten zu wenig Leute in den Stäben gehabt, die dieser Entwicklung Einhalt geboten hätten, beziehungsweise sie hatten solche Leute viel zu spät beschäftigt, als das ganze Gold und Silber schon eingeschmolzen und das Kind gewissermaßen schon in den Brunnen gefallen war.

Sein kleiner Bruder hatte kein Bedürfnis gehabt, im politischen Bereich zu arbeiten. Er hatte Angst um seine Unabhängigkeit und wie sich jetzt herausstellte, hatte er damit gar nicht so unrecht. Er musste sich heute keine Gedanken über seine Perspektive nach Kriegsende machen. Das war der Unterschied zwischen ihnen beiden. Er selber hatte hoch gepokert, und leider sah es nun so aus, als würde er verlieren. Das galt jedenfalls für seine politische Karriere, von der er sich wahrscheinlich in ein paar Monaten völlig distanzieren musste.

Trotzdem würde es ein Leben nach dem Dritten Reich geben und es würde sein Leben nach dem Dritten Reich geben. Dafür benötigte er mehr liquide Mittel für die unmittelbare Zeit nach dem Krieg, am besten für circa zehn Jahre. Bis dahin wäre vielleicht Gras über die ganze Sache gewachsen. Dann könnte er daran gehen, die Gemäldesammlung zu vermarkten. Kunst hat ja die wunderbare Eigenschaft, mit der Zeit an Wert zu gewinnen.

Und die Mittel, die er dafür benötigte, saßen in Gestalt dieses kleinen, unscheinbaren, frisch gesäuberten Judenwurms vor ihm, dessen Vernichtung zu einem späteren Zeitpunkt längst beschlossene Sache war. Nämlich dann, wenn ihm mögliche Wege für die reibungslose Aneignung seines großen Vermögens abgepresst worden waren. Aber der hatte anscheinend Format. Die speziell für Müller gedachte und ersonnene Geste mit den schützenden Armen war gar nicht so schlecht gewesen. Wenn er nicht dabei gewesen wäre, hätte Müller wieder zugeschlagen und der kleine Jude wäre jetzt tot. So blöd konnte man doch eigentlich gar nicht sein. Ein toter Kohn wäre einfach der soundsovielte getötete Jude und sonst gar nichts. Bei Müller konnte man sich einfach nicht sicher sein, ob er die Zeichen der Zeit schon erkannt hatte. Er legte auch gar keinen Wert darauf, Müllers Position in dieser Situation abzufragen. Wahrscheinlich war er einer der Idioten, die mit dem Dritten Reich physisch untergehen wollten. Was ihn an Müller interessierte, war, dass er sich mit den Stahlwerken *Kohn & Söhne* auskannte, obwohl der Konzern natürlich inzwischen einen anderen Namen trug.

Wobei die Stahlwerke selber gar keine so große Rolle spielten. Man konnte sicher sein, dass nach dem Untergang des Reiches die derzeitigen Eigentümer des Konzerns, der sich ursprünglich ausschließlich im Eigentum der Familie Kohn befunden hatte, das Eigentum zurückgeben mussten. Wenn nicht an die Familie Kohn würde der Konzern an irgendwelche Erben gehen und falls es die nicht mehr gäbe, an große jüdische Organisationen, die sich bereits in den USA und England gebildet hatten und die dabei waren, Wiedergutmachungsfonds zu gründen.

Der ehemalige Konzern *Kohn & Söhne* war also relativ uninteressant für ihn. Das würden die Müllers und alle anderen ewig gestrigen Nazis schon bald nach dem Krieg merken. Dann war es aber schon zu spät. Was für ihn wichtig war, waren die Nummernkonten der Kohns in der Schweiz. Von deren Existenz hatte man natürlich in den Büchern des Konzerns nach der Enteignung erfahren. Zum Pech der Enteigner waren diese Konten auch nicht auf den Namen der Aktiengesellschaft, sondern auf den der Familie eingetragen. Nur der Vater und die beiden Söhne waren verfügungsberechtigt, und der zweite Sohn lebte offensichtlich noch in Freiheit. Er war der SS bei der Verhaftung der übrigen Familie entwischt und hatte seine kleine Nichte gerettet, die auch Anteile an dem Konzern besaß. Leider war Müller bei der Verhaftung der Kohns nicht so schlau vorgegangen wie es angebracht gewesen wäre.

Darüber hinaus munkelte man, was er allerdings nicht von Müller, sondern einem anderen gewieften SS-Mann aus der Zentrale in Berlin wusste, dass Mutter Kohn ein Vermächtnis ihrer Tante vor Kurzem auch bei einer Schweizer Bank auf den Namen beider Eltern angelegt hatte. Dass dieses Geld, mehrere Millionen Schweizer Franken, dort geparkt war, wusste wahrscheinlich noch nicht einmal der überlebende jüngere Sohn Joseph. Wie konnte man dieser Schätze habhaft werden? Die Nummern, mit denen man sie heben könnte, befanden sich in dem Gehirn dieses kleinen Mannes, der ihnen gegenüber auf dem Sofa saß und der ihm sehr frech erschien angesichts der Tatsache, dass seine ganze Familie schon vernichtet war und seine Liquidierung sich bereits abzeichnete. Die einzige Möglichkeit, an diese Informationen zu gelangen, war offensichtlich die, ihm die Freiheit anzubieten und das musste etwas glaubhafter aussehen als bei der Verhaftung der Familie vor zwei Jahren in Essen.

Für sein Alter und trotz der zwei Jahre bei der Einsatztruppe, die er bei der Entsorgung der Leichen eingesetzt war, hatte sich der kleine Mann ganz gut gehalten. Das verdankte er natürlich teilweise der Order des Lagerkommandanten, ihn in gewissen Grenzen zu schonen. Als sie ihm probeweise die Leiche seiner Frau in die Transportlore gelegt hatten, war er zwar zusammengebrochen, hatte sich aber ein paar Tage später wieder in der Gewalt und funktionierte bestens.

„Herr Kohn, vergessen wir einmal die Vergangenheit. Herr Müller wird Ihnen hier gar nichts tun. Ich sagte schon, wir bieten Ihnen an, in der Registratur zu arbeiten. Da ist es warm und es handelt sich um eine leichte Arbeit. Die Verpflegung ist in der Abteilung auch sehr gut. Sie könnten davon sehr profitieren ..."

„Um was zu tun?"

Die beiden hielten ihn und seine Intelligenz anscheinend für grundlegend lagergeschädigt, sagte sich Kohn. Sie vernichten meine ganze Familie, rauben mir meine Existenz, verlangen von mir, dass ich die Leiche von Lena entsorge und das alles vergesse. Soll ich mich jetzt etwa bei ihnen bedanken?

Natürlich kam kein Wort davon über seine Lippen. Das war eigentlich gar nicht so schlecht, wenn sie ihn schon für erheblich unzurechnungsfähig hielten. Das könnte ein kleiner Freiraum sein, von dem er profitieren würde.

Müller: „Um was zu tun? Das ist eine sehr gute Frage! Wissen Sie, Herr Kohn, wir würden noch immer sehr gerne, obwohl die Übereignung Ihrer Firma in deutsches Volkseigentum längst erfolgt ist, einen entsprechenden notariellen Vertrag mit Ihnen machen. Das verlangt der nationalsozialistische Staat von Ihnen als seinem Staatsbürger. Außerdem handelt es sich um eine bloße Formalität. Das wollen wir von Ihnen, damit alles seine Ordnung hat. Dafür würde ein Notar hier ins Lager kommen."

Trotz der Verzweiflung, die sich in Kohn quasi wohnhaft niedergelassen hatte, musste er sich Mühe geben, nicht zu lachen. Damit alles seine Ordnung hatte! Und der millionenfache Mord, der sollte wohl auch seine Ordnung haben. Ein groteskes Paar, das ihm da gegenüber saß und ihn bekniete.

Lagerkommandant: „Eigentlich geht es uns gar nicht so sehr um den Konzern, Herr Kohn. Da sind meiner Meinung nach bereits irreversible Fakten geschaffen. Wir denken in erster Linie an Ihre Konten in der Schweiz."

Müller guckte bei diesen Worten des Kommandanten völlig konsterniert. Wie kam der Lagerkommandant dazu, die Absicherung der Eigentumsübertragung des Konzerns als Nebensache darzustellen? In der Zentrale war jedenfalls die Parole ausgegeben, in erster Linie um Garantien für den Konzern zu kämpfen. Das hatte man ihm noch am Vortag in Berlin mitgeteilt. Deshalb saß er hier.

516 hatte sofort gespürt, dass die beiden unterschiedlicher Meinung waren. Der Lagerkommandant war eher an den Konten in der Schweiz interessiert, während Müller in erster Linie an den Konzern dachte.

Die Konten in der Schweiz bedeuteten Liquidität und der sah man nicht an, woher sie kam. Ein großer Konzern, der einer großen Familie gehörte oder gehört hatte, würde immer ein Problem sein. Die Leute würden fragen, wie es eigentlich gekommen sei, dass der Konzern den Eigentümer gewechselt hatte und was mit der Familie passiert sei. Das würden sie natürlich nur in dem Fall tun, wenn das Naziregime abgewirtschaftet hatte. Er schloss daraus, dass der Lagerkommandant insgeheim schon mit dem Ende der Naziherrschaft rechnete, das aber natürlich keinem, vor allem nicht hundertfünfzigprozentigen SS-Angehörigen zeigen durfte. Interessant! Ein vor Kurzem gekommener Neuzugang hatte ähnliche Informationen von draußen mitgebracht. Militärisch standen die Nazis und ihre Armee anscheinend schon längst in der Defensive. Schade, dass man hier so wenig darüber wusste. Wer weiß, was mit Joseph und Rebecca war. Es würde sich also lohnen, noch ein wenig durchzuhalten.

Also antwortete er zunächst mal auf die Frage der notariellen Verträge: „Ich kann mir gar nicht vorstellen, dass hier in diesem Lager ein Notar auftaucht, geschweige denn, dass ein hier unterschriebener notarieller Vertrag nicht anfechtbar wäre."

„Das lassen Sie mal unsere Sorge sein! Dass das gelingt, dafür verbürge ich mich!"

Jetzt konnte er Müller mal ein bisschen aus der Reserve locken.

„Herr Dr. Müller, in diesem Lager werden täglich an die tausend Menschen getötet. Es wäre ganz einfach, einen notariellen Vertrag, den ich hier unterschreibe, mit dieser Begründung anzufechten. Ich bin zwar kein Jurist, aber ich weiß, dass sich der Notar vergewissern muss, ob der Unterzeichner einer solchen Urkunde ohne jeden Druck unterschreibt. Ich behaupte, die Unterschrift unter einen notariellen Kaufvertrag, die auf dem Gebiet eines KZs geleistet wurde, ist keinen Pfifferling wert."

„Was heißt denn hier KZ und dass hier täglich so viele Leute sterben. Nun werden Sie nicht schon wieder unverschämt! Glauben Sie, das Lager ist dafür verantwortlich, wenn die Leute hier geschwächt und halb verhungert ankommen", bollerte Müller los.

516 hob wieder seine Arme, um spontan seinen Kopf vor einem zu erwartenden Faustschlag zu schützen. Der Lagerkommandant fing an, sauer zu werden. Das Gespräch lief überhaupt nicht in die Richtung, in die er gewollt hatte. Müller vermasselte ihm die Tour. Abrupt stellte er fest: „Dann verstehe ich das also richtig, dass Sie keine notariellen Verträge den Kohnkonzern betreffend unterschreiben werden?"

„Jedenfalls würde das keinem der Beteiligten nützen. Hinzu kommt, dass mir nur fünfundzwanzig Prozent des Konzerns gehören. Für die anderen aus meiner Familie wäre meine Unterschrift ohnehin nutz- und wertlos."

„Gut oder auch nicht gut, aber wir nehmen diese Entscheidung erst einmal zur Kenntnis. Wir bitten Sie, sich die Angelegenheit noch einmal zu überlegen. Ich werde Sie in ein paar Tagen noch mal zu mir holen und hören, ob sich etwas getan hat. Was mich natürlich auch interessiert, sind Ihre Konten in der Schweiz."

Dass Müller bei seinen Worten einen roten Kopf bekam und fast platzte, war ihm völlig gleichgültig. Er wusste nur, im Beisein von Müller würden sie bei Kohn gar nichts erreichen und anscheinend prallten körperliche Drohungen bei einem Menschen ab, der seit zwei Jahren jeden Tag mit seinem gewaltsamen Ende rechnen musste. Er begleitete Kohn zur Tür in den Raum, wo die Sekretärinnen saßen. „Bitte warten Sie hier noch einen Moment, Herr Kohn. Es dauert nur ein paar Minuten. Ich muss nur noch ganz kurz mit meinem Kollegen unter vier Augen sprechen."

Kohn setzte sich auf den ihm angebotenen Stuhl und nahm dankbar eine mit freundlichen Gesten und Geplapper angebotene Tasse Kaffee an.

Als der Lagerkommandant sein Büro wieder betrat, stapfte Müller dort wütend auf und ab. „Was haben Sie sich bloß dabei gedacht, diesen Juden so einfach davonkommen zu lassen! Ich garantiere Ihnen, wenn Sie den mal für ein paar Stündchen in meine Obhut geben, bekommen wir von dem alles, was wir wollen. Außerdem handelt es sich um einen Befehl, der von ganz oben kommt oder zumindest mit ganz oben abgesprochen wurde. Was Sie hier machen, grenzt an Befehlsverweigerung."

„Wissen Sie was, Herr Müller, wenn ich mich recht erinnere, hatten Sie ja bereits Ihre Chance vor zwei Jahren und haben dabei kläglich versagt. Dass der jüngste Kohnsohn und die Enkelin fliehen konnten, geht auf Ihr Konto. Irgendwo in der Schweiz oder sonst wo, wohin Sie ihn haben fliehen lassen, arbeiten ein Mann und seine Nichte aktiv gegen uns und wie es scheint mit Erfolg. Denn Ihren Leuten ist es nicht gelungen, ihn auszulöschen oder gibt es da neuere Informationen, von denen ich noch nichts weiß?

Ihr Verhalten bei der Verhaftung der übrigen Familie war auch nicht gerade von Erfolg gekrönt. Die Drecksarbeit haben Sie uns überlassen, und wir haben sie gemacht. Von den Kohns ist außer dem Senior, der das Sagen hatte und, vergessen Sie das nicht, heute noch hat, keiner mehr übrig. Es wäre kein Problem gewesen, den Senior ein bisschen zu foltern und unter Druck zu setzen. Seine Reaktion wäre schlicht gewesen, es vorzuziehen, zu sterben, und dann? Außerdem haben wir ihn mental gefoltert, wofür er viel anfälliger ist. Wir haben einen nach dem anderen von der Sippe ausgelöscht. Als er seine eigene Frau entsorgen sollte, verlor er die Fassung. Da hatten wir ihn fast so weit. Dann hat er sich leider wieder gefangen. Pech für uns, aber noch ist ja nicht aller Tage Ende."

„Sie können sagen, was Sie wollen. Ihr Verhalten heute wird ein Nachspiel haben."

„Gut, wenn Sie glauben, mich mit Ihren Drohungen unter Druck setzen zu können! Da müssen schon ganz andere kommen als ein solcher Versager wie Sie. Erzählen Sie denen in Berlin, was Sie wollen. Sagen Sie ihnen aber auch gleich, dass, was auch immer sie dort entscheiden: Solange ich hier Lagerkommandant bin, betreten Sie dieses Lager nicht mehr."

Dann ging er zur Tür, und wies dem kreideweißen Müller mit ausgestrecktem Arm den Weg nach draußen. Seinen Sekretärinnen sagte er höflich: „Herr Müller möchte gehen, helfen Sie ihm bitte in seinen Mantel."

Er bat Kohn noch einmal in sein Büro. Dieser hatte den Affront gegen Müller natürlich mitbekommen. Genau so, wie es der Kommandant eben getan hatte, setzte man unliebsame Besucher vor die Tür. Das war ein gezielter Tritt in den Hintern. Dass der Kommandant auf Müller so sauer war, war eine Sache, über die er nachdenken musste. Was hatte das zu bedeuten, fragte er sich.

„Herr Kohn, ich werde Sie in einigen Tagen noch einmal kommen lassen. Ich will gar nicht drum herumreden. Der Konzern ist uninteressant. Was mich interessiert, sind die Nummernkonten der Familie Kohn in der Schweiz. Wenn Sie damit nicht herausrücken und zwar bald, wird das unangenehme Folgen für Sie haben. Wenn Sie sich entschließen können, uns diese Informationen zu geben, verbürge ich mich dafür, dass Sie hier ein angenehmes Leben haben."

„Aber an der Kürze dieses angenehmen Lebens wird das ja wohl nichts ändern, und diese Perspektive macht es dann vielleicht doch wieder unangenehm."

Der Kommandant war sehr ärgerlich. 516 sah es an der tiefen Falte, die sich tief zwischen seine Augen eingraviert hatte. Er konnte förmlich sehen, wie sich Mordgedanken seiner bemächtigten. Aber er hatte so etwas wie Format und zeigte nichts davon.

„Eine Sache müssen wir noch klären. Wollen Sie gleich in die Registratur oder wollen Sie zurück in Ihren alten Block?"

„Ich habe nicht darum gebeten, verlegt zu werden. Ich fühle mich da wohl, wo ich derzeit bin."

„Gut. Sie werden in einigen Tagen von mir hören. Bis bald."

Kohn verließ die Kommandantur. Von den Sekretärinnen wurde er freundlich verabschiedet.

Der Kommandant telefonierte schon mit dem Chef der Ordonnanz: „An der Parole Kohn betreffend hat sich nichts geändert. Sie bürgen mir dafür, dass ihm nichts passiert, und pfeifen Sie Ihren Offizier vorne beim Portal der Kommandantur zurück. Wenn mir noch einmal zu Ohren kommt, dass er blöde Sprüche gegenüber Kohn bringt, wird er demnächst beim Ascheverladen eingesetzt."

War er denn nur von Idioten umgeben?

St. Gallen Sepps Alm Dezember 1944

Die Zulassungspapiere des Mercedes' waren auf die Deutsche Botschaft in Zürich ausgestellt. Den Umschlag mit diesen Papieren ließen sie zunächst in der Seitentasche der Fahrertür. Die Kiste mit den Waffen trugen sie in den Kofferraum des Adlers. Vorsichtshalber bedeckten sie den Mercedes an den Stellen mit Schnee, wo die Mittagssonne diesen schon getaut hatte.

Im Anschluss fuhren sie zu Sepps Hof zurück. Es war Mittagszeit und hatte aufgehört zu schneien. Die Sonne strahlte von einem wolkenlosen Himmel herab und blendete sie. Der Adler, der während der Untersuchung des Mercedes' in der Sonne gestanden hatte, war innen ganz warm. Sie schwitzten in ihren dick gefütterten Mänteln. Von den Bäumen am Straßenrand fielen kleine Schneestückchen auf die Straße. Schon von Weitem sahen sie weißen Rauch aus dem Schornstein von Sepps Hof quellen. Anna Lena machte sich wieder am Herd zu schaffen.

„Was willst du mit dem Mercedes machen? Wenn der da stehen bleibt, fragen sich die Leute, wem er gehört und wo sein Besitzer ist."

„So sehe ich das auch", sagte Joseph. „An der Stelle kann er auf keinen Fall bleiben. Das regt die Fantasie von zu vielen Leuten an. Wir könnten ihn natürlich irgendwo in St. Gallen abstellen, wo er nicht so auffällt. Auf der anderen Seite kann man sagen, dass es ein ziemlich guter Wagen ist. Er ist noch neu und hat einen Wert von einigen Tausend Franken. Vielleicht kann ich ihn irgendwann noch einmal gut gebrauchen oder du oder Alois."

Es handelte sich bei dem Wagen eindeutig um Beutegut in dem Krieg, den er mit Nazideutschland führte, und es ist nur recht, wenn ich das Automobil konfisziere, sagte sich Joseph.

„Habt ihr nicht irgendwo eine Scheune oder einen anderen Ort, wo man ihn abstellen könnte? Wenn er dann irgendwann durch Zufall gefunden wird, sagt ihr einfach, dass ihr nicht wisst, wie der Wagen dort hingekommen ist."

„Wir könnten den Heuschober nehmen. Der liegt ungefähr zwei Kilometer vom Hof entfernt und ist dieses Jahr leer. Das einzige Problem ist der Schnee. Ich müsste mit dem Schneepflug arbeiten."

„Ich kann dir ja helfen. Wenn ich abreise, könnt ihr, du und Alois, damit machen was ihr wollt. Wenn ihr dem Mercedes eine neue Fahrgestellnummer einstanzt, könnt ihr ihn auch verkaufen."

„Schaun wir mal."

Sepp freundete sich mit der Idee an, den Wagen zu behalten und wie auch immer zu nutzen. „Dann können wir gleich nach dem Essen den Pflug einsetzen und heute Abend in der Dunkelheit den Mercedes in den Schober fahren."

„Kein Problem", sagte Joseph.

Der Schnee auf dem Hof vor Sepps Bauernhaus war an einigen Stellen getaut. Weil dort jeden Tag Schnee geräumt wurde, ging das ganz schnell, wenn die Sonne mal ein wenig schien. An einigen Stellen, die noch nass waren, glitzerte das Kopfsteinpflaster in der Sonne. An anderen war es schon trocken und fahl.

Sepps Pferd guckte neugierig aus einer oben geöffneten Stalltür, als sie den Adler parkten. Der appetitliche Geruch aus der Küche überdeckte den strengen Pferdegeruch. Es roch nach Brathähnchen, und ihnen lief das Wasser im Munde zusammen.

In der Küche hantierte Anna Lena am Herd. Sie hatte gerade ein großes Scheit durch die obere Öffnung des großen Küchenherdes geschoben und war dabei, die Herdplatte mit den Ringen zu schließen. Auf dem Herd stand ein großer Topf mit Suppe und ein kleinerer mit Kartoffeln. Aus beiden strömte kräftiger Wasserdampf, der die Deckel leise klappern ließ. Sie öffnete den Backofen, in dem ein großes, braun gebratenes Hähnchen gebacken wurde.

„Ihr müsst unbedingt mal mit Alois reden. Der wollte schon zwei Mal aufstehen."

„Ja, und?"

„Er darf noch nicht", antwortete Anna Lena. „Die Wunde ist zwar sauber, aber noch feucht. Wenn er heute schon aufsteht, besteht die Gefahr, dass sie wieder aufbricht. Bierbichel hat auch gesagt, er muss bis morgen mit dem Aufstehen warten. Aber er ist so unvernünftig. Er fühlt sich gut und will unbedingt aufstehen."

„Wir machen mal einen Krankenbesuch."

In der Kammer lag ein grinsender Alois im Bett. Dass es ihm wieder gut ging, sah man sofort. Er rauchte eine Zigarette nach der anderen, wie die Luft in der Kammer und zahlreiche Kippen in dem Aschenbecher neben dem Bett bewiesen.

„Na, waren die beiden noch da?"

„Die haben sich seit gestern Nachmittag nicht von der Stelle gerührt."

„Recht so, das geschieht ihnen recht, diesem Mordgesindel. Hatten sie Papiere bei sich?"

„Ein deutscher SS-Mann und ein Schweizer ..."

„Nazi, nehme ich an. Von diesen Idioten gibt es anscheinend immer mehr. Die warten nur darauf, dass Adolf hier einmarschiert und biedern sich schon mal an."

„Wir haben auch den Mercedes gefunden. Den bringen wir nachher in den Heuschober auf unserer großen Wiese, und stell dir vor, was wir im Kofferraum gefunden haben."

„Und was?"

„Eine gar nicht schlechte Waffensammlung. Am besten finde ich die P 18 aus Suhl."

„Einen Grabenfeger?" Alois stieß einen Pfiff aus. „Den können wir ja gleich mal ausprobieren."

„Du probierst erst mal gar nichts aus und bleibst schön im Bettchen. Sonst müssen wir dich morgen oder übermorgen ins Spital bringen. Du kannst dir schon mal überlegen, wie du denen erklärst, woher die Wunde kommt." Sepp sagte das ganz energisch.

„Du hast ja recht. Ich bin schon ganz artig. Dann probieren wir sie eben morgen aus."

„Wenn die Wunde morgen trocken ist. Das wird uns Anna Lena ja sagen können."

Aus der Küche rief Anna Lena, dass das Essen fertig sei und sie brauche einen, der Alois das Essen bringe. Auf dem Küchentisch stand ein großes Holztablett, auf dem die Suppe in einer großen Tasse und ein flacher Teller mit Klößen, Gemüse und gebratenem Hähnchen dampfte. Joseph nahm es und brachte es zu Alois.

Als er zurückkam, saßen Anna Lena und Sepp schon am Tisch und löffelten Suppe. Joseph gesellte sich zu ihnen. Das Essen war sehr gut.

Nach dem Essen holte Sepp sein Pferd aus dem Stall und spannte es vor den Schneepflug. Sie setzten sich auf das mit leeren Säcken bedeckte Brett, das die beiden, in einem spitzen Winkel zulaufenden Bohlen des Pfluges verband. Nach ungefähr einem Kilometer geräumter Straße bogen sie in den Weg zum Heuschober ein. Wenn der Weg nicht auf beiden Seiten von großen Tannen gesäumt gewesen wäre, hätten Ortsunkundige ihn gar nicht finden können. Der Schnee auf Wiese und Weg war nach Schätzung von Joseph über einen Meter hoch und das Pferd musste sich vor allem bei der ersten Tour zum Heuschober mit größter Kraft in die Ledergurte stemmen und stieß kleine Dampfwolken aus den Nüstern. Als sie den Heuschober erreichten, sahen sie die hohe Schneewehe, die fast das ganze Eingangstor bedeckte. Sepp reichte Joseph eine große Schaufel, die an der Innenseite der Schneepflugbohlen befestigt war.

„Jetzt bist du dran."

Joseph nahm die Schaufel und kämpfte mit dem hohen Schneeberg vor dem Holztor. Sepp musste den Weg bis zur Straße noch einmal hin und zurück freipflügen. Als er zurückkam, hatte Joseph das Tor fast freigelegt. Den großen Balken, der das Tor verriegelte, mussten sie wegen seines Gewichts oder weil er sich wegen der Kälte verzogen hatte, zu zweit aus der Verankerung heben. Da die Tore am Boden noch immer vom vereisten Schnee blockiert waren, musste Sepp noch ein bisschen mit der Schaufel nacharbeiten. Endlich ließ sich das zweiflügelige Holztor quietschend nach außen öffnen. In dem Heuschober hätte man bequem fünf Mercedes-Limousinen unterstellen können. Die Hälfte des Schobers nahm ein großer Haufen Heu ein. Sepp nahm sich einen Armvoll davon und legte ihn vor sein Pferd, das dankbar fraß.

Danach fuhren sie mit beiden Autos zum Heuschober und parkten den Mercedes neben dem Heuhaufen. „Jetzt kann es eigentlich wieder schneien. Dann sieht man schon morgen früh nichts mehr von unseren Arbeiten mit dem Schneepflug." Joseph versprach, am nächsten Tag zurückzukommen und verließ den Hof gegen fünf, um sich mit Lisa und den Kindern zu treffen.

Die Holzkiste mit den Waffen hatten sie in der Gerätekammer neben dem Pferdestall platziert. Er war auf die P 18 gespannt, die sie am nächsten Tag ausprobieren wollten, falls die Wunde von Alois entsprechend verheilt war.

Kurz vor dem Ortseingang St. Gallen stoppte ihn eine Polizei-Patrouille und verlangte nach Autopapieren und Führerschein. Erleichtert stellte er fest, dass es sich offensichtlich nur um Verkehrspolizei handelte.

„Aha, Sie fahren einen Leihwagen, den eine Freundin von Ihnen gemietet hat."

„Genauer gesagt, eine Geschäftspartnerin."

„Gut, und können wir Ihren Führerschein sehen?"

„Natürlich."

Joseph fingerte das kleine Ledermäppchen aus der Innentasche seines Jacketts. Als er den Führerschein herauszog, fielen zwei kleine Zettel auf den Wagenboden. Joseph wurde ganz nervös, weil er sich völlig sicher war: neben dem Führerschein durfte nur ein Zettel in der Mappe sein. Es waren aber zwei herausgefallen. Er ließ sich seine Anspannung nicht anmerken und händigte dem Polizisten seinen Führerschein aus. Nach der Prüfung reichte ihm der Beamte den Führerschein und ließ ihn weiterfahren. Fünfhundert Meter weiter fuhr er rechts an den Straßenrand und fischte die beiden Zettel vom Wagenboden. Der erste war der ihm bekannte Zettel, auf dem er die beiden Nummern der Konten bei dem *Bankhaus St. Gallen* als Telefonnummer verschlüsselt notiert hatte. Den zweiten Zettel hatte jemand anders in seine Mappe getan. Es war eine Nummer, wahrscheinlich die Nummer eines weiteren Kontos bei der gleichen Bank und unten auf dem Zettel stand in unverkennbarer Schrift:

Viele Grüße und in Liebe, Deine Mama

Auschwitz Dezember 1944

Der Ordonnanzoffizier grinste, als er Nummer 516 sah, verkniff sich aber jeden Kommentar und legte den Hörer auf. 516 ging zu seinem Block. Für den Weg würde er ungefähr fünfzehn Minuten brauchen.

In dieser Zeit lief der Film seines Lebens in ihm ab. Seine Kindheit als Sohn des Schrotthändlers Kohn, die Liebe seiner Mama, die Übernahme des Geschäfts von seinem Vater, die Teilnahme am Ersten Weltkrieg, die Gründung seiner eigenen Familie und der Ausbau des Geschäfts zu einer immer größer werdenden Firma und schließlich die Verhaftung und Internierung hier im Lager.

Wahrscheinlich war seine ganze Familie bis auf Joseph und Rebecca längst tot. Lenas Leiche hatte er selber gesehen. Bis zur Verhaftung durch die Nazis hatte er ein sehr glückliches und erfolgreiches Leben geführt. Lediglich ein kleiner Schönheitsfehler, seine Angehörigkeit zur jüdischen *Rasse*, hatte seine Erfolgsstory jäh beendet und das, obwohl er nie viel auf diese angebliche genetische Ausprägung gegeben hatte. Im Gegenteil, eigentlich hatte er diese Tatsache völlig aus seinem Leben verdrängt. Dass nach Abschaffung der autoritären politischen Strukturen, nach Ablösung der Monarchie, nach Einführung der Demokratie in Deutschland eine Verfolgung von Juden in diesem Stil überhaupt möglich war, hätte er nicht gedacht. Gegen diese massenhafte und industriemäßig organisierte Tötung von Juden waren sämtliche Verfolgungen vom Mittelalter bis ins zwanzigste Jahrhundert geradezu harmlos.

Sein Lebensstil und der seiner Familie hatte sich quasi in nichts von dem anderer wohlhabender Deutscher unterschieden. Sie waren keine gläubigen Juden. Manche jüdischen Feste hatten sie genau so gefeiert, wie die vielen ungläubigen Europäer noch immer Weihnachten feierten: als Fest, bei dem man sich Geschenke machte, bei dem die Familie mal was für ihren Zusammenhalt tun konnte, an dem man seine Kinder glücklich machen konnte.

Trotzdem hatte man sie alle in eine Todesmaschinerie gestopft, die unaufhörlich in Tag- und Nachtschicht lebende Juden fraß und getötete als Abfall ausstieß.

In den zwei Jahren hier hatte er sich selten den Luxus geleistet, solche Gedanken zu haben. Die Maschinerie arbeitete so perfekt, dass der Stress tiefer gehende Reflexionen verhinderte. Der Stress, die nächsten Minuten zu überleben, noch ein bisschen mehr Wassersuppe im Blechteller zu haben, noch ein paar Minuten länger schlafen zu können, um am nächsten Tag nicht vor Übermüdung bei der Arbeit einzuschlafen und erschossen zu werden. Die Maschinerie verwandelte sie alle in einigermaßen funktionierende Tiere, die nicht mehr fragten und hinterfragten und die sich keine Gedanken mehr machten. Funktionsunfähige Tiere wurden kurzerhand umgebracht.

Auf dem Weg zu seinem Block überkam ihn neben der Trauer und der Wut über das, was man ihnen angetan hatte, eine große Müdigkeit: Lebensmüdigkeit.

Da war noch eine winzige Hoffnung, dass Joseph und Rebecca noch lebten und den Alptraum überlebten. Alles täte er, um ihnen zu helfen, auch im Hinblick auf die Gier des Lagerkommandanten.

Einige Neuzugänge hatten davon berichtet, das Naziregime sei militärisch am Ende, die Rote Armee habe die Ostgrenze bereits überschritten und die Amerikaner stünden schon in Italien und Frankreich. Vielleicht mussten sie bis zur Befreiung nur noch ein wenig durchhalten. Also doch erst einmal weiterleben und nicht dem nächsten Nazischergen mit aller ihm verbliebenen Kraft eine Ohrfeige geben, um an Ort und Stelle schnell und effektiv getötet zu werden.

Dem Kommandanten reichten die Firma, die dazugehörigen Immobilien, die Konten bei den deutschen Banken, die Villa und das Übrige nicht. Er wollte an das Geld in der Schweiz. Aus einer Art Vorsicht heraus, die 516 im Nachhinein wunderbar fand, hatte die Familie regelmäßig auf zwei Nummernkonten in der Schweiz eingezahlt. Beide Eltern und beide Söhne waren zeichnungsberechtigt und konnten über das Geld verfügen.

Hinzu kam, dass sie das ganze von Lenas Tante geerbte Geld auf ein separates Konto eingezahlt hatten. Die Nummer kannten nur Lena und er, jetzt nur noch er. Allerdings hatten sie die Verfügungsberechtigung so gestaltet, dass ihre Söhne, wenn sie im Besitz der Nummer waren, auch an das Geld kämen. Wenn Joseph und Rebecca die Nummer hätten, würden sie auch Zugang zu dem Konto haben. Lena hatte ihm an dem Tag der Verhaftung, kurz bevor man sie getrennt hatte, etwas zugeflüstert, was wie: „Joseph hat die Nummer“, oder ähnlich geklungen hatte. Nach der Verhaftung hatte er Lena nie wieder lebend gesehen und wusste nicht genau, was mit dem Konto war. Er weinte.

Tödliche Gier hatte er in den Augen des Kommandanten blitzen sehen. Es war private und menschliche Gier und nicht die der SS. Mit diesem Gesichtsausdruck kannte sich 516 aus. Sein Vater, der Schrotthändler, hatte ihn gelehrt, wie man mit Menschen umgeht, die mehr Geld wollten, als angemessen war.

Dem Kommandanten ging es nicht um die Enteignung für den nationalsozialistischen Staat. Er wollte das Geld für sich selber. Wahrscheinlich schwammen ihm langsam die Felle weg. Wenn es stimmte, dass die Nazis militärisch am Ende waren, machte er sich Gedanken über die Zeit danach. Besetzten die Alliierten Deutschland, wäre die Naziherrschaft ohnehin vorbei. Nichts mit der großen Karriere.

Vater hatte seine Vertragspartner immer gewarnt: „Ich zahl dir für den Schrott die Summe X. Wenn dir das zu wenig ist, kommen wir nicht ins Geschäft. Ich komme morgen früh noch einmal vorbei. So lange steht mein Angebot." In der Regel hatte das Geschäft am nächsten Tag geklappt.

Der Kommandant hatte ein ziemlich starkes Interesse. 516 würde auf Zeit spielen können, fragte sich allerdings, ob länger zu leben Joseph und Rebecca irgendetwas nützte. Bei der Gewissheit, dass nein, würde er nicht mehr leben wollen. Der Kommandant spielte Katz und Maus mit ihm und ginge nie das Risiko ein, mit ihm ernsthaft um sein Leben zu feilschen. Die einzige für ihn einigermaßen realistische Variante wäre doch die, dass sie beide - und zwar er ebenfalls lebend - das Lager heimlich verließen und unerkannt in die Schweiz flüchteten. Aber warum sollte, in der Schweiz angekommen, der jetzige Häftling Nummer 516 sein Versprechen einhalten und dem dann ehemaligen Kommandanten die Hälfte seines Vermögens abgeben?

Für den Kommandanten wäre die Fahnenflucht sehr gefährlich. Nein, das Risiko würde er nicht eingehen. Also beschloss 516, hart zu bleiben und dem Kommandanten dieses Angebot zu machen.

Was war jetzt los? In seinem Block hielten sich nur Fremde auf: kein einziges bekanntes Gesicht. Auf der Liege des Kapos hatte es sich ein Unbekannter bequem gemacht.

„Da wirst du gleich Ärger bekommen, wenn dich der Kapo hier findet. Der wird dich in hohem Bogen rausschmeißen."

„Wieso Kapo? Ich bin hier Kapo. Meine Truppe hat hier gerade den ganzen Block übernommen. Wir haben seit zwei Stunden alles gewienert und desinfiziert."

„Und wo sind die anderen?"

„Welche anderen?"

„Na, meine Bekannten, die hier bis heute Morgen gelebt haben. Sind die umgezogen?"

„Keine Ahnung. Als wir in den Block kamen, war keiner da. Nur ein paar verlauste Klamotten, die wir verbrennen sollten."

„Sollt ihr jetzt die Arbeit machen, die wir davor gemacht haben?"

„Keine Ahnung! Was wir morgen arbeiten, soll uns morgen bei Arbeitsbeginn gesagt werden."

„Wie lange seid ihr schon im Lager?"

„Ich kann nur für ein paar von uns sprechen. Wir sind vor zwei Wochen in einem Güterwagen aus dem Elsass gekommen. Deshalb sprechen viele von uns deutsch. Aber wann die anderen gekommen sind, weiß ich nicht. Wir haben hier auch eine Menge Holländer und Franzosen. Eine bunte Mischung sind wir. Übrigens, dein Bett habe ich selber entlaust. Da sah es ja ganz schlimm aus. Der Offizier hat uns gesagt, dass du der Einzige bist, der von einem früheren Block hiergeblieben ist. Ach so, ich hab was vergessen."

Der neue Kapo griff hinter sich und stellte 516s glänzenden Blechteller mit einem Kanten dunklem Brot vor ihn. „Das soll ich dir geben. Sag mal, bist du hier etwas Besonderes? Das hab ich noch nie erlebt, dass sich ein Offizier Gedanken macht, ob ein Häftling sein Abendbrot bekommt."

„Nicht, dass ich wüsste. Wenn ihr erst vor vierzehn Tagen gekommen seid, wisst ihr doch sicher Neueres über den Kriegsverlauf."

„Vor unserem Abtransport waren die meisten von uns für ein paar Wochen in Haft. Die, die etwas später verhaftet wurden, haben davon berichtet, dass die Amerikaner schon in Italien und Frankreich sind. Die Russen sollen die Ostgrenze auch schon überschritten haben. Das ganze Theater nähert sich also dem Ende. Wir müssen nur noch eine kurze Zeit aushalten, bis wir befreit werden."

„Ich hoffe ja, du hast recht!"

Allerdings zweifelte 516. Warum waren alle seine Blockkameraden spurlos verschwunden? Die Arbeiter und Bewohner seines Blocks hatten in den vergangenen zwei Jahren, seit er hier war, Tausende von Leichen ausgebeutet und entsorgt. Sie waren nicht nur bloße Arbeiter, sondern sie waren Zeugen, und als solche konnten sie später einmal sehr lästig sein. Zur Logik der gesamten Maschinerie gehörte eigentlich, dass man sie tötete. Der Gedanke daran war furchtbar und bescherte ihm einen unruhigen Schlaf voller Alpträume.

Am nächsten Morgen weckte sie der Kapo mit seiner lauten Trillerpfeife. Beim Zählappell vor der großen Baracke fiel 516 auf, wie gut die Neuen alle noch ernährt schienen. Man sah ihnen an, dass sie bis vor ein paar Wochen noch einigermaßen ausreichend gegessen hatten. Seine alten Blockkameraden hatten eingefallene Gesichter und knochige Gliedmaßen.

Beim Appell fehlte keiner. Ein eisiger Ostwind wehte über das Lager. Alle froren in den dünnen Anzügen trotz der Schichten von Zementsackpapieren zwischen Hemd und Jacke. Dann näherte sich ein schwarzer Mercedes. Der Ordonnanzoffizier von gestern chauffierte. Zwei Offiziere und der Lagerkommandant stiegen aus.

„Guten Tag, Herr Lagerkommandant", mussten alle gleichzeitig sprechen und wehe, wenn einer dabei patzte. Solche Versager wurden mit Schlägen, wenn nicht grausamer, bestraft.

„Männer von Block 11!" Der Lagerkommandant begann seine Rede, wirkte dabei abwesend und völlig desinteressiert.

„Ihr beginnt heute mit einer neuen Tätigkeit, die für unser Lager sehr wichtig ist. Viele von euch werden diese Arbeit sehr anstrengend finden. Aber ihr wisst, diese Arbeiten müssen gemacht werden. Aus diesem Grund habe ich verfügt, dass eure Ernährung an die Schwere der Aufgabe angepasst wird. Außerdem bekommt ihr die Gelegenheit, einmal pro Woche den Lagerarzt aufsuchen zu dürfen. Die Einzelheiten eurer Tätigkeit werden euch die Blockältesten und die wachhabenden Offiziere erklären. Heil Hitler!"

516 stand bei der Rede vorn, fühlte sich von den Augen des Kommandanten fixiert. Waren diese Worte speziell für ihn gedacht?

Später marschierten sie zu den Brennöfen. Obwohl sich seine neuen Kameraden in einem Konzentrationslager aufhielten, hatten sie gute Laune. Vielleicht rechneten sie damit, das Ende der Lagerzeit sei absehbar. Von jedem Neuankömmling im Lager hörte man nun, dass die Nazis militärisch abgewirtschaftet hatten. Also würde es sich bei dem Ganzen um einen vorübergehenden bösen Spuk handeln, den man noch einige Zeit erdulden müsste.

Sie überquerten den Hügel, der die Baracken von den Kammern, Brennöfen und Loren trennte. Der Wind, den der Hügel gebremst hatte, traf sie brutal.

Was 516 von oben sah, war so schrecklich, dass er sich übergeben musste: An dem Bahndamm vor den Loren lagen die Leichen von circa zweihundert Männern und 516 begriff sofort, wessen Leichen es waren. Nach einem kurzen Gespräch zwischen dem neuen Kapo und dem Wachhabenden befahl der Kapo, zunächst die Asche aus den über Nacht abgekühlten Krematorien zu entfernen. Die letzte Aufgabe seiner Blockkameraden war, die Gaskammern zu leeren und die Leichen über Nacht zu verbrennen. Diese Arbeit übernahmen sie immer, bevor sie zum Essen und Schlafen in den Block zurückgingen.

Folgendes Szenario hatte sich ereignet: Die Männer, die schon auf dem Rückweg über den Hügel waren, wurden herbeizitiert und mussten sich vor dem Bahndamm aufstellen. Sicherlich wunderten sich einige über den völlig unüblichen Ablauf. Das war noch nie vorgekommen, seit sie bei dem Räumkommando eingesetzt waren. Kurz danach musste bei einigen der Groschen gefallen sein. Denn ihr Einsatz als Räumkommando vor ungefähr zwei Jahren hatte genauso begonnen. Sie mussten die Leichen ihrer erschossenen Vorgänger beseitigen.

Nur wussten sie nicht, dass es sich um ihre Vorgänger gehandelt hatte. Keinen Menschen von der Vorgängertruppe hatten sie gekannt. 516 erkannte die Methodik. Es ging darum, lebende Erinnerung an die Arbeit des Räumkommandos auszulöschen. Das musste in regelmäßigen Abständen erfolgen. Es handelte sich um eine Art Lagerhygiene, die das massenhafte Töten erforderlich machte. Damit wurde die Gefahr verringert, dass Neuzugänge zu früh misstrauisch wurden. Bei diesem „Hygieneeinsatz" mussten dann auch mal die Wachhabenden, die Offiziere, selber tätig werden. Das Räumkommando zu töten war eine undelegierbare Angelegenheit.

Man sah, es war zu Widerstand gekommen. Die Leiche seines ehemaligen Kapos war von zahlreichen Schüssen zerfetzt. Seine Hände krallten sich um den Stiel einer großen Schaufel. Er hatte sich nicht widerstandslos massakrieren lassen. Andere, allerdings wenige, hielten ebenfalls Schaufeln in der Hand. Sie hatten zu spät angegriffen.

Sie hatten nun die Aufgabe, die Leichen mit den Loren in die Krematorien zu transportieren. 516 arbeitete roboterhaft mit. Als er den alten Kapo an den Händen griff, um ihn mithilfe eines Kameraden aufzuladen, weinte er. Diese Hände hatten einmal virtuos Geige gespielt. Um diese Fähigkeit zu erlangen, hatten sie eine lange Kindheit und noch Jahre danach unaufhörlich geübt und trainiert. Was für eine Verschwendung von menschlichen Ressourcen und Möglichkeiten! Er hatte den Kapo geliebt, wie man in einem KZ nun mal lieben kann, geliebt, wie der Kapo mit seinem verhinderten Talent umgegangen war, wie er zu den Kameraden gestanden hatte, wie er sich für ihn eingesetzt hatte, als er begriff, dass es Lenas Leiche war, die in der Lore lag, und, und, und ... dass dieser Mensch nun tot war!

Nach dieser Arbeit gab es zur Belohnung frisches Brot, geräucherten Fisch und warmen Tee. Die gleiche Mahlzeit hatten sie vor zwei Jahren bekommen, nachdem sie ihre Vorgänger in den Öfen deponiert hatten.

ESSEN März 2002

Während des gesamten Wegs zum Supermarkt und zu Beginn des Einkaufs dort haderte Köhler mit sich, ob er das Date einhalten sollte, das er für Freitag Abend mit *Mon* verabredet hatte. Glücklicherweise hörten zwiespältige Gefühle bei ihm auf, wenn er sich ernsthaft damit beschäftigte, was er sich kochen oder nicht kochen sollte. Diesem Thema räumte er gerne absolute Priorität ein, und vor allem klappte es bei diesem Thema, dass Schwieriges und Unangenehmes sofort verdrängt werden konnte. Irgendetwas Neues in der Küche auszuprobieren, ein Gericht zu verändern oder neu zu gestalten, fesselte jeweils seine gesamte Aufmerksamkeit. Damit konnte er sich immer ablenken. Dann hatten nicht einmal seine Panikattacken eine Chance, er vergaß sie einfach.

Im Übrigen, sagte er sich, war der Gedanke, ob er sich nun an *Mon* ranmachen sollte oder nicht, noch immer besser, als wehrlos einer Panikattacke ausgesetzt zu sein.

Gegen dieses Sich-tot-Stellen, dieses so tun, als ob nichts wäre, dieses Beschwören, alles habe seine Ordnung, es gäbe keine Probleme, rebellierte seine Psyche und bediente sich dabei der Panikattacken. Es gab ja ein Problem. Er sehnte sich verdammt noch mal nach der Liebe einer Frau und diese Sehnsucht wurde immer stärker. Natürlich wäre es einfacher, sich vorzumachen, diese Sehnsucht sei nicht da, oder sie in ihrer Bedeutung als nicht so gravierend abzuwerten. Für Letzteres standen viele Möglichkeiten zur Auswahl: Er sei inzwischen zu alt, die lange Zeit ohne eine Frau hätte Verhaltensformen bei ihm produziert, die nicht rückgängig zu machen seien, er sei gewissermaßen versaut für eine Zweierbeziehung und, und, und.

„Was willst du eigentlich? Hast du nun Sehnsucht nach einer Frau oder nicht?" Solche Fragen seines Therapeuten musste er wohl oder übel bejahen.

„Dann tu gefälligst alles, um diese Sehnsucht zu stillen. Das ist das Leben. Wenn du das nicht tust, halten dir deine Psyche und dein Körper den Spiegel vor und spielen mit dir tot sein. Dann sitzt du irgendwo und überlegst, wo dich der Herzinfarkt gleich erwischen wird, im Taxi, im Gericht, im Bus oder sonst wo. Das ist auch eine Form von Leben, aber ein Ersatz und nicht das wahre Leben, gewissermaßen ein Pseudodrama. Oder noch schlimmer, du lässt dich mit Angst dämpfenden Pillen vollstopfen und findest alles ganz toll."

„Ich kann gar nicht glauben, dass das wirklich so einfach ist."

„Doch, so einfach ist das."

Der Mann hatte gut reden, war aber im Großen und Ganzen sein Geld wert. Denn immerhin überfielen ihn die Panikattacken weniger als früher und, seit er die Tabletten nicht mehr nahm, hatte seine Kondition beim Rad fahren ständig zugenommen.

Das Armanikostüm stand ihr verdammt gut. Wenn sie wirklich mit dem Armani erscheinen würde ...

„Ja, genau, was ist, wenn sie wirklich mit dem Armanikostüm erscheint?"

„Ach, du schon wieder!"

„Wieso, hast du neuerdings etwas gegen mich?"

„Nein, nicht direkt."

„Wie, nicht direkt? Etwa indirekt?"

„Nein, können wir diese Diskussion mal ein bisschen vertagen? Ich habe gerade andere Probleme."

„Ich will doch nur, dass du den Satz mal beendest."

„Welchen Satz?"

„Wenn sie wirklich in dem Armani erscheinen würde ..."

„Wäre das vielleicht ein Zeichen."

„Wofür?"

„Dass sie Interesse hat?"

„Aha, und jetzt noch bitte schön das Fragezeichen weg."

Sein Alter Ego hatte gut reden. Es musste nie in der Realität erscheinen, etwas machen oder die Initiative ergreifen, wusste aber immer alles besser. Wenn er eine wichtige Sache, wie jetzt die mit *Mon,* in den Sand setzte, wobei in den Sand setzen Scheitern und Unglücklichsein bedeutete, konnte es sich jederzeit mit dem Hinweis zurückziehen, es habe keine Verantwortung. Die operative Ebene sei nicht seine Aufgabe. Mit diesen schlauen Sprüchen würde es sich lässig aus der Affäre ziehen.

Schwierig! Er beschäftigte sich jetzt wirklich lieber mit dem für den heutigen Abend anstehenden kreativen Part, dem Kochen. Das war eine solide Beschäftigung, ohne jede Gefahr, sich dabei das Herz brechen zu lassen.

Also, in der Gemüseabteilung hatte gestern eine Kiste voll mit schwärzlicher Roter Beete gestanden. Gestern Abend hatte er sich nur gewundert, dass sie hier eine dermaßen hässliche und undekorativ wirkende Knolle verkauften. Auf dem Nachhauseweg hatte er noch einmal darüber nachgedacht. Die Rote Beete in eine solche Erscheinungsform zu bringen, musste tiefer liegende Gründe haben. Da mussten sich irgendwelche Hausfrauen oder Köche vielleicht schon vor Jahrzehnten oder Jahrhunderten Gedanken darüber gemacht haben, dass, wenn man sie so zubereitet, irgendwas sehr gut Schmeckendes daraus zu machen sei. Bisher war er Roter Beete gegenüber immer ambivalent gewesen. Früher hatte seine Stiefmutter dieses Gemüse genau wie Salzkartoffeln gekocht, bis es einigermaßen weich war. Dann hatte sie damit diverse Speisen angefertigt: zum Beispiel spielte Rote Beete bei Heringssalat eine entscheidende Rolle oder bei dem bremischen Seefahrergericht Labskaus, wo man sie mit Corned Beef und Kartoffeln durchmöllerte und zu Spiegelei reichte: Der Schrecken seiner Kindertage!

In Frankreich, bei den Urlauben mit Emma, hatten sie sie oft als simplen Salat mit Essig, Öl, Zwiebeln und Senf angemacht, meistens als Vorspeise zu Pasteten.

Der Haken bei allen diesen Zubereitungsarten war natürlich, dass sehr viel von der roten Farbe in dem Kochwasser blieb. Das heißt, bei dieser Zubereitung blieben Nährstoffe und Geschmack auf der Strecke. Vitamine sicherlich auch, was er allerdings weniger gravierend fand, da für ihn die Frage des Geschmacks zentral war. Aus diesen Gründen war er immer sehr skeptisch gewesen, wenn es um Rote Beete ging. Man traute ihr offensichtlich nicht zu, selbstständig und ohne bloßes Anhängsel ein schmackhaftes Gemüse zu sein, wie es beispielsweise bei Spargel selbstverständlich war.

Im Internet hatte er abends gelesen, dass die Römer Rote Beete bei ihren imperialen Raubzügen aus Afrika mitgebracht hatten, und sie sich später in ganz Europa verbreitete. Er vermutete, dass sie am Anfang ihrer Zeit in Europa in der arrivierten Küche total en vogue und sicher über Jahrzehnte ein Modegemüse war, was man vergessen hatte, und war der Meinung, eine Rote Beete, der man stundenlang den bordeauxroten Lebenssaft herausgekocht hatte, konnte man auch vergessen. Dass sie trotzdem quasi als Zugeschmack bei einigen Gerichten überlebt hatte, deutete schon darauf hin, dass sie von der Substanz her ein starkes Gemüse sein musste. Es konnte natürlich auch sein, dass der Kochherd mit der eisernen Herdplatte und seine europaweite Einführung das Ende einer gehaltvoll schmeckenden Roten Beete war, denn davor hatte man auf Kaminen, auf offenem Feuer und vor allem auf Glut gekocht. Man wäre wahrscheinlich nie auf die Idee gekommen, ein festes Gemüse in einen Topf mit Wasser zu tun und den Geschmack verkochen zu lassen, wo es doch so einfach war, es auf Glut oder einem Grill zu garen, wohin zusätzlich der aromatische Geruch der Glut kam.

Er ging zu dem Gemüsestand und fand die Kiste, aus der gerade eine mediterran aussehende Frau zwei Exemplare in einer Plastiktüte verstaute. Seine Frage, wie sie sie zubereitete, beantwortete sie mit: „Sprechen kein deutsch."

Daraufhin wandte er sich an den für den Gemüsestand zuständigen Mitarbeiter, der allerdings überhaupt nicht danach aussah, als verstünde er irgendwas von dieser Materie, und fragte ihn nach dem Inhalt der Kiste.

„Das ist Rote Beete."

„Ja, das sehe ich auch. Aber warum ist die so schwarz? Die sieht so angebrannt aus."

„Wir haben dahinten im zweiten Regal rechts auch noch welche im Glas. Die ist schon geschält und geschnitten. Nehmen Sie doch die. Warten Sie, ich will mal eben schauen. Ich glaube, wir haben auch welche in der Tiefkühlabteilung. Kommen Sie!"

„Moment mal. Das weiß ich alles. Wissen Sie nicht zufällig etwas über diese Art der Zubereitung, oder ist die Kiste einfach ein Brandschaden?"

Der Verkäufer guckte konsterniert.

„Fragen Sie mich mal was Leichtes. Unser Gemüselieferant hat uns gesagt, wir sollten das mal ausprobieren. Manche Leute würden diese Art der Zubereitung aus ihrer Heimat kennen und gut finden."

Dann ging er. Völlig genervt wegen eines Kunden, der sich so viel Gedanken über ein Gemüse machte, dessen Namen er selber erst vor Kurzem kennengelernt hatte, als er die Zuständigkeit für den Gemüsestand bekam. Davor hatte er in der Elektroabteilung gearbeitet. Warum nahm sich der Kunde nicht einfach ein Glas und fertig. Diese Alten hatten einfach zu viel Zeit. Er würde jedenfalls nie irgendetwas essen, was mit dieser komischen Knolle gemacht war.

Köhler nahm eine der schwärzlichen Knollen und roch daran. Vordergründig roch sie nach Holzkohle, aber ganz im Hintergrund konnte er einen süßen und erdigen Geruch feststellen, der ihm zusagte. Er packte zwei Knollen in eine durchsichtige Plastiktüte und diese in seinen Korb.

Da er noch Lust auf etwas Kräftiges hatte, ließ er sich von der Schlachterei des Marktes ein Rumpsteak geben und trottete mit seinen Einkäufen nach Hause.

Ihr Einfamilienhaus hatten sich Emma und er vor fünfzehn Jahren gekauft. Sie hatten es immer „unsere Villa" genannt, weil es ein luxuriöses Haus war. Es war schade, dass sie keine Kinder bekommen konnten. Ökonomisch hatte das allerdings den Vorteil, dass ihr Haus schon fünf Jahre nach dem Kauf abbezahlt war. Emma hatte als Studienrätin immer gutes Geld verdient. Jetzt lebte er in dem zweihundert Quadratmeter großen Haus allein. Eine Putzfrau, die einmal wöchentlich für ein paar Stunden kam, half ihm, das Haus sauber zu halten.

Das Haus war eindeutig zu groß für ihn. Es gab zwei Zimmer, die er seit ein paar Jahren nicht mehr betreten hatte. Es hatte dafür einfach keine Notwendigkeit gegeben. Das eine war Emmas Arbeitszimmer, das andere ihr Gästezimmer. Auch als Emma noch lebte war das Gästezimmer selten benutzt worden. Der einzige Gast, der sie in Abständen von einigen Monaten einigermaßen regelmäßig besucht hatte, war Emmas beste Freundin gewesen. Sie war seit Emmas Tod nicht mehr gekommen beziehungsweise hatte seitdem das Gästezimmer nicht mehr benutzt, sondern war nur manchmal auf einen Kaffee hereingeschneit, um ihn zu trösten, vermutete er. Diese Besuche wurden immer seltener und Köhler fand ihr Fernbleiben auch nicht schlimm, weil er sich nie besonders gut mit ihr verstanden hatte.

Das Arbeitszimmer musste immer noch genauso aussehen, wie es Emma an dem Tag, an dem er sie ins Krankenhaus gebracht hatte, verlassen hatte. Wahrscheinlich lagen noch aufgeschlagene Hefte auf ihrem Schreibtisch, die sie korrigieren wollte. Ihn zog es nicht in das Zimmer. Wahrscheinlich würden die Erinnerungen an Emma dazu führen, dass er sich seiner Einsamkeit bewusster würde. Warum sollte er sich solchen Gefühlen ohne Not aussetzen?

Ein Haus zu bewohnen, in dem einige Zimmer nicht benutzt würden, war luxuriös und hatte was.

Sein Studienfreund Rolf, der ihn ab und zu auf einen Whisky oder auf eine Einladung zu einem Festessen besuchte, spottete manchmal: „Einsamer Schlossherr in seinem leeren Chalet."

Dabei war allerdings auch ein bisschen Neid herauszuhören. Denn wenn man Jahrzehnte in einer Ehe lebt, ist es manchmal schön, allein zu sein. Man braucht von Zeit zu Zeit ein bisschen Abstand zu dem Lebensgefährten, um zu sich selber zu finden, falls es da etwas zu finden gäbe. Aber selbst wenn es da nichts gäbe oder nicht viel, war das auch eine interessante Erfahrung.

Er hatte sich jedenfalls immer sauwohl gefühlt, wenn Emma mit ihrer Freundin eine Woche nach New York gejettet war und er das Haus für sich allein hatte, und nach einer solchen Unterbrechung der Zweisamkeit hatten sie sich immer gut verstanden.

Von dem endgültigen Abstand in dieser Form hatte er nun allerdings mehr als genug. Jedenfalls lebte er jetzt in diesem großen schönen Haus allein, fühlte sich zwar manchmal einsam, genoss aber Freiheiten, die er sich in Gegenwart Emmas nicht hätte leisten können. Das fing mit der Einrichtung der Küche an und hörte damit auf, dass er sein Fahrrad, das er über alles schätzte, in dem großen Flur auf den hellen Marmorplatten abstellte. Er freute sich jedes Mal, wenn er es sah, und weshalb hätte er es unter diesen Umständen in der Garage stehen lassen sollen. Fans von Gemälden hingen diese doch auch da auf, wo sie sie möglichst oft sehen konnten. Deshalb stand sein Fahrrad auf den hellen Marmorfliesen des Flurs vor einer großen weißen Wand, vor der sich seine schwarze und grazile Silhouette eindrucksvoll abhob.

Es war vom Aufbau her ein Rennrad, hatte also einen kleinen Rahmen, er hatte es aber straßentauglich machen lassen. Die Beleuchtung wurde von einem Nabendynamo gespeist. Die schmalen Rennradfelgen waren durch normale Felgen und Räder ersetzt. Es hatte Schutzbleche, und den Rennlenker hatte er durch einen Sportradlenker ersetzen lassen, den er bequemer fand. Trotz dieser Zutaten war es noch immer ein sehr leichtes Fahrrad, und er genoss die Touren mit ihm. Es hatte für ihn die gleiche Qualität wie seine jeweiligen Lieblingsspielzeuge von vor über fünfzig Jahren.

Diese spielverliebte Seite im Zusammensein mit Emma auszuleben, wäre überhaupt nicht möglich gewesen. Als er damals nach dem Kauf – er musste ein paar Monate auf die Auslieferung warten, weil die Komponenten, die er wollte, per Hand montiert werden mussten – mit dem Fahrrad nach Hause geradelt kam, und es, wie er rechtfertigend erklärte, vorübergehend und nur für ein Foto auf seinem jetzigen Platz abgestellt hatte, war sie, die gerade gestresst von der Schule kam, ausgerastet. Er hatte sofort funktioniert und das Rad mit schlechtem Gewissen in die Garage gestellt. Allerdings war er nachts drei Mal aufgestanden und hatte es in der Garage bewundert.

Nach ihrem Tod war nicht viel Zeit verstrichen und es stand im Flur. Es war auch nicht der bloße optische Reiz, die Formen des Rades zu sehen und sich jedes Mal beim Gang von der Küche ins Wohnzimmer und umgekehrt darüber zu freuen. Es gab auch einen haptischen Reiz zu befriedigen, wenn er abends nach dem letzten Rotwein auf dem Weg ins Bett nach dem Lenker griff und Rad fahren spielte. Das kam natürlich im Winter häufiger vor, wenn schon viele Wochen vergangen waren, an denen er das Rad nicht benutzt hatte.

Er betrat sein Haus mit dem Einkaufskorb. Als er am Fahrrad vorbei in die Küche ging, fiel ihm die Ledertasche ins Auge, die er vorhin neben das Fahrrad gestellt hatte. Die Pappkartons mit den übrigen Papieren aus dem Tresor standen im Abstellraum.

Die alte Tasche erinnerte ihn an die Tasche, mit der sein Vater, der vor zwanzig Jahren an einem Herzinfarkt gestorben war, in den fünfziger Jahren ins Büro und die Gerichte gegangen war. Schade, als Emma und er seinen Hausstand nach der Beerdigung auflösten, hatten sie sich dafür entschieden, die Tasche in den Sperrmüll zu geben, weil sie alt und abgewetzt aussah. Die Alternative hätte darin bestanden, einen solchen Oldtimer von Tasche aufarbeiten zu lassen und wieder zu benutzen. Vielleicht würde er das mit diesem Modell tun. Denn offensichtlich gehörte die Tasche ja nun ihm oder der Kanzlei, deren Hauptteilhaber er war.

Er spürte seine Neugier über den Inhalt der Tasche wachsen und nahm sie mit in die Küche, wo er sie auf dem großen Tisch mit der Marmorplatte abstellte.

Danach goss er sich ein Glas Rotwein ein, nahm einen Schluck und packte die Rote Beete und das Rumpsteak aus.

St. Gallen Dezember 1942

Seine Mutter musste also am Abend, bevor er mit Rebecca nach Augsburg aufgebrochen war, noch einmal in seiner Suite in der Villa gewesen sein und ihm den Zettel mit der dritten Kontonummer in das Mäppchen getan haben. Sie war die Einzige der Familie gewesen, die wusste, wo er seine Papiere verwahrte, wo sein neues Hemd lag und wohin er seine Aktentasche gelegt hatte. Sein Vater und sein Bruder wussten natürlich, dass er alle relevanten Papiere immer bei sich hatte, sie kannten aber nicht die Details, wie er sie aufbewahrte. Das wusste nur sie. Er konnte sich noch daran erinnern, wie sie reagierte, als er das Geschenk von Regina zum ersten Mal aus dem Jackett zog.

„Das ist aber ein schönes Mäppchen. Darf man wissen, ob es ein Geschenk ist? Oder hast du dir das selber gekauft? Gib es mir mal!"

Damals hatte sie auch sofort alles begriffen: dass er in ein Mädchen verliebt war, dass er überlegte, ob sie einmal seine Frau würde, wie fest er sich binden würde.

Wahrscheinlich war sie tief in der Nacht ganz leise in sein Schlafzimmer gekommen, hatte das Mäppchen von Regina aus seinem Jackett gefischt und den Zettel mit dem Nummernkonto hineingelegt. Dann war sie an sein Bett getreten und hatte ihm noch einmal über den Kopf gestreichelt, so wie sie es in seiner Kindheit unzählige Male getan hatte, wenn sie nachts von einer Feier wiedergekommen waren.

Wenn er genauer darüber nachdachte, fiel ihm noch eine andere Alternative ein. Sie wusste immer alles über ihn, was ihn beschäftigte, was er fühlte, wenn es Ärger in der Firma gab, wenn es Streit mit seinem Bruder gegeben hatte. Zu der innigen Beziehung, die sie beide miteinander verband, gehörte, dass ihre Liebe ihn immer begleitete. Er wusste, dass sie unruhig wurde, wenn diese Verbindung abriss, wenn er sich während seines Studiums in Heidelberg ein paar Wochen nicht gemeldet hatte, was er bisweilen gewollt hatte. Denn zu dieser äußerlich nicht sichtbaren Symbiose gehörten er und sein Inneres als Gegenstück. Er glaubte zu spüren, wenn sie an ihn dachte, was ihn manchmal freute und manchmal ärgerte und ihn wünschen ließ, sich von dieser ihm überallhin folgenden Liebe abzugrenzen und sich innerlich mehr von ihr zu lösen. Das galt besonders für die Zeit, in der er mit Regina zusammen war.

Er war sich ziemlich sicher, dass sie regelmäßig in seine Suite gegangen war, wenn er nicht zu Hause, sondern im Büro oder auf Dienstreise war. Da er davon wusste und es sogar akzeptierte, hatte er nie einen der Briefe von Regina an ihn in seinen Räumen liegen lassen. Dass eine andere Frau in sein Leben getreten war und ihn liebte, war für sie ein Problem und natürlich spürte er, wie es ihr zu schaffen machte. Die Liebesbriefe an den Sohn zu lesen, war nicht die Sache einer Mutter, hatte er sich mutig, aber ein wenig klamm gedacht und sie unter einer losen Diele im Ankleidezimmer, einer Art begehbarer Schrank, versteckt. Dieses Versteck hatte sie trotz intensiver Suche nicht gefunden. Da war er sich sicher, weil er immer genau darauf geachtet hatte, ob irgendetwas anders lag, als er es in dem Versteck deponiert hatte.

Also war sie auch genau darüber im Bilde gewesen, wie er über die potenzielle Verfolgung der Familie durch die Nazis gedacht hatte und hatte ihm vielleicht sogar zugestimmt, war aber nicht offen auf seine Seite gewechselt, um keinen Ärger zu provozieren. Und natürlich hatte sie den Inhalt der Tasche mit den beglaubigten Kopien der Papiere und Dokumente inspiziert, die er tagelang in der Suite liegen gelassen hatte. Sie musste ganz genau gewusst haben, warum er sich den Inhalt dieser Tasche zusammengesucht hatte.

Er spürte, darüber nachdenkend, die tiefe Liebe zu seiner Mutter, spürte aber auch die Kälte an der Stelle in ihm, die früher immer aktiv war, wenn sie an ihn dachte. Er wusste, sie war tot. Wenn sie noch lebte, würde er das spüren, was wieder den unbändigen Hass in ihm schürte. Er war kurz davor, sich wegen dieses Hasses zu übergeben und es kamen ihm die Tränen vor Zorn und Trauer.

Wenn er das Ganze so betrachtete, war es also nicht einfach ein spontaner Entschluss, ihm das Nummernkonto kurz vor seiner Abreise zuzustecken, sondern die logische Folge ihrer inneren Verbundenheit. Diese hatte sie dazu veranlasst, seine Meinung über die Gefahr, in der sie sich befanden, zu teilen.

Wie sie ihm anempfohlen hatte, Rebecca auf seine Reise nach Augsburg mitzunehmen, war daher auch schon mehr gewesen als eine nette Geste der Großmutter an die Enkelin, sondern begründete Angst um das Leben von Rebecca. Er war überwältigt und tief gerührt, wie dieser innere Zusammenhalt zwischen ihr und ihm letztlich dazu geführt hatte, dass wenigstens Rebecca und er überleben konnten oder zumindest gute Chancen dafür hatten. Er wusste nicht, wie bewusst diese Prozesse in seiner Mutter abgelaufen waren. In jedem Fall hatten sie mit einer Spur Mystik zu ihrer Rettung beigetragen. Zum wiederholten Male sagte er sich: „Wenn ich gläubig wäre, wäre ich ein Katholik und würde Maria, eine Mutter aus Fleisch und Blut, anbeten."

Er startete den Adler und passierte den Ortseingang von St. Gallen. Leider waren die Banken schon geschlossen. Sonst würde er sich sofort nach dem für ihn neuen Konto erkundigen. Aber nach allem, was sein Bruder und er den spärlichen Informationen der Eltern über das Vermächtnis von Mamas Tante entnommen hatten, musste es sich um eine Menge Geld handeln. Noch mehr als darüber, selber nun über wesentlich mehr Vermögen zu verfügen als ursprünglich gedacht, freute er sich darüber, dass es nicht in die Hände der Nazis gelangt war und die Familie Kohn ihnen wenigstens in dieser Angelegenheit eine lange Nase gemacht hatte. Das stärkte sein Selbstbewusstsein als Angehöriger dieser Familie enorm. Er spürte eine Anwandlung von Familienehre, der er sich verpflichtet fühlte. Zum ersten Mal tat er dieses Gefühl nicht als bigott ab.

Er würde alles für das Überleben der Familie, also für Rebecca und sich, tun, schwor er sich noch einmal. Sie waren unter den gegenwärtigen Umständen in großer Gefahr. Eine Variante dieser drohenden Gefahr war auch, dass sich die Nazis Rebecca greifen würden, um von ihm Informationen über sein Vermögen und seine Konten zu erpressen. Diese Möglichkeit musste von ihm ab sofort einkalkuliert werden.

Trotz dieser düsteren Gedanken und Ahnungen freute er sich auf Lisa und das Zusammensein mit den Kindern.

Mit dem Schlüssel, den ihm Lisa gegeben hatte, öffnete er ganz leise die Wohnungstür. Die drei hörten ihn gar nicht und spielten konzentriert Mensch ärgere dich nicht. Lisa erschrak, als er beide Hände auf ihre Schulter legte. Die Kinder riefen: „Verliebt, verliebt."

„Ihr habt ja recht, aber müsst ihr deswegen so schreien? Es stimmt, ich liebe Lisa", und zu Lisa: „Lisa, ich liebe dich."

Als Antwort stand sie auf, küsste ihn und wehrte sich auch nicht, als sie bei der Umarmung spürte, wie er scharf wurde. In Gedanken war sie schon bei der gemeinsamen Nacht im Schlafzimmer. Sie trug eine tief ausgeschnittene Bluse und man konnte ihren Brustansatz und ihren bordeauxroten BH sehen. Seine Gedanken bewegten sich in dieselbe Richtung wie ihre. Vielleicht zog er sie etwas schneller aus.

Lisa hatte gekocht. Schon im Flur hatte es nach Rindergulasch geduftet. Vorher gab es eine Flädlibouillon. Als Salat gab es eine Kombination aus verschiedenen Wintergemüsen: Rote Beete, Wirsing, Rotkohl, Karotten und Kartoffeln, die sie blanchiert und mit einem Dressing aus Brühe, Essig, Weißwein und Öl angemacht hatte. Joseph war begeistert.

„Dich muss ich mir warm halten", sagte er nach dem Essen.

„Brauchst du nicht, Liebling, ich bin schon ganz heiß auf dich."

„Jetzt fangen sie wieder an, sich zu lieben", sagte Rebecca. Joseph streckte ihr die Zunge raus und schlug vor, draußen noch eine kleine Schneeballschlacht zu machen. Die Kinder waren begeistert und zogen sich an. Lisa freute sich auch und nahm sich vor, ihren Geliebten kräftig einzuseifen. Es war draußen schon dunkel. Ein bisschen Helligkeit brachte die sparsame Straßenbeleuchtung.

Als sie die Wohnung wieder betraten, waren sie alle klitschnass und die Wärme in der Wohnung machte sie müde. Die Nacht, die Joseph und Lisa zusammen verbrachten, war die schönste Nacht ihres Lebens, gestanden sie sich am Morgen, noch müde von dem nicht enden wollenden Liebesspiel.

„Du machst aber einen traurigen Eindruck."

„Es stimmt, ich bin auch traurig. Sei nicht böse! Von unserer Nacht kommt das ganz bestimmt nicht. Ich habe gerade an meine Eltern, vor allem an meine Mutter gedacht. Ich glaube, dass sie schon tot ist."

Er erzählte ihr von der Kontonummer, die ihm seine Mutter zugesteckt haben musste, weil sie die Bedrohung durch die Nazis ähnlich wie er eingeschätzt hatte und dass er gleich zur Bank ginge, um das zu überprüfen.

„Schade, dass ich deine Eltern nicht kennengelernt habe. Ich drücke dich jetzt mal ganz fest, damit dein Schmerz erträglicher wird."

Joseph weinte in ihren Armen. Er dachte, dass seine Tränen nicht aufhören würden, aus ihm herauszufließen und fühlte die große Erleichterung, so weinen zu können, so getröstet und gehalten zu werden.

„Weine, solange du weinen musst, mein armer Liebling", sagte Lisa. Er war ihr sehr dankbar und spürte die Bindung zu ihr wachsen.

In der Bank fragte er nach dem Angestellten, mit dem er immer seine Bankgeschäfte machte.

Dieser bat Joseph in sein Büro.

„Was kann ich für Sie tun? Benötigen Sie wieder einen Betrag?"

„Nein, ich benötige eine Information. Ich habe von meiner Mutter diese Kontonummer bei Ihrer Bank erhalten. Ich möchte, dass Sie feststellen, ob ich verfügungsberechtigt bin."

Der Angestellte wusste sofort Bescheid. Er hatte das Konto vor einem Jahr mit Kohn senior eingerichtet. Über die Nummer und damit die Verfügungsberechtigung sollten zunächst nur die beiden Eltern Kohn verfügen können. Es war aber vereinbart, dass, wenn einer der Söhne mit der Nummer erschiene, er ebenfalls über das Konto verfügen könne. Er ging zum Rollschrank und holte sich die entsprechende Akte, um noch einmal genauer nachzulesen. „Ich habe mich schon gewundert, dass Sie nicht nach dem Konto fragen. Ihre Eltern haben es vor ungefähr einem Jahr eingerichtet und verfügt, dass die Söhne, wenn sie die entsprechende Nummer vorweisen, über das Konto verfügen können. Sie haben aber bisher nicht nach dem Konto gefragt. Ich war davon ausgegangen, dass Ihre Eltern Ihnen den Zahlencode noch nicht gegeben haben."

Joseph konnte sich an eine Geschäftsreise seines Vaters erinnern, die dieser im letzten Herbst in Begleitung seiner Mutter in die Schweiz gemacht hatte. Offiziell hatte es gegenüber den Mitarbeitern aus der Direktion geheißen, dass ein wichtiger Abschluss über die Lieferung von Messinstrumenten getätigt werden müsse. Bei dieser Geschäftsreise mussten seine Eltern das Konto eingerichtet haben. Wahrscheinlich hatte sein Vater die Summe ganz legal von einem der Geschäftskonten auf eines der Nummernkonten überwiesen und dann persönlich mit seiner Mutter das neue Konto eingerichtet. Die Möglichkeit für Deutsche, Geld in die Schweiz zu überweisen, war eigentlich streng verboten. Dass die Kohns dazu berechtigt waren, war lediglich dem Umstand zu verdanken, dass *Kohn & Söhne* kriegswichtige Industrieprodukte herstellten und dass ganz bestimmte Zwischenprodukte, wie zum Beispiel Messinstrumente, kriegsbedingt im Deutschen Reich knapp geworden waren.

Der Angestellte zeigte ihm die beiden Unterschriften seiner Eltern und das Datum der Einrichtung, ein Tag im November vergangenen Jahres. Der Dokumentation zufolge war die Überweisung genau so gelaufen, wie er gedacht hatte, über ein Geschäftskonto bei der Bank in Essen. Der Betrag belief sich auf über zwei Millionen Schweizer Franken. Das erste Jahr hatte bereits einen Zinsgewinn von achtzigtausend Schweizer Franken erbracht.

Joseph war seinen Eltern sehr dankbar für ihren weisen Entschluss, das Geld einer Schweizer Bank anvertraut zu haben. Er konnte sich gut vorstellen, wie sehr sich die Nazis geärgert haben mussten, als sie bei der Durchsicht der Bankunterlagen festgestellt hatten, dass sie über das Vermögen von *Kohn & Söhne*, das auf Schweizer Konten lag, nicht verfügen konnten. Er begriff auch, warum sie hier in der Schweiz Jagd auf ihn und Rebecca machten und schwor sich, noch vorsichtiger zu sein.

Norddeutschland Januar 1945

Sein Traum hatte einen deutlichen Bezug zum Lager. Wahrscheinlich war er wegen des Traums aufgewacht. Er träumte von einer Villa, in der er mit seiner schwangeren Frau lebte und wunderte sich, weil er ja nie verheiratet gewesen war. Das Gesicht der Frau kam ihm bekannt vor, ein vertrautes Gesicht. Sie gingen beide durch die Räume und suchten einen Raum. Ja, nach welchem Raum suchten sie eigentlich? Sie suchten nach dem Raum für das Baby. Wo im Haus sollte das Kind mit seinem Bettchen und der Wickelkommode sein Zimmer haben? Welcher der vielen Räume eignete sich dafür am besten? Sie gingen Hand in Hand und entschieden sich für den Raum, dessen Fenster direkt auf einen großen, blühenden Kirschbaum hinausging. Das Weiß der Blüten hob sich traumhaft schön von dem blauen Himmel eines Frühlingstages ab. Sie öffneten das Fenster, um den Duft der Blüten hereinzulassen. Nun hörten sie die Singvögel, die die Sonne und den milden Wind besangen. Der blühende Baum kam ihm auch bekannt vor. Er musste ihn irgendwann mal gesehen haben.

Sie standen da als ein glückliches und inniges Paar. Er wehrte sich mit aller Kraft gegen das Ende des Traums. Was er da erlebte, war so schön, dass er es unbedingt festhalten wollte.

Das letzte Bild des Traums war ein Blick auf eine junge Frau, die ein Kopftuch trug. Die Szene hatte sich drastisch geändert. Er erkannte die Konturen des Lagers. Die Frau stand vor einer Baracke. Ihr Gesicht wirkte eingefallen und krank. Ein heftiger Schmerz durchzuckte ihn und er wachte auf. Das laute und schreckliche „Nein", das ihm auf der Zunge lag, blieb stumm.

Wo war er überhaupt? Der Schein, der durch die Gardinen drang, bedeutete, dass Tag war. Anscheinend später Tag, denn es dämmerte bereits. Seine Erinnerung kehrte zurück. Er war der einzige Gast eines Hotels in einem Vorort von Hannover, in das er mangels seiner Betreiber einfach und spontan eingekehrt war. Er war so müde gewesen, dass es ihm gleichgültig war, ob er damit eine Art Hausfriedensbruch beging. Immerhin war die Tür des Hotels offen gewesen, sagte er sich rechtfertigend. Das Fahrrad, das er am Vorabend gefunden hatte, stand jetzt im Empfangsraum des Hotels, weil er nicht wollte, dass es draußen stand, und daraus Rückschlüsse gezogen werden könnten.

Außerdem hatte er kein Schloss, um es abzuschließen.

In der Küche hatte er eine Mahlzeit auf dem Tisch vorgefunden. Vielleicht die Angst vor einem Luftangriff, vielleicht eine schreckliche Nachricht, irgendetwas musste den oder die Essenden dazu bewogen haben, das Mahl abzubrechen, was ihm zugute kam, da er mit vollem Magen viel besser schlafen konnte. Auf seiner Uhr war es vier Uhr. Es würde also gleich dunkel werden. Der Schlaf unter der schweren Daunendecke war herrlich. Die ganze Erschöpfung der letzten beiden Tage und Nächte, in denen er praktisch nicht geschlafen hatte, war von ihm abgefallen. Doch irgendetwas tat ihm weh. Es war keine äußerliche Verwundung oder Ähnliches. Der Schmerz kam von innen. Es war das Gesicht der Frau mit dem Kopftuch. Es war Rose, und er stand auf, um den Schmerz nicht länger zu spüren. Was einem manchmal für verrückte Sachen durch den Kopf gingen?

Er hatte Hunger und freute sich auf ein weiteres Essen, das er in dem Haus vermutete. Auf der Straße war alles ruhig und kein Mensch zu sehen. Entweder hatte man nicht bemerkt, dass sich ein illegaler Gast in dem Hotel aufhielt oder man hielt ihn für den Betreiber oder was wahrscheinlicher war: Es interessierte keinen. Die Leute hatten so viel mit den Folgen und der Angst vor neuen Bombardierungen zu tun, dass es belanglos war, wer sich gerade in dem Hotel aufhielt. Sie hatten andere Sorgen.

Bevor er sich anzog, ging er in die Küche und holte neues Wasser. Das benutzte Wasser von gestern Abend schüttete er einfach aus dem Fenster auf das Flachdach.

Nach einiger Zeit ging er mit dem gepackten Koffer ins Erdgeschoss und guckte in alle Türen, die von dem großen Empfangsraum abgingen. In einem der Räume war die private Garderobe der Betreiber. Der Raum war nicht besonders aufgeräumt und gepflegt. Dort entdeckte er, wonach er suchte: einen großen Rucksack und Fausthandschuhe.

Die Sachen aus seinem Koffer passten in den Rucksack. Er würde sich nämlich demnächst mit dem Fahrrad bewegen, das er gestern Abend in die Eingangshalle gestellt hatte.

Es war sehr kalt im Haus. Wahrscheinlich war seit ein paar Tagen nicht mehr geheizt worden. Bevor er frühstückte, machte er mit dem Holz und den Briketts, die sich neben dem Küchenofen stapelten, ein Feuer.

Er musste gegen zweiundzwanzig Uhr im Bahnhof von Hannover sein. Der Lokführer hatte angeboten, ihn mit nach Osnabrück zu nehmen. Er würde wieder den Heizer spielen müssen und hatte noch ein paar Stunden Zeit. Der Ofen fing an, den Raum zu wärmen. Es musste irgendwo im Haus ein Keller sein. Dort würde er die entsprechenden Vorräte finden. Eine Tür in der Küche führte in einen Flur, in dem er den Eingang zum Keller fand. Auf dem einen Regal standen eine Reihe Einmachgläser mit allen möglichen Kompott- und Gemüsesorten, aber auch einige Gläser mit Leberwurst. Auf dem anderen stapelten sich messingfarbene Dosen mit Aufschriften wie: *Leberwurst, Blutwurst, Knackwurst*, alles in alter deutscher Schrift auf kleinen weißen Zetteln mit einem blauen Rand geschrieben. Von einer waagerecht zwischen zwei Regalen liegenden Stange baumelten ein paar Mettwürste und ein angeschnittener Schinken in einem Sacktuch.

Den Leuten, die das Hotel betrieben, ging es anscheinend ganz gut. Es musste eine ältere Frau geben, die einen Garten und einen kleinen Viehbestand bewirtschaftete. Sie hatte die Aufschriften auf den Dosen verfasst. Er nahm sich eine Mettwurst, eine Dose mit der Aufschrift *Schweinebraten* und ein Glas eingemachte grüne Bohnen. Irgendwo musste es hier Kartoffeln geben. Er fand sie in einem kleinen Lattenverschlag hinter dem Regal mit den Gläsern und nahm sich ein paar für eine Mahlzeit.

Es war sicher fünfzehn Jahre her, dass er einmal gekocht hatte. Danach hatten das immer andere für ihn gemacht. In seiner Kindheit hatte er für seine Mutter und seinen kleinen Bruder gekocht, wenn seine Mutter krank war. Dann hatte sie sich auf das große Sofa in der Küche neben dem Küchentisch gelegt und ihm Tipps gegeben. Das, was er sich aus dem Keller geholt hatte, würde einfach zuzubereiten sein. Der Braten in der Dose war bereits fertig und musste nur aufgewärmt werden, ebenso die Bohnen. Die Kartoffeln würden am längsten dauern. Er schälte sie, fand einen kleinen Topf, gab Wasser drüber und stellte sie auf den Herd.

Draußen war es inzwischen dunkel. Es war ein Sonntagsessen wie früher bei seiner Mutter: Braten, grüne Bohnen und Kartoffeln. Die Sauce war ebenfalls in der Dose, hatte in kaltem Zustand etwas unappetitlich ausgesehen, beim Aufwärmen aber eine dunkelbraune Farbe angenommen und schmeckte hervorragend.

Nach der Mahlzeit packte er das restliche alte Brot, die Mettwurst, eine Dose Leberwurst und ein Küchenmesser in den Rucksack, wusch ab und räumte auf. Als er gegen acht Uhr abends das Licht gelöscht und die Haustür unverschlossen hinter sich zugemacht hatte, spürte er die Erleichterung. Er hatte beim Aufenthalt in dem verlassenen Hotel immer befürchten müssen, dass sie plötzlich da wären und ihn zur Rede stellten. Deshalb war es ihm recht, sie nicht mehr getroffen zu haben. Er hatte dreißig Reichsmark auf den Küchentisch gelegt.

Das Fahrrad funktionierte tadellos. Der Dynamo sorgte für ausreichend Beleuchtung auf dem Weg nach Hannover. Anscheinend waren, während er schlief, wieder Bomben gefallen, die er wegen seines Tiefschlafs nicht gehört hatte. Jedenfalls wehte der Wind angekohlte Papierfetzen durch die Luft, und die kalte Luft hatte einen starken Brandgeruch.

Er machte um alles, was nach Polizei, Militär oder Amtsperson aussah einen Bogen. Wenn man jetzt seine Person überprüfte, könnte er zwar noch immer seinen SS-Ausweis zeigen. In diesem Fall würde die Zentrale in Berlin aber wissen, dass er noch lebte und man würde Nachforschungen anstellen, weil er sich nicht offiziell abgemeldet hatte. Wenn sie nichts mehr von ihm hörten, würden sie wahrscheinlich glauben, dass er bei dem Bombardement in Berlin in der Nacht vor seiner Abreise nach Hannover umgekommen sei und diese Version über seinen Verbleib gefiel ihm ungleich besser. Diese Meinung würde auch sein Chauffeur äußern, falls er die Nacht überlebt hatte. Allzu lange würde das, was einmal eine funktionsfähige Zentrale der SS war, auch nicht mehr bestehen. Er ging davon aus, dass andere, die genauso schlau waren wie er, sich auch schon abgesetzt hatten oder im Begriff waren, dies zu tun und nahm an, dass die Männer, die ihren Dienst in der Zentrale taten, innerlich ohnehin längst auf der Flucht waren, also sich von Tag zu Tag weniger darum scherten, ob sich schon jemand abgesetzt hatte. Immerhin trug er noch Uniform. Diese, insbesondere die Jacke, sah zwar reichlich mitgenommen aus. Bei den täglich stattfindenden Bombardements war dieser Zustand aber zu rechtfertigen. Das jetzige Aussehen der Uniform hatte den Vorteil, dass er je nach Bedarf den Obersturmbannführer oder einen ganz normalen Bürger spielen konnte, der außer einer unansehnlichen SS-Uniform nichts als geeignete Kleidung aufgetrieben hatte. In diesen Zeiten würden beide Varianten geglaubt.

Im Zentrum von Hannover musste er das Fahrrad oft schieben. Teilweise war die Straße zerstört und es taten sich große und kleine Bombenkrater auf, oder Schutt von zerstörten Häusern machte den Weg unpassierbar.

Dann musste er das Rad tragen.

Es war inzwischen mehr als zwei Tage her, seit er das Lager verlassen hatte. Trotz der durch die Bomben permanent drohenden Gefahr fühlte er sich gut in der Rolle eines Reisenden, den niemand kannte und der keinem Rechenschaft schuldig war. Er war einfach ein Unbekannter auf dem Weg nach Osnabrück. Seine ehemalige Funktion sah ihm keiner an, und das war gut so. Die Zeiten, in denen er sorgfältig und pflichtgemäß darauf geachtet hatte, dass man ihn als Angehörigen der SS und als Lagerkommandant des größten deutschen Konzentrationslagers wahrgenommen hatte, waren endgültig vorbei. So etwas würde ihm nun schaden. Für ihn war jetzt Anonymität angesagt, und diese fühlte sich gut an, stellte er verwundert fest. Er musste niemanden, auch nicht einen Würdenträger oder Ähnliches darstellen. Es reichte, wenn er einfach da war. Ein ganz normaler Mensch, über den man sich lustig machte, wie vor ein paar Minuten der Lokführer: „Ah, du bist unter die Fahrraddiebe gegangen", oder den man ruhig ein bisschen schikanieren durfte: „Jetzt mach mal hin. Die Lok bleibt gleich stehen."

Der Lokführer, die einzige Person mit engerem Kontakt zu ihm, würde sich an ihn als einen reisenden Soldaten erinnern, dem Urlaub für eine Beerdigung bewilligt worden war, und von solchen gab es augenblicklich viele. Da war er wirklich keine Seltenheit.

Die Arbeit als Heizer, der Kohle in den glühenden Brenner der Lokomotive schippte, gefiel ihm auch. Er war fasziniert von diesem großen schwarzen Ungetüm, das nach Koks, Öl und Stahl roch, und dessen riesige Kraft und Bewegung willig dem Lokführer und seinem Heizer folgte.

Die körperliche Anstrengung tat ihm gut. Zwar schwitzte er, und sicherlich roch er bestialisch. Aber er spürte die große Sehnsucht seiner Muskeln nach Anstrengung und Bewegung, die in den vergangenen Jahren fast nie befriedigt worden war. Das Fahrrad durfte er in den Tender stellen, in dem noch Platz war, weil die Kohlevorräte der Reichsbahn rapide zu Ende gingen. In Osnabrück würden sie noch neuen Koks bekommen, dabei würde er noch helfen. Der Zug wurde zweimal angehalten, weil die Gefahr von Bombenangriffen drohte.

Glücklicherweise passierte nichts. Das Dunkel der Nacht schützte sie vor Tieffliegern. In Osnabrück half er beim Einladen von neuem Koks und verabschiedete sich danach vom Lokführer. „Wenn du Arbeit suchst, melde dich in

Hannover bei der Bahn. Ich leg ein gutes Wort für dich ein. Es dauert nicht mehr lange, dann werden keine Soldaten mehr gebraucht."

„Sei vorsichtig mit solchen Äußerungen", antwortete er, „die könnten dir von irgendwelchen Spinnern glatt als Wehrkraftzersetzung vorgehalten werden."

„Soll ich dir mal sagen, was die mich können?"

Er war losgeradelt und würde nicht mehr erfahren, was die den Lokführer könnten. Um zum Ausgang des Bahnhofs zu kommen, musste er das Fahrrad die Stufen hinuntertragen und auf der anderen Seite des Gleiskörpers wieder herauftragen, was mit dem schweren Rucksack gar nicht so einfach war. Die große Bahnhofshalle war einigermaßen intakt: lediglich ein paar kleine Löcher in dem gewölbten Dach. Die Zerstörung der Innenstadt war mit der von Hannover zu vergleichen. Außerhalb, in einer Reihe von Vororten, kam er schnell voran. Es war jetzt sehr wichtig, dass er nicht mehr überprüft wurde. Es war noch dunkel und die Stadt schien nicht richtig aufgewacht. Er nahm die Landstraße nach Bissendorf und erreichte den Ort im Hellen gegen neun Uhr. In einem kleinen Milchgeschäft kaufte er einen halben Liter Milch, die er aus einem großen Glas trinken durfte, das zweimal nachgefüllt wurde. In dem daneben liegenden Bäckerladen bekam er ein halbes frisches Brot, das er im Rucksack verstaute. Dann verließ er das Dorf. Dem etwas misstrauisch wirkenden Ladenbesitzer nannte er Melle als Reiseziel. Stattdessen hielt er sich bei der nächsten Abzweigung rechts und radelte auf das kleine Dorf zu, in dem er seinen Aufenthalt für die nächste Zeit geplant hatte. Nach einem schwierigen Anstieg nahm er das Messtischblatt, das ihm sein Bruder nach Auschwitz geschickt hatte und suchte das Haus, das er von seinem Onkel geerbt hatte. Der einfachste Weg wäre die geteerte Landstraße, die die nächsten vier Kilometer anstieg und dann nach einer Kreuzung wieder ins Tal führte. Diese fand er aber zu gefährlich. Er wollte nicht gesehen werden.

Stattdessen schob er das Fahrrad über einen gefrorenen Feldweg und überquerte einen Bach. Der Feldweg wurde nun zu einem Waldweg, der durch große Buchen- und Eichenbestände führte und langsam anstieg. Er war sich ziemlich sicher, bisher nicht bemerkt worden zu sein. Nach einigen anstrengenden Kilometern kam der kritische Punkt, wo er die Asphaltstraße überqueren musste. Er schaute sich in alle Richtungen um, sah noch einmal von Weitem die Kirchturmspitze, horchte nach dem Geräusch des Busses, der seinem Bruder zufolge hier dreimal täglich fuhr, überquerte dann ungesehen die Asphaltstraße und schob das Fahrrad direkt in einen dichten Tannenwald. Von hier würde er zu Fuß gehen. Das Fahrrad versteckte er im Unterholz. Er würde es heute Abend im Dunkeln abholen. Es war gar nicht so leicht, mit dem schweren Rucksack durch den Tannenwald zu gehen. Die trockenen Zweige standen sehr dicht und streiften den Rucksack und bremsten ihn. Nach einer halben Stunde sah er das Haus vom Waldrand. Zum letzten Mal war er als Zehnjähriger bei seinem Onkel gewesen.

Aus dem Schornstein quoll Rauch. Auf sein Klopfen wurde geöffnet, und er stand seinem Bruder gegenüber.

„Jetzt schon? Ich hatte später mit dir gerechnet. Komm rein, ich will gerade frühstücken."

Sie umarmten sich.

In der Nacht träumte er wieder den Traum, der anfangs schön war und in dem er mit einer schönen jungen Frau, die schwanger war, ein Haus im Grünen bewohnte. Sie bauten im Garten eine Schaukel und eine Wippe aus Holz für das Ungeborene auf. Das Verliebtsein tat ihm so gut und erfüllte ihn mit so großer Freude, dass er krampfhaft an dem Traum festhalten wollte. Als Roses eingefallenes Gesicht mit dem Kopftuch erschien, entglitt ihm der Traum.

Sein stummes, heftiges und jähes „Nein" weckte ihn.

Er entschied sich, mit der Roten Beete anzufangen, diese zuzubereiten und zu essen und machte sich anschließend daran, das Fleisch zu grillen. Da der Grill ungefähr eine Stunde für die richtige Hitze brauchte, schüttete er schon mal Holzkohle auf und zündete sie an.

Mit einem Küchenmesser schälte er die rußige Schicht von den beiden Knollen, die danach tiefrot glänzten und betastete ihre silikonartige Weichheit. Sie rochen wunderbar nach Erde und Holzkohle. Er stellte sich das Stück Land vor, in dem sie gewachsen waren und geerntet wurden und bekam Lust auf einen mediterranen Garten in den Bergen von Ligurien, an dem er in seinem letzten Sommerurlaub immer vorbeispaziert war.

Dann nahm er sich eine große Porzellanplatte aus dem Schrank und schnitt die Knollen auf dem Brett in feine dünne Scheiben. Jetzt erkannte er, dass der Mann, der da in seiner Küche arbeitete, dabei war, ein Rote Beete-Carpaccio zuzubereiten. Am kreativsten war er in der Küche, wenn er sich in die Beobachterrolle versetzte und aufmerksam die Aktionen des Mannes verfolgte, der in der Küche tätig war. Er stand gewissermaßen neben sich und beobachtete, ohne zu kontrollieren oder einzugreifen. Wenn er dem Mann Vorschriften machte oder es wagte, ihn zu kritisieren, ging das Ganze schief. Da könnte er gleich eine Tiefkühlpizza in den Ofen schieben. Kritik war erst hinterher erlaubt.

So funktionierte für ihn der kreative Prozess in der Küche. Er hatte bisher mit niemandem darüber gesprochen, weil sich diese Entwicklung erst nach Emmas Tod ergeben hatte. Wenn er Emma davon erzählt hätte - und solche inneren Entwicklungen, selbst wenn sie blamabel klangen, hatten sie sich immer mitgeteilt - hätte sie das einfach als Marotte oder Spinnerei abgetan. Vielleicht hätte er es dann gelassen. Manchmal kam es ihm auch als eine Spinnerei oder Vorzeichen beginnender Vergreisung vor, was ihn unsicher machte. Es konnte aber auch die Sehnsucht eines Zweiundsechzigjährigen sein, die ihn zu diesem Konstrukt eines Doubles bewegt hatte. Wie dem auch sei, für ihn funktionierte das Kochen in seiner Küche so am besten und er wehrte sich nicht mehr dagegen, sondern ließ dem Mann in seiner Küche freien Lauf.

Der war dabei, die Knollen mit einem scharfen japanischen Damaszener Messer in hauchdünne Scheiben zu schneiden und sie auf der großen ovalen

Platte leicht überlappend anzuordnen. Am Ende war die Platte voll mit den Scheiben, durch die der weiße Schein des Porzellans schimmerte. Nun ging er an den Vorratsschrank in der Speisekammer und holte eine Handvoll Walnüsse aus einer Schale, die er knackte und auf der Platte verteilte. Etwas zögernd ging er dann an den Kühlschrank, überlegte und griff sich die Packung mit Parmesan und hobelte Parmesanflocken auf die Scheiben. Ein Dressing aus Zitrone, Olivenöl, Senf, Salz und Pfeffer schloss die Zubereitung ab.

Bevor er direkt von der Platte aß, goss er sich nach und öffnete die Tasche, um schon mal ein bisschen zu schnuppern, was es mit ihr auf sich hatte. Er nahm einige der Dokumente, die nach Alter und Staub rochen, heraus. Bei den meisten handelte es sich um beglaubigte Abschriften von Grundbuchauszügen. Diese Immobilien gehörten, soweit er es bei der ersten Durchsicht sehen konnte, alle einer Aktiengesellschaft mit Namen *Stahlwerke Kohn & Söhne*. Von dieser Firma hatte er bisher noch nie etwas gehört, obwohl, wie es schien - er blätterte die Urkunden durch - alle Grundstücke in Essen lagen. Er fand viele Straßen, die er kannte, allerdings auch Straßen, die inzwischen ihren Namen gewechselt haben mussten, wie die Adolf-Hitler-Straße, der man nach dem Krieg schnell wieder ihren alten Namen zurückgegeben hatte. Ihm fiel auf, dass viele der Grundstücke sogenannte gute Lagen in Essen waren. Wenn es die Firma *Stahlwerke Kohn & Söhne* heute noch gäbe, würde es sich um eine sehr vermögende Firma handeln, vermutete er. Ein Grundstück kam ihm bekannt vor ... es stellte irgendeine Verbindung zu etwas ihm Bekannten her. Es würde ihm sicher gleich einfallen. Es handelte sich um eine Villa in Essen-Süd mit einem elftausend Quadratmeter großen Park. Diese gehörte nicht der Firma *Stahlwerke Kohn & Söhne*, sondern war auf die Namen Detlef und Lena Kohn, geborene Schwarz eingetragen. Jetzt klickte es. Das war die sogenannte Kohnvilla, in der früher einmal das Finanzamt untergebracht war und die jetzt ... er wusste es nicht genau, war sich jedoch ziemlich sicher, dass sie heute einer Stiftung gehörte. Welche Ziele diese Stiftung verfolgte, hatte er vergessen. Dem Grundriss war eine Zeichnung des Gebäudes beigefügt, die er sich genauer ansehen wollte, um zu überprüfen, ob es sich wirklich um die Kohnvilla handelte.

Als er die zweite Seite des Dokumentes aufschlug, fiel ein gelblicher Briefumschlag auf den Küchenboden. Er bückte sich, legte den Umschlag auf den Tisch und schaute sich die Zeichnung weiter an. Es gab keinen Zweifel. Die Umrisse waren die der Kohnvilla, die er schon als Kind bei einem Ausflug mit der Klasse besichtigt hatte. Was er nicht wusste, was aber nahelag, und er jetzt begriff: Der Name musste sich von Detlef und Lena Kohn, den Namen in dem Auszug, herleiten, die die Villa anscheinend der Stadt oder einer Stiftung vermacht hatten. Was aber hatten *Köhler, Vogelsang & Partner* mit der Villa und den ganzen Grundstücken und Gebäuden zu tun, die sämtlich der *Stahlwerke Kohn & Söhne* gehört hatten und jetzt ... er wusste nicht, wem sie jetzt gehörten, obwohl sich das leicht feststellen ließe. Ein Gang ins Grundbuchamt würde völlig ausreichen. Was aber hatte diese Dokumententasche in dem alten Tresor der Kanzlei seines Vaters zu suchen und warum war sie vergessen worden? Er drehte den Briefumschlag um und las, für ihn kaum zu entziffern, da in alter Sütterlinschrift geschrieben, die er nur in Ansätzen lesen konnte:

An Köhler, Vogelsang & Partner, Essen, Düsseldorfer Straße 35

Vielleicht würde der Inhalt dieses Briefes das Ganze ein wenig aufklären. Er grauste sich vor der Mühe des Entzifferns der alten Schrift und öffnete den fest zugeklebten Brief. Es stimmte: ein zwei Seiten langer, in deutscher Schrift verfasster Brief. Die Tinte war schon reichlich verblasst. Er schaute auf die Unterschrift und entzifferte mühsam:

Mit freundlichen und aufrichtigen Grüßen, Joseph Kohn

Es könnte sich also um eine Art Auftrag an die Kanzlei seines Vaters handeln. Dieser Auftrag schien in irgendeinem Zusammenhang mit den vielen Immobilien von *Stahlwerke Kohn & Söhne* zu stehen.

Danach legte er das Manuskript samt Umschlag an den Rand der großen Marmorplatte des Küchentisches, um es vor Fettspritzern oder Ähnlichem zu schützen.

Länger konnte er dem verlockendem Duft der restlichen Roten Beete, die ihm der Mann als Carpaccio zubereitet hatte, ohnehin nicht mehr widerstehen. Ein prüfender Blick auf den Grill und die aschefarbene Holzkohle ergab, dass er bald das Rumpsteak auf den Eisenrost legen musste.

Er aß mit gutem Appetit. Selten war ihm die Zubereitung eines Gemüses so gut gelungen. In der linken Hand hielt er Weißbrotstückchen, die er in die übrig bleibende Sauce tunkte, bevor er sie aß. Er lobte den Mann und machte ihm Komplimente. Der Zauber der Roten Beete war von ihm aufgedeckt, und er hatte sie in diesem Carpaccio zur Geltung gebracht und in den ihr zustehenden Rang gerückt.

Danach legte er das Rumpsteak auf den Grill, das in kurzer Zeit gar war. Die Kräuterbutter fertigte er aus den Kräutern, die in einem kleinen Beet auf der Terrasse wuchsen: Basilikum, Rosmarin, Petersilie und Salbei.

Nach diesem Mahl ging er mit seinem Glas ins Wohnzimmer. Weil es im Fernsehen nur Langweiliges gab, legte er eine CD mit drei Klavierkonzerten von Mozart auf, streckte sich auf dem Sofa aus und ließ sich in einen Dämmerzustand gleiten, der ihm gerade noch so viel Wachheit übrig ließ, dass er den Tönen folgen konnte. Als er nachts um zwei aufwachte, war die Musik längst vorbei und er ging schlaftrunken nach oben in sein Bett.

Der Traum, an den er sich beim Aufstehen am nächsten Morgen erinnerte, handelte von einem Klassenausflug in die Kohnvilla. Die Lehrerin mühte sich damit ab, ihnen Elemente des Jugendstils begreiflich zu machen, was ihn nicht die Bohne interessierte. Er trug bei diesem Ausflug die obligatorische kurze Lederhose, die seine Kindheit über mehrere Jahre in verschiedenen Größen begleitet hatte. Auf dem Rücken trug er einen Tornister aus braunem Leder, den er in den ersten vier Grundschuljahren getragen hatte. Neben ihm ging eine Klassenkameradin, auch mit einem Tornister auf dem Rücken. Das Kleid, das sie trug, passte weder in eine Grundschule noch in die ersten Jahre der Fünfziger. Es war schwarz und bestand aus einem Rock und einer Jacke, ein Kostüm also. Es war kein Kostüm für ein Kind, sondern die Miniausgabe eines Kostüms für eine erwachsene Frau, und jetzt wurde ihm klar, wer seine Begleiterin war: *Mon*! Es war ein Mädchen mit *Mons* Gesicht, das das Armanikostüm trug und sich über seine Lederhosen lustig machte. Zum ersten Mal wurde er hinsichtlich des Tragens seiner bisher über alles geliebten Lederhosen unsicher und fragte sich, ob er inzwischen über das Alter hinaus war, in dem man Lederhosen trug. Er nahm sich in dem Traum vor, nie wieder kurze Lederhosen zu tragen und wusste, dass es deshalb Ärger mit seiner Stiefmutter geben würde.

Am nächsten Tag war schönes Wetter. Die ersten Sonnentage Anfang März verhießen einen angenehmen Frühling. Er nahm das blitzblank geputzte Fahrrad aus dem Flur, schloss die Haustür ab und fuhr ins Büro. Am liebsten wäre er jetzt full speed gefahren. Dann hätte er aber im Büro sein Hemd wechseln müssen, und er hatte kein frisches in der Kanzlei. Deshalb legte er die vier Kilometer in gemütlichem Tempo zurück. Zum Frühstück ging er in das Bistro im Untergeschoss der Kanzlei und nahm ein Croissant und einen Milchkaffee zu sich. Um das Aufräumen und Saubermachen des Hauses und der Küche würde sich heute seine Putzfrau kümmern, die einmal in der Woche vormittags kam.

Im Büro rief er nach Wilma. „Sagen Sie mal, Wilma, kennen Sie nicht jemanden, der diese alte deutsche Schreibschrift lesen kann? Ich hab das zwar mal gelernt, aber das ist schon ein paar Jährchen her. Ich habe keine Geduld für so was. Es geht um einen zwei Seiten langen Brief aus dem Tresor."

„Ach, haben Sie den Tresor gestern noch geöffnet?"

„Ja, und ich hoffe, dass der Inhalt des Briefes, den ich nicht entziffern konnte, etwas zur Aufklärung beiträgt."

„Ich kann das auch nicht lesen. Ich habe es auch nicht mehr in der Schule gelernt. Ich könnte allerdings meine Mutter fragen. Dann müssen Sie aber bis morgen früh warten. Geben Sie mal her." Er gab ihr den Briefumschlag, den sie öffnete. „Die Schrift ist ja kaum zu lesen."

„Ja, ist mir auch schon aufgefallen. Können wir da nicht was mit dem Kopierer machen?"

„Ich versuch's mal."

Nach ein paar Minuten kam sie mit dem Brief und einer Kopie wieder. Auf der Kopie war der Hintergrund zwar hellgrau. Dafür waren die Buchstaben aber in einer fetten schwarzen Linie gut zu lesen. Fehlte nur noch der Experte, der sich mit der alten Schrift auskannte.

„Das wird sie lesen können."

„Sie können sich ja den Text von Ihrer Mutter vorlesen lassen und mitschreiben. Morgen früh fertigen Sie dann eine Kopie in Word und schicken sie mir."

Sie nickte.

„Und das Original?"

„Für das Original legen Sie eine Akte Kohn an und legen es in eine Klarsichthülle, damit es nicht beschädigt wird. Und grüßen Sie Ihre Mutter und sagen Sie ihr, sie soll uns eine Rechnung schreiben."

„Meinen Sie das ernst?"

„Natürlich meine ich das ernst. Für Übersetzungen müssen wir doch auch bezahlen. Sie können ihr ja die Rechnung formulieren und schreiben."

„Wie viel soll sie denn bekommen?"
„Wenn sie mit fünfzig Euro einverstanden ist?"
„Gut, die wird sich sehr freuen."

St. Gallen Sepps Alm Dezember 1942

Dem vom deutschen Konsulat engagierten Detektiv war es nicht gelungen, herauszufinden, wo sich der SS-Offizier und sein Schweizer Begleiter befanden. Er fand nicht die kleinste Spur von ihnen. Dafür gab es zwei mögliche Erklärungen.

Die wahrscheinliche war die, dass sich der SS-Mann abgesetzt hatte. Er hatte einfach nicht mehr an die Möglichkeit des Endsieges des Dritten Reiches geglaubt und nutzte diese Gelegenheit eines Auslandaufenthaltes in der Schweiz aus, um unterzutauchen. Der desaströse gegenwärtige Verlauf der Schlacht um Stalingrad wurde von vielen Deutschen als Anfang vom Ende des Krieges angesehen und legte eine solche Erklärung nahe. Aber weshalb konnte er auch seinen Schweizer Begleiter nicht auffinden?

Eine andere, sehr wenig wahrscheinliche Erklärung war die, dass Kohn die beiden liquidiert hatte. Eine solche Aktion wurde ihm allerdings von niemandem zugetraut. Kohn galt als harmloser Intellektueller, der einen Widerwillen gegen Waffen und Gewalt hatte und sich in seiner Freizeit am liebsten mit der Aufzucht von Zierfischen beschäftigte.

So, wie er ihn kürzlich mit einer Aktentasche in der Hand in eine Bank hatte gehen sehen, das passte zu ihm. Er konnte sich nicht vorstellen, dass dieser Mann zu Gewalttätigkeiten, geschweige denn der Liquidierung eines Gegners in der Lage wäre.

Aus Berlin würde demnächst ein anderer Agent mit dem gleichen Auftrag kommen und der Detektiv sollte sich an die Spur der beiden Kohns heften und sie nicht verlieren. Man hatte bald herausgefunden, dass sich die beiden gar nicht mehr im *Zur Post* aufhielten, obwohl sie dort noch immer ein Zimmer gemietet hatten, das pünktlich bezahlt wurde. Diese Informationen hatten sie von einem der Nachtportiers erhalten. Leider benutzte Kohn den auffälligen Horch nicht. Er stand nutzlos in der Hotelgarage. Wahrscheinlich ließen sie sich per Taxi chauffieren oder hatten einen Mietwagen genommen. Letzteres wäre ein Beleg dafür, dass sie die Verfolgung aufgedeckt hatten und sich deshalb tarnen wollten. Die beiden Verschwundenen hätten vielleicht mehr gewusst, konnten aber nicht befragt werden. Das letzte Mal hatte er Kohn ohne seine Nichte mit einer Tasche zu seiner Bank gehen sehen. Außerdem war ihm aufgefallen, dass er die Bank ohne die Tasche verließ. Eine Nachfrage bei den Angestellten der Bank ergab nichts.

„Wir geben keine Auskünfte über unsere Kunden. Bitte verlassen Sie umgehend unsere Räumlichkeiten!"

Nach dem Besuch der Bank hatte sich Kohn mehrmals umgedreht, ein typisches Verhalten, um einen Verfolger ausfindig zu machen. Ob er von ihm gesehen worden war, wusste er nicht. In jedem Fall verschwand Kohn in dem kleinen Kaufhaus am Markt und kam nicht wieder heraus. Nach ein paar Stunden ging der Detektiv in das Kaufhaus und stellte fest, dass es noch einen anderen Ausgang gab. Es sah so aus, als hätte Kohn seine Beschattung bemerkt. Im Moment konnte er eigentlich nur beim Hotel *Zur Post* warten, ob sich Kohn wieder blicken ließ. Sicherheitshalber würde er noch einmal bei den Autovermietungen in St. Gallen fragen, ob sich Kohn ein Auto gemietet hatte, falls er auf eine solche Frage eine Antwort bekäme, was nicht sicher war.

Joseph hatte den Mann bemerkt, der hinter ihm herging, als er das Hotel verließ, dachte sich jedoch nichts dabei. Als er allerdings feststellte, dass der Mann im grünen Lodenmantel nach ihm in die Bank ging, war er schon skeptisch geworden. Er wartete kurze Zeit vor einem Schaufenster und sah den Mann die Bank verlassen. Um zu sehen, ob man ihn verfolgt, streifte er gemächlich durch die Innenstadt. Nach einer Viertelstunde drehte er sich um und sah, wie ihm der Mann in circa zwanzig Metern folgte. Das gefährliche Spiel ging also weiter. Dann erinnerte er sich an das Kaufhaus mit den zwei Ein- beziehungsweise Ausgängen und konnte sich so der Verfolgung entziehen.

Er freute sich über seine neue Fähigkeit, eventuelle Gegner, die hinter ihm her waren und ihm und Rebecca nach dem Leben trachteten, aufzuspüren. Er hatte diese Fähigkeit in ganz kurzer Zeit lernen müssen, einfach weil sie lebenswichtig geworden war, und es war ihm anscheinend ganz gut gelungen. Es war für ihn eine Selbstverständlichkeit geworden, in regelmäßigen Abständen unauffällig hinter sich zu blicken und nach Verfolgern Ausschau zu halten.

Eine sehr schwierige Situation: Er liebte Lisa und hatte ein starkes Verlangen, sie möglichst jeden Tag zu sehen. Am liebsten würde er Tag und Nacht mit ihr zusammen sein und sie möglichst bald heiraten. Gleichzeitig waren er und Rebecca, obwohl in der Schweiz, weiterhin der Verfolgung durch die Nazis ausgesetzt. Die Intensität der Verfolgung würde zunehmen, wenn sie bei der Prüfung der Buchhaltung von *Stahlwerke Kohn & Söhne* entdeckten, dass sich auf den drei Konten in der Schweiz das ganze liquide Vermögen der Kohns befand und dass er und über ihn Rebecca darüber verfügen konnten. Die Verhaftung seiner Eltern war inzwischen fast vier Wochen her. In dieser Zeit wussten die Nazis höchstwahrscheinlich schon, dass sich die große Summe nicht auf deutschen, sondern Schweizer Konten befand. Sie brauchten nur die entsprechenden Ausgangsbelege zu überprüfen. Diese Summe war nicht nur interessant für die Zentrale der SS in Berlin, die quasi in staatlichem Auftrag handelte, sondern auch für private Interessen von SS-Leuten, die sich Gedanken machten, wie man vielleicht davon profitieren könnte. Von Vorteil war ja vor allem, dass sich das Vermögen nicht in Deutschland, sondern in der Schweiz befand. Wenn man darüber verfügen könnte, hätte man sogar für den Fall, dass das Naziregime perdu wäre, eine sichere Quelle für das physische und ökonomische Überleben.

Die Gedanken seiner Feinde würden etwa in diese Richtung gehen. Da sie sicher sein könnten, dass er ihnen die Codes trotz Folter nicht geben würde, machte er sich vor allem um Rebecca Gedanken. Sie würden Rebecca entführen und im Gegenzug für ihre Freilassung die Codes haben wollen. Das gälte natürlich nur für den Fall, dass die SS die Informationen über die Konten in der Schweiz schon hatte.

Die Männer, die er auf Sepps Alm getötet hatte, hatten offenbar lediglich den Auftrag, den letzten männlichen Kohn zu töten. Die Tochter von seinem Bruder würde ihnen der Schweizer Staat schon aushändigen. Schließlich handelte es sich um ein deutsches Kind, das unter dem Schutz des deutschen Staates stand und die entsprechenden völkerrechtlichen Verträge würde die Schweiz nicht brechen.

Beides, seinen Tod, aber auch die Entführung oder den Tod von Rebecca durfte er nicht riskieren, und man war ihm schon wieder auf den Fersen. Die sicherste Lösung bestünde darin, das Land so schnell wie möglich zu verlassen, mit oder ohne Lisa.

Der Gedanke tat weh. Lisa konnte sich bisher noch nicht festlegen. Für sie und Birgit wäre es ein großes Opfer, die Heimat zu verlassen und sich etwa weit weg nach Asien zu begeben. Außerdem würde ihr Exmann niemals einer Auswanderung seiner Tochter zustimmen. Sie hatte ihn noch gar nicht gefragt, weil sie sich seiner Reaktion völlig sicher war und befürchtete, er würde sofort alle Hebel in Bewegung setzen und sie drangsalieren, wenn er nur von dem

Plan hörte. Am besten war, wenn er nichts über sie und Joseph erführe. Sie waren also in einer Zwickmühle.

Außerdem war noch kein zweites Telegramm von seinem Onkel Leo aus Kanada gekommen. In dem ersten hatte dieser angekündigt, er arbeite an einer Lösung und sähe gute Chancen für sie beide, wenn sie sich mit Schweizer Pässen über Genua nach Asien, am besten Shanghai, einschiffen würden. Dort lebten viele aus Deutschland geflohene Juden. Anscheinend war er dabei, die Passfrage zu lösen. Joseph wusste, dass sein Onkel ziemlich findig und patent war, und er traute ihm zu, die Angelegenheit zu regeln.

Wahrscheinlich würde irgendwann ein Telegramm in das Hotel *Zur Post* kommen, in dem er ihn aufforderte, sich an die Kanadische Botschaft zu wenden. Bis zu diesem Zeitpunkt mussten sie ohnehin bleiben und es ging darum, in der Zwischenzeit zu überleben. Wichtig schien jetzt, dass seine Gegner nicht herausfänden, dass er und Lisa ein Paar waren. In diesem Fall wären sie alle vier gefährdet. Seine Besuche bei Lisa würden aber irgendwann auffallen, wenn man seine Spur wieder aufnehmen würde. Er musste sich eine bessere Tarnung ausdenken, die mehr Sicherheit als die jetzige Situation versprach. Er war zwar immer sehr vorsichtig, wenn er das Haus betrat, in dem Lisa und Birgit wohnten, konnte aber nicht mit Genauigkeit sagen, ob er beschattet wurde oder nicht. Außerdem hatten sie sich vor Kurzem sogar zu viert vor dem Haus Schneeballschlachten geliefert, was ein ziemlicher Leichtsinn war, wenn man bedachte, dass man ihn beschattete.

Lisa kam mit einer guten Idee. Sie schlug vor, sie beide sollten ihr Aussehen verändern. Er sollte sich ab sofort einen Bart stehen lassen und sie würde ihm die Haare färben.

„Ich finde es ganz schrecklich, wenn ich dein schönes schwarzes Haar nicht mehr sehe."

Sie färbte es schließlich dunkelblond. Mit dem Bart, der ihm nach drei Tagen wuchs, war die Tarnung gelungen und der länger wachsende Bart würde sie noch perfekter machen. Bei Rebecca dauerte es lange, bis sie sie überzeugt hatten.

„Ich habe Angst, dass dich die Nazis entführen. Deshalb soll man dich gar nicht wiedererkennen. Am besten wäre hellblond für dich."

„Ich mag aber keine blonden Haare. Was heißt das, die Nazis entführen mich?"

„Du wirst von ihnen gefangen genommen und nach Deutschland verschleppt."

„Ich denke, wir sind hier in der Schweiz und die Nazis sind in Deutschland?"

„Die Nazis schicken ihre Agenten in die Schweiz. Ich hab dir doch erzählt, was sie mit deinen Eltern und Oma und Opa gemacht haben."

Sie weinte. Er nahm sie in den Arm. Schließlich erzählte er ihr von dem Schusswechsel in den Bergen und dass sie ihn fast ermordet hatten.

„Außerdem habe ich sie dann getötet."

„Wie hast du das denn gemacht?"

„Ich habe sie mit meiner Pistole erschossen."

„Du hast eine Pistole?"

Warum sollte er ihr nicht die Wahrheit sagen? Als jüdisches Mädchen würde sie immer, ein ganzes Leben lang, in Gefahr sein und es wäre am besten, wenn sie sich an diesen schrecklichen Gedanken so früh wie möglich gewöhnte.

„Soll ich sie dir zeigen?"

Sie nickte. Er ging mit ihr zur Garderobe, an der sein Mantel hing und nahm die *08* aus der Manteltasche heraus.

„Und mit der hast du die Nazis erschossen?"

„Wenn ich sie nicht erschossen hätte, hätten sie mich erschossen."

Es schien, sie begriff den Ernst der Lage. Jedenfalls fragte sie:„Ist es dann nicht besser, wenn ich meinen anderen Vornamen nehme? Ich könnte mich ab sofort nur noch Lena nennen. Wenn ich Birgit genau erkläre, warum, sagt sie ab sofort nur noch Lena zu mir."

Er war über diesen Weitblick überrascht. Das Nachdenken über den Verlust ihrer Eltern und Großeltern und die Trauer darüber hatten sie sensibilisiert. Sie war kein kleines Kind mehr und half aktiv mit bei dem Ziel, zu überleben.

„Wenn du mit Birgit redest, habe ich eine Bitte."

„Was denn?"

„Ich bitte euch, mit keinem darüber zu reden, dass du bis vor Kurzem Rebecca geheißen hast und auch nicht, dass dir Lisa die Haare gefärbt hat. Das darf keiner wissen."

„Und was ist mit dir?"

„Mit mir?"

„Ja, sollen wir dich weiter Onkel Joseph nennen?"

„Du hast recht. Ihr nennt mich anders, wenn wir außerhalb der Wohnung sind. Hast du eine Idee, wie ich heißen könnte?"

„Wir nennen dich Onkel Leo, wie den Bruder von Opa."

Er fand, dass das eine gute Idee war. Rebecca und er würden nur noch in der Wohnung ihre richtigen Namen benutzen. Außerhalb wären sie Lena und Onkel Leo. Beim gemeinsamen Abendessen bekräftigten sie das alles noch mal.

Außerdem schlug Joseph vor, umzuziehen. Sie sollten sich ein Haus mit zwei Wohnungen mieten, zum Beispiel eine Wohnung im Erdgeschoss und eine im ersten Stock, durch ein Treppenhaus getrennt. In Wirklichkeit würden sie zusammen ein Haus bewohnen. Nach außen hin wären es aber zwei Haushalte und sie würden auf diesem Weg eine bessere Tarnung erhalten als beim Verbleib in Lisas Wohnung. Das Risiko, dass man die Änderung seines Aussehens entdecken und ihn bis Lisas Wohnung verfolgen würde, war nicht gering.

„Und wie ist das so, die Nacht mit einem anderen Mann im Bett zu verbringen?", fragte Joseph.

„Wenn dieser Leo nicht so schreckliche Haare hätte. Ich steh ja eher auf schwarz. An den Bart könnte ich mich gewöhnen. Ich finde Leo mit dem Bart besser als Joseph ohne Bart. Es kratzt nur noch ein bisschen. Wenn der Bart ein bisschen länger ist und nicht mehr kratzt, kann mir Joseph eigentlich gestohlen bleiben."

„Ich muss ja anscheinend immer mit derselben schlafen. Ich glaub, ich muss morgen mal schauen, ob sich das nicht ändern lässt."

„Wenn du das tust, rasier ich dir nicht nur den Bart ab. Dann gibt's hier unten nichts mehr zum Festhalten." Ihre Hand verschwand unter der Decke und umfasste sein Glied provokativ fest.

„Das wär aber schade!"

„Für mich ja nicht!"

„Wieso für dich ja nicht?"

„Ich hätte ja noch den anderen."

„Welchen anderen?"

„Na, ich würde es wieder mit Joseph tun, der ist auch gar nicht so schlecht im Bett."

„Nymphomanin!"

Es wurde wieder eine heiße Nacht.

Am nächsten Morgen – es war der Samstag vor dem vierten Advent – durchforsteten sie den Immobilienteil der Tageszeitung nach einer geeigneten Bleibe.

Auschwitz Dezember 1942

Das Treffen mit dem Lagerkommandanten und Müller hatte kurz vor Weihnachten stattgefunden. Jetzt war die zweite Woche im Januar schon fast vorbei, und Nummer 516 hatte seitdem nicht mehr mit dem Lagerkommandanten gesprochen. Zum letzten Mal hatte er ihn bei seiner Ansprache vor den neuen Häftlingen von Block 11 gesehen. 516 hatte dabei den Eindruck gehabt, dass er überhaupt nicht bei der Sache war, sondern desinteressiert eine Pflichtansprache hielt. Er hatte ja das zweifelhafte Glück gehabt, diese Ansprache, die allen neuen Räumkommandos nach Liquidierung des alten gehalten wurde, zweimal zu hören. Die erste Ansprache des Kommandanten vor dem neuen Räumkommando war von einem ganz anderen Kaliber gewesen. Da hatte man noch Engagement und Begeisterung herausgehört, die bei der zweiten anscheinend verpufft waren.

Bei der Erschießung der Häftlinge von Block 11 war er gerade beim Lagerkommandanten gewesen und war von diesem und Müller bekniet worden, die Unterschrift unter die Verkaufsurkunden sämtlicher Immobilien von *Stahlwerke Kohn & Söhne* zugunsten der SS oder ihr nahestehender Organisationen zu leisten, wogegen er sich verwahrt hatte. Zu einer Preisgabe der Codes der drei Konten in der Schweiz war er auch nicht zu bewegen. Der Lagerkommandant hatte ihm eine Bedenkfrist eingeräumt, deswegen wunderte er sich, dass er noch nicht wieder einbestellt worden war. Die Zeitgleichheit der Liquidierung von Block 11 und dem Gespräch in der Kommandantur war offensichtlich gewollt. Anscheinend wollte man ihm signalisieren, dass er Vorteile durch die Unterschriften und die Preisgabe der Codes hätte und was ihm passieren würde, wenn er sich nicht fügte. 516 war hin- und hergerissen zwischen dem Wunsch, dieses unerträgliche Leben sofort durch Selbstmord zu beenden und der Absicht, auf die Befreiung des Lagers zu warten. Alle Neuen berichteten davon, dass die Alliierten entweder kurz davor oder bereits dabei seien, die Grenzen des Deutschen Reiches zu überwinden. Auschwitz lag ganz nahe an der Ostfront. Die rote Armee triebe die deutsche Wehrmacht vor sich her in Richtung Westen. Die Befreiung sei eine Frage von Tagen.

516 konnte die Euphorie derjenigen, die fest mit der demnächst stattfindenden Befreiung rechneten, nicht teilen. Bevor die Russen die Grenzen

des Lagers überwänden, würden sämtliche Offiziere und sonstige Verantwortliche geflohen sein. Vorher würden sie aber für ein riesiges Blutbad sorgen müssen. Denn jeder überlebende Häftling konnte ein wichtiger Zeuge für die Brutalität sein, die im Lager geherrscht hatte. Dabei ginge es nicht nur um die Zeugenschaft gegenüber dem nationalsozialistischen System und der SS, die für das Ganze hauptverantwortlich war. Es ginge auch um einzelne Personen, Offiziere und anderes Lagerpersonal, die gemordet, gefoltert und vergewaltigt hatten, und somit letztlich auch um strafrechtlich verwertbare Tatbestände, die nach dem Krieg verfolgt werden müssten. Das Einzige, was ihn davon abhielt, dem nächstbesten Schergen die Aschenschaufel auf den Kopf zu schlagen und auf der Stelle erschossen zu werden, war sein Wunsch, Joseph und Rebecca noch einmal in die Arme zu schließen.

Allerdings würde man ihn bei einer bevorstehenden Befreiung des Lagers sicherlich als einen der ersten Häftlinge töten. Wenn er den Zusammenbruch des Regimes überlebte, würde er ein relevanter und wichtiger Zeuge sein. Sein Zeugnis als prominenter Unternehmer über die Ermordung, Folterung und alle anderen Formen des Unrechts würde in der ganzen Welt zu hören sein. Er würde den Kommandanten, Müller und viele Personen des Lagerpersonals wiedererkennen und identifizieren können. Als Mitglied des Räumkommandos wusste er bestens Bescheid über die industrielle Massenvernichtung und Verwertung. Für ihn wäre die Befreiung des Lagers, falls sie überhaupt erfolgte, der sichere Tod.

Was eigentlich auch für Selbstmord sprach, war seine täglich schlechter werdende körperliche Verfassung. Sein Husten schien sich immer mehr zu einer handfesten Tuberkulose zu entwickeln. Jedenfalls hustete er mehrmals täglich Blut. Daran hatten selbst die Medikamente nichts ändern können, die ihm einer der Pfleger aus der Apotheke gegeben hatte. Er wusste nicht, weshalb er in den Genuss dieser Medikamente gekommen war. Die Lagerapotheke und die Sanistation waren eigentlich nur für das Personal da. Häftlinge, die ohnmächtig bei der Arbeit zusammenbrachen, bekamen in der Regel keine Medikamente, sondern wurden erschossen. Als er vor ein paar Tagen zusammengebrochen war, mussten ihn zwei Häftlinge mit einer Schubkarre zur Sanistation bringen. Dort untersuchte ihn ein Pfleger, gab ihm die Medikamente und schrieb ihn zwei Tage von der Arbeit frei. In diesen zwei Tagen war er lediglich beim Reinigen und Aufräumen ihrer Baracke eingesetzt. Dieser Sonderbehandlung verdankte er sein Leben und hinter dieser Behandlung stand noch immer das knallharte Interesse der SS an den Unterschriften und den Codes für die Konten in der Schweiz, an die er sich nur mit Mühe erinnern konnte.

Ebenso sprach für eine baldige Selbsttötung, dass er seit dem Gespräch in der Kommandantur und beim Anblick der ermordeten Männer von Block 11 seine Fähigkeit, als *Lagertier* zu funktionieren, eingebüßt hatte. Er dachte jetzt oft an Joseph und Rebecca, vermisste schmerzlich seine Lena, bei deren Beseitigung er selbst hatte helfen müssen und dachte viel an Detlef, dessen Frau und seinen Enkel. Jede Minute, die er weiterlebte, fiel ihm schwer und sein Lebensüberdruss wurde von Tag zu Tag stärker.

Deshalb passierte es ihm mehrmals am Tag, dass er die Schaufel fester griff und die Muskeln anspannte, wenn sich ihm der Wachhabende oder einer der anderen Schergen näherte, wie in diesem Moment, in dem sich der Offizier näherte.

„516 in die Kommandantur!"

Diese Äußerung des Offiziers, die 516 überhaupt nicht erwartet hatte, überraschte ihn, und das war der einzige Grund, weshalb er diesmal, obwohl fest entschlossen, nicht zuschlug.

„Hörst du schlecht? Lass alles stehen und liegen und marschier los. Ab in die Kommandantur."

Er lehnte die Schaufel an eine vor ihm stehende Lore und ging den zehnminütigen Weg zum Kommandanten. Der alte Ordonnanzoffizier war nicht mehr da. Ein neuer grüßte ihn und fand nichts an seinem Äußeren auszusetzen. Die beiden Sekretärinnen grüßten und ließen ihn durchgehen. Er betrat den großen Raum ohne zu grüßen.

Der Lagerkommandant war nicht da. Sein Stellvertreter saß mit Müller auf der Sitzgruppe. Auf dem Couchtisch vor Müller lag ein schwarzer Gummiknüppel. Er wurde nicht zum Sitzen aufgefordert und stellte sich an den Rand des großen Schreibtisches. Dabei fiel ihm der schwere Füllfederbehälter aus Marmor auf, der ihm eine ganz gute Waffe schien, falls Müller mit dem Knüppel auf ihn losginge.

„So, Kohn, jetzt ist es vorbei mit Süßholzgeraspel. Du sagst uns gleich die Codes von deinen Konten in der Schweiz und außerdem unterschreibst du. Die Verträge habe ich bei mir."

„Und ein Notar ist sicher auch da?"

Müller nahm den Knüppel in die Hand und spielte damit.

„Wir brauchen keinen Notar. Wir nehmen den hier als Notar."

Er schlug den Knüppel mit großer Kraft auf den niedrigen Tisch. 516 zuckte bei dem lauten Knall erschrocken zusammen, fasste sich aber schnell und überlegte sich die Bewegungen, die er benötigen würde, um möglichst schnell den marmornen Behälter zu greifen und damit zuzuschlagen.

„Bevor wir zu den Unterschriften kommen, möchten wir von dir noch etwas wissen", sagte der stellvertretende Lagerkommandant.

„Hast du mit unserem Kommandanten nach der letzten Unterredung, die hier stattgefunden hat, noch einmal gesprochen?"

516 konnte es kaum glauben. Was bedeutete diese Frage? Um Zeit zu gewinnen, sagte er: „Warum fragen Sie den Kommandanten nicht selber?"

„Weil der versch... Die Fragen stellen wir hier! Also, hast du nach der Unterredung, bei der auch Sturmbannführer Dr. Müller anwesend war, noch einmal mit dem Kommandanten gesprochen?"

Jetzt hatten sie sich verraten. 516 war nicht dumm. Er wusste, wie der halb verschluckte Satz zu Ende gegangen wäre. Der Kommandant war verschwunden! Das war der Grund, warum er nicht mehr einbestellt worden war. Dann stimmten also die Gerüchte über die bevorstehende Befreiung des Lagers. Müller und der stellvertretende Kommandant wollten von ihm Informationen über den Aufenthalt des Lagerkommandanten.

„Die könnt ihr haben", dachte er.

„Natürlich habe ich mit ihm gesprochen. Hat er Ihnen das nicht erzählt?"

„Worum ging es bei dem Gespräch?"

„Der Kommandant hat nach den Codes gefragt."

„Von den Konten?"

„Genau."

„Und dann?"

„Er wollte mit den Codes zu meiner Bank."

„Zu welcher Bank?"

„Zu der in der Schweiz."

„Sagen Sie mal, Kohn, müssen wir Ihnen jedes Wort einzeln aus der Nase ziehen?" Plötzlich wurde er gesiezt. Sie wollten was von ihm. Er sollte ihnen die Informationen geben, die den Kommandanten ans Messer lieferten.

„Ich weiß ja gar nicht, was Sie von mir wissen wollen. Ich war davon ausgegangen, dass der Kommandant Sie über alles informiert hat, was ich mit ihm besprochen habe. Ich kann doch nicht wissen, dass er Ihnen nichts davon gesagt hat."

„Lassen Sie mal die Spekulationen! Wir wollen nur die Fakten. Sie haben dem Kommandanten also die Codes Ihrer Konten bei Ihrer Bank in der Schweiz gegeben. Wo in der Schweiz ist diese Bank und wie heißt sie?"

„Die Bank heißt *Swiss credit* und befindet sich in Basel." Der Name war ihm gerade eingefallen.

„Haben Sie sonst noch irgendetwas mit dem Kommandanten vereinbart?"

„Dann entbinden Sie mich also von dem Gelübde, das ich ihm geben musste?"

„Welches Gelübde haben Sie ihm gegeben?"

„Dass ich über unsere Unterredung Stillschweigen bewahren, er das Geld bei der Bank abheben, wieder zurück nach Auschwitz kommen, mir die fünfzig Prozent geben und mich freilassen würde."

Ihre Gesichter entgleisten förmlich. Vielleicht hatte er etwas zu dick aufgetragen. Die Sache begann, ihm Spaß zu machen. Immerhin hatten sie ihm geglaubt und trauten einem hohen SS-Funktionär Verrat, Veruntreuung und Flucht zu. Wahrscheinlich war er nicht der Einzige aus dieser Organisation, der sich bereits abgesetzt hatte. In Wirklichkeit waren sie vielleicht schon neidisch auf den Kommandanten, weil dieser die Zeichen der Zeit eher als sie erkannt hatte und dabei war, seine Schäfchen ins Trockene zu bringen.

„Warten Sie mal, Kohn. Wir müssen unsere Unterredung einen Moment lang unterbrechen. Wir bitten Sie, sich für einen kurzen Zeitraum im Vorraum bei den beiden Sekretärinnen aufzuhalten."

„Also wissen Sie, mit wem der Kommandant in die Schweiz wollte?"

„Mit wem? Ach, er hat Ihnen gesagt, mit wem er in die Schweiz wollte?"

„Also wissen Sie es doch nicht?"

„Sagen Sie es uns!"

„Er hat mir gesagt, ein Freund aus der Zentrale würde ihn begleiten."

„Was meinen Sie mit Zentrale?"

„Weiß ich nicht. Ich dachte, Sie wissen was er meinte, wenn er das Wort Zentrale benutzt."

„Hat er Ihnen einen Namen genannt?"

Den würden sie natürlich gerne haben. Dann könnten sie gleich nach zwei Personen fahnden.

„Damit kann ich leider nicht dienen. Er hat mir nur gesagt, dass ihn ein Freund aus der Zentrale begleiten würde."

„Gut, haben Sie uns jetzt alles gesagt, was bei der Besprechung zwischen Ihnen und dem Kommandanten passiert ist?"

Er spielte den Überlegenden, den sich ernsthaft Fragenden und gern zu Diensten Bereiten. „Ja, das war glaube ich alles. Was ist nun mit meiner Freilassung?"

„Herr Kohn, würden Sie mal für ein paar Minuten ins Vorzimmer gehen. Die Sekretärinnen schenken Ihnen einen Kaffee ein."

516 verließ den Raum. Er wusste: Sie mussten sich besprechen, wie sie auf den Verrat des Kommandanten reagieren sollten, würden in Berlin anrufen und eine große Fahndung einleiten. Für den Fall, dass sie ihn erwischten, würden den Kommandanten einige Probleme erwarten. Für ihn bedeutete das, sie mussten mit seiner Liquidierung noch eine Zeit warten. Vor ein paar Minuten hatte er noch ernsthaft geglaubt, er würde Müller mit dem Marmorbehälter den Schädel zertrümmern und als Reaktion darauf getötet werden. Wahrscheinlich hätte ihn der Stellvertreter auf der Stelle erschossen. Die Situationen, in denen er seinen baldigen Tod nach einem Angriff auf einen der Schergen erwartete, häuften sich. Er wusste nicht, ob er erleichtert darüber sein sollte, noch zu leben, oder nicht.

„Ich soll hier einen Kaffee bekommen."

Die Sekretärinnen nickten. Eine der beiden ging zu der Anrichte, auf dem ein Stövchen eine Kanne Kaffee warm hielt und goss ihm eine Tasse ein.

„Wollen Sie den Kaffee schwarz?"

„Mit Milch und Zucker", bat er.

St. Gallen *Sepps Alm* Dezember 1942

Lisa war im Immobilienteil fündig geworden. „Schau mal, Leo oder Joseph, oder wer immer du bist, hier ist was:

2 Wohnungen in einem Zweifamilienhaus,
getrennt oder zusammen zu vermieten,
2 Bäder, Vorratskeller, Garten, sofort frei.

„Ich schlage vor, wir gehen getrennt zu dem Makler. Du gehst zuerst und nimmst eine der Wohnungen, ganz egal, ob sie nun sehr geeignet ist oder nicht. Wir müssen uns ein bisschen beeilen mit unserer Tarnung. Ich komme eine halbe Stunde später und nehme die, die noch übrig ist. Du mietest unter deinem und ich unter dem Namen Huber."

„Muss ich mich jetzt noch mit einem dritten Verehrer herumschlagen? Das meinst du doch nicht ernst?" Joseph streckte ihr die Zunge raus.

„Das war der Name des Deutschen auf der Alm. Von dem habe ich sogar einen echten deutschen Reisepass, und mit meinen neuen Haaren sehe ich dem sogar ein wenig ähnlich. Allerdings war der ein bisschen fetter als ich."

„Wenn er fett ist, will ich nichts mit ihm zu tun haben."

„Ist gut, ich rede mit ihm. Vielleicht schränkt er seine Essgewohnheiten ja ein bisschen ein."

Als Joseph das Büro des Maklers betrat, war Lisa schon fertig. Sie hatte die untere Wohnung mit Garten genommen und verließ bei der Begegnung augenzwinkernd das Büro. Das Haus mit den beiden Wohnungen lag zwei Straßen weiter, und sie hatte es oberflächlich besichtigt.

Joseph fragte nach der Wohnung aus der Annonce.

„Wir haben jetzt nur noch die obere. Die Frau, der Sie eben im Eingang begegnet sind, wäre Ihre neue Nachbarin. Es gibt nur ein kleines Problem. Der Herr, der oben gewohnt hat, ist vor einem Monat verstorben und die Wohnung ist noch nicht leer geräumt."

„Können die Möbel nicht in der Wohnung bleiben?"

„Ich verstehe nicht. Was machen Sie dann mit Ihrer Einrichtung?"

„Ich arbeite im deutschen Konsulat und meine Wohnung in Berlin ist vor zwei Tagen bei einem Bombenangriff vollständig zerstört worden. Ich müsste mir eh alles neu kaufen. Damit könnte ich mir unter diesen Umständen noch ein wenig Zeit lassen."

„Da müsste ich die Tochter fragen. Warten Sie mal. Ich kann sie anrufen."

Es gab keine Probleme mit den Möbeln. Joseph konnte sie kaufen oder mieten und entschied sich für Letzteres, weil er damit rechnete, dass Onkel Leos Telegramm in Kürze käme. Um möglichst normal zu wirken, schaute er sich die neue Wohnung an. Der alte Herr, der dort gewohnt hatte, hatte einen ganz guten, vielleicht etwas konservativen Geschmack gehabt, den Joseph jedenfalls akzeptieren konnte.

Sie würden am Montag, zwei Tage vor Heiligabend, umziehen, wobei es eigentlich ja nur Lisa war, die umzog. Das Zimmer im *Zur Post* würde er zunächst behalten, weil er von dort aus telefonieren und Briefe und Telegramme empfangen könnte. Er dachte auch darüber nach, das Hotel bei Gelegenheit zu wechseln, um es seinen Verfolgern schwerer zu machen. Die Miete für Lisas Wohnung würden sie wegen der erforderlichen Frist noch drei Monate bezahlen müssen.

Für den heutigen Nachmittag hatte er sich mit Sepp und Alois verabredet, um die P 18 alias Grabenfeger auszuprobieren. Alois, dem es inzwischen einigermaßen gut ging, lebte wieder in seinem Haus in der Nähe von Appenzell am Rande eines Dorfes. Dort wollten Sepp und er ihn besuchen. Den Schießstand, den sich Alois auf seinem Hanggrundstück angelegt hatte, benötigte er normalerweise für Kunden, die sich bei ihm illegal mit Waffen eindeckten. Neben seiner mehr verdeckten Tätigkeit als Waffenhändler und Schmuggler betätigte sich Alois als Schafzüchter. Der Hof, den er von seinen Eltern geerbt hatte, verfügte über zahlreiche Wiesengrundstücke, auf denen seine Herde im Sommer graste. Im Winter lebte die Herde in einer Scheune neben seinem Engadiner Bauernhaus, wo er sie mit Heu fütterte beziehungsweise von der Familie seiner Tochter füttern ließ. Das Heu hatte er bei einem Wiesenbauer eingekauft. Die übrige Landwirtschaft hatte er vor Jahren eingestellt. Seine Kunden im Waffengeschäft waren in erster Linie Schmuggler und andere Kriminelle.

Lisa besuchte mit Birgit und einer blond gelockten Rebecca, die überall mit „Lena, meine Freundin", vorgestellt wurde, eine Weihnachtsfeier in der Schule. Joseph setzte die drei auf dem Weg zu *Sepps Hof* bei der Schule ab. Am Abend wollten sie mit den Kindern in einem Restaurant essen gehen.

Er fuhr jetzt nur noch den Adler. Den Horch würde er wegen seiner Auffälligkeit nicht mehr nehmen. Am besten wäre es, ihn zu verkaufen. Er war zwar stark und schnell, um eventuell einen anderen Autofahrer zu verfolgen, also quasi als Angriffswaffe gut geeignet, lenkte aber zu viel Aufmerksamkeit auf sich und seinen Fahrer. Hin und wieder würden sie den Adler gegen einen anderen Leihwagen eintauschen.

Es hatte ein paar Tage nicht geschneit und das von der Schneeschmelze feuchte Kopfsteinpflaster glänzte schwarz in der Sonne. Sepp zeigte ihm den Weg zu Alois, dessen Haus sie kurz nach Mittag erreichten. Alois begrüßte sie freundlich und stellte seine Enkelin vor, ein zehn Jahre altes Mädchen mit langen blonden Zöpfen.

„Opa, wollt ihr heute wieder schießen? Darf ich auch mal schießen?"

„Eva, das weißt du doch, dass Kinder nicht mit Waffen spielen dürfen. Das ist viel zu gefährlich. Wir gehen noch mal kurz in die Küche und essen eine Schwammerlsuppe und dann gehst du hinüber zu deinen Eltern."

Die Familie von Alois' Tochter bewohnte die andere Hälfte von Alois' Bauernhaus. Die beiden Haushälften waren lediglich durch eine Tür abgetrennt, die nie abgeschlossen wurde. Zu Joseph und Sepp sagte er: „Ich hab uns eine Suppe gemacht. Ihr habt wahrscheinlich noch nicht gegessen."

In Alois' Küche sah es nicht so sauber und ordentlich aus wie bei Anna Lena. Als allein lebender Mann, der viel arbeiten musste und oft unterwegs war, gelang es ihm nicht so perfekt, seinen Haushalt in Schuss zu halten. Das tat aber der Gemütlichkeit in der Küche keinen Abbruch. Auf dem mit Holz befeuerten Küchenherd stand ein kupferner Kochtopf, in dem die Suppe brodelte, die einen leckeren Duft nach Pilzen verströmte. Neben dem Herd befand sich ein großer massiver Holztisch mit Holzbänken und einem Lehnstuhl als Sitzgelegenheiten. Der Lehnstuhl war anscheinend das einzige Sitzmöbel, das Alois benutzte, während die Bänke den Eindruck machten, dass sie zwar vor Generationen häufig, aber seit Jahren nur in Ausnahmefällen benutzt worden waren. In einem großen Küchenschrank wurden sämtliche Küchenutensilien, Geschirr, Besteck, Küchenwerkzeuge und sonstige für den Alltag notwendige Gegenstände aufbewahrt. Pfannen und Töpfe, die meisten aus Kupfer, hingen an Haken oberhalb des Herdes.

Der Fußboden bestand aus dreißig Zentimeter breiten Eichenbohlen, die seit Jahren nicht mehr geölt waren und deshalb etwas bleich und fade wirkten.

„Die Steinpilze haben wir im Herbst in den Wäldern gesammelt und was wir nicht gleich essen konnten, haben wir getrocknet, und daraus habe ich uns eine Suppe gemacht. Greift zu, für eine ruhige Hand ist ein gefüllter Magen nicht unwichtig."

Der Herd war dasselbe weiß emaillierte Modell wie der von Anna Lena. Alois hatte zwei Eisenringe und das runde Endstück herausgenommen, um die Suppe schneller zum Kochen zu bringen.

Er stellte den Kupfertopf mit der Suppe auf den großen Esstisch aus Holz. Das Feuer flammte aus der Herdöffnung, die Alois mit den beiden Eisenringen und dem Endstück schloss.

Am Tisch fischte er eine Mettwurst und einen Riegel geräucherten Speck aus der Suppe und schnitt sie auf einem Holzbrett klein. Wer wollte, konnte sich von dem Brett bedienen, das auf dem Tisch blieb und voll mit gekochter Wurst und Schinkenspeck war. Beim Hantieren am Herd und am Tisch seufzte Alois. Die Wunde am Bauch schmerzte noch.

Die Grundlage der Suppe waren Kartoffeln, die sich ihren Geschmack aus dem geräucherten Speck und der Mettwurst gezogen hatten. Die Kartoffeln waren nach dem Weichkochen zerstampft worden und gaben der Suppe eine sämige Konsistenz. Eine Menge in Stückchen geschnittener Steinpilze würzte sie und verlieh ihr das unverwechselbare Steinpilzaroma, das Joseph an die familiären Speisen im Herbst erinnerte. Als Kinder waren sie im Herbst oft mit den Eltern in ligurischen Gebirgswäldern gewandert und hatten dabei immer Steinpilze gesammelt, die seine Mutter abends zubereitete. Die Suppe schmeckte Joseph sehr gut. Die Sehnsucht, die sie hervorrief, tat weh.

Das Hantieren und Schießen mit den Waffen würde ein gutes Mittel sein, sie zu überwinden und die Entschlossenheit zu stärken, sich in Zukunft nicht mehr wie einen Hasen jagen zu lassen.

Alois' Schießplatz war hundert Meter von seinem Bauernhaus entfernt auf einer jetzt schneebedeckten Wiese. Diese war deshalb geeignet, weil sie zur Hälfte ein Hanggrundstück war. Ihre ersten dreißig Meter lagen horizontal. Danach stieg das Grundstück in einem Winkel von ungefähr fünfundvierzig Grad an. Deshalb hatte Alois die Holzbalkenständer für die Schießobjekte, meistens alte Konservendosen und eine große Schießscheibe aus Holz, direkt dort postiert, wo das Grundstück anstieg. Der Vorteil der Lage bestand darin, dass die Kugeln von der Erde des Hangs aufgefangen wurden und wenig Schaden anrichten konnten.

An der Stelle, von der aus geschossen wurde, hatte Alois ein Ziegeldach auf vier Vierkantbalken errichtet. Selbst wenn es regnete, blieb man so beim Schießen trocken.

Alois trug die P 18. Man konnte sich des Eindrucks nicht erwehren, dass ein wenig Stolz in der Haltung zu sehen war, in der er die Waffe trug. Es handelte sich nicht einfach um eine 0815-, sondern um eine effektive und technisch ausgereifte tödliche Waffe. Sie war schon ein paar Tage in seinem Besitz. Er hatte sie wahrscheinlich zigmal probiert, sie mehrmals auseinandergenommen und neu geölt. Sepp und Joseph trugen jeder eine Tasche aus Zeltplanenstoff, in denen sich die übrigen Pistolen und leeren Konservendosen - die meisten mit Einschusslöchern - befanden. Eine Holzkiste mit diversen Patronen stand bereits unter dem Schießstanddach.

„Ihr müsst höllisch aufpassen! Die P 18 hat einen starken Rechtsdrall. Am besten ist, ihr schießt erst einmal ein paar Zentimeter links neben das Ziel. Mit der Zeit gewöhnt ihr euch daran. Dazu kommt, dass das Ballern gar nicht aufhört, wenn ihr den Finger nicht sofort vom Abzug nehmt. Das ist ihr spezieller Charme. Sie ist quasi ein MG in Miniformat, was den Vorteil hat, dass sie leicht ist und man sie alleine bedienen kann."

Er nahm die P 18 und setzte sie an die Schulter. Es ertönte ein ohrenbetäubendes Knattern, und in ein paar Sekunden waren die circa dreißig Büchsen weggefegt, die sie auf die Balkenständer gestellt hatten. Die P 18 machte ihrem Spitznamen Grabenfeger alle Ehre.

„Willst du mal?" Alois guckte Joseph an, der nickte.

„Du kannst sie wie ein Gewehr an die Schulter nehmen, so wie ich. Ich habe das aber nur gemacht, weil ich Angst habe, dass mein Bauch weh tut, wenn ich sie in Hüfthöhe halte. Eigentlich ist es ihre Spezialität, sie in Hüfthöhe zu halten. Richtig zielen dauert im Nahkampf viel zu lange. Du schießt mit ihr so ähnlich, als wenn du jemanden mit dem Wasserschlauch abstrahlen willst." Er hielt die P 18 in Hüfthöhe. „So etwa."

Joseph nahm sie und wog sie erst mal.

„Die wiegt ein bisschen mehr als deine *08*. Das hat aber den Vorteil, dass sie ruhiger in den Händen liegt. Wenn sie noch leichter wäre, wäre der Drall noch stärker."

Joseph schätzte ihr Gewicht auf das Dreifache der *08* ein. Er nahm sie einmal an die Schulter und zielte. Danach hielt er sie in Hüfthöhe und entschied sich für die letztere Position und drückte ab. Wieder lautes Knattern. Er hatte das Gefühl, dass die Waffe seinen ganzen Körper nach links drückte und hielt dagegen. Nach ein paar Sekunden erstarb das Knattern. Das Magazin war leer und die MP musste wieder neu geladen werden.

„Das Laden ist nicht einfach. Ich zeig's dir."

Joseph guckte zu, wie Alois nachlud und stellte fest, das Laden der MP würde für ihn schwerer sein als der eigentliche Gebrauch. Nach dem Laden fing er an, mit den Möglichkeiten der Waffe zu spielen. Er probierte kurze und längere Feuerstöße, zielte auf die Blechdosen, deckte den Platz vor und hinter den Balkenständern und auch ganz oben am Hang mit Schüssen ein. Als er auf die Zielscheibe aus Holz zielte, schrie Alois: „Nein, nicht schon wieder auf die Zielscheibe."

Aber es war zu spät. Der Feuerstoß zertrümmerte die Scheibe, die auf den Boden fiel, weil Joseph die Befestigung getroffen und ein großes Loch in die Scheibe gefräst hatte.

„Tut mir leid. Ich wusste nicht, dass das so schnell geht."

„Ist mir gestern genauso passiert. Deshalb habe ich mir heute Morgen eine neue gezimmert. Bald habe ich keine Bretter mehr im Schuppen."

Es machte Joseph einen riesigen Spaß. Sie wechselten sich mit der MP ab und er konnte es kaum abwarten, bis er wieder an der Reihe war.

Nach zwei Stunden fühlte er sich einigermaßen geschult. Das Laden fiel ihm weiterhin sehr schwer, weil Alois dafür eine Art Werkzeug nahm, ohne das sich die Waffe gar nicht laden ließ. Er würde es aber in den nächsten Tagen üben. In ein paar Tagen würden sie das Haus beziehen, in dem es im Keller eine Art Werkzeugraum gab, der gut geeignet war. Gegen vier Uhr, bei Anbruch der Dunkelheit, gingen sie ins Haus und Alois kochte in der warmen Küche einen Kaffee. Auf dem großen Tisch stand ein runder, noch nicht angeschnittener Rosinenkuchen.

„Da hat uns meine Tochter eine große Freude gemacht. Sepp, den hat sie vor allem für Anna Lena gebacken, weil die mich so gut gepflegt hat. Wir müssen also noch etwas übrig lassen. Den bringt ihr ihr nachher vorbei."

Der Duft des Kuchens erfüllte die ganze Küche. Joseph erinnerte sich wieder an die Rosinenkuchen, die seine Mama für die ganze Familie gebacken hatte. Die Erinnerung an die Atmosphäre, die sie durch ihre Art zu lieben, zu kochen und zu leben geschaffen hatte, würde er nie vergessen. Das war alles, was von ihr übrig bleiben würde, seine Erinnerung daran. Mit seinem Tod, irgendwann oder auch bald würde auch die Erinnerung an diese wunderbare Frau verschwunden sein. Die Schmerzen überwältigten ihn, wenn er an sie dachte. Ihm kam die trotzige Idee, er müsse, allein damit die Erinnerung an diese Frau bliebe, für sein Überleben kämpfen.

Während des Kaffeetrinkens sagte er kein Wort, und ließ Alois und Sepp über Waffen und Munition reden, ohne sich an der Unterhaltung zu beteiligen. Im Grunde ließ er sich ohne Tränen weinen und vermisste Lisa, die ihn wunderbar trösten konnte.

Plötzlich hörten sie ein Trappeln von Kinderfüßen näherkommen. Die Tür sprang auf und die kleine Eva erschien. „Opa, der große schwarze Hund ist wieder in den Schafpferch gesprungen."

Alois fluchte, sprang auf und holte sich den Grabenfeger von der Bank.

„Dieser Mistköter, schade, dass ich den nicht schon beim letzten Mal umgebracht habe. Der ist jetzt dran."

Er ergriff den Grabenfeger und rannte nach draußen. Joseph und Sepp, die ihm folgten, hörten das laute Knattern der MP.

In dem Gatter lag ein schwach blökendes Schaf, dessen Nacken rot von Blut war. Daneben lag ein riesiger schwarzer Dobermann, dessen Kopf nur noch ein Brei aus Blut und Gehirnmasse war. Alois stieg über das Gatter und beugte sich über das immer schwächer blökende Schaf. Es war nicht mehr zu retten. Er zog das Jagdmesser und tötete es mit einem gezielten Schnitt durch die Kehle.

Rose kämpfte mit den Waffen einer Frau. Bis zu ihrer Einlieferung hatte sie von Männern fast alles bekommen, was sie wollte. Mit ihren achtundzwanzig Jahren stand sie als Frau in voller Blüte. Die knabenhaften Umrisse ihrer Figur hatten sich in den letzten drei Jahren in den voll entwickelten Körper einer Frau gewandelt, der gierige Blicke von Männern auf sich zog. Das galt für Männer aus ihrem Verwandten- und Bekanntenkreis genauso wie für Soldaten und Männer aus der SS und andere.

Für sie waren Männer einfach nur Männer und deren rassische oder ethnische Herkunft völlig ohne Belang. Wenn sie einen haben wollte, setzte sie ihr ganzes Potenzial weiblicher Ressourcen ein: beeindruckte mit ihren reichlich vorhandenen körperlichen Rundungen, ihrem Gang, ihrem Hüftschwung oder Augenaufschlag, trat kess oder unterwürfig auf, je nachdem, wie sie die Vorlieben ihrer männlichen Beute einschätzte. Ihre Einschätzung trog sie selten.

Meistens war der Wunsch nach der Eroberung eines bestimmten Typen schon mit einer gewissen Verachtung für ihn gepaart. Sie war zwar stolz auf jedes Beutestück, verachtete aber den jeweiligen Typen, weil er sich von solch oberflächlichen Reizen wie Busen, Hintern, Augenaufschlag hatte blenden lassen. Es ging ihr bei diesen Männern nie um eine wirkliche Beziehung, sondern lediglich um den Akt der Eroberung und das damit verbundene Erfolgserlebnis. Die Eroberung wurde dann mit einem oder wenigen Beischläfen gefeiert, die sie manchmal amüsiert, manchmal angeödet und selten angenehm überrascht über sich ergehen ließ. Die Kälte und Gleichgültigkeit, womit sie die Opfer kurz nach der Eroberung abservierte, lösten bei diesen meistens ein heftiges Verlangen danach aus, diese Frau länger oder für immer zu besitzen. Solche Wünsche blockte sie rigide ab und brach damit viele Herzen.

Daneben gab es natürlich auch den Männertyp, in den Rose sich verliebte. Das waren diejenigen, die sich nichts aus ihren Verführungskünsten machten und sich nicht erobern ließen.

Traf sie auf einen solchen Mann, war es mit ihrer Gleichgültigkeit vorbei. Sie verwandelte sich von einem achtundzwanzigjährigen Vamp in ein kleines Mädchen, das verwirrt schien, schnell rot wurde und leicht stotterte. Für dieses Exemplar von Mann war sie dann in der Regel auch nicht attraktiv, sondern wurde in die Rubrik „schöne, aber leider etwas dümmliche Frau" eingeordnet.

Dass man sie eines Tages in einen Güterzug stecken und über Hunderte von Kilometern in ein Lager im Osten transportieren würde, hätte sie sich nie träumen lassen. Sie verstand damals überhaupt nicht, worum es ging. Politik hatte sie noch nie interessiert. Nach dem Besuch einer Mittelschule, die ihrem Heim angeschlossen war, hatte sie eine Lehre als Arzthelferin absolviert und seitdem in diesem Beruf bei verschiedenen Ärzten gearbeitet. Die Arbeit gefiel ihr, war allerdings nicht mehr als ein Zeitvertreib, der nun mal sein musste. Ihr eigentliches Leben begann nach der Arbeit, wenn sie mit ihren Freundinnen ausging und sich ihren Lieblingsspielzeugen, Männern, widmen konnte. Dass die Regierung seit zehn Jahren aus Faschisten bestand und diese die gesamte Gesellschaft quasi gleichgeschaltet hatten, war an ihr vorbeigerauscht und interessierte sie auch nicht. Ob sie sich einen SS-Mann oder einen jüdischen Mann angelte, spielte überhaupt keine Rolle. Das Spiel war im Prinzip immer das gleiche, machte aber immer Spaß und hatte einen hohen Unterhaltungswert.

In dem von Menschen überquellenden Waggon, der sie nach Auschwitz transportierte, gestaltete sich das Kälte- und Fäkalienproblem als besonders gravierend. Der Dezember 1942, in dem Rose von Hannover in das Lager transportiert wurde, war eisig. Die Menschen, meistens überraschend verhaftet und nicht entsprechend gekleidet, litten unter der Eiseskälte in den ungeheizten Waggons. Es gab also gar keine andere Möglichkeit, als die Nähe der Nachbarn im gleichen Waggon zu suchen und sich an diese zu drängen, um wenigstens ein bisschen Wärme zu ergattern. Selbst Rose drängte sich mit ihrem Rücken an ein altes Ehepaar, um dessen beißenden Körpergeruch, zerschlissene Kleidung und fettige Haare sie unter normalen Umständen einen großen Bogen gemacht hätte. Es half nichts. Auch sie musste sich schließlich in die Ecke hocken, in der die Waggoninsassen ihre Notdurft verrichteten. Als der alte Mann, auf dessen wärmenden Rücken sie nun angewiesen war, am Anfang der Fahrt in die Ecke urinierte, hatte sie noch empört reagiert und ihn voller Verachtung angesehen. Nach dem zweitägigen gemeinsamen Aufenthalt als Nachbarn im Waggon hatte sich bei den dreien eine gewisse gegenseitige Sympathie eingestellt. Wie die alte Frau sie ansah, so hätte sie sich ihre Oma, die Mutter ihres Vaters, der mit Kohle gehandelt haben sollte, gewünscht. Leider kannte sie noch nicht einmal ihre Mutter, die sie – jedenfalls hatte man ihr das in dem Heim erzählt, in dem sie aufgewachsen war - als Säugling in einen Karton gepackt und in einer Kirche abgestellt hatte. So eine Oma wie die im Waggon hätte sie sich gewünscht, vielleicht mit dem Unterschied, dass sie sich ihre Oma nicht so ungepflegt wie die alte Frau vorgestellt hätte. Allerdings war dieser Zustand sicherlich zu neunzig Prozent der unmöglichen hygienischen Situation im Güterzug geschuldet. Wahrscheinlich roch sie selber auch und fühlte sich dementsprechend. Trotzdem fühlte sie sich noch nicht elend oder verzweifelt. Bei ihr überwog noch das Gefühl der Empörung über diesen Transport, der sich als ein Irrtum herausstellen würde und für den sich die Verantwortlichen bei ihr am Ende der Fahrt entschuldigen würden. Jedenfalls rechnete sie fest damit. Durch ihre Unkenntnis der politischen und gesellschaftlichen Situation reagierte sie noch nicht mit den Gefühlen von Verzweiflung und Resignation wie die übrigen Waggoninsassen, die zwar noch hofften, aber sich schon ausmalten, was wohl Schlimmes auf sie zukommen würde. Denn immerhin hatten die Nazis von Anfang an gefordert, die jüdische Rasse auszumerzen, was viele zunächst als Propagandatrick gedeutet und achselzuckend mit einem: „So schlimm wird es schon nicht kommen" abgetan hatten. Was sie jetzt erlebten, sah ganz danach aus, als würden die Nazis ihre Vorhersagen wahr machen. Dass sie dabei waren, in eine Menschen fressende Maschine gefahren zu werden, wollten sie allerdings noch nicht glauben, sondern dachten eher an einen Aufenthalt in einem Arbeitslager, in dem sie harte körperliche Arbeit verrichten müssten, aber insgesamt mit einem blauen Auge davonkämen.

Rose fand es schade, dass sie beim Betreten des Lagers von den beiden Alten getrennt wurde. Trotzdem war sie froh, der Gruppe der jüngeren Männer und Frauen und nicht der der Alten, Behinderten und Kinder zugeteilt zu werden. Man versprach sich noch einen gegenseitigen Besuch. Danach hatte sie die beiden nicht mehr gesehen. Das war nun mehrere Monate her. Inzwischen war Sommer.

Im Unterschied zu vielen anderen Häftlingen ging es ihr relativ gut. Man hatte sie in der Sanitätsstation eingesetzt, in der ihre Kenntnisse und Fähigkeiten als Arzthelferin gefragt waren. In dieser Station untergebracht zu sein, konnte sehr negative, aber auch relativ positive Folgen haben. Da der leitende Arzt Experimente mit menschlichen Versuchskaninchen machte, war es in der Regel tödlich, wenn man zu dieser Gruppe von „Patienten" gehörte. Diejenigen, an deren Gesundung oder Überleben die Lagerleitung interessiert war, hatten dagegen wenig zu befürchten. Das galt ebenso für das Häftlingspersonal der Station, zu dem Rose gehörte.

Gegen Übergriffe des männlichen Lagerpersonals hatte sie sich einigermaßen gut wehren können, da sie mit einem Offizier, der ihr gut gefiel, ein Verhältnis angefangen hatte. In dieser Zeit hielten sich andere Männer des Wachpersonals zurück. Trotzdem wäre es zu einem für ihre Verhältnisse typischen Ende der Beziehung gekommen, wenn ihr nicht der Zufall zu Hilfe gekommen wäre. Der Mann wurde von der Lagerleitung abgezogen und in ein anderes Lager versetzt. Er hatte kaum Zeit gehabt, sich von ihr zu verabschieden. Sie freute sich, weil sie ihn satthatte. Allerdings hatte er ihr versprochen, zurückzukommen und die von ihm erwarteten Sehnsuchtsseufzer etwas verärgert vermisst. Immerhin war er nicht nur ihr Liebhaber, sondern konnte sich auch, wenn er wollte, für ihr Überleben als Häftling einsetzen. Rose hatte ziemliche Angst vor seiner eventuellen Rückkehr und den Verwicklungen, die danach drohten. Sie wusste, wie bösartig verschmähte Liebhaber reagieren können. In ihrer Position als Mitglieder des Wachpersonals des Lagers konnten sie über Leben und Tod eines weiblichen Häftlings entscheiden. Sie selber hatte gesunde junge Frauen gekannt, die von ihren Liebhabern aus dem Wachpersonal direkt in den Tod geschickt worden waren, entweder weil sie des jeweiligen weiblichen Häftlings überdrüssig geworden waren oder sich in ihrer Eitelkeit verletzt fühlten. Sie wusste auch, dass es von Zeit zu Zeit zu Massenvergewaltigungen gekommen war. So etwas geschah nach den Erzählungen von weiblichen Häftlingen, wenn die Lagerleitung abwesend war und das Wachpersonal zuviel getrunken hatte. In solchen Situationen wurden attraktive Frauen nachts aus den Baracken geholt und mussten den Wärtern zu Willen sein. Aus Angst vor Repressalien der Täter berichteten die Betroffenen nichts von diesen Übergriffen gegenüber der offiziellen Lagerorganisation und es war auch nicht sicher, ob solche Beschwerden Erfolg gehabt hätten.

Deshalb war Rose gegenüber Angehörigen des männlichen Personals äußerst zurückhaltend und bemühte sich, ihre sonst so erfolgreiche weibliche Ausstrahlungskraft zu unterdrücken. Dabei erwies es sich als fatal, dass ihre beständig weiter verfeinerten weiblichen Verführungsstrategien eigentlich nach dem Reiz-Reaktions-Schema abliefen. Sie traten automatisch in Aktion, wenn ihr der entsprechende Typ über den Weg lief. Vorsichtshalber trug sie Häftlingskleidung, die ihr viel zu groß war und stopfte sich zusätzlich Pappe aus den Kartons, in denen Medikamente geliefert wurden, unter den Gürtel, um ihre weiblichen Formen zu kaschieren.

Ihre empörte Haltung beim Transport in das Lager hatte sie nach kurzer Zeit des Aufenthalts im Lager aufgegeben. Sie hatte ziemlich schnell begriffen, dass es hier einzig ums nackte Überleben ging. Wenn man arbeitsunfähig wurde oder der Frustration eines verschmähten Bewachers ausgesetzt wäre, wäre es schnell mit ihrem Leben vorbei, an dem sie sehr hing.

Für die Naivität, mit der sie vor dem Aufenthalt im Lager gelebt hatte, hatte sie inzwischen nur noch Verachtung übrig. Wenn sie ein bisschen mehr Durchblick gehabt hätte, hätte sie versucht, ins Ausland zu fliehen oder sich zu verstecken. Da wäre ihr schon irgendein Typ zu Hilfe gekommen. Jetzt fielen ihr manchmal Szenen ein, die sie damals bagatellisiert hatte. Vor eineinhalb Jahren war der Freund einer Freundin verhaftet worden. Die Freundin hatte als Grund für die Verhaftung genannt, ihr Freund sei Jude. Rose hatte gar nicht darüber nachgedacht und geglaubt, der Freund habe wahrscheinlich etwas Kriminelles gemacht, von dem er nicht wollte, dass es seine Freundin erführe. Dass sie selber Jüdin war, hatte man ihr zwei Monate vor der Verhaftung in einem offiziellen Schreiben der SS mitgeteilt. In diesem Schreiben hatte sie auch zum ersten Mal etwas über ihre Mutter erfahren.

Gemäß Unterlagen des Jugendamtes Hildesheim sind Sie
Tochter der Hermine Schmidt, Prostituierte,
geboren am 5. Mai 1895 in Saarstedt bei Hildesheim.

Als unterhaltspflichtiger Vater hat sich Herr David Stern,
Kohlenhändler, geb. am 13. Februar 1880 in Hildesheim vor
dem Vormundschaftsgericht Hildesheim erklärt. Beide Personen
gehören der jüdischen Rasse an.

Wir machen Sie darauf aufmerksam, die Rassengesetze des
Deutschen Reiches peinlich zu befolgen. Insbesondere ist es
Personen jüdischer Rasse verboten, geschlechtliche Beziehungen
zu Personen der arischen Rasse aufzunehmen bzw. weiterzuführen.

Verstöße gegen diese Gesetze werden strengstens verfolgt.

So ähnlich hatte es in dem Schreiben der SS geheißen. Dass sie darin zu einer reinrassigen Jüdin erklärt wurde, hatte sie zunächst weniger interessiert. Das Verbot, mit sogenannten Ariern Sex zu haben, hatte sie für einen Witz gehalten. Den Mann - von gewissen Ausnahmen abgesehen – der ihr nicht hinterhersteigen würde, würde sie gerne sehen. Abgesehen davon wusste sie nicht, was einen Arier von einem Nichtarier unterschied. In den Kneipen und Bars, in denen sie an vielen Abenden der Jagd nach Männern nachging, traf sie in der Regel keine Männer, die einen Judenstern am Mantel trugen.

Sie hatte das Ganze gar nicht richtig ernst genommen und erst nach dem Empfang des Briefes angefangen, sich mit ihrer Person als Jüdin zu befassen. Verboten von Liebe und Sex hatte sie immer skeptisch gegenüber gestanden. Das kannte sie von den Nonnen, die das Kinderheim in Badeckenstadt im Landkreis Hildesheim-Marienburg führten, in dem sie ihre Kindheit und Jugend verbracht hatte. Dort hatte man ihr weismachen wollen, dass so etwas schädlich sei, was ihr wenig glaubhaft schien, wenn sie daran dachte, wie oft sie einige der Nonnen mit einem Knecht oder Gärtner im Heu der großen Scheune beobachtet hatte, in der sie bei Regen als Kinder so gerne gespielt hatten.

Interessanter an dem Brief fand sie, dass sie durch ihn zum ersten Mal von ihrer Mutter hörte, die Prostituierte gewesen war und sie anscheinend nicht gewollt hatte. Die Nonnen, die ihr die Geschichte von dem unbekannten Baby in einer Tasche in St. Barbara erzählt hatten, wollten wohl nicht, dass sie etwas von ihrer leiblichen Mutter erfuhr. Dass es sogar einen Vater gab, der Kohlenhändler und verheiratet war und sich sogar als ihr Vater erklärt hatte, fand sie bemerkenswert. Er hatte sie anscheinend beim Fremdgehen gezeugt und sich trotzdem als ihr Vater und unterhaltspflichtig erklärt. Wahrscheinlich hatte er sogar für sie gezahlt.

Seit sie den Brief von der SS bekommen hatte, war ihr an sich aufgefallen, dass sie auf die Werbeflächen von Lkws, die Kohlenhändlern gehörten, achtete und nach dem Namen Stern suchte. Wenn ihr Vater 1880 geboren war, würde er jetzt dreiundsechzig Jahre alt sein und sein Geschäft wahrscheinlich schon an einen Sohn oder eine Tochter, ihre Halbgeschwister, übergeben haben. Sie würde ihren Vater gerne kennenlernen, genauso wie ihre Mutter. Sogar nach der Lage des Jugendamtes in Hildesheim, in dem anscheinend eine Akte über sie existierte, hatte sie sich schon erkundigt.

Aufgrund ihrer Verhaftung und Einlieferung ins Lager hatte sie den Versuch, Licht in ihre Vergangenheit zu bringen, aufgeben müssen.

Den Lagerkommandanten hatte sie gleich bei dem ersten Appell, bei dem er eine kurze Ansprache vor den neu gekommenen arbeitsfähigen Häftlingen gehalten hatte, wiedererkannt.

ESSEN März 2002

Eine männliche Krähe bewegt sich ungeschickt am Boden. Sie kann eigentlich gar nicht richtig hüpfen, sondern humpelt eher. Was ihr Aussehen und ihre Fähigkeit zu singen angeht, kann sie auch nicht mit anderen Vögeln mithalten. Aber in der Luft ist sie eine wahre Künstlerin und vielen anderen Vögeln überlegen. Womit wirbt sie also bei dem von ihr angebeteten Weibchen? Mit ihren Kunststücken in der Luft. Nie würde sie auf die Idee kommen, ihm etwas vorzusingen oder vor ihm einen Tanz auf dem Boden hinzulegen.

Erste Regel bei der Brautwerbung: Man wirbt dort, wo man schön ist und nicht dort, wo man hässlich ist.

In „Judiths Liebe", dem Buch, in dem Köhler in der Nacht zum Freitag gelesen hatte, wirbt ein Herr, Anfang sechzig, der sich alles andere als attraktiv findet, um eine schöne Frau, und ein Freund versucht ihn am Beispiel einer männlichen Krähe, die mit ihren Flugkünsten um die Gunst eines Weibchens buhlt, zu erklären, wie Brautwerbung funktioniert. Das traf seine Situation einigermaßen, dachte er sich.

„Also werbe ich mit meinen Kochkünsten. Da bin ich schön?"

„Du sagst es, mein Süßer und vergiss nicht: Liebe geht durch den Magen."

„Ach, du schon wieder?"

„Ja, ich. Heute Abend kommt doch die Frau mit dem Armanikostüm?"

„Das stimmt. Ich glaube, ich werde gleich mal mit ihr telefonieren."

„Um ihr was zu sagen?"

„Dass ich heute Abend nicht kann. Ich muss heute Abend einen längeren Schriftsatz verfassen, der am Montag bei Gericht eingegangen sein muss. Pech ... keine Zeit."

„Das wirst du schön bleiben lassen. Denk an die Krähe! Du wirst heute Abend mit deinen Kochkünsten einige Loopings und Pirouetten fliegen, wie sie die Frau mit dem Armani noch nicht gesehen hat."

„Meinst du wirklich?"

„Eh, Alter, nun mal ran an den Speck! Zier dich nicht!"

„Du meinst also, ich rufe sie nicht an?"

„Höchstens, um sie zu fragen, ob sie auch Fisch mag oder ob sie die Fischplatte lieber genovese oder veneziana will."

„Wieso, gibt es da Unterschiede?"

„Frag mich nicht so komplizierte Sachen."

„Dann ruf ich lieber gar nicht an."

„Das ist auch O.K."

„Gut! Aber jetzt verpiss dich. Ich kann diese Überschlauen nicht lange ertragen."

„Geh ja schon. Wollte nur mal nach dem Rechten sehen. War anscheinend nötig."

Köhler hatte vom Bett aus eine CD gestartet. Die Klänge des Klavierkonzerts dröhnten durchs ganze Haus, in dem, wenn man von Emmas Arbeits- und dem Gästezimmer absah, sämtliche Türen offenstanden. Er schob die Bedenken wegen des heutigen Abends beiseite, mit denen er sich kurz vor dem Aufstehen geplagt hatte, und summte die lebensfrohe Melodie des Klaviers mit. Ein Blick nach draußen überzeugte ihn davon, dass er heute mit dem Fahrrad ins Büro fahren würde. Er öffnete ein Fenster im Schlafzimmer und ließ den Frühling herein: erste verhaltene Vogelstimmen, schwacher Duft von frühen Blüten und Stimmen von Kindern, die zum ersten Mal nach dem langen Winter in den Gärten spielten.

Unterwegs dachte er über die Einladung am heutigen Abend nach und bastelte an einem Menüplan. Im Bistro unterhalb der Kanzlei genehmigte er sich ein Croissant und einen Cappuccino.

Wilma begrüßte ihn im Büro mit den Worten:

„Den Brief habe ich Ihnen per E-Mail geschickt."

„Welchen Brief?"

„Den Brief mit der deutschen Schrift, den meine Mutter gestern Abend übersetzt hat."

„Ach ja, den habe ich vollständig vergessen."

Er schaltete den Computer an, wartete bis er hochgefahren war und holte sich die Seite Posteingang. Da sah er den Brief als Scan in der alten Form und als Datei in der Übersetzung von Wilmas Mutter. Der Brief weckte von Neuem seine Neugier. Er las:

St. Gallen 15.1.1943

Vollmacht

Sehr geehrter Herr Köhler,

wie Sie vielleicht wissen, wurden meine Eltern, mein Bruder, seine Frau und sein Sohn im November letzten Jahres verhaftet und mit größter Wahrscheinlichkeit in ein Konzentrationslager verbracht und ermordet. Meine Nichte Rebecca und ich wurden nur deshalb nicht verhaftet, weil wir auf einer Reise waren. Als ich von der Verhaftung meiner Familie erfuhr, sind wir in die Schweiz geflohen. Da uns die Agenten der SS auch in der Schweiz weiterhin nachgestellt haben, werden wir die Schweiz mit dem Ziel Shanghai, China verlassen. Ich bedanke mich noch einmal für die von Ihnen im Oktober letzten Jahres angefertigten und beglaubigten Kopien der Urkunden über unser gesamtes Vermögen, die ich Ihnen vorsichtshalber wieder in Verwahrung gebe. Ich habe entsprechende Doppel in der Schweiz anfertigen lassen und in dem Schließfach unserer Familie bei dem Bankhaus St.Gallen deponiert.

Dieser Brief ist eine Vollmacht. Ich bevollmächtige Sie und Ihre Kanzlei für folgende Handlungen:

Da ich nicht weiß, ob ich diesen Krieg und die Verfolgung durch die Nazis überleben werde, bevollmächtige ich Sie, alles zu tun, damit meine Nichte Rebecca Kohn oder ihre Nachkommen, wenn sie die einzigen Überlebenden unserer Familie sind, das gesamte Vermögen der Familie Kohn erbt/erben.

Zu diesem Vermögen gehören sämtliche Immobilien, deren aktueller Stand von Ihnen vor kurzem ermittelt und beurkundet wurde. Kopien der Urkunden befinden sich in der Tasche, in der Sie auch diesen Brief gefunden haben. Eine gute Freundin wird Ihnen diese wahrscheinlich im Februar 1943 in Essen übergeben. Sämtliche Verkäufe und Übertragungen der Grundstücke und Gebäude, die nach dem 13. November 1942 erfolgten, sind ungültig und rechtlich unwirksam. Das gilt ebenso für eventuelle Grundbucheintragungen und notarielle Urkunden.

Meine Familie ist illegal enteignet worden.

Neben den Immobilien gehören der Familie Kohn drei Konten in der Schweiz mit einem größeren Betrag in Schweizer Franken bei der oben genannten Bank in St. Gallen. Die Filiale ist angewiesen worden, dem Bevollmächtigten Ihrer Kanzlei die Summen in Schweizer Franken auszuzahlen bzw. den Inhalt des Schließfaches nur in dem Fall zu übergeben, wenn er dieses Schreiben vorlegt. Eine Kopie dieses Schreibens liegt bei der Direktion der Bank. Aus von Ihnen nachvollziehbaren Gründen werden hier nicht die entsprechenden Codes genannt. Sie erhalten das Geld, indem Sie diese Vollmacht vorlegen.

Gleichzeitig bitte ich Sie, in dieser Angelegenheit nicht aktiv zu werden, solange die Naziherrschaft in Deutschland besteht. Ich setze dabei auf das Vertrauen, das Sie bei unserer Familie seit vielen Jahren genießen. Falls ich nach der Naziherrschaft nicht bei Ihnen vorstellig werde, bitte ich Sie darum, meine Nichte Rebecca Kohn oder ihre leiblichen Nachkommen ausfindig zu machen und dafür zu sorgen, dass sie in den Genuss des Kohnerbes kommen.

Mit den Ihnen entstehenden Kosten und den für Ihr Tätigwerden anfallenden Gebühren belasten Sie bitte eines der oben genannten Konten.

Mit freundlichen und aufrichtigen Grüßen
Joseph Kohn

Köhler überlegte. Das war juristisch gesehen auch heute noch eine gültige Vollmacht. Es war ihm völlig unverständlich, warum sein Vater in dieser Angelegenheit nach dem Krieg nicht tätig geworden war. Anscheinend war die Tasche, wenn sie wirklich im Februar 1943 in die Kanzlei in die Düsseldorfer Straße gebracht worden war, vergessen worden. Sein Vater, der offensichtlich die Kohnfamilie in juristischen Angelegenheiten vertreten hatte, konnte nach dem Empfang der Tasche nicht sofort tätig werden. Die Naziherrschaft wurde erst zwei Jahre später abgeschafft. Selbst wenn die Tasche in einem zerbombten Haus vermutet wurde, hätte sein Vater die Pflicht gehabt, zumindest den Versuch zu machen, die Tasche zu bergen. Er hatte seinen Vater gut gekannt. Es passte überhaupt nicht zu ihm, eine solche Vollmacht und die damit verknüpften Aufgaben zu vergessen, und doch musste es sich so oder ähnlich zugetragen haben.

Er erinnerte sich an das Öffnen des Briefes. Er war der Erste, der den Brief geöffnet hatte und war der Überzeugung, der Brief war noch nicht geöffnet worden. Der Umschlag war noch fest zugeklebt und machte überhaupt nicht den Eindruck, als habe jemand daran, vielleicht mit Wasserdampf, manipuliert. So etwas hinterließ Spuren. Davon hatte er nichts vorgefunden. Es sprach alles dafür, dass sein Vater von dieser Vollmacht und der Tasche nichts gewusst hatte. Wie konnte das passiert sein? Er musste dieser Frage unbedingt nachgehen.

„Wilma, haben wir die Telefonnummer von der Frau, die Sie vor einiger Zeit angerufen hat?"

„Von welcher Frau sprechen Sie? Hier rufen einige Frauen an."

„Ich meine die, die sich nach dem Bestehen der Kanzlei erkundigt hat und die hier dreißig Jahre gearbeitet haben soll."

„Das hörte sich sehr danach an, dass sie hier wirklich gearbeitet hat. Sie hat mir gesagt, dass sie von 1935 bis Anfang der Sechziger hier gearbeitet hat und die ersten Jahre nach der Schule Rechtsanwaltsgehilfen-Lehrling war. Sie kannte Ihren Vater sehr gut und konnte sich gut an ihn erinnern."

„Ich muss mit ihr sprechen."

„Warten Sie mal. Ich glaube, ich habe ihren Namen und die Telefonnummer in das Adressbuch eingetragen. Moment mal."

Wilma fand den Eintrag und legte das aufgeschlagene Adressbuch auf Köhlers Schreibtisch.

„Wann war das, als sie angerufen hat?"

„Muss ungefähr ein Jahr her sein."

„Die Frau muss inzwischen schon ziemlich alt sein. Wenn sie die Lehre in der Kanzlei meines Vaters mit fünfzehn Jahren angefangen hat, dürfte sie um 1920 geboren sein und wäre jetzt etwas über achtzig. War sie denn noch einigermaßen klar?"

„Ich fand schon. Ihr Alter habe ich ihr jedenfalls nicht angehört. Soll ich sie anrufen?"

„Nein, ich glaub, ich mache das lieber selber."

„Wie Sie wünschen."

Köhler wählte.

„Altenheim St. Ursula."

„Kann ich Frau Luise Großkopf sprechen?"

„Wer sind Sie denn?"

„Ich hab als erster gefragt und ich möchte nicht mit einem Altenheim, sondern mit Frau Großkopf sprechen."

„Das können Sie ja auch, aber nicht am Telefon."

„Warum?"

„Weil ihre Schwerhörigkeit inzwischen so stark zugenommen hat, und ihr Hörgerät funktioniert nicht am Telefon."

„O.K. Kann ich vorbeikommen und mit ihr sprechen?"

„Natürlich, oder besser gesagt, ich muss sie fragen. Deshalb habe ich ja wissen wollen, wer Sie sind. Also: wer soll ich sagen, will sie sprechen?"

„Köhler, ich vertrete die Rechtsanwaltskanzlei, in der Frau Großkopf dreißig Jahre gearbeitet hat und ich benötige eine Information von ihr. Ich will etwas über einen Mandanten der Kanzlei in den vierziger Jahren wissen."

„Können Sie in zehn Minuten noch einmal anrufen? Ich glaube übrigens, dass Sie sehr willkommen sind. Frau Großkopf spricht oft und mit Liebe von ihrer Arbeit vor ... was weiß ich vielen Jahren."

„Sie muss Anfang der sechziger Jahre in Rente gegangen sein. Ich habe sie gar nicht mehr kennengelernt. Gut, ich rufe in zehn Minuten wieder an."

„Das freut mich, dass ich den kleinen Peter von damals noch mal sehe."

„Kennen wir uns?"

„Sie haben es sicherlich vergessen, Sie waren ja noch im Kinderwagen. Wir haben damals oft an Sie gedacht, wie es Ihnen geht, wo doch Ihre Mutter so früh gestorben war. Das tat mir ja so leid!"

„Ach so, Sie haben mich als Säugling gekannt?"

„Etwas später, als kleines Kind waren Sie auch manchmal mit Ihrem Vater in der Kanzlei."

Ein Erinnerungsfetzen an eine nette junge Frau vor vielen, vielen Jahren flog ihn an. Er konnte sich daran erinnern, dass ihn sein Vater manchmal in die Kanzlei mitgenommen hatte. Das musste vor Beginn seiner Schulzeit oder noch eher vor seiner Kindergartenzeit gewesen sein. Während seiner Kindergartenzeit hatte seine Stiefmutter immer genau darauf geachtet, dass er in den Öffnungszeiten dort anwesend war. Sie fand, dass er den Kontakt zu anderen Kindern nach dem Jahr brauchte, in dem diverse Kindertanten seine einzigen Bezugspersonen außer seinem Vater waren.

Was für ihn neu war, dass es damals Menschen gegeben hatte, die seine Situation verstanden und denen er leidgetan hatte. Seine Stiefmutter hatte auf der Haltung beharrt, dass ihm Mitleid in dieser Angelegenheit nur schaden würde und ihn daran hindern könnte, sich mit seiner Situation als mutterloses Kind zu arrangieren. Jedenfalls kam dieses späte Mitleid bei ihm gut an und er fand es schade, es nicht früher genossen zu haben. Leider hatte sich sein Vater an die Parolen gehalten, die seine Stiefmutter ausgegeben hatte und war eher wortkarg mit diesem Thema umgegangen.

„Sagen Sie, Frau Großkopf, können Sie sich noch gut an die Zeit erinnern, in der Sie in der Kanzlei meines Vaters gearbeitet haben?"

„Ich habe ein sehr gutes Gedächtnis. Fragen Sie nur. Deshalb sind Sie doch hier."

„Sie haben doch noch in der Düsseldorfer Straße gearbeitet?"

„Bis zu der schrecklichen Bombennacht im Februar 1945, als alles in Schutt und Asche fiel."

„Erinnern Sie sich an einen Tresor?"

„Ja natürlich, der Tresor stand unten im Aktenkeller."

„Diesen Tresor haben wir vor zwei Tagen geborgen."

„Ach, dass der noch mal gefunden wird!"

„Wir haben in dem Tresor eine Aktentasche aus Leder gefunden. In ihr befanden sich Grundbuchauszüge von Immobilien der Firma *Kohn & Söhne* und eine Vollmacht von einem der Kohnsöhne."

„*Kohn & Söhne*, die große Aktiengesellschaft. Ich weiß, dass die einer der besten Kunden der Kanzlei Ihres Vaters waren. Ich glaube, die ganze Familie wurde von den Nazis verhaftet und in ein Lager verschleppt."

„Wissen Sie etwas von der Tasche? Wie sie in den Tresor gekommen ist?"

„Wenn es die lederne Tasche ist, die der Bringer verschlossen hat, weil er unbedingt sichergehen wollte, dass Ihr Vater als Erster die Tasche öffnet. Wir haben schließlich den Schlüssel in einen Umschlag auch in den Tresor getan. Wenn wir gewollt hätten, hätten wir die Tasche natürlich öffnen können, weil wir Zugang zu dem Tresor hatten. Ich überlege gerade, wann das war. Das muss kurz vor Kriegsende gewesen sein. Es war schon viel zerstört. Da besuchte uns ein Schweizer, jedenfalls ein Mann mit einem starken Dialekt, den wir für schweizerisch hielten. Ich glaube, er kam aus einem Ort in der Nähe des Bodensees."

„St. Gallen?"

„Genau, St. Gallen."

„Und?"

„Ich weiß nicht mehr, wie der hieß. Irgendwas wie Alfred oder Alfons Hürlimann oder so. Das ist schon so lange her!"

„Und?"

„Ja, dieser Mann wollte Ihren Vater sprechen und Ihr Vater war nicht da und Herr Vogelsang auch nicht. Es waren eigentlich nur wir Rechtsanwaltsgehilfinnen da. Wissen Sie, die Anneliese?"

„Die hab ich nicht mehr gekannt."

„Das kann sein. Die hat kurz nach Kriegsende aufgehört in der Kanzlei."

„Ja, und, wie sind Sie mit dem Mann aus der Schweiz verblieben?"

„Ach so, ja. Er hat uns dann die Tasche überlassen, weil er dringend zurück wollte, in die Schweiz. Wir sollten die Tasche, in der sich wichtige Dokumente eines unserer Mandanten befänden, unbedingt Ihrem Vater geben. Er hat uns das mehrere Male sehr eindringlich ans Herz gelegt, und wir haben die Tasche in den Tresor gelegt."

„Und dann?"

„Wir haben uns vorgenommen, Ihrem Vater, wenn er wieder da wäre, die Tasche zu übergeben, jedenfalls ihm zu sagen, dass sich eine wichtige Tasche im Tresor befände und dann ... warten Sie mal ... gab es einen Bombenangriff und wir sind alle in den Luftschutzbunker. Der Mann aus der Schweiz war auch mitgekommen. Danach hab ich den nie wieder gesehen. Als wir am nächsten Morgen in die Kanzlei wollten, fanden wir nur noch Trümmer vor. Das Haus hatte einen Volltreffer abgekriegt. Wir wussten überhaupt nicht, was wir machen sollten. Meine Wohnung war auch weg und Annelieses Eltern waren im Bombenhagel umgekommen. Ich hab Ihren Vater erst einen Monat später wiedergesehen. War er nicht beim Volkssturm zwangsverpflichtet?"

„Ich glaube, so etwas hat er mir mal erzählt."

„Stimmt, ja. Er war beim Volkssturm und Herr Vogelsang auch, und solange sollten wir, Anneliese und ich, wenigstens Bürodienst machen. Aber es gab ja kaum etwas zu tun. Die Leute hatten andere Sorgen, als zum Anwalt zu gehen. Es gab wenig zu essen. Tausende von Wohnungen waren kaputt, und dann die ständigen Bomben. Wir kämpften alle ums Überleben. Außerdem sollten wir alle an den Endsieg glauben, obwohl jedem klar war, dass der Krieg schon verloren war. Aber wer sich nur ein bisschen gegen das Regime äußerte, wurde strengstens bestraft. Die SS hat sogar Jugendliche und Kinder aufgehängt. Glauben Sie mir, das war eine sehr schlechte Zeit!"

Ihr faltiges Gesicht, das bis dahin relativ jung gewirkt hatte, verwandelte sich in das einer alten Frau, die schon viel und vor allem schwere Schicksale erlebt hatte. Es war der Krieg, der bei ihr seine Spuren hinterlassen hatte.

„Ich weiß, ich bin 1940 geboren. Aber in der schwersten Bombenzeit war ich mit meiner Stiefmutter auf dem Land bei ihren Eltern in der Eifel. Aber ich habe manchmal noch immer Angst vor dem Krieg, dass er wiederkommt oder so."

„Da haben Sie recht, Herr Köhler."

„Also ist die Tasche vergessen worden?"

„So wird es gewesen sein. Ich glaube, wir haben Ihrem Vater von der Tasche berichtet, dass wir sie in den Tresor getan haben. Aber alle dachten, von der Kanzlei ist nichts mehr übrig. Zu dieser Ansicht ist Ihr Vater anscheinend auch gekommen. Er muss die Entscheidung getroffen haben, nicht mehr nach dem Tresor suchen zu lassen. Was war denn so Wichtiges in der Tasche?"

„In der Tasche war eine Vollmacht eines der Kohnsöhne. Einer hatte nämlich überlebt und die Kanzlei sollte dafür sorgen, dass er sein Eigentum zurückerhält, und eine Nichte von ihm hat auch überlebt."

Sie unterhielten sich noch eine halbe Stunde über alte Zeiten. Luise Großkopf hatte seine Mutter gekannt und erzählte gerne von der Zeit, in der sie als Lehrling in der Kanzlei gearbeitet und dabei seine Mutter kennengelernt hatte, die damals häufiger auf einen kleinen Besuch bei seinem Vater vorbeigekommen war.

„Ihre Mutter hatte einen kleinen Wagen und war eine der wenigen Frauen, die Auto fahren konnten. Ich glaube, einen Hanomag, mit dem sie gerne Ausflüge machte. Da hat sie Sie fast immer mitgenommen, auch zu den Besuchen in der Kanzlei. Sie hat sich vom Sattler eigens eine Tragetasche machen lassen, in der sie Sie tragen konnte und die Tasche mit Ihnen beim Fahren auf den Beifahrersitz gestellt und sogar beim Fahren mit Ihnen geredet. Sie hat viel mit Ihnen gesprochen, obwohl sie es doch gar nicht verstehen konnten. Das sei ihr egal, sagte sie, und irgendwann würden Sie es schon verstehen. Ich glaube, sie hat Sie sehr geliebt und es war sehr schrecklich für sie, als sie an der schweren Krankheit starb. Sie muss sich im Sterbebett viele Gedanken um Sie und Ihr Schicksal gemacht haben, wo doch der Krieg immer schlimmer wurde."

Er verabschiedete sich schließlich, nicht ohne ihr versprochen zu haben, sie zum nächsten Betriebsausflug einzuladen.

Gemäß der Vollmacht sollte eine Frau, eine „gute Freundin", die Tasche mit den Unterlagen in die Kanzlei bringen. Tatsächlich hatte sie ein Alfons oder Alfred gebracht. Außerdem war die Vollmacht inzwischen siebenundfünfzig Jahre alt. Er würde Erkundigungen einziehen müssen, was mit dem Kohnvermögen geschehen war. Er wusste noch nicht einmal, ob die Kohns oder irgendeiner ihrer Erben entschädigt worden waren. Die Kohnvilla gehörte, soweit er es wusste, irgendeiner Stiftung. Auf den ganzen Grundstücken mussten in den Kriegs- und Vorkriegsjahren irgendwelche Industrieanlagen gestanden haben. Es würde eine Menge Zeit kosten, die Enteignungen und späteren Eigentümerwechsel nachzuvollziehen. Das würde einige Tage Aufenthalt in diversen Grundbuchämtern kosten, sagte er sich wenig begeistert. Trotzdem entschloss er sich, Arbeit in die Angelegenheit zu investieren. Eine Vollmacht verjährt nicht unbedingt. Sie kann widerrufen werden. Sie kann ungültig werden, weil die Geschäftsgrundlage, die die Ursache für sie ist, weggefallen ist. Das wäre der Fall, wenn ein legitimer Erbe die Erbschaft angetreten hätte.

Immerhin handelte es sich hierbei um eine interessantere Aufgabe, als die nervenden und sich permanent wiederholenden Schadenersatzfälle. Solche Routineaufgaben würde er in der nächsten Zeit an einen der jungen angestellten Rechtsanwälte delegieren und ab und zu seine Rückmeldung zu den Sachen kundtun. Die Vollmacht war zwar siebenundfünfzig Jahre alt, es war aber noch immer eine Vollmacht. Er konnte mit ihr in die entsprechenden Ämter gehen und Nachforschungen anstellen. Falls erforderlich, konnte er mit ihr sogar das Bankgeheimnis aushebeln. Aufgrund der Vollmacht hatte er sogar das Recht, Gebühren zu erheben und sich seine Tätigkeit vergüten zu lassen, falls nach diesen langen siebenundfünfzig Jahren noch irgendwelche Mittel übrig waren.

Seine Arbeit in der Kanzlei näherte sich ohnehin dem Ende. Wenn die Vollmacht noch relevant wäre, also keiner der Kohns das Erbe angetreten hatte, und gesetzt den Fall, es lebte noch einer, könnte es eine langwierige, aber spannende Arbeit werden. Man müsste überprüfen, wer sich vielleicht zu Unrecht das Vermögen der Kohns unter den Nagel gerissen hatte und ob dessen Erbe überhaupt rechtlich der Eigentümer war, ob ihm eine Art Vertrauensschutz zustünde und, und, und.

Außerdem gab es für ihn, ob das nun konservativ spießig war oder nicht, einen beruflichen Ehrenkodex: Ein Mandant war vor vielen Jahren an seine Kanzlei, die damals im Besitz seines Vaters war, herangetreten, hatte eine Vollmacht erteilt und um Hilfe in einer völlig illegalen Enteignung gebeten. Durch den Krieg und die Bomben, aber auch durch die Mitschuld der Kanzlei, hatte die Vollmacht siebenundfünfzig Jahre in einem längst vergessenen Tresor gelegen und war vor zwei Tagen wieder aufgetaucht. Es war seine Pflicht, dieser Sache im Auftrag der Kanzlei nachzugehen und die Relevanz der Vollmacht zu überprüfen.

St. Gallen Appenzell Weihnachten 1942

Sie waren glücklich in das neue Haus eingezogen. Es entstand eine Art familiäres Klima. Die beiden Mädchen verstanden sich gut und genossen die von Lisa geleitete Weihnachtsbäckerei. Joseph hatte im Schuppen, der das hintere Gartengrundstück abschloss, einen großen Berg Kaminholz gefunden, und freute sich über die lodernden Flammen und den Geruch des Holzes im Wohnzimmer, der dem süßen Duft aus dem Backofen in der Küche den Rang ablief.

„Stinkt der immer so?" Diese Bemerkung war typisch für Lisa, die ihn gerne ein bisschen provozierte, was ihn zu entsprechenden Erwiderungen reizte. Sie legte dann ihrerseits noch einen drauf und so ging es weiter. Endgültig ausgetragen wurde dieser verbale Wettkampf im Schlafzimmer, das sich die beiden in der oberen Etage eingerichtet hatten, während die Kinder die unteren Schlafzimmer bewohnten. Weihnachten 1942, nur ein paar Wochen nach der Flucht vor den Nazis, war Joseph so glücklich wie selten, seit er in der Schweiz Zuflucht gefunden hatte. Dass die Zuflucht nicht hundertprozentig und brüchig war, versuchten sie alle zu verdrängen und genossen die Fiktion des weihnachtlich inspirierten momentanen Glücks. Vielleicht war das der Grund für etwas zu viel Sorglosigkeit, die sich später als Fehler herausstellte.

„Wollen wir nicht am zweiten Weihnachtstag einen Ausflug nach Appenzell machen? Ich kenne da ein schönes Hotel, das irgendwelchen Verwandten von Alois gehört. Da könnten wir zu Mittag essen und wenn es zu spät wird, dort übernachten."

Joseph und die Kinder nahmen Lisas Vorschlag begeistert an. Aber erst kam ja Heiligabend und der erste Weihnachtstag, den sie alle, wie zu einer Familie gehörig, genossen. Joseph und Rebecca hatten diesen christlichen Feiertag noch nie in dieser Intensität gefeiert und gaben sich seiner Tradition hin. Lisa und ihre Tochter rissen sie mit in diese Stimmung und wenn ihnen wegen des schrecklichen Verlustes ihrer Lieben die Tränen kamen, wurden sie von Lisa getröstet, die sehr sensibel für ihren Zustand war. Sie setzte sich zu Joseph und Rebecca aufs Sofa und hielt die beiden einfach, ohne ein Wort zu verlieren.

Mit Geschenken und Geld hatte Joseph wahrlich nicht gegeizt. Lisa bekam ein unanständig kostbares und schönes Brillantkollier, für Rebecca und

Birgit hatte er bei einem Schneider in der Innenstadt zwei Schaffellmäntel im Partnerlook schneidern lassen. Dabei hatte ihm Lisa geholfen. Sie hatte ihm für einen Vormittag, an dem die Kinder im Haus spielten, deren derzeit getragene Mäntel überlassen, die der Schneider zum Maßnehmen verwendet hatte. Sie hatte ihm ein hellblaues Oberhemd und eine Seidenkrawatte geschenkt, und den Kindern neue Nachthemden genäht. Die Kinder hatten für alle ein Lebkuchenhaus gebaut, das auf dem Kaminsims stand. Außerdem bekamen Joseph und Lisa von ihnen je ein selbstgemaltes Bild.

„Der Mantel passt mir ja wie angegossen."

„Meiner auch", ergänzte Rebecca. „Woher hast du denn gewusst, wie groß der Mantel sein muss?"

„So was ist für den Weihnachtsmann kein Problem, ein Blick und der Mantel ist genau so groß, wie er sein muss."

„Mama, Onkel Joseph lügt. Weißt du, wie er das mit der Größe der beiden Mäntel hingekriegt hat?"

„Was hat er denn gesagt, wie er das gemacht hat?"

„Er sagt, das war der Weihnachtsmann."

„Oh Gott, schon wieder ein fremder Mann im Haus. Du machst mich wieder zur Nymphomanin."

„Was ist eine Nymphomanin?"

„Guck einfach deine Mutter an, dann weißt du, was eine Nymphomanin ist." Lisa zeigte ihm einen Vogel.

„Birgit, Nymphomanin, ich glaube, das muss irgendwas mit Liebe sein. Jetzt geht das wieder los mit den beiden. Gleich küssen sie sich wieder. Denen fällt auch nichts Neues ein."

„Lisa, nun sag mal was, das können wir doch so nicht auf uns sitzen lassen."

„Gib mir mal den Teller mit den Keksen, Rebecca. Nymphomaninnen mögen schrecklich gerne Kekse."

„Noch lieber als Männer?"

„Pass auf, dass ich mit dir nicht gleich dasselbe mache wie mit dem Keks."

„Rebecca, jetzt spinnen die wieder. Wollen wir nicht rausgehen und die neuen Langlaufskier probieren?"

Joseph hatte schon vor Weihnachten allen neue Langlaufskier gekauft, die sie nun beim Ausflug in die Nähe von Appenzell einweihen würden. Die

Kinder probierten sie nun zum ersten Mal aus, obwohl es draußen, von der knappen Straßenbeleuchtung abgesehen, schon dunkel war.

Nach der Bescherung servierte Lisa ein Menü aus Selleriesuppe, Karpfen blau mit Salzkartoffeln und geschmolzener Butter, eine Rehkeule mit Preiselbeeren, Klößen und Rotkohl und als Abschluss ihre obligate Bayrische Creme und ließ sich von allen für ihre Kochkünste bewundern.

Am zweiten Weihnachtstag hatte es nachts geschneit. Joseph befreite den Adler, der die ganze Nacht im Garten gestanden hatte, von einer dicken Schicht Pulverschnee. Sie beluden den Kofferraum mit ihren Taschen. Die Skier kamen auf das Dach, für das Joseph entsprechende Bügel besorgt hatte. Als sie alle saßen und Joseph die Kurbel ansetzte und drehte, sprang der Wagen nicht an. Er versuchte es mehrmals. Der Adler wollte nicht anspringen.

„Dann nehmen wir eben den Horch. Der springt immer an. Außerdem hat er die ganze Nacht in der Garage vom *Zur Post* gestanden."

Joseph stieg aus und ging in das in der Nähe liegende Milchgeschäft, das trotz der Feiertage für ein paar Stunden geöffnet hatte, um telefonisch ein Taxi zu rufen.

„Das Taxi kommt gleich. Geht solange ins Haus. Nein, besser wäre es, wenn ihr dahinten zu der Kirche geht und eure Taschen und die Skier mitnehmt. Das passt alles so in den Kofferraum. Es dauert vielleicht eine halbe Stunde, bis ich mit dem Horch dort bin."

Sie begriffen sofort, dass das eine Vorsichtsmaßnahme war und machten sich zu der Kirche auf, in der um diese Zeit wahrscheinlich ein Gottesdienst stattfinden würde.

Er freute sich auf den Ausflug mit seinem schönen Automobil, holte sich am Empfang von einem sich langweilenden Portier einen Brief ab, der kurz vor Weihnachten gekommen war und ging in die Garage. Der Horch war der einzige Wagen in der Hotelgarage. Wahrscheinlich gab es zu Weihnachten wenig Hotelgäste. Der Wagen trug noch die Ketten, die er mit Alois kurz vor dem Angriff der beiden Nazis vor zwei Wochen montiert hatte. Die Ketten abzumontieren hatte er damals in der Aufregung vergessen, was nicht gut für die Pneus sein sollte. In diesem Fall war es aber ganz gut, weil er sofort starten konnte. Der Horch sprang auf der Stelle an und ließ sein gutmütiges Brummen hören. Der Hoteldiener öffnete das Garagentor. Joseph guckte, was sich draußen auf dem Bürgersteig tat und entschied sich schließlich, die Garage zu verlassen. Bei der Kirche, vor der sich anscheinend viele Besucher über den Gottesdienst oder sonst was unterhielten, standen Lisa und die beiden Mädchen. Er wurde freudig begrüßt und sie fuhren los. Die ungefähr dreißig Kilometer nach Gonten über die verschneite und noch nicht geräumte Straße bewältigte der Horch in weniger als einer Stunde. Als der Wagen in die kleine Straße einbog, die zum Hotel führte und die noch gar nicht geräumt war, sahen sie die Spuren von Pferdeschlitten, die die Schneemassen ein wenig platt gedrückt hatten.

Auf dem ganzen Weg hatte Joseph aufmerksam in den Rückspiegel geschaut und keine Verfolger ausmachen können.

Was er nicht wusste: ein mit schwarzen Schaftstiefeln und einem Uniformmantel bekleideter Mann hatte den Hotelboy gefragt, ob er wisse, wer mit dem Horch fortgefahren sei.

„Ich denke doch, der Eigentümer", hatte dieser geantwortet, obwohl er verwundert überlegte, warum der Gast so verändert aussah. Besonders gut konnte er sich aber nicht erinnern, weil dieser Gast eigentlich nur im Hotel erschien, um Post zu holen und im Übrigen nur die Hotelgarage für den großen schwarzen Wagen benutzte. Bei dem Uniformierten, der die Frage nach dem Eigentümer des schwarzen Wagens gestellt hatte, hatte er sich nichts weiter gedacht, außer dass er eine solche Uniform noch nie gesehen hatte. Jedenfalls war es nicht die Uniform der Schweizer Polizei. Außerdem konnte der Mann kein Gast sein, und er fragte sich, wo dieser so plötzlich hergekommen war.

Nach dieser Antwort verließ der Uniformierte die Garage und ging auf einen Wagen zu, der hinter einer Hausecke geparkt hatte, und deshalb von Joseph nicht gesehen worden war. Der Detektiv, der Joseph vor Kurzem ohne Erfolg beschattet hatte, saß am Steuer.

„Vorsichtig folgen", lautete der Befehl.

Sie folgten dem Horch in einem Abstand von fünfhundert bis tausend Metern. Der Horch fuhr nach einer kurzen Fahrt durch die Innenstadt irgendwo aufs Land Richtung Appenzell. Selbst wenn sie ihn manchmal verlören, würden sie ihn wiederfinden. Von solchen Automobilen gab es hier sicherlich keine weiteren.

Es gab an diesem Morgen fast keinen Verkehr auf der verschneiten Landstraße. Der Uniformierte bediente ein Funkgerät: „Anscheinend Kohn in

Begleitung einer Frau mit zwei Mädchen. Die Nichte ist nicht dabei. Sieht so aus, als würden es zwei Schweizer Mädchen sein. Wahrscheinlich die Töchter der Frau. Ich bin mir nicht sicher, ob es Kohn ist. Er sieht irgendwie anders aus. Allerdings, wer sollte sonst mit dem Horch fahren. Vielleicht Tarnung. Genau, er trägt jetzt einen Bart und seine Haare sind anders."

Nach einer kurzen Pause, in der er die Antwort des Angerufenen abwartete: „Meinen Sie das ernst? Die beiden Mädchen und ihre Mutter haben doch gar nichts mit der Angelegenheit zu tun."

Kurze Pause.

„Keine Zeugen! Wissen Sie was? Dafür übernehme ich keine Verantwortung. Ja, natürlich, ich folge einem Befehl, aber dafür wird man mich nicht verantwortlich machen, sondern Sie, wenn das eines Tages rauskommt."

Er hörte die Antwort ab.

„Das meinen Sie doch nicht ernst. Das kann doch nicht Ihr Ernst sein!"

Er schaute nach links auf den Detektiv am Steuer, der nichts ahnend den Wagen lenkte. Der hatte doch eigentlich gar nichts damit zu tun. Er hatte sie bisher ausgezeichnet unterstützt. Er hatte ihn angefunkt, als er sich gerade rasierte.

Dann hatte er selber sich schnell den Uniformmantel übergeworfen, um die Verfolgung zusammen mit dem Detektiv anzutreten. Da wurde ja ein wahres Blutbad von ihm erwartet. Die vier in dem Horch und der Detektiv. Das würde ein hartes Stück Arbeit sein. Nicht, dass er Angst vor solchen Aufgaben hatte. Während seiner Zeit als Wachoffizier im Lager hatte er ganz andere Sachen machen müssen. Aber zwei kleine Mädchen und ihre Mutter, die friedlich in der Schweiz lebten, wahrscheinlich noch nicht einmal Juden waren, das ging doch ein bisschen zu weit. Das ging ans Gemüt, hätte seine Mutter – Gott hab sie selig – dazu gesagt. Wahrscheinlich würde er nächtelang nicht mehr schlafen können. Aber letztlich würde er es tun. Wenn er erst anfangen würde, über die Legitimität von Befehlen nachzudenken, geschweige denn sie infrage zu stellen, wäre es im Nu um seine ganze Schlagkraft geschehen, für die er berühmt war. Schließlich hatte er zahlreiche SS-interne Tapferkeitsauszeichnungen erhalten.

Außerdem hatte Kohn und oder irgendein anderes Schwein Hubertus getötet. Jedenfalls gab es seit Tagen überhaupt keine einzige Spur von ihm. Nach der Beschreibung in der Akte konnte er sich zwar kaum vorstellen, dass jemand wie der jüngere Kohn einen ausgesprochenen Kämpfer wie Hubertus liquidieren könnte. Aber wenn er es nicht selber war, hatte er sich vielleicht Hilfe geholt. Bei Kohn würde es ihm deshalb ein Vergnügen sein.

Er brauchte Skier, weil er gesehen hatte, dass die vier Skier in den großen Wagen von Joseph geladen hatten. Sie wollten einen Ausflug machen, eine gute Chance, zum Zuge zu kommen. An einem Bauernhaus, dessen Hoftür offenstand, lehnte ein Paar Skier. Das war die Gelegenheit.

„Halt mal an."

Der Detektiv stoppte den Wagen. Es sah alles ganz ruhig und friedlich aus. Sonnenschein hatte den Schneefall abgelöst. Der Hof machte einen ruhigen Eindruck. Wahrscheinlich saß der Bauer, dem die Skier gehörten, friedlich am Küchentisch und wartete auf den Weihnachtsbraten. Er hielt sich dicht an der Hauswand und pirschte sich an die Skier heran. Der Schnee dämpfte seine Schritte. Es gelang ihm, sich die Skier und die zwei dazugehörigen Stöcke zu greifen und zurück zum Auto zu gehen, ohne gesehen zu werden. Jedenfalls rief keiner hinter ihnen her. Die Bretter passten längs in den Wagen. Sie fuhren langsam weiter. Den Horch hatten sie seit zwanzig Minuten nicht mehr gesehen, was nicht weiter schlimm war, weil es Richtung Appenzell seit mehreren Kilometern keine Abzweigung gegeben hatte. Schließlich bog eine kleine verschneite Straße, die noch nicht geräumt war, rechts ab. Auf einem Schild stand: *Hof Pauli, Restaurant und Hotel.* Sie stoppten den Wagen. Der Uniformierte stieg aus und betrat den abzweigenden Weg. Bisher hatten nur Pferdeschlitten und ihre Kufen den Weg ein wenig befahrbar gemacht. Aber es gab die Spur von den breiten Reifen eines Pkws mit Ketten. Sie hatten sie gefunden. Das mussten die Spuren des Horchs sein.

„Du musst mir deinen Anorak geben."

„Meinen Anorak?"

„Ja, zieh ihn aus. Ich kann die nicht in diesem Mantel verfolgen. Da würden sie misstrauisch werden. Du kannst ja meinen Mantel nehmen. Am besten, du fährst jetzt in das kleine Dorf, durch das wir eben gekommen sind und parkst den Wagen dort. Neben der Kirche war ein Gasthaus und dort wartest du auf mich. Es kann ein paar Stunden dauern." Der Detektiv gab ihm etwas unwirsch seinen Anorak, der ihm ein wenig eng war, aber es ging gerade.

„Im Kofferraum hab ich für alle Fälle eine Strickmütze und Fausthandschuhe."

„Du denkst wirklich an alles!"

Die Langlaufskier des Hofbesitzers hatten eine verstellbare Bindung, mit der er die Bretter auf sein Schuhmaß anpassen konnte. In den Rucksack packte er zwei geladene *O8*, die ihm noch immer am zuverlässigsten schienen. Auf den Skiern, mit der Pudelmütze und dem Anorak war er ganz der Freizeitsportler, der an einem sonnigen zweiten Weihnachtstag auf die Piste ging. Niemand würde seine wahren Absichten erkennen.

Als er den Gastraum des Hof Pauli betrat, saßen die vier friedlich um einen Tisch. Kohns Tarnung war wirklich perfekt. Seine Haare waren blondbraun gefärbt und er trug einen Bart in der gleichen Farbe. Allerdings konnte man bei genauerem Hinsehen die ersten schwarzen Haare des Bartansatzes sehen. Pech, so ein Bart musste täglich neu eingefärbt werden, was lästig war. Die beiden Mädchen trugen hellblonde Zöpfe und sahen richtig engadinisch aus, allerdings nicht wie Schwestern. Vielleicht waren es Freundinnen. Jedenfalls hatte er Rebecca Kohn von den Fotos her ganz anders in Erinnerung. Allerdings war es Kohn auch zuzutrauen, dass er ihr ebenfalls die Haare hatte färben lassen.

Kohn musterte ihn misstrauisch, schien aber zu dem Ergebnis zu kommen, dass er sich seinetwegen keine Gedanken machen müsse.

Er bestellte sich auch einen Kaffee.

So, wie sich Kohn und seine blonde Freundin anguckten und von Zeit zu Zeit an den Händen fassten, musste sie seine Geliebte sein. Diese Frau gefiel ihm. Kolossale Rundungen! Für ein Schäferstündchen mit ihr würde er einiges geben. Wie war dieser krummnasige Gnom nur an eine solche Frau gekommen? Das war doch nicht zu fassen. So etwas müsste verboten sein. Aber in der Schweiz? Da durfte anscheinend jede mit jedem.

Wer weiß, vielleicht ergäbe sich ja noch eine Möglichkeit vor ihrer Liquidierung. Es war richtig schade um sie und natürlich um die Mädchen. Die Blonde unterhielt sich mit der Frau des Wirts einigermaßen vertraut. Vielleicht Verwandtschaft?

Der Kaffee und die Schokolade waren ausgetrunken.

Ein: „Fahren wir jetzt los?" des größeren Mädchens bedeutete anscheinend den baldigen Aufbruch seiner Opfer. Das wollte er nicht abwarten. Er stand auf, um zu zahlen und wunderte sich über einen Stock in einem Futteral, der aus dem Rucksack von Kohn herausragte. Wahrscheinlich einer von diesen neumodischen Teleskop-Skierstöcken, den Kohn als Ersatz mit sich führte.

Nach dem Zahlen ging er nach draußen, zog den Anorak an und die hellblaue Pudelmütze über den Kopf. So albern hatte er seit seiner Kindheit nicht mehr ausgesehen. Peinlich! Er schnallte sich die Bretter unter, zog die Handschuhe an und lief der Loipe nach, die der Bauer anscheinend für seine Gäste hatte machen lassen. Es war fast Mittag. Die Sonne hatte ihren höchsten Stand erreicht. Er lief ungefähr einen Kilometer und suchte nach einem Versteck, das er in der Lichtung eines Waldstückes fand. Die vier folgten ihm in langsamem Tempo, wahrscheinlich wegen der Kinder, die nicht schneller konnten.

Joseph hatte bemerkt, dass der Skiläufer mit der albernen Pudelmütze die Loipe plötzlich verlassen hatte und wurde misstrauisch. Eigentlich konnte dieser nur im Wald sein. Aber aus welchem Grund hatte er die Loipe verlassen? Litt er, Joseph, unter Verfolgungswahn? Vielleicht wollte der Kerl einfach nur mal sein Geschäft verrichten. Das konnte sein, es war aber auch möglich, dass er sich dort versteckte. Er war ein athletisch gebauter Typ mit einem muskulösen Körper, der ihnen im Gastraum gegenüber gesessen hatte und jetzt im Wäldchen ihren Blicken entschwunden war. Die unbewegten Züge seines Gesichtes fand er sofort unsympathisch und ihn streifte eine Ahnung von Gefahr. Trotz Rebeccas Protesten entschloss er sich, zu wenden. Er konnte nicht vorsichtig genug sein. Wahrscheinlich war es ein riesiger Fehler, den Horch genommen zu haben.

Jedenfalls liefen sie die Loipe zurück zum Hof, von wo es noch zwei Loipen in andere Richtungen gab. Joseph guckte von Zeit zu Zeit zurück, konnte den Skifahrer aber nicht mehr erblicken. Vielleicht war er nach Verrichtung seines Geschäfts einfach weitergelaufen, und es drohte keine Gefahr von ihm. Am Hof angekommen, nahmen sie die Loipe, die in Richtung der Berge führte.

Joseph drehte sich von Zeit zu Zeit um, konnte den Skiläufer mit der hellblauen Mütze aber nicht entdecken, und als er die ersten Schüsse über sich hörte, war es fast zu spät. Glücklicherweise liefen sie an einem durch den Schneefall kaum zu erkennenden Graben entlang, der einen guten Schutz bot.

„In den Graben, schnell, und hinlegen!" Rebecca, die zu lange überlegte, gab er einfach einen Stoß. Sie fiel zu Birgit in den Graben. Der Pulverschnee bedeckte ihre Körper und sie husteten, weil sie davon eingeatmet hatten. Ganz vorne kauerte Lisa im Graben, dann kamen die Mädchen und als letzter er. Er wollte den Rucksack öffnen, verhaspelte sich vor Aufregung mit der Schnur, die ihn verschloss und zog schließlich zitternd den geladenen *Grabenfeger* heraus. Die Schüsse kamen rechts aus dem Wald, in dem sich der Typ verschanzt hatte. Er würde darauf wetten, dass es der mit der hellblauen Pudelmütze war, der auch einen großen Rucksack getragen hatte, worin er die Pistolen verstaut hatte. die er am Klang unterscheiden konnte. Irgendwie war es ihm gelungen, Joseph zu überlisten. Wahrscheinlich hatte er eine Möglichkeit auf der anderen Seite des Waldes gefunden, sich unbemerkt an sie heranzupirschen. Die Schüsse kamen tiefer und pfiffen über sie hinweg. Der Knall der Pistolen wurde von den Schneemassen gedämpft. Im Pauli würde man wahrscheinlich nichts hören.

Jetzt würde er langsam seine Deckung verlassen müssen und herauskommen, um sie zu töten. Wahrscheinlich war er in dem Glauben, keinerlei Risiko einzugehen. Es kam ja auch selten vor, dass der Papa bei einem Skiausflug mit der ganzen Familie eine frisch geölte Maschinenpistole zu seiner Verteidigung mit sich führte.

Der Mann hatte eindeutig auf sie alle gezielt. Er hatte es also auch auf die Kinder und Lisa abgesehen, wahrscheinlich um keine Zeugen zu hinterlassen.

„Birgit, Kopf runter!"

Birgit hatte den Kopf ein wenig angehoben, wofür sie umgehend mit zwei Schüssen bestraft wurde, die aber hinter ihr in den Schnee einschlugen. Die Pistolenschüsse kamen näher. Er sah Lisa weinen und hob den Kopf aus der Deckung, um zu sehen, ob der Gegner noch im Wald war oder schon auf die Lichtung und den dahinterliegenden Graben, ihre Zuflucht, zulief. Ein Schuss streifte seine Schirmmütze, die herunterfiel. Eine sich warm am Kopf anfühlende Stelle deutete er als Streifschuss. Aber er hatte gesehen, dass sein Gegner die Deckung verlassen hatte. Als er ihn nachladen hörte, hob Joseph den Grabenfeger über sich und feuerte in die Richtung ihres Mörders, was bei diesem ein ungläubiges und lähmendes Staunen hervorrief. Die letzten Worte, die aus seinem zerfetzten Mund kamen, waren: „Woher hat dieser Scheißjude einen Grabenfeger?"

Davon hörte Joseph nichts. Er sprang auf, lief auf den am Boden liegenden Gegner zu und entleerte das restliche Magazin in seinen Körper, von dem nur ein blutige Masse übrig blieb. Die hellblaue Pudelmütze lag unbeschädigt neben ihm.

Die Stille nach dem ohrenbetäubenden Lärm der Maschinenpistole lähmte sie alle.

Rebecca und Birgit fingen an, laut und herzzerreißend zu weinen. Lisa kümmerte sich schluchzend um Birgit, und Joseph legte die Waffe auf den ausgebreiteten Rucksack und drückte Rebecca an sich. Dieses schreckliche Erlebnis war zu viel für zwei dreizehnjährige Mädchen. Rebecca schrie nach ihrer Mutter.

Teutoburger Wald Februar 1945

Ein winziger Sonnenstrahl weckte ihn und kitzelte das Innere seiner Nase. Die Holzbretter der alten Fensterläden hatten sich im Laufe der Jahre zusammengezogen und ließen Helligkeit durch schmale Ritzen. Das Leben, das er seit zwei Wochen genoss, war für einen Menschen, der seit ungefähr fünfzehn Jahren fest in eine riesige und schlagkräftige Organisation eingebunden war - mindestens zehn davon als einer ihrer hohen Funktionäre - unbeschreiblich befreiend, jedenfalls zunächst. Wenn er weiter in diesem Stil lebte, würde es ihn wahrscheinlich eines Tages langweilen.

Leider oder auch nicht leider - er war derzeit etwas ratlos in der Bewertung seiner Gefühle - war sein Wesen anscheinend so, dass er die ständige Herausforderung auf hohem Niveau ebenso brauchte wie die Luft zum Atmen. Gelegentlich verglich er sich auch mit einem hochgezüchteten Rennpferd. Ein solches würde seine Fähigkeit, an Weltklasseturnieren teilzunehmen, auch einbüßen, wenn es vierzehn Tage lang nichts anderes tun würde, als friedlich auf einer Wiese am Waldrand zu grasen. Seine Kondition würde deutlich nachlassen. Der dafür erforderliche Trainingsrhythmus würde unterbrochen, mit allen negativen Konsequenzen. So wäre jedenfalls die Position des Besitzers. Das Pferd würde das natürlich ganz anders bewerten. In seiner derzeitigen Verfassung schwankte er, ob er lieber die Rolle des Eigentümers oder die des glücklichen Pferdes einnehmen sollte.

Derzeit stand er in der Regel gegen neun Uhr auf, ging im muffigen Morgenrock seines Onkels, den er in einem alten Eichenschrank gefunden hatte, in die Küche und versuchte, mit trockenem Reisig und kräftigem Pusten die Glut vom Vorabend wieder zu entfachen. Wenn das Feuer dann brannte und es in der Küche wärmer wurde, bediente er den Schwengel der Wasserpumpe, die sein Onkel direkt über dem Brunnen unter dem Küchenboden montiert hatte. Die Hälfte der Emailleschüssel füllte er mit dem eisigen Wasser aus dem Brunnen. Für den Rest nahm er von dem warmen Wasser des Kessels auf dem Herd, der dort schon seit Jahren stehen musste und an mehreren Stellen gelötet war.

Dann wusch er sich, wenn sein Mitbewohner - sie hatten vereinbart, dass sie sich als alte Freunde und nicht als Brüder ausgaben - abwesend war, völlig nackt in der Küche. Wenn sein Bruder da war, behielt er sein Unterzeug an.

Er freute sich schon auf den Sommer, wenn er sich mal gründlich in dem am Haus vorbeifließenden Bach waschen könnte und machte Pläne, wie und wo er zu diesem Zweck den Bach stauen würde. Vielleicht könnte er sich sogar eine Art Naturbadeanstalt bauen.

Danach kochte er sich mit dem heißen Wasser auf dem Herd einen Milchkaffee und aß, wie sein Onkel früher, ein Frühstückssandwich, das aus einer Scheibe Pumpernickel, Butter, Schinken und obendrauf Weißbrot bestand. Den Pumpernickel kaufte sein Bruder im Kolonialwarenladen des Dorfes. Das Weißbrot buk er selber im Backofen des Küchenherdes. Brotbacken hatte er sich inzwischen beigebracht.

Wenn er darauf Lust hatte, ging er draußen vor der Scheune Holz hacken. Das hatte ihm vor allem in den ersten Tagen nach seiner Ankunft in dem Bauernhaus sehr gut gefallen. Er entdeckte seinen Körper wieder. Während der Gymnasialzeit war er ein guter Sportler gewesen. Seine hagere und athletische Gestalt war wie geschaffen für schnelles Laufen, Springen und Werfen. Im Turnen war er auch sehr gut gewesen. Die Begeisterung und Faszination für die nationalsozialistische Bewegung hatte seine Liebe zum Sport in den Hintergrund treten lassen: keine langen Dauerläufe mehr, keine Turnübungen im Sportverein, kein Speerwerfen und viele andere sportliche Betätigungen, die er so geliebt hatte. In gewissem Maße war das Selbstverleugnung gewesen oder ein Opfer, das er dem Führer gebracht hatte, der sich nun in den Alpen oder in Berlin, weit entfernt vom Volk, in großräumigen Bunkern verschanzte.

Natürlich kamen ihm immer mehr Zweifel hinsichtlich seines langen und intensiven Engagements für die Bewegung. Aber er war noch nicht so weit, sich ausgiebig mit diesem Thema zu befassen, weil er sich so abrupt aus seinem Nazileben verabschiedet hatte und dabei noch Gefahr lief, erwischt zu werden. Er musste sich ständig in zwei Richtungen Gedanken machen. Einerseits musste die SS, soweit sie noch intakt war, ein hohes Interesse daran haben, ihn zu stellen. Er war jetzt einer der Volksverräter, die nicht mehr an den Endsieg glaubten, und die, insbesondere in den großen Städten, exemplarisch als Saboteure hingerichtet wurden. Dabei wurde nicht einmal auf das Alter Rücksicht genommen. Auch Kinder wurden Opfer dieses Wahns.

Andererseits war es die Gefahr, die ihm als Mitglied der SS und ehemaliger Lagerkommandant drohte, die zwar noch nicht so virulent war, aber an Stärke zunehmen würde, je weiter die Besatzer in Deutschland eindringen würden. Das Holzhacken, bei dem er endlich wieder seinen Körper wahrnahm, lenkte ihn von solchen Überlegungen ab. Er spürte förmlich seine Schulter- und Armmuskeln wachsen und diese angenehme körperliche Sensation verursachte positive Gefühle.

Wenn die Nächte mit dem schrecklichen Traum von Rose nicht wären, würde er sich als jemand bezeichnen, der sorglos in den Tag lebte, obwohl ihn noch viele schwerwiegende Probleme erwarteten, für deren Lösung er sich aber Zeit lassen könnte.

Wenn er darüber nachdachte, wie glücklich er in dem Traum mit Rose in dem Einfamilienhaus war und welche riesige Sehnsucht diese Stelle des Traums in ihm geweckt hatte, und wie er dann Rose mit eingefallenem Gesicht sehen musste, schlug er kräftiger zu und die Holzscheite sprangen in einem weiten Bogen vom Holzklotz weg. Dieser Traum fing an, seine Lebensqualität, die er hier auf dem Land gefunden zu haben glaubte, ernsthaft zu beeinträchtigen. Leider war er nicht das friedlich grasende Rennpferd.

Der jähe Absturz von den schönen, sehnsüchtigen Bildern zu dem Bild von Rose kurz vor ihrem Gang ins Gas war unerträglich. Warum war ihm das nur passiert, dass er Rose nach der Trennung noch einmal gesehen hatte?

Was konnte es für eine bessere Ablenkung geben als Holzhacken? Das Spüren der Kraft seiner Schultern und Arme, wenn er zuschlug, die Beobachtung, dass seine Axthiebe von Tag zu Tag kräftiger wurden, und er inzwischen sogar die Klötze mit Leichtigkeit spaltete, die noch feucht und hart waren und die er vor ein paar Tagen noch zur Seite gelegt hatte. Das war ein schönes Gefühl. Dem nachzuspüren, beruhigte ihn. Wegen der Intensität des immer wieder geträumten Traums und aus Angst davor, ging er spät ins Bett oder las lange im Bett. Allerdings bekam er mehr und mehr das Gefühl, dass der Traum und seine verheerende Wirkung stärker waren als er.

Wie schön war es, dass das Landleben noch andere Beschäftigungen bot als Holzhacken. So genoss er seine einsamen Spaziergänge im Wald, die er, um möglichst wenigen Menschen zu begegnen, meistens kurz nach Einbruch der Dämmerung unternahm. Er zog sich warm an, denn dieser Februar war kalt. Stundenlang durchstreifte er die Wälder und begegnete dabei niemandem. Stattdessen schauten ihm Rehe und Wildschweine neugierig hinterher, die ihn inzwischen zu kennen schienen und wegen seiner Friedfertigkeit langsam die Scheu vor ihm verloren hatten. Nach einer halben Stunde gewöhnten sich seine Augen an die Dunkelheit, und er konnte gut genug sehen, um sich durch die Wälder und Felder zu bewegen, ohne über Baumwurzeln oder andere Hindernisse zu stolpern. Wenn Schnee lag, was hin und wieder der Fall war, konnte er noch besser sehen. Im Nachhinein betrachtet, hatte er in seinem Leben als Funktionär diese Einsamkeit vermisst. Sein Tag war von morgens bis abends durchgeplant gewesen und ständig hatte er das Gefühl gehabt, zu wenig zu arbeiten und zu wenig für die Bewegung zu erreichen. Den Luxus einer nächtlichen Wanderung alleine im Wald hatte er sich nie gegönnt. Eher war es so, dass er gar nicht auf die Idee gekommen wäre, so was zu machen.

Wenn er morgens in den Spiegel guckte, sah er einer Art Waldschrat ins Gesicht. Er hatte sich einen Bart stehen lassen, der inzwischen schon mehrere Zentimeter lang war. Der grünliche Morgenrock seines Onkels, den er in den Räumen außerhalb der Küche trug, wo nicht geheizt wurde, wirkte in dem verblassten Spiegel wie ein Kleid aus Moos. Wahrscheinlich fehlte nicht viel, und er würde tatsächlich Moos ansetzen. In seinem gesamten Erscheinungsbild war eigentlich nichts mehr von dem kantigen und forschen Äußeren und der Zackigkeit zu sehen, mit denen er früher bei Freunden und Gegnern gepunktet hatte.

Ob sein Inneres diesen Schwenk mitmachte, dessen war er sich gar nicht so sicher und vor allem wusste er nicht, wie er eine solche innere Wesensveränderung für sich werten sollte.

Wäre sie gut für ihn oder würde sie ihm schaden? Wäre es eine Art tiefes Hinabsinken, aus dem er sich niemals wieder hochziehen könnte? Ein Warnsignal war, dass er für eine Person, die er jetzt zu sein schien, noch vor zwei oder drei Jahren nur Verachtung übrig gehabt hätte. Aber woher kam eigentlich dieses Warnsignal? Bei Licht betrachtet aus einer Zeit, von der er sich aus Gründen seiner persönlichen Sicherheit möglichst schnell distanzieren müsste. Es würde nicht mehr lange dauern, und seine über Jahre von vielen Deutschen, die geradezu inbrünstig hinter der Bewegung gestanden hatten, bewunderte Existenz als Führerpersönlichkeit, als Mann, der sich in ihrem Sinne engagierte, würde nur noch eine Ruine oder ein Prototyp für bloßes Grauen sein. Wahrscheinlich würden dieselben Menschen, die ihn und die Bewegung überschwänglich gelobt und ein deutliches „Weiter so!" gefordert hatten, bald seine Verurteilung zum Tode verlangen.

Deshalb forderte der Waldschrat in ihm provozierend, dass er sich nicht nur äußerlich, quasi um sein Überleben zu sichern, von der Vergangenheit löse. Er solle sich gefälligst auch innerlich lösen. Dieser Gedanke, von einem, wie ihm zunächst schien, bemitleidenswerten, eher lebensunwerten Wesen, Direktiven oder gar einen Rat anzunehmen, brachte ihn völlig aus dem Konzept. Ein weiterer Grund, die Axt kräftiger und entschlossener zu schwingen.

Rose hatte er in einer Arztpraxis in Hildesheim kennengelernt, in der sie als Helferin beschäftigt war. Ihre Schönheit und sexuelle Ausstrahlung hatten ihn gehörig beeindruckt. Da sie aber wie ein kleines, schüchternes Mädchen wirkte, das etwas stotterte, hatte sie ihn nicht weiter interessiert. Schönheit und sexuelle Ausstrahlung allein waren nicht alles, was ihn an Frauen interessierte. Er war auch nicht der Typ, der eine Nacht mit einer Frau ins Bett ging und sich am nächsten Morgen von ihr trennte.

Als Lagerkommandant, der nebenbei als Referent zu vielen überregionalen Fortbildungsveranstaltungen reisen musste, hatte er ohnehin wenig Kontakt zum weiblichen Geschlecht gehabt. Ihm fehlte das auch nicht. Die Faszination des Neuaufbaus der Gesellschaft, die in ihrem damaligen Zustand total abgewirtschaftet hatte, und die Rolle, die er dabei spielen durfte, fesselten ihn vollends. Sie waren eine Art Ersatz für Beziehungen zu Frauen, obwohl er wusste, wie attraktiv er für viele Frauen war.

Immerhin erkannte er Rose, als er ihr im Lager begegnete, sofort wieder. Also hatte sie doch einen gewissen Eindruck bei ihm hinterlassen, und diese Begegnung gestaltete sich völlig anders als die vor einigen Jahren in der Arztpraxis.

An einem Frühlingsabend wurde er in der Nähe der Sanitätsstation Zeuge einer lautstarken Auseinandersetzung zwischen seinem Ordonnanzoffizier und einer Lagerinsassin, ohne dass die beiden ihn bemerkten. Dieses Gespräch war äußerst unerfreulich. Was gut daran war, war die Tatsache, dass er einmal mit eigenen Ohren hörte, wie die dysfunktionalen Aktivitäten im Lager liefen.

Das kannte er bisher nur vom Hörensagen. Noch nie war Personal dingfest gemacht worden, das sich Übergriffe auf weibliche Häftlinge erlaubte. Die bedrängten und missbrauchten weiblichen Häftlinge sprachen Übergriffe bei der Kommandantur nicht an, weil sie Repressalien fürchteten.

Eine weibliche, sehr entschiedene Stimme rief laut und schneidend: „Lass deine geilen Pfoten von mir. Ich bin doch kein Freiwild!"

„Meine Süße, nun hab dich doch nicht so. Es soll dein Schaden nicht sein, wenn du etwas nett zu mir bist."

„Ich will von dir keine Nettigkeiten, lass mich los, du geile Sau!"

„Ich kann auch anders. Du kommst jetzt sofort mit mir nach hinten in den Raum mit dem Verbandszeug. Da schieben wir eine kleine Nummer. Danach kannst du wieder gehen. Los jetzt!"

„Dann erschieß mich doch! Glaubst du, dass du mir damit Bange machen kannst? Schieß mich doch tot! Dann kannst du meine Leiche vögeln. Solange ich noch lebe, lass ich dich jedenfalls nicht an mich ran, du widerlicher Schmierfink."

Danach Klicken. Eine Pistole wurde entsichert. Der Offizier war allen Ernstes dabei, die Insassin zu töten. Hinterher würde er es so darstellen, als habe ihn Rose angegriffen oder er würde gar nichts sagen. Seit wann brauchte man eine Rechtfertigung dafür, in einem Lager eine Jüdin zu liquidieren?

In diesem Moment schritt der Kommandant ein. Es ging nicht an, dass das Wachpersonal aus dem Lager einen Puff machte. Nicht, solange er Kommandant war!

Solche Vermischungen der Aufgaben des Lagers mit den egoistischen Privatinteressen des Personals fand er nicht nur persönlich widerlich, sie waren der Atmosphäre des Lagers abträglich und geeignet, Lagerrebellionen zu provozieren, die dysfunktional für das routinierte und reibungslose Töten wären. Man würde mehr Personal brauchen, was Geld kostete und die ökonomische Bilanz des Lagers versauen würde. Die Häftlinge würden nicht mehr freiwillig ins Gas gehen. Er war stolz, wie perfekt der Prozess der Massentötungen gegenwärtig ablief. Dieser Idiot würde das nie begreifen und dachte lediglich mit dem, was zwischen seinen Beinen hing. Er zog seine Pistole, trat ein, richtete die Waffe auf den Offizier und schrie:

„Sofort aufhören!"

Der Offizier erschrak und erbleichte, als er die entsicherte Waffe in der Hand des Kommandanten sah. Die war eindeutig auf ihn gerichtet und er kannte den Kommandanten als eine Person, die keinen Spaß in solchen Sachen verstand und die keine leeren Drohungen ausstieß. Aber vor Schreck behielt er die Pistole noch in der Hand.

„Waffe fallen lassen und Hände hoch, sofort."

Er befolgte den Befehl in Todesangst. Rose nahm diese Entwicklung mit Genugtuung zur Kenntnis. Sie hätte sich in der Tat lieber erschießen lassen, als sich mit diesem schmierigen Typ einzulassen. In diesem Lager würde sie eh irgendwann ihr Leben lassen müssen, obwohl es derzeit gut für sie aussah. Der Lagerarzt war von ihrer Arbeit sehr angetan.

Ihre Zeit schien noch längst nicht gekommen.

Mit dem Kommandanten, den sie aus der Hildesheimer Zeit kannte, würde sie sich, so aufgelöst sie aufgrund der Todesangst war, auf der Stelle einlassen. Eine solche Situation würde sie sich nicht entgehen lassen.

Bei ihm war das völlig anders, und sie erinnerte sich sofort an die überschwänglichen romantischen Gefühle, die sie damals bei ihren Begegnungen in der Praxis empfunden hatte. Im medizinischen Alltag kam man sich körperlich sehr nah. Zum Setzen der Spritze durfte sie seinen Ärmel hochkrempeln und die Haut seines Arms berühren, fast streicheln. Noch intimer die Situation, als sie ihm, der auf einer Liege lag, den Kopf anheben und eine Rolle unter den Nacken schieben musste. Ihre Münder waren nur Zentimeter voneinander entfernt, eigentlich eine gute Gelegenheit. Seine Lippen zu streifen, hätte sie noch immer als Versehen rechtfertigen können, wenn es bei ihm nicht gefunkt hätte. Nur hatte es damals leider nicht so ausgesehen, als würde es bei ihm funken. Deshalb hatte sie die Gelegenheit, in der sie bei jedem anderen interessanten Typen sofort zugeschlagen hätte, nicht genutzt. Stattdessen himmelte sie ihn heimlich an und wurde immer ganz aufgeregt, wenn sie seinen Namen im Terminkalender der Praxis sah. Leider hatte sie sich damals nicht getraut, Kapital aus dieser Situation zu schlagen. Sie war ihm damals verschüchtert und eher wie ein kleines Mädchen begegnet. Aber an die Sehnsucht, die dieser Mann bei ihr ausgelöst hatte, konnte sie sich gut erinnern, als sie ihn zum ersten Mal im Lager bei dem Appell gesehen hatte.

Von dieser schüchternen Verliebtheit war jetzt nichts übrig, stellte der Kommandant fest. Ihre Robustheit und ihr todesmutiger Auftritt hatten einen gehörigen Eindruck bei ihm hinterlassen. Er bewunderte sie. Der Busen, der hinter dem zerrissenen Häftlingskleid zum Vorschein kam, tat ein Übriges.

„Sie stehen ab sofort unter Arrest! Gehen Sie in Ihre Unterkunft und melden Sie sich morgen früh um zehn bei mir."

Der Offizier ging.

„Ich bitte Sie, mit mir in mein Büro zu kommen, oder besser: lassen Sie sich in der Kleiderkammer neue Bekleidung geben und kommen Sie in einer halben Stunde in mein Büro. Ich warte solange auf Sie, und erwarte, dass Sie mir mehr Informationen über die Belästigungen von Frauen im Lager geben."

Rose war angenehm überrascht. Ihre Haut prickelte. Sex im Büro am Abend nach der Arbeit. Diese Situation kannte sie, wenn sie es mit verheirateten Kerlen zu tun hatte, die nur das Büro als einzige Möglichkeit hatten. Der Kommandant reizte sie. Sie wusste zwar, dass er die entscheidenden Rädchen bei dieser Todesmaschinerie drehte, aber sie wollte ihn trotzdem oder gerade deshalb. Seine Macht machte ihn noch interessanter. Die Lebenszeit, die ihr noch blieb, wollte sie genießen. Dass es bei der kühlen Einladung in sein Büro letztlich um etwas anderes ging als die pflichtgemäße Gewinnung von Informationen, hatte sie wahrscheinlich eher als er begriffen. Sie kannte die Körpersprache der Männer, die sie wollten, und das Aufblitzen in seinen Augen war eindeutig gewesen. Glücklicherweise hatte sie noch ein geheimes Versteck, in dem sie Lippenstift und Puder aufbewahrte, die sie jetzt brauchen würde.

Es war dann genauso gekommen, wie sie es sich vorgestellt hatte. Die verdrängte Lust auf eine Frau schlug um in ein heftiges Begehren dieser Frau, die er vor einer Stunde vor dem sicheren Tod gerettet hatte. Er wusste, dass sie sich für ihn interessierte und gab ihrem eindeutigen Werben nach.

Beim ersten Mal liebten sie sich auf dem Ledersofa im Büro. Später bat er sie, ihn heimlich in seinen Räumen zu besuchen und verliebte sich in sie.

Heimliche Treffen waren Rose bekannt. In den ersten Wochen dachte keiner von ihnen richtig nach. Sie genossen schlicht das heftige gegenseitige Verlangen nacheinander. Erst als zwei Wochen ins Land gegangen waren, fing er an, nachzudenken. Wenn ihm so etwas außerhalb des Lagers geschehen wäre, wären sie ein Paar geworden mit allen Konsequenzen. Sie hätten geheiratet und Kinder bekommen. Im Lager war das alles völlig anders. Privat war er ihr Liebhaber und offiziell war er der Chef einer Einrichtung, die alle Lagerinsassen kostenbewusst vernichten sollte. Es gab Momente, in denen Rose auf dieses Missverhältnis anspielte. Einmal hatte sie beim Verlassen seines Schlafzimmers gegen drei Uhr morgens gesagt: „Liebling, ich bitte dich nur um einen Gefallen. Kannst du meinen Leichnam aus der Gaskammer persönlich herausholen. Dann würden wir uns ein letztes Mal berühren."

Das Schlimmste war: Sie hatte recht. Er war für die Planung ihres Todes zuständig, aber gleichzeitig dabei, sich eine feste und dauerhafte Bindung zu ihr zu wünschen.

Diese Situation zerriss ihn und er wusste, dass er etwas unternehmen müsste. Es wurde geradezu aussichtslos, als sie ihm gestand, dass sie ein Kind erwarte. Es wäre ihm nicht im Traum eingefallen, wie schwierig und zermürbend die private Suche nach dem Glück war. Das war wahrscheinlich der Grund dafür, dass er sich unbewusst - nicht nur im Lager - gegenüber Frauen zurückgehalten hatte, wenn man von ein paar Verliebtheiten kurz vor dem Eintritt in die Organisation absah.

In seiner Verzweiflung trat er einen vierzehntägigen Urlaub an, ohne sich von Rose zu verabschieden und überließ sie damit ihrem Schicksal. Er wusste, warum er nachts bei diesem Traum aufwachte. Das war Selbstverachtung für sich und diesen Schritt. Dass er sie nicht, als er ihr zufällig bei dem Gang ins Gas begegnete, aus der Gruppe der zum Tode Geweihten herausgewunken und gerettet hatte. Aber das wäre ihm in der Lageröffentlichkeit als persönliche Vorteilsnahme ausgelegt worden, wovor er sich fürchtete. Es war lächerlich! Die einzige Möglichkeit, die ihm geblieben wäre, war, mit Rose die Flucht aus dem Lager anzutreten. Dazu war er zu feige, obschon in Gedanken kurz davor. Dann sah er sie ein letztes Mal mit ihrem Kopftuch und dem todesbleichen, von einer Krankheit gezeichneten Gesicht. Sie blickte ihn an, nicht vorwurfsvoll oder gar wütend. Der Blick schien: „Was wirst du nun tun, mein Geliebter?" zu sagen. Dann wurde sie weitergeschubst. Später hatte er gehört, dass der Arzt von der Sanitätsstation einige Helferinnen, die schwanger waren, als menschliches Versuchskaninchen genutzt hatte.

Der Traum erinnerte ihn jede Nacht an sein Versagen, seine Mörderpersönlichkeit und seine Feigheit. Bisher hatte er sich immer für mutig gehalten, anscheinend eine lieb gewonnene Lebenslüge. Nun büßte er und dachte über Selbstmord nach, wenn er nachts von dem Traum aufwachte. Manchmal zog er sich in solchen Situationen an und streifte ziellos durch die Wälder, oft bis die Sonne im Osten die länger werden Tage ankündigte.

Es war wahrscheinlich, dass er für seine Massentötungen von den Siegern bestraft würde. Dann würde er es eben als gerechte Strafe hinnehmen. Allerdings würde er sich nicht freiwillig stellen. Ob das nun feige oder inkonsequent war, bewertete er nicht. Immerhin fiel ihm auf, dass dem Waldschrat, der sich als ein Teil seines Wesens zu etablieren schien, diese persönliche Entwicklung gefiel. Aber was hatte das schon zu besagen?

ESSEN März 2002

Mit Hilfe des Internets holte sich Köhler die Adresse der Bank in St. Gallen und freute sich, dass es sie noch gab. Mit ihr zu verhandeln wäre unter diesen Umständen wesentlich einfacher, als wenn er sich mit irgendwelchen Rechtsnachfolgern auseinandersetzen müsste. Die Bank war also älter als sechzig Jahre. Denn so viele Jahre musste es wahrscheinlich her sein, dass Joseph Kohn zum letzten Mal an den drei Konten der Familie war, von denen in der Vollmacht die Rede war.

Köhler erinnerte sich an diverse Zeitungsartikel in jüngster Zeit, in denen Erben von jüdischen Kontoinhabern oder jüdische Organisationen über das Geschäftsgebaren von Schweizer Banken Beschwerde geführt hatten. Die Diskussion war international geführt worden und hatte ein großes Misstrauen hinsichtlich des bisher als grundsolide geltenden Bankenplatz Schweiz hervorgebracht. Es musste relativ häufig vorgekommen sein, dass deutsche Juden vor oder während der Nazizeit Konten in der Schweiz eingerichtet hatten, um sie dem Zugriff der deutschen Behörden zu entziehen. Etwas später waren sie im Zusammenhang mit dem Holocaust umgekommen und hatten sich natürlich nie wieder bei den entsprechenden Banken gemeldet. Es lag also seit Jahren eine Menge Geld auf diesen Konten, und viele Schweizer Banken verhielten sich so, als wären die Konteninhaber oder ihre Erben aus purem Zufall nicht dazu gekommen, sich um ihr Geld zu kümmern. Dieser Tiefschlaf des Geldes hatte sich gelohnt. Der Banker arbeitet mit dem Geld seiner Kunden. Er gibt ihnen einen niedrigeren Zinssatz als den, den er erzielt, wenn er das Geld anlegt oder investiert. Ein Kunde, der sich sechzig oder mehr Jahre nicht um sein Geld kümmert, ist ein Traumkunde. Am besten, wenn er sich nie mehr meldet. Solche Kunden widersprechen nicht, wenn der Zinssatz gesenkt wird und auch nicht, wenn allgemein die Zinsen steigen, aber der Zinssatz seines Kontos im Keller bleibt.

Die Kritiker, die sich lautstark in den Medien äußerten, warfen den Banken vor, keinerlei Anstrengungen unternommen zu haben oder zu unternehmen, um die Inhaber von Konten oder deren Erben ausfindig zu machen. Stattdessen arbeiteten sie mit dem Kapital auf Kosten ihrer Kunden beziehungsweise deren Erben, die nicht nur misshandelt oder ermordet waren, sondern obendrein noch diesen Schaden zu verkraften hatten. Wenn dann nach Jahren irgendwelche Erben doch von dem Geld erfahren hatten, aber natürlich nicht die Codes kannten, die ihre Großväter einmal mit den Instituten vereinbart hatten, nahmen viele Banken die Position ein, ohne die Codes sei kein Zugriff auf das Konto möglich.

Erst als der Skandal – in erster Linie durch jüdische Organisationen aus Europa und den USA – sehr deutlich gegeißelt wurde, gab es Bewegung in dieser Sache.

Köhler war gespannt auf die Reaktion des Bankhauses in St. Gallen. Er schickte eine entsprechende E-Mail mit dem Scan der Originalvollmacht und der Übersetzung und kündigte an, sich nach dem Wochenende persönlich per Telefon zu melden.

Dieser Freitag Vormittag war wie im Flug vergangen. Der Besuch bei der alten Dame, die Internetrecherche, die E-Mails – für alles hatte sich Köhler sehr viel Zeit genommen und war Feuer und Flamme, die weiteren Aufgaben der Vollmacht zu erledigen. Gegen vierzehn Uhr wurde ihm klar, dass er sich heute noch viele Stunden mit diesem interessanten Fall beschäftigen könnte, um sich nicht der Vorbereitung des heutigen Abends widmen zu müssen.

Deshalb radelte er nach Hause, um das Unvermeidliche zu tun. Vorher bat er die Abteilung, die die notariellen Verträge vorbereitete, einen Blick auf die Urkunden aus der Tasche zu werfen, die vor vielen Jahren von seinem Vater angefertigt worden waren. Man sollte, wenn nötig mithilfe des Grundbuchamtes, herausfinden, wer der oder die jetzigen Eigentümer der Kohn-Immobilien seien. Diese Arbeit wollte er nach dem Wochenende fortsetzen.

Beim Fahrrad fahren wurden ihm die Konturen des für den heutigen Abend geplanten Menüs sichtbar. Im Supermarkt würde er sich die vorgegarte Rote Beete kaufen, die er in der gleichen Form zubereiten würde wie beim ersten Mal. Das wäre die Vorspeise. Aber was würde er als zweiten Gang nehmen? Schließlich entschied er sich für Gemüsebolognese, weil Frauen – bildete er sich ein – Gemüsegerichte liebten. Als Hauptgericht würde es eine Platte mit gegrilltem Fisch geben. Damit konnte man keinen Fehler machen. Der Nachtisch würde eine Zabaione mit frischen Früchten nach seinem alten toskanischen Kochbuch sein. Wein hatte er im Haus.

Die gedankliche Vorbereitung dieses Menüs machte ihm wie immer Spaß. Manche Hobbyköche brauchten Tage, um eine wichtige Cena vorzubereiten. Die üppige Vorbereitungszeit spiegelte sich dann oft darin wider, dass es viel zu viel gab und große Mengen übrig blieben, die hinterher den

Gästen wie Sauerbier angeboten oder - noch schlimmer - ihnen zum Mitnehmen eingepackt wurden.

Er stand auf dem Standpunkt, dass eine leer geputzte Platte immer das beste Zeichen und der Beleg dafür war, dass es wirklich geschmeckt hatte. Blieben großen Mengen von Speisen übrig, war das in der Regel ein Zeichen dafür, dass die pflichtschuldigst ausgesprochenen Komplimente hohl und eher dafür gedacht waren, den Narzissmus des Kochs nicht zu kränken. Verdammt noch mal, der beste Beweis, dass ein Essen gut war, war doch die Tatsache, dass die Gäste mit Brot auf den leeren Platten nach den letzten Resten der Sauce oder der Vinaigrette gierten. Jedes verbale Lob des Kochs war unter diesen Umständen obsolet. Es hatte ihn oft erstaunt, wie nach außen hin zivilisierte Gäste die letzten Brocken einer Speise in sich hineintierten. Wenn dann der Anflug einer Stimmung entstand wie bei zwei Hunden, die um einen saftigen Knochen kämpften, wenn man fast das gefährliche Knurren des Tischnachbarn hörte, konnte man sich als Koch beruhigt zurücklehnen. Das war ein Zeichen dafür, dass das Essen wirklich gut war.

Die Platten durften also nicht zu voll sein und einer der wichtigsten Punkte bei einem guten Essen war, dass es dem Koch selber schmeckte und er eine Spur bedauerte, es mit anderen teilen zu müssen.

Mit seinen Kochkünsten wäre er schön und könnte brillieren wie die Krähe vor der Geliebten mit ihren Flugkünsten. Diese Gedanken gaben ihm eine ausreichende Sicherheit für den heutigen Abend. Selbst für den Fall, dass *Mon* es ablehnen würde, ihn tendenziell als Liebhaber in Betracht zu ziehen, würde es ein schöner Abend werden. Er würde sich nicht einsam fühlen, sondern die Unterhaltung mit einer schönen und interessanten Frau genießen. Wenn es ums Essen ging, gab es von seiner Seite aus immer etwas zu erzählen. Es gelang ihm schließlich, die Frage, ob es mit *Mon* nun was würde oder nicht, auszublenden.

„So gefällst du mir!"

„Hau bloß ab, du hast mir gerade noch gefehlt!"

„Ich geh ja schon. Wollte nur mal sehen, ob alles gut läuft. Du machst dich!"

„Dann kannst du ja gehen."

„Bin schon weg. Schönen Abend!"

Köhler drohte seinem imaginären Alter Ego mit der Faust.

In seinem Haus angekommen, holte er sich die große Einkaufstasche aus der Speisekammer, die es schon zu Emmas Zeiten gegeben hatte, hängte sie über den Lenker und fuhr zu dem kleinen Supermarkt. In der Gemüseabteilung gab es keine Kiste mit vorgegarter Roter Beete mehr. Den zuständigen Verkäufer, der gerade mit einer Kassiererin flirtete, brauchte er gar nicht zu fragen. Er würde ihm lediglich seine Hilfe dabei anbieten, dieses Gemüse in der Dosen- oder Gläserabteilung zu suchen. Kurzerhand nahm er drei große Knollen ungekochter Roter Beete. In Silberpapier gewickelt würde er sie in der Glut seines Herdes genauso gut zubereiten. Außerdem kaufte er das Gemüse für die Bolognese: Karotten, Sellerie, Radieschen, Paprika, Auberginen und Cherrytomaten.

In seinem Fischladen – fünfhundert Meter weiter – ließ er sich sechs Sardinen, zwei Scheiben Schwertfisch und ein Stück Seeteufel einpacken. Das Obst und die Eier für die Zabaione hatte er noch im Haus. Der ganze Einkauf dauerte eine halbe Stunde. Gegen sechzehn Uhr war er schon zu Hause und stellte das Fahrrad im Flur auf den Marmorplatten ab. Es war ein sonniger Freitag im März und das Fahrrad war noch völlig sauber.

Die Leidenschaft fürs Kochen hatte sich früh bei ihm entwickelt. Richtig ausgelebt hatte er sie allerdings erst seit Emmas Tod. Bis dahin hatten sie sich, beide gute Köche, die Zubereitung der Mahlzeiten geteilt und dabei oft miteinander gewetteifert. Diese Rivalität aber hatte beiden Spaß gemacht und sie zu Höchstleistungen animiert. Ihre Essensgäste waren immer ganz angetan.

Dieser alltägliche Wettbewerb war durch Emmas Tod jäh beendet worden. Nach einer einjährigen Trauerphase gestattete er sich den Luxus, sich die Küche bauen zu lassen, von der er seit Jahren träumte. Emma diesen Umbau der Küche vorzuschlagen, hatte er sich nicht getraut. Sie hätte ihn als völlig überspannt abgelehnt.

Vor mehr als zwanzig Jahren hatte er während eines Osterurlaubs mit Emma in der Nähe von Carcassonne seine Traumküche entdeckt. Sie befand sich in einem alten Bauernhaus auf dem Land. Sie hatten eine Wanderung gemacht und sich verlaufen. Emma, die gut französisch sprach, wollte bei dem Hof nach dem Weg fragen. Dass jemand da war, hörten sie an dem Geklapper von Töpfen und Geschirr. Außerdem musste ein Feuer brennen. Aus dem großen Schornstein quollen Rauchschwaden eines Holzfeuers.

Nachdem sie eine Weile geklopft hatten, öffnete schließlich eine alte Frau in Holzpantinen und erklärte mit einladendem Gesicht: „Entschuldigung, ich war gerade dabei, eine Zabaione zu machen. Wenn ich sofort gekommen wäre, wäre Rührei aus ihr geworden. Sie haben sich verlaufen? Kommen Sie doch herein. Ich bin gerade beim Kochen. Die Familie meines Sohnes kommt gleich zum Essen. Ich erkläre Ihnen den Weg in der Küche."

Sie waren neugierig und hatten das Angebot gerne angenommen.

Die Küche, in die die Alte einlud, bezeichnete Köhler von da an als seine Traumküche. Das galt weniger für das malerische Ensemble aus altem Kastanienholz: dem großen Tisch, dem Küchenschrank und den Stühlen mit geflochtenen Sitzflächen, sondern in erster Linie für den Herd. Bei ihm schien die Zeit vor zweihundert Jahren stehen geblieben zu sein. Eigentlich war es gar kein Herd, sondern eher eine Feuerstelle oder ein Kamin, dessen Boden sich in Hüfthöhe befand. Das Feuer war fast heruntergebrannt. Zwei Kupfertöpfe standen vorn in der Glut. Im hinteren Teil loderte ein Feuer aus trockenen Zweigen, die von dem Stapel auf dem Terrakotta-Boden vor dem Kamin stammten.

Die Kunst dieser Kochweise bestand darin, zum richtigen Zeitpunkt immer genügend frische Glut unter den Kupfertöpfen zur Verfügung zu haben. Wenn die Glut erkaltete, nahm die Alte einen Schieber aus Eisen und holte neu produzierte Glut aus dem Feuer. Von Zeit zu Zeit legte sie Zweige nach. Aus der einen Kupferkasserolle roch es nach geschmortem Rind, aus der anderen nach einer Süßspeise. Dieses Gemisch aus Essensdüften und brennendem Holz war es, das es Köhler angetan hatte und natürlich der optische Reiz des brennenden Feuers. Es war ihm auf der Stelle klar: Das war seine Küche. So einen Herd wollte er auch besitzen.

In die Raster einer eisernen Stele, die an einem Dachbalken befestigt war, konnte man einen großen Henkeltopf in die gewünschte Höhe hängen. Mit dieser Vorrichtung war anscheinend früher für warmes Wasser gesorgt worden. Der kohlschwarze Topf dafür stand noch auf einer Anrichte neben dem Herd. Inzwischen benutzte man für schnelle Gerichte und fürs Wasserkochen einen zweiflammigen Gasherd. Dieser stand auf einer mit Eisenstäben in der Wand befestigten Marmorplatte direkt neben dem Kamin. Obwohl der Gasherd einige Jahrzehnte auf dem Buckel hatte, präsentierte er hier anscheinend die modernen Zeiten der Kochkunst.

Bevor sie nicht von allen zubereiteten Speisen eine Kostprobe genommen hatten, wollte sie die Alte nicht gehen lassen. Eine Viertelstunde später tauchte ihr Sohn mit Familie in einem klapprigen Citroën Diane auf und bekam den Auftrag, sie in Sichtweite des Schlosses zu bringen, von wo aus sie zum Hotel laufen wollten.

Köhler hatte sich später lange damit befasst, warum diese Küche mit diesem Herd eine solche Faszination bei ihm ausgelöst hatte. Das war zuerst, schien ihm, der direkte Umgang mit dem Feuer. Millionen von Jahren, seit Menschen das Feuer entdeckt hatten, waren sie täglich damit umgegangen. Es hatte sie gewärmt, sie hatten damit Speisen zubereitet, sich in seinem Schein gepaart, damit geschmiedet und vieles mehr. Er bezeichnete die Sehnsucht nach Feuer, die in ihm schlummerte, als ein archetypisches menschliches Gefühl.

In der jetzigen Zivilisation hatte man das Feuer ausgesperrt. Mit dem Hinweis auf seine potenzielle Gefährlichkeit hatten Vorgänge, bei denen Feuer eine zentrale Rolle spielte, in stählernen Behältnissen stattzufinden, wie in Motoren oder Heizungsanlagen. In den Wohnhäusern, die mit Zentralheizungen ausgerüstet waren, durch die warmes Wasser floss, war der Zusammenhang mit einer Feuerstelle, die irgendwo unten im Keller oder weit weg im Kessel einer Fernwärmeanlage brannte, nur noch gedanklich präsent. Außerdem war Feuer gefährlich. Um es zu beherrschen, benötigte man eine Feuerwehr.

Das Erlebnis, eine lodernde Flamme zu sehen, die Glut mit seinem Atem zu entfachen, das Knistern von brennendem Reisig zu hören, vorher Holz zu sammeln und in die richtige Größe zu brechen, war den meisten Menschen inzwischen unbekannt. Es war klar, diese Sehnsucht war anachronistisch, überflüssig und irrational, aber er bekannte sich zu ihr. Beim Bau ihres Hauses hatte Emma schließlich entnervt aufgegeben und ihr Einverständnis zum Einbau eines Kamins im Wohnzimmer gegeben. „Ist ja gut. Der kleine Pfadfinder darf abends an seinem Lagerfeuer sitzen und in die Flammen gucken", war ihr Kommentar, als er sie erinnert hatte, dass dem Architekten nun endlich Bescheid gegeben werden müsste.

Später, wenn er den Kamin anzündete, reagierte sie oft vorwurfsvoll und wies auf die Staubentwicklung hin, die er verursache.

Jahre später – Emma war schon ein Jahr tot – ließ er einen Architekten kommen und erklärte ihm, wie er seine Küche wollte.

„Das geht nicht. Ihre Küche hat doch gar keinen Schornstein. Für einen Kamin benötigen Sie einen großen Schornstein mit einem Durchmesser von mindestens zwanzig Zentimetern."

„Dann lassen wir einen bauen."

„Sie wollen wegen der Einrichtung einer mittelalterlichen Kochstelle in Ihrer Küche einen Schornstein bauen?"

„Ja, warum denn nicht?"

„Das heißt, Sie wollen für die Erfüllung dieses Wunsches eine Menge investieren?"

„Genau. Das ist mir so wichtig, dass ich es mir was kosten lasse."

„Mit viel Geld ist eigentlich alles möglich."

Sie entschieden sich schließlich aus thermischen Gründen für die Außenwand der Nordseite der Küche. Der Bau verursachte großen Dreck und seine Putzfrau hätte fast gekündigt. Da sie die Außenseite des Hauses nicht durch ein Edelstahlrohr verunstalten wollten, blieb nur die Möglichkeit, einen Schornstein aus Ziegeln von innen vor die Küchenwand zu setzen. Dafür musste die Betondecke über der Küche aufgestemmt und das Dach darüber geöffnet werden. Da der Fliesenfußboden in der Küche eh schon etwas mitgenommen aussah und durch den Bau des Kamins noch mehr gelitten hatte, erfüllte er sich zusätzlich den Wunsch eines Gasherdes, für dessen Zuleitung ein Kanal in den Küchenboden gemeißelt wurde. Danach ließ er den Fußboden mit grauen Marmorplatten neu verfliesen, und weil der Marmor der Küche nicht zu den Fliesen im Flur passte, ließ er den Flur gleich mitverfliesen. Nach zwei Wochen war der Umbau fertig. Es hatte einen stattlichen Betrag gekostet. Seine Küche verfügte nun mit dem *Kochkamin* über eine richtige Feuerstelle und einen Gasherd mit vier Flammen.

Es war nicht auszudenken, wieviele Gerichte und Geschmäcke einfach vergessen waren, seit es keine offenen Feuerstellen mehr gab, und er war ständig auf der Suche nach alten Kochbüchern. Der Siegeszug des geschlossenen eisernen Herdes hatte in England vor dem Hintergrund des Abbaus von Steinkohle begonnen und sich langsam über ganz Europa ausgebreitet. Mit Hilfe der herausnehmbaren Ringe konnte man noch über Jahre den Kontakt zum offenen Feuer herstellen. Die Ingenieure und Herdbauer hatten diesen aber letztlich als überflüssig, unrationell und gefährlich verbannt. Der Höhepunkt war dann letztlich der elektrische Kochplattenherd und seine diversen Nachfolger, die Ceranfelder mit Induktionsschleifen und allen möglichen technischen Raffinessen.

Wenn man heutzutage den Reiz eines auf Holzkohle gegrillten Fleisches genießen wollte, musste man den Sommer mit seinen Grillparties abwarten. Dabei wurden oft Fleischstücke gegrillt, die bis dahin in einer industriell hergestellten Gewürztunke mit Konservierungsstoffen gelegen hatten. Ein solches Marinieren wurde offensichtlich für weniger gesundheitsschädlich gehalten als das Grillen auf Holzkohle, das unter Krebserzeugungsverdacht stand. Glücklicherweise hielt es sich allen Gesundheitsaposteln zum Trotz wegen seiner animalischen Kraft.

Man hatte Angst, die Konsumenten seien nicht mehr dazu in der Lage, Fleisch richtig und wohlschmeckend zu würzen. Wenn sich die Entwicklung bei der Zubereitung von Speisen so fortsetzte, würde es nicht mehr lange dauern und die Gesellschaft hätte kollektiv das Kochen verlernt. Gegen diesen Trend stemmten sich kleine Inseln des Überlebens der Kochtradition wie seine Küche, worauf er stolz war.

Wie zu kochen war man anscheinend auch gerade dabei zu verlernen, einen guten Geschmack zu haben. Im Werbefernsehen gab es immer häufiger Szenen, in denen eine komplette Familie mit freudigen Gesichtern um einen Esstisch saß und ekelhafte vorgefertigte Speisen zu sich nahm. Er fragte sich, wofür die Schauspieler bei diesen Szenen bezahlt wurden, ob sie schauspielerten, ein schlecht schmeckendes Essen würde gut schmecken - dann würde es sich gewissermaßen um Schmerzensgeld handeln - oder ob sie es schon verlernt hatten, wie eine echte Hollandaise schmeckte und wirklich der Überzeugung waren, eine der Firma X oder Y wäre die einzig wahre Hollandaise.

Von *Mon* hatte er am Mittwoch beim Italiener den Eindruck gewonnen, dass sie eine gute Küche wertschätzte.

Er ging in den Anbau neben der Garage, füllte eine blaue Ikeatüte mit Holzstücken und Reisig und machte Feuer im Küchenkamin. Holz und Reisig waren knochentrocken. Das Feuer loderte auf. Er legte sein Jackett ab und genoss die Wärme in der Nähe des Feuers. Als das Feuer genügend Kraft hatte, legte er dickeres Holz auf. Nach einer halben Stunde war die Glut stark genug und er legte die in Silberpapier gewickelte Rote Beete hinein. Mit der Bolognese fing er auch schon an, schälte das Gemüse und zerschnitt es in winzige Stücke, briet es in seiner Edelstahlpfanne in Olivenöl an, bis es sich leicht verfärbt hatte und weich geworden war. Dann tat er den von ihm vorgefertigten Tomatensugo dazu, von dem er immer ein paar Portionen im Tiefkühlfach aufbewahrte und ließ das Ganze kurz aufkochen. Voilà, damit war die Bolognese schon fertig. Sie musste nachher, wenn die Spaghetti gar waren, nur noch kurz aufgewärmt werden und schmeckte in aufgewärmtem Zustand am besten. Der Fisch musste nicht vorbereitet werden. Nur die Marinade, mit der er das gegrillte Fischfleisch bestreichen wollte. Sie bestand aus gepresstem Knoblauch, geriebener Zitronenschale, Rosmarin, Salz, Pfeffer und Olivenöl. Dafür benötigte er auch höchstens zehn Minuten.

Die Rote Beete war wahrscheinlich wie Backkartoffeln nach einer halben Stunde gar. Er nahm die leichtere der beiden Kaminzangen und hob eine der inzwischen schwarz angelaufenen Kugeln hoch und prüfte das Gewicht. Sie war wesentlich leichter geworden, also gar. Er legte sie zum Kühlen auf die Arbeitsplatte bei der Spüle. Am meisten Zeit würde er dafür benötigen, sie in hauchdünne Scheiben zu schneiden. Das würde er aber erst eine halbe Stunde vor *Mons* Ankunft um halb acht tun. So würden sie saftiger bleiben. Was jetzt noch? Die Tiefkühlhimbeeren konnten schon mal auftauen und er stellte sie ebenfalls auf die Arbeitsplatte. Die Zabaione musste ad hoc, kurz bevor sie gegessen wurde, zubereitet werden. Er war fertig mit den Vorbereitungen. Fehlte nur noch das Tischtuch, um dem Ganzen eine festliche Note zu geben. Er stellte sich *Mon* in dem schwarzen Armanikostüm vor und entschied, dass dazu am besten das weiße Leinentuch passte, das er von seiner Großmutter geerbt hatte und das so groß war, dass es die gesamte Marmorplatte des großen Küchentisches bedeckte. Es war inzwischen halb sechs. Vor acht Uhr würde *Mon* nicht kommen.

Eine Fahrradtour, bei der er sich den Stress ein wenig wegstrampeln würde, war jetzt genau das Richtige. Bei dieser entdeckte er auf einem Gartengrundstück, das neu bebaut werden sollte, einen vergessenen Forsythienstrauch, der demnächst einem Baggerloch geopfert werden sollte. Er pflückte sich einen großen Strauß, der sich auf dem weißgedeckten Tisch gut machen würde.

Shanghai April 1955

Rebecca war sechsundzwanzig Jahre alt, als sie es in Shanghai nicht mehr aushalten konnte und wollte. Viele Mitglieder der deutsch-jüdischen Gemeinde hatten Shanghai schon kurz nach Beendigung des Krieges verlassen. Die meisten waren in die USA oder nach Israel ausgewandert. Die wenigsten wollten wie sie nach Deutschland oder in die Schweiz zurück.

Als ihr Onkel vor zehn Jahren an dem Biss einer giftigen Viper gestorben war, war sie mit sechzehn allein auf der Welt. Ihre Eltern, Großeltern und ihr Bruder waren schon in der Zeit zwischen 1942 und 1945 in irgendwelchen Lagern von Nazideutschland ermordet worden. Sie hatte, seit sie mit Onkel Joseph in die Schweiz geflohen war, nie wieder etwas von ihnen gehört. Mit Onkel Joseph hatte das Leben für sie noch einen großen Wert gehabt. Er hatte sich von den Nazis nichts gefallen lassen.

Sie selber war Zeuge eines bewaffneten Kampfes gewesen, in dem er einen gefährlichen Naziagenten, der sie alle töten wollte, mit einer Maschinenpistole erschossen hatte. Onkel Joseph hatte ihnen, ihrer Freundin Birgit, deren Mutter und sich selbst das Leben gerettet. Birgit und sie waren damals dreizehn Jahre alt. Sie hatten vor Angst geschrien. Der Lärm von dem Schusswechsel, vor allem von Onkel Josephs MP war fürchterlich gewesen. Das Gesicht des Agenten war nur noch eine blutige Masse. Später als sie sich alle beruhigt hatten, war sie stolz auf ihren Onkel. Er hatte gewollt, dass sie alle zusammen am zweiten Weihnachtstag einen Skiausflug machten, und sie hatten sich so auf diesen Ausflug in die verschneiten Berge gefreut. Die Nazis, die seine Familie bis auf sie beide ermordet hatten, sollten sein Leben nicht mehr bestimmen.

„Wenn sie Jagd auf uns machen wollen, spüren sie uns auch zu Hause auf", hatte er gesagt. Dass er diese schreckliche Waffe in seinem Rucksack bei dem Ausflug mit sich geführt hatte, wusste sie nicht. Diese Tatsache rettete ihr Leben.

Sie hatte einen wunderbaren Onkel gehabt und Lisa, die Mutter ihrer Freundin, hatte ihn geliebt. Die beiden waren ein Paar gewesen und hätten wahrscheinlich geheiratet. Aber Onkel Joseph hatte nach dem Kampf darauf bestanden, dass sie beide die Schweiz verließen. Sie wäre gerne geblieben. Birgit war eine gute Freundin und sie hatte ihr gegenüber schon schwesterliche Gefühle entwickelt. Natürlich hätte sie Detlef, ihren Bruder, nie ersetzen können, der damals wahrscheinlich schon ermordet war. Aber die Vertrautheit zwischen ihnen war groß und sie hatte schon angefangen, ihr davon zu erzählen, wie sehr sie ihre Eltern und Großeltern vermisste. Trotzdem! Wahrscheinlich hatte Onkel Joseph recht gehabt. Kein Mensch hatte gewusst, ob der nächste Agent der Nazis nicht Erfolg haben würde.

Dann wäre sie jetzt schon dreizehn Jahre tot, eine Vorstellung, die sie völlig kaltließ. Wenn damals wenigstens Lisa und Birgit mit nach Shanghai gekommen wären. Sie wären eine Art Familie gewesen. Lisa und Birgit wären ihr nach Onkel Josephs Tod geblieben. Sie hatte damals nicht begriffen, warum sie nicht mitgekommen waren. Onkel Joseph hatte Lisa gedrängt, alles auf eine Karte zu setzen und trotz der fehlenden Visa mitzukommen. Die leichte Verletzung am Arm, die der Streifschuss des Agenten bei ihr verursacht hatte, war sicherlich nicht der Grund.

Irgendein Großonkel, von dem sie seitdem nie wieder gehört hatte, hatte ihnen ein Telegramm geschickt. Mit diesem musste Onkel Joseph zu einem Konsulat in Zürich gehen und bekam ein kanadisches Diplomatenvisum für Shanghai und Pässe für sich und sie. Ein Schweizer, der als Agent für die kanadische Regierung tätig war, hatte sie in einem Lkw zuerst durch die Schweiz und dann durch Italien bis nach Palermo gebracht. Es war eine schrecklich lange Fahrt gewesen. Tagsüber mussten sie sich in einer verborgenen Zelle aufhalten, die in die Ladefläche des Lasters geschweißt war. In dieser konnte man sich nur liegend aufhalten. Einige Male wurde die Ladung durchsucht. Ihr Versteck war von den italienischen Militärs aber nicht entdeckt worden.

Von einem Strand in der Nähe von Palermo hatte sie der Agent nachts in einem Schlauchboot zu einem Frachter gebracht, der ohne Positionslichter vor Anker lag. In dieser Zeit stand die Landung der Alliierten in Sizilien und Süditalien kurz bevor, und der Agent hatte jeden Abend per Funk Kontakt zu den Marineeinheiten gehabt, die sich an der Küste Nordafrikas bereithielten. Etwas später reihte sich der Frachter in einen von alliierten Kriegsschiffen begleiteten Konvoi ein. Zwei Monate später waren sie in Shanghai angekommen.

Onkel Joseph hatte sich in einem Vorort ein Haus mit einer großen Fläche Feld gekauft und sich Becken anlegen lassen, in denen er Fische züchtete.

Beide litten sie unter dem Verlust der Familie, Onkel Joseph zusätzlich unter der Trennung von Lisa. Aber die Beschäftigung mit der Fischzucht gab ihm neuen Halt. Soviel sie wusste, schrieb er sich mit Lisa. Ab und zu bekam sie Grüße von Lisa und Birgit, wenn ein neuer Brief gekommen war.

Am schlimmsten war für sie, dass er auf dem Aufenthalt in einem englischsprachigen Internat bestanden hatte. Das bedeutete schon wieder eine Trennung.

Wie viele Kinder, die ihre Eltern und Geschwister durch Tod verloren haben, machte sie sich Vorwürfe. Sie suchte nach und konstruierte Gründe, denen zufolge sie an der Verhaftung und Ermordung ihrer Familie schuldig war. Ab August waren ihr Bruder und sie aus dem öffentlichen Gymnasium ausgeschlossen worden. Zufällig war sie in dieser Zeit keine gute Schülerin. Ihre Eltern waren damals mehrere Male zu ihrem Klassenlehrer zitiert worden und sie glaubte, damit der Anlass für die Verhaftung und letztlich für die Verschleppung und Ermordung gewesen zu sein. Über dieses Gedankenkonstrukt redete sie mit keinem Menschen. Verstärkend kamen die Gedanken hinzu, dass offensichtlich ein ganzes Volk ihren Tod gewollt hatte. Irgendetwas musste also mit ihr nicht in Ordnung sein. Kurz bevor sie sich gegenüber Birgit öffnen wollte, waren sie schon abgereist. Onkel Joseph wollte sie mit diesen düsteren Gedanken nicht belasten, obwohl und vielleicht weil sie wusste, dass er entschieden widersprochen hätte. Er hätte ihr diese Gedanken ausgeredet.

Als Onkel Joseph gestorben war, nahmen ihre Schuldgefühle zu. Genau wie sie an der Verschleppung und Ermordung der Familie schuld war, war sie an ihrer Flucht nach Shanghai schuld, wo er von der Viper gebissen wurde.

Leider hatte Rebecca keinen Menschen, mit dem sie über ihre Gedanken und Gefühle sprechen konnte. Vielleicht hätte sie sich davon lösen können. Diesen jemand gab es aber nicht, weil der Rassenwahn der Nazis die ganze Familie bis auf sie zerstört hatte und sie alleine übrig gelassen hatte.

Dass sie als Einzige überlebt hatte, machte sie sich auch zum Vorwurf. Wie oft hatte sie sich als Jugendliche gewünscht, zu den Toten ihrer Familie zu gehören, statt überlebt zu haben! Unter diesen Umständen gewann die Depression in ihr die Oberhand. Den Gedanken, welches Glück sie hatte, überlebt zu haben, ließ sie nicht an sich heran. So wurde aus einem lebensfrohen jungen Mädchen langsam eine junge Frau, die unter schweren Depressionen litt. Daran änderte auch ihre Schönheit nichts, die sie vor sich und anderen verbarg. Sie sagte sich oft, es nicht verdient zu haben, eine schöne junge Frau zu sein und verdrängte diese Tatsache.

Dass sich junge Männer aus der Gemeinde für sie interessierten und ihr auf der Straße junge Chinesen unverblümt nachschauten, blendete sie aus. Es kam ihr wie Hohn vor, dass ausgerechnet sie, die den Tod mehr verdient hatte als alle ihre Angehörigen, von irgendeinem Menschen geliebt werden könnte. Das Glück einer Beziehung zu einem jungen Mann schien ihr völlig illusorisch und sie tat alles, um es nicht dazu kommen zu lassen.

Als Onkel Joseph starb, war sie fünfzehn. Er hatte ihr das Haus und alles Geld vermacht, das er auf dem Konto bei der Bank in Shanghai hatte. Außerdem vertraute er ihr auf dem Sterbebett einen Zettel mit den Codes der Nummernkonten in St. Gallen an und verriet ihr, dass sie mit diesem über eine große Menge Geld verfügte. Sie sollte später wieder zurück in die Schweiz gehen, wenn der Krieg vorbei wäre.

Er gab ihr auch die Adresse von seinem Onkel in Kanada. Bei diesem Gespräch war er schon sehr vom Tod gezeichnet. Ihre Trauer und die Furcht, alleine zurückzubleiben, beschäftigten sie mehr als ihr Erbe und wo es auf der Welt noch andere Verwandte gäbe, die sie nie gesehen hatte.

Sie nahm die Mappe mit den Unterlagen von ihm entgegen und hörte sich wie gelähmt an, was sie nach seinem Tod zu beachten habe und dass sie stark sein müsse, noch stärker als damals an dem Tag, an dem er ihr von der Ermordung der ganzen Familie berichtet hatte.

Als er schließlich starb, ihre Hand in seiner, war sie fassungslos. Am allerletzten interessierte sie ihre Vermögenssituation, ihre Ausbildung und berufliche Zukunft.

Onkel Joseph hatte mit dem Vorsteher der jüdischen Gemeinde vereinbart, dass die Haushälterin in den nächsten zwei Jahren die Verantwortung für ihre Entwicklung und Erziehung übernehmen sollte. Mit siebzehn sollte sie selber die Verantwortung für sich übernehmen und erwachsen sein. Bis zu diesem Zeitpunkt hatte er den Zugriff auf das Konto in Shanghai gesperrt. Die Bank war angewiesen, der Haushälterin und Rebecca monatlich eine ausreichende Summe auszuzahlen. Ausnahme war das Geschäftskonto, über das sie in Notfällen verfügen konnte. Der Vorsteher der Gemeinde sollte kontrollieren, ob sich die kommenden zwei Jahre zufriedenstellend für Rebecca entwickelten und notfalls eine Alternativlösung veranlassen. Als Gegenleistung hatte Joseph eine größere Summe für arme Gemeindemitglieder gespendet.

In diesen zwei Jahren wurde Rebecca erwachsen. Ihre seelische Entwicklung verlief zwar nicht so, wie man es sich für ein junges Mädchen, das erwachsen wird, wünscht, aber immerhin lernte sie, als Erwachsene zu funktionieren. Onkel Josephs Unternehmen, die Fischzucht, war ihr gewissermaßen heilig. Mit einer Mischung aus Verehrung für den toten Onkel und dem ihr anscheinend angeborenen Geschäftssinn hielt sie den Betrieb aufrecht und steigerte sogar seine Erträge. Die Haushälterin wollte sie zur Aufgabe des Geschäftes überreden, weil sie damit überfordert sei. Rebecca entschied sich für das Gegenteil.

Zwei Tage nach der Beerdigung ließ sie Thuang, den Vorarbeiter, zu sich kommen und fragte ihn, ob er sich die Leitung des Unternehmens zutraue. Sie selber habe wegen des Gymnasiums zu wenig Zeit, würde aber an den Wochenenden und an einem Abend in der Woche anwesend sein. Zum Beweis ihrer Fähigkeit, geschäftliche Zusammenhänge zu begreifen, präsentierte sie ihm die von ihr ausgerechnete Gewinn- und Verlustrechnung für das vergangene Jahr und die detaillierten Umsätze und Erträge der vergangenen zwei Jahre. Er sollte gar nicht erst auf die Idee kommen, sie übervorteilen zu können. Thuang war überrascht, aber sehr angetan.

Sie erhöhte sein Grundgehalt um zwanzig Prozent und vereinbarte eine jährliche Gewinnbeteiligung von zwölf Prozent, zahlbar am 31. Dezember eines jeden Jahres. Damit er nicht täglich den weiten Weg von seiner jetzigen Mietwohnung zum Arbeitsplatz hatte, bot sie ihm und seiner Familie den leer stehenden Flügel von Josephs Haus an. Die Materialien für die Renovierung stellte sie und Thuang sollte die Arbeiten mit seinen Freunden ausführen.

Die Haushälterin war entsetzt. Vor allem die Tatsache, dass ein Bauer mit seiner primitiven Familie unter einem Dach mit ihr und ihrer Mutter leben würde, machte ihr schwer zu schaffen. Rebecca ließ sie abblitzen und Thuang zog drei Wochen nach der Beerdigung ein. Die Renovierung wollte er an den Abenden und Wochenenden in Angriff nehmen. Rebecca fiel ein Stein vom Herzen. Sie wusste, dass sie mit diesem Schritt das Überleben von Onkel Josephs Firma gesichert hatte.

Neben den Bemühungen um die Firma besuchte sie das Gymnasium, schaffte das Abitur und studierte später an der Uni in Shanghai Betriebs- und Volkswirtschaft. Inzwischen sprach sie einigermaßen perfekt chinesisch und englisch.

So erfolgreich sie ihr Geschäft führte oder von Thuang führen ließ und nebenbei das Gymnasium und später das Studium absolvierte – ihr Innenleben glich einer Wüste. Die Depressionen schienen sie von Tag zu Tag stärker zu quälen. Nur durch die Arbeit in der Firma und das Studium konnte sie sich davon ablenken.

Als sie zwanzig wurde, wanderte die Haushälterin, deren Mutter gestorben war, nach Israel aus. Rebecca bewohnte nun alleine mit Thuangs Familie das große Haus. Sie hatte sich ein kleines japanisches Automobil gekauft und fuhr damit zu den Vorlesungen. Sie litt unter ihrer Einsamkeit und ihren Schuldgefühlen und bekam immer mehr das Gefühl, Shanghai verlassen zu müssen. Mit vierundzwanzig wurde sie schwanger. Sie hatte ein Verhältnis mit Thuangs Sohn angefangen, wollte es aber trotz der Schwangerschaft um keinen Preis fortsetzen. Fünfundzwanzigjährig gebar sie ihren Sohn, den sie Joseph nannte. Thuangs Sohn war empört, dass sie keine engere Beziehung wollte und zog aus. Das letzte, was sie von ihm hörte, war, dass er eine Chinesin geheiratet hatte. Thuang und seine Frau behandelten den kleinen Joseph, dessen Gesicht asiatische Züge hatte, als Enkel und sie ließ das zu.

Die Firma hatte inzwischen ihren Umsatz und ihre Beschäftigten verdoppelt. Zusätzlich handelten sie jetzt mit Kois, die von reichen Leuten aus Europa und den USA gekauft wurden.

Dann kam ein Brief von Birgit. Beim Aufräumen der Hinterlassenschaften von Lisa hatte sie ihre Adresse in Shanghai gefunden. Ihre Mutter war mit zweiundvierzig Jahren an Krebs gestorben und ihr ging es schlecht.

Der Brief erinnerte sie an die paar glücklichen Monate in St. Gallen und Rebecca entschloss sich auf der Stelle, Birgits Einladung anzunehmen und in die Schweiz zu reisen.

Den zweijährigen Joseph würde sie natürlich mitnehmen. Die Rolle als Mutter tat ihr gut. Ihr Sohn forderte ihre ganze Person und Zuwendung jeden Tag und jede Minute. Er war auf sie angewiesen und liebte sie. Sie war gerührt, und die düsteren Wolken am Horizont ihres Innenlebens klarten etwas auf.

Ihr Auto sollte auch mit. Die Firma riet ihr ab, weil die Ersatzteilbeschaffung in der Schweiz und dem besiegten Deutschland katastrophal war. Sie wusste aber, dass die ersten Flugverbindungen zwischen Tokio und München bereits bestanden. Im Übrigen verließ sie sich auf ihre Chinesisch- und Englischkenntnisse, wenn sie mit der Herstellerfirma telefonieren müsste. Außerdem hatte sie sich gerade das neueste Modell gekauft und Joseph fühlte sich bei den Fahrten immer sehr wohl. Wahrscheinlich spürte er, wie sie bei den gemeinsamen Ausflügen auflebte und glücklich war. Die geplante Reise in die Schweiz über Deutschland, und die Aussicht, Birgit wiederzusehen, besserte ihre Stimmung. Sie hatte für sie beide und den Toyota einen Platz auf einem Frachter nach Deutschland gechartert. Er sollte Anfang Juni in Bremerhaven anlanden.

Ihr Eigentum, Onkel Josephs Fischzucht, war wahrscheinlich verloren. Viele Privatfirmen in Rotchina waren bereits enteignet. Vor diesem Schicksal hatte sie die Tatsache bewahrt, dass der gewinnträchtige Verkauf in die USA, Japan und Europa Devisen für das Land brachte. Sie vertraute dem um seinen Enkel weinenden Thuang die Firma an und versprach, zurückzukehren.

„Bringt ihn sofort in die Sanistation und sagt dem Quacksalber von einem Doktor, dass Kohn unbedingt am Leben bleiben muss. Da soll er mal zeigen, was er gelernt hat, wenn er das nicht schon verlernt hat." Die beiden Wachmänner legten Nummer 516 mit angeekelter Miene auf eine Trage und trugen ihn nach draußen.

Die Worte des stellvertretenden Lagerkommandanten hörte 516 schon gar nicht mehr. Nach dem ersten Schluck von dem Kaffee, den ihm die Sekretärinnen angeboten hatten, war er in sich zusammengefallen und Blut spuckend auf dem Boden gelandet. Die Sekretärinnen, zuerst verdutzt, wollten ihm wegen des Blutes nicht zu nahe kommen, klopften im Chefbüro, wo sich Müller und der stellvertretende Kommandant unterhielten, und meldeten den Vorfall. Beide sprangen auf und sahen Kohn, über den sie gerade gesprochen hatten, am Boden liegen. Wenn er jetzt stürbe, wäre das katastrophal. Sie hatten gerade überlegt, was sie ihn noch alles fragen wollten. Sie benötigten noch detailliertere Auskünfte über seine Unterredung mit dem Lagerkommandanten. Anscheinend hatte er wichtige Informationen über die Flucht des Kommandanten unterschlagen. Sie hatten erst bei dem Gespräch mit Kohn überhaupt von dessen Flucht erfahren. Jedenfalls glaubten sie, dass Kohn ihnen in diesem Punkt reinen Wein eingeschenkt hatte. Offiziell galt der Kommandant seit einigen Tagen als vermisst. Sein Offizier hatte ihn zum letzten Mal gesehen, wie er das Hotel betrat, wo er dem Anschein nach ein Zimmer gebucht hatte, das er bei Berlinaufenthalten immer nutzte. Etwas später waren alliierte Bomber in den Luftraum von Berlin eingedrungen und hatten einen der schwersten Angriffe geflogen, die je über Berlin stattgefunden hatten. Der Offizier hatte geglaubt, der Kommandant wolle die Zentrale in Berlin aufsuchen. Das hatte er ihm zwar nicht ausdrücklich gesagt, es ihn aber glauben lassen. Ein Anruf in der Zentrale hatte ergeben, dass er dort keinen Termin mit irgendeinem hohen Funktionär aus der Reichsführung vereinbart hatte. Möglich war allerdings, dass er sich mit jemandem treffen wollte, der auch flüchten wollte. Also musste erst einmal ermittelt werden, ob noch jemand verschwunden war.

Das war angesichts der desolaten Lage in Berlin gar nicht so einfach. Wenn derzeit irgendjemand nicht an seinem Arbeitsplatz in der Zentrale erschien, bedeutete das nicht unbedingt, dass er geflohen war. Er konnte genauso gut ein Opfer des Bombenterrors geworden sein. Außerdem musste herausgefunden werden, welcher Mann in Berlin als ein Kumpan für den Kommandanten infrage käme. Man müsste also nachforschen, wer mit ihm befreundet war oder näheren Kontakt zu ihm hatte. Falls derjenige noch nicht geflohen war, müsste man ihm eindringlich auf den Zahn fühlen. Man würde ermitteln müssen, ob er den Aufenthaltsort des Kommandanten wüsste und wie weit seine Vorbereitungen, dem Kommandanten zu folgen, ihn und seine Absichten verraten würden. Das bedeutete Hausdurchsuchungen und ein Abklopfen der persönlichen Kontakte. Eine solche Ermittlung konnte sich über Tage hinziehen. Sie war aber eminent wichtig für die Moral in der ganzen Truppe. Denn wenn es sich wirklich um die Flucht eines hohen Funktionärs handelte, mussten solche Aufweichungserscheinungen mit aller Schärfe bekämpft werden. Müller wollte sich bemühen, die Ermittlungen in dieser Sache zu leiten und stellte sich vor, welche Genugtuung es ihm bereiten würde, den ehemaligen Kommandanten zu verhören und zur Strecke zu bringen. Für so etwas kam nur die Todesstrafe infrage. Die ganze Angelegenheit schien ihm noch wichtiger als die Komplettierung der Enteignung der Kohnfamilie, obwohl er die auch noch auf dem Schirm hatte. Auf jeden Fall benötigte man Kohn für eine effektive Erledigung beider Angelegenheiten. Erst danach durfte und musste er sterben.

„Ich glaube, es ist besser, Sie reden noch mal persönlich mit dem Arzt, wie wichtig es ist, dass Kohn jetzt nicht stirbt", sagte er zum Stellvertreter.

„Gut, ich melde mich gleich persönlich in der Sanitätsstation."

„In den nächsten Stunden muss ich Ihr Telefon benutzen. Es stehen einige dringende Telefonate mit der Zentrale an."

Der stellvertretende Kommandant nickte.

„Bei Fragen wenden Sie sich an die beiden Damen vorne. Allerdings gibt es augenblicklich immer Probleme, die Verbindungen zu halten."

Sie verabredeten sich für den späten Nachmittag im Büro des Kommandanten. Beim Besuch in der Sanitätsstation überzeugte er sich selber davon, dass Kohn in einem Einzelzimmer lag und an einem Tropf hing. Es roch sauber und hygienisch wie in einem Krankenhaus. Man hatte Kohn gewaschen und ein frisches Nachthemd angezogen. Der Lagerarzt wusste zwar nicht warum, tat aber alles, um Kohn am Leben zu halten. Der Anfall, den Kohn in der Kommandantur erlitten hatte, hatte eine Art Koma ausgelöst. Neben den

Medikamenten gegen die Tuberkulose hatte er ihm starke Beruhigungsmittel gespritzt, um das spontane Koma zu verlängern. Wenn Kohn zwei Tage schlafen würde, hätte er bessere Heilungsaussichten.

516 träumte. Es war ihr großes Schlafzimmer in der Villa. Lena lag neben ihm in dem großen Bett. Er hatte ihre warme Hand in seiner. Er erzählte: „Ich übergebe Detlef und Joseph die Geschäfte. Die beiden sind jetzt so weit, die Firma zu übernehmen. Wir lassen sie einfach machen und was machen wir?"

Ihre Antwort wartete er gar nicht ab.

„Wir verbringen jedes Jahr zwei Monate an der Riviera. Ich hab mich schon nach einem Haus in Alassio umgesehen. Es liegt an dem Hang oberhalb des Meeres. Von jedem Fenster aus kann man das Meer sehen. An klaren Tagen sehen wir die Berge von Korsika. Weißt du, da wo wir schon einmal im Hotel waren, wo wir uns so wohlgefühlt haben. Kannst du dich wirklich nicht erinnern? Das Haus liegt etwas oberhalb des Hotels. Du weißt doch, das mit den roten Außenwänden und dem großen Terrassengarten mit dem Schild *si vende*. Nun sag doch mal was! Du hast doch immer gesagt, dass, wenn du im Süden wohnen würdest, dann in so einem Haus in Alassio. Weißt du: Ich hab dem Agenten telegrafiert, dass ich es kaufe. Wenn wir das nächste Mal in Alassio sind, müssen wir nur noch unterschreiben. Ich freu mich so auf die Zeit mit dir. Es tut mir ja so leid, dass wir so wenig Zeit miteinander hatten. Aber du weißt ja, die Firma. Wegen der Firma hatte ich fast nie Zeit für uns. Ich dachte immer, ich tu es für uns beide und unsere Kinder und Enkel. Verzeih mir, dass ich so wenig Zeit für dich und uns hatte. Jetzt wird das alles anders! Wir suchen die Möbel gemeinsam aus. Wir machen einen Ausflug nach San Remo und kaufen uns die schönsten Möbel, die es gibt. Ich halte mich etwas zurück. Ich weiß ja, dass du einen besseren Geschmack hast als ich. Wenn du willst, frühstücken wir sonntags im Gran Albergo, das große Hotel, unten direkt am Strand, das mit den geschniegelten Kellnern. Hast du das schon vergessen? Wenn du willst, lasse ich dich dann schwimmen. Ich weiß ja, wie gerne du schwimmst. Vielleicht diesmal etwas weniger weit in das Meer hinein. Ich muss deinen Kopf mit der blauen Badekappe noch sehen können. Du bist immer so kühn, wenn du schwimmst. Du machst mir richtig Angst, wie weit du draußen bist. Ich rauche solange in der Bar eine Zigarre und beobachte, wie du deine Runden drehst und lass mir den *Corriere* geben.

Weißt du eigentlich, wie sehr ich mich auf uns beide freue?

Wir kaufen gemeinsam im Fischgeschäft unten am Meer ein. Ich helfe dir beim Kochen. Ich sage nichts. Ich halte mich völlig zurück. Du bist die Köchin und du bestimmst, wie wir den Seeteufel marinieren. Weißt du, wie früher, als ich dich unbedingt haben musste, als ich alles getan hätte, um dich zu besitzen. Du warst so eine schöne Frau. Ich hab mich auf der Stelle in dich verknallt und du hast dich zuerst über den Sohn des Lumpenhändlers lustig gemacht. Du, eine Studierte. Weißt du noch, wie du gesagt hast: ‚Glauben Sie wirklich, dass das was wird: Eine Studierte und ein Lumpenhändler?' Und als ich dann gesagt habe: ‚Wenn das der einzige Grund ist, geh ich morgen an die Uni', und wie du dann gesagt hast: ‚Und was ist mit dem Abitur?' und ich dann: ‚Für jemand wie Sie würde ich sogar Abitur machen, obwohl das rausgeschmissene Zeit und Geld ist.' Und du: ‚Wieso das denn?' Und ich: ‚Weil ich mit meinen Lumpen und Alteisen pro Tag so viel verdiene, wie viele Studierte im Monat, und das ohne Abitur.'

Wie du dann losgeprustet bist, wo dein Vater doch Lehrer war, und ich endlich begriffen habe, dass du Scherze mit mir machst, aber wissen wolltest, wie weit ich für dich gehe. Ich war mir so unsicher, ob ich dich verdient hätte. Das war unser erster Kuss.

Wie du dann gesagt hast, dass du meine Frau wirst, aber nur unter der Bedingung, dass du keine Lumpen sammeln musst und ich es dir versprochen habe. Du weißt, ich habe mein Versprechen gehalten, obwohl du mir manchmal helfen wolltest.

Wir hatten so viel Spaß miteinander und weißt du noch, wie es war, als wir unsere beiden Kleinen hatten? Wie lieb wir sie hatten! Wie Detlef immer eifersüchtig auf Joseph wegen dir und Joseph immer eifersüchtig auf Detlef wegen mir war? War das nicht eine schöne Zeit?

Du sagst ja gar nichts. Rück doch ein wenig näher. Ich hab nichts dagegen, dass du noch mal schwimmen gehst. Aber schwimm bitte nicht so weit hinaus!"

Irgendwann sah 516 die blaue Badekappe seiner Lena in den Wellen vor dem Strand von Alassio verschwinden.

Er war tot.

Als der stellvertretende Lagerkommandant von Kohns Tod erfuhr, bekam er einen Wutanfall.

„Dieser Idiot von einem Arzt ist unfähig. Der kann keine Menschen mehr gesund machen. Der kann sie nur noch zu Tode spritzen!"

Müller reagierte auch cholerisch auf die Nachricht von Kohns Tod, wagte es aber nicht, seine Gedanken über die Führung dieses Lagers und sein Personal laut auszusprechen. Die Aussage von Kohn wäre wirklich sehr wichtig gewesen. Schlecht, dass er jetzt schon tot war. Dadurch hatte er zudem eine ganze Nacht mit dem Warten auf ein Verhör von Kohn vertan. Er verabschiedete sich und ließ sich nach Berlin chauffieren. Von dort würde er den Apparat mobilisieren, um den Exkommandanten zu ergreifen.

Norddeutschland Juni 1955 Der Frachter war in Bremerhaven angekommen. Beim Verlassen des Schiffes sahen sie vom Fallreep aus, wie ihr kleiner Toyota durch die Luft schwebte. Joseph schrie: „Auto!" und klatschte vor Begeisterung in die Hände. Sie trug ihn auf dem Arm. Um jedes der vier Räder war ein Tau befestigt. Der Kran ließ den Wagen in Richtung Hafenrand gleiten. Auf das Handzeichen eines Arbeiters im Blaumann bremste der Kran noch einmal kurz ab, und der Wagen berührte fast lautlos den gepflasterten Boden des Hafens.

Rebecca ging es bei dem Anblick ihres kleinen Autos gut. Nur ein paar Schritte und sie konnten sich reinsetzen. Die vertraute Situation, mit Joseph in dem Auto zu sitzen, Josephs Begeisterung, als er es sah, nachdem es drei Wochen im dunklen Rumpf des Schiffes verschwunden war, gaben ihr ein Stück Sicherheit. Immerhin betrat sie gerade den Boden eines Landes, dessen Bewohner sie vor dreizehn Jahren beinahe umgebracht hätten und die ihre Familie ermordet hatten, wenn man mal von Onkel Joseph absah. Jetzt würde sie wieder durch dieses Land fahren.

Vor dreizehn Jahren war sie mit Onkel Joseph durch den südlichen Teil Deutschlands gefahren. Die meiste Zeit hatte sie hinten im Auto auf einer Felldecke gelegen und gelesen oder geschlafen. Damals war sie ein glückliches, aber ahnungsloses Kind gewesen. Von der Gefahr, die wie ein Damoklesschwert über ihnen schwebte, hatte sie nichts gewusst. Aber Onkel Joseph wusste Bescheid. Er war jedenfalls gut vorbereitet und hatte sie beide gerettet.

Alles, was nach dieser Reise und den paar glücklichen Monaten in der Schweiz kam, war nur ein Alptraum, wenn man mal von der Geburt ihres Josephs absah. Ihre depressiven Selbstvorwürfe und ihre innere Düsternis waren erst nach Onkel Josephs Tod gekommen, wahrscheinlich weil sie keinen hatte, mit dem sie reden konnte. Wenn es ihr als Kind schlecht gegangen war, war sofort die ganze Familie involviert und engagiert. Alle wollten wissen, was sie hatte und ob sie irgendetwas tun könnten. Ihre Mutter bemerkte schnell, wenn sie irgendetwas bedrückte und Oma Lena auch. Wenn sie dazu in der Lage war, ihre Probleme analytisch anzugehen, kam sie zu dem Ergebnis, ihre Depressionen seien ebenfalls eine Folge der Verfolgung durch die Nazis. Schließlich hatte die Ermordung ihrer Angehörigen zu der schrecklichen Einsamkeit geführt, in der sie sich seit ihrem fünfzehnten Lebensjahr befand. Leider waren ihre Gefühle stärker als ihre rationalen Gedanken und hämmerten ihr täglich von Neuem ein: „Du bist schuld am Tod deiner Angehörigen." Und „Es wäre besser, du selber wärst tot anstatt deine Familie."

Es war schön, dass es ihren kleinen Joseph gab, denn der verlangte nach ihr und brauchte sie. Sie gab ihm und sich das Versprechen, für ihn da zu sein. Die Selbstmordabsichten sollten gefälligst pausieren.

In Deutschland gab es viel mehr Autos als in China. Das Hafengebiet von Bremerhaven war dem von Shanghai aber ähnlich: Lastwagen, Kräne, Säcke schleppende Arbeiter in Blaumännern, Kioske und Imbissbuden. Durch dieses Gewühl musste sie sich zur Bundesstraße nach Bremen kämpfen, das ungefähr sechzig Kilometer entfernt war. Sie übernachteten im Hotel La Campagne in der Schwachhauser Heerstraße. Die Speisekarte erinnerte sie an ihre Kindheit in Essen. Es gab Schmorbraten und Rouladen mit Rotkohl, Bauernfrühstück, Matjes mit Bratkartoffeln und Ähnliches. Sie entschied sich für den Matjes. In Shanghai hatte sie sich an die chinesische Küche gewöhnt und die deutsche Art zu kochen quasi vergessen. Das Gericht hatte etwas Heimatliches, konfrontierte sie aber wieder mit der Stadt Essen, wie sie sie kannte, und dazu gehörten ihre Eltern und Großeltern, die tot waren.

Am nächsten Morgen ging es über Hannover nach Hildesheim. In der Nähe des Harzes wollte sie ein Hotel suchen. Zwischen Hannover und Hildesheim sang sie. Sie sang Joseph alle deutschen Lieder vor, die sie kannte. Wenn sie sich an die Texte nicht mehr erinnerte und nur die Melodie kannte, summte sie. Nach zweimal Vorsingen von „Die Blümelein, sie schlafen" summte Joseph falsch mit. Beim dritten Mal konnte er die ersten Worte mitsingen und war stolz. Bei vielen Liedern, die sie vor mehr als dreizehn Jahren zum letzten Mal gesungen hatte, kamen ihr die Tränen, ein erlösendes Weinen. Dass sie diese Lieder mit Joseph sang, versöhnte sie ein wenig mit ihrem Schicksal.

An dem Unfall, durch den sie am späten Nachmittag getötet wurde, war ein betrunkener Bauer schuld. Die polizeiliche Untersuchung ergab später einen viel zu hohen Promillewert. Zwanzig Kilometer hinter Hildesheim war sie nach Verlassen einer Anhöhe in die Ortschaft Nette hineingefahren. Sie war nicht zu schnell. Der Bauer hatte einen mit Mist beladenen Anhänger ohne zu gucken rückwärts auf die Straße gefahren. Der Krankentransporter der

Feuerwehr lieferte sie eine Stunde später in das städtische Krankenhaus Hildesheim ein. Eine Operation war nicht mehr möglich. Rebecca war tot.

Der asiatisch aussehende kleine Junge, vielleicht ihr Sohn, wurde in einem Kinderheim untergebracht. Niemand fragte jemals nach ihm.

ESSEN März 2002

Er war gerade dabei, die Rote Beete in hauchdünne Scheiben zu schneiden, als ihr silberfarbener Golf in die Einfahrt fuhr. Sie trug ein schwarzes Kostüm. Ob es das von Armani war, darüber war er sich nicht sicher. Bei der Begrüßung wagte er Küsschen links und Küsschen rechts, ganz formell wie in Italien, und roch dabei ein angenehmes Parfüm.

„Ist es das von Armani, das wir beide uns angesehen haben?"

„Ich dachte, Sie hätten es erkannt."

„Ich war mir nicht ganz sicher, ob es dasselbe ist."

„Doch, ich habe es gestern gekauft. Heute früh war ich mir durchaus nicht sicher, ob die Entscheidung richtig war."

„Es steht Ihnen hervorragend und ich fühle mich geehrt."

„Geehrt? Warum?"

„Dass Sie es zu meiner Einladung anziehen. Ein bisschen habe ich es gehofft. Jedenfalls habe ich die Tischdecke aufgelegt, von der ich dachte, dass sie gut dazu passt."

„Und wenn ich nun etwas anderes angehabt hätte?"

„Irgendeine passende Tischdecke hätte ich schon gefunden."

„Da bin ich aber gespannt."

Es war draußen etwas frisch, und sie betraten den Flur.

„Darf Ihr Fahrrad hier immer stehen?"

„Stört es Sie?"

„Nein ... nur ich wundere mich."

„Worüber?"

„Dass ein Fahrrad einfach in den Wohnräumen steht."

„Ich liebe mein Fahrrad und finde, seine Konturen machen sich gut vor der weißen Wand und auf dem grauen Fußboden."

„Ich habe auch ein schickes Rad, würde aber nie auf die Idee kommen, es in meiner Wohnung abzustellen. Hinzu kommt, dass ich im dritten Stock wohne, und es wahrscheinlich gar nicht in den Aufzug passt. Immerhin ein Da Silva mit unendlich vielen Gängen. Fahren Sie damit auch die Treppe zum ersten Stock rauf?"

„Soll ich mal versuchen?"

„Ich bin nicht im Dienst."

„Sie brauchen doch nur zuzugucken."

„Und später Ihre Knochen einsammeln."

„Na gut. Aber falls Sie es ausprobieren wollen, können Sie gerne ein paar Runden drehen. Ich fahre an den langen Winterabenden manchmal die Runde: um den Küchentisch, durch Flur und Wohnzimmer um die Sitzgarnitur."

Sie betrat die Küche, um ernsthaft zu prüfen, ob das machbar sei.

„Oh, ist das eine schöne Decke! Würde sagen, die passt wirklich gut zu meinem Kleid."

Sie stellte sich vor den gedeckten Tisch in Pose.

„Und Forsythien, herrlich! Macht sich gut zu dem Armani."

„Zur Begrüßung einen Prosecco?"

„Gern!"

Sie tranken auf sich und den Abend.

„Ein richtiger Kamin in der Küche?"

„Ja, zum Kochen und Gucken. Ich liebe Feuer."

Sie ging an den Kamin und wärmte sich.

„So ein Feuer, das wär auch was für mich, wo ich doch so schnell fröstele."

„Soll ich noch nachlegen?"

„Ist schon gut so."

Sie schnupperte. „Was gibt es denn?"

Er zählte auf, was es in welcher Reihenfolge geben würde.

„Interessant! Rote Beete mochte ich früher nie. Aber wie ich sehe, machen Sie sie anders als meine Mutter."

Er schnitt die restlichen Knollen in Scheiben und drapierte sie auf einer weißen Platte.

„Darf ich mal herumgehen und mir alles ansehen?"

„Sie dürfen."

Sie ging in den Flur und hob das Fahrrad an. „Ein schönes Rad und so leicht. Sie mögen also auch keine Gabelfederung?"

„Nein, ich finde, ohne liegt ein Rad besser auf der Straße."

Danach ging sie ins Wohnzimmer.

„Hier ist ja noch ein Kamin."

„Stimmt, ich bin der reinste Feuerteufel."

Sie sah zur offenen Küchentür hinein.

„Darf ich auch nach oben? Ich guck mir so gerne an, wie die Menschen wohnen."

„Nur, wenn ich Ihre Wohnung auch mal besichtigen darf."

„Kein Problem. Ich werde vorher aufräumen."

Als sie wieder nach unten kam, hatte Köhler Wein eingegossen und die große Platte mit den bordeauxroten Scheiben stand malerisch auf der weißen Decke.

„Hm, ich glaube, ich muss meine Vorurteile hinsichtlich der Roten Beete revidieren. Schmeckt gut."

Sie hatte sich schon zweimal nachgenommen.

„Was war eigentlich in der Tasche?"

„Der Tasche?"

„Aus dem Tresor?"

„Ach so, stimmt. Dazu gibt es viel zu erzählen."

„Bitte tun Sie es!"

„Die Sache ist wirklich spannend."

Er erzählte ihr, was er bisher herausgefunden hatte.

„Und Sie sagen, so eine alte Vollmacht ist heute noch gültig?"

„Ich wüsste nicht, wieso nicht."

„Und Sie arbeiten jetzt die Aufträge ab, die dort genannt werden?"

„Ja, mein Vater ist damals nicht dazu gekommen. Die Vollmacht wurde durch einen Boten aus der Schweiz gebracht, wahrscheinlich ein Freund des Vollmachtgebers. Von dem weiß man leider nicht mehr, nur dass er es ziemlich eilig hatte. Wahrscheinlich war es gefährlich für ihn, in das umkämpfte Deutschland zu reisen. Wir wissen nicht einmal, ob er den Angriff überlebt hat, bei dem viele Essener starben.

In der Zeit, in der die Tasche gebracht wurde, war die Kanzlei quasi geschlossen. Mein Vater und der andere Anwalt waren beim Volkssturm. Kurz nachdem die Tasche abgegeben und in den Tresor eingeschlossen worden war, zerstörte ein Bombenangriff das Haus. Somit blieb sie verschüttet und in der Aufregung hat niemand mehr an sie gedacht. Ich hab heute Morgen mit einer Frau gesprochen, die damals in der Kanzlei gearbeitet hat und die sich erinnert hat."

„Und jetzt?"

„Finde ich heraus, was mit dem Vermögen geschehen ist, ob es Erben gibt und ob die Erben, falls es welche gibt, die richtigen sind."

„Die richtigen?"

„Erbschleicher hat es schon immer gegeben."

Ihm fiel auf, dass er bei *Mon* gar nicht brillieren musste. Sie interessierte sich für ihn und er sich für sie. Eindrucksvolle Flugkünste waren weder erforderlich noch angesagt. Sie tasteten sich ab. Schließlich waren sie nicht zwanzig, also vorsichtig. Wenn sie ihm zeigte, dass sie ihn mochte, musste er aufpassen. Er durfte sich dann, verdammt noch mal, nicht tot stellen und übers Wetter reden, aber er würde das schon schaffen.

„Ich habe da oben ein Zimmer gesehen, das aussieht wie das Zimmer einer Frau?"

„Das war das Zimmer meiner Frau."

„War?"

„Sie ist vor ein paar Jahren gestorben. Ich wollte es nicht ausräumen. Das hätte mich traurig gemacht."

„Woran ist sie gestorben?"

„An Krebs."

„Tut mir leid. War es schlimm?"

Es dauerte nicht lange und er berichtete ihr alles über Emma und sich, alles was ihm einfiel: dass sie sich gut verstanden hatten, dass sie sich aber oft gestritten hatten, dass sie beim Kochen rivalisiert hatten, dass sich Emma über seine Therapie und seine Panikattacken lustig gemacht hatte.

„Das mit den jungen Frauen bei der Wandertherapie oder was auch immer es nun war, hätte mich auch eifersüchtig gemacht."

„Es ist aber nichts passiert."

„Bei Männern weiß man nie!"

„Ihr Herz ist ein finsteres Loch."

„Genau!"

„Das hört sich nach schlechten Erfahrungen an."

„Tut es das?"

„Ja."

„Ich bin geschieden. Meine Ehe dauerte fünf Jahre. Als wir uns trennten, war ich dreißig. Das ist schon zwanzig Jahre her."

„Und jetzt?"

„Jetzt habe ich keinen Freund. Wenn ich was Neues angefangen habe, war es meistens ein Flop."

„Also ist das Kapitel abgeschlossen?"

Sie guckte ihm tief und freundlich in die Augen. „So würde ich das nicht sagen, aber ich erwarte auch nicht mehr viel. Ab und zu tun sich ganz gute Perspektiven auf."

Inzwischen waren sie bei der Bolognese. Er musste aufpassen, dass genügend für ihn übrig blieb. Es schmeckte ihr. Während er den Grill vorbereitete, ging die Unterhaltung weiter. Als die Holzkohle grau wurde, legte er den Fisch auf. Es zischte und der Geruch nach frisch gegrilltem Fisch und brennendem Holz zog durch die Küche. Er schnitt Weißbrot auf. *Mon* erzählte von ihren Flops und er hörte aufmerksam und interessiert zu.

Meistens hatten sich die Männer von ihr gelöst, wenn sie eine feste Bindung wollte. Solange ihr Interesse eher vage war, waren sie verknallt und konnten nicht genug von ihr bekommen.

„Jetzt Weißwein?"

„Ist mir egal. Ich trinke auch roten zum Fisch. Hm, riecht wirklich gut. Sie muss ich mir warmhalten."

Köhler strahlte ... jedenfalls innerlich.

„Wenn Sie so was sagen, könnte ich Ihnen stundenlang zuhören. Weiter so, bitte!"

„Mit dem Warmhalten würde ich eigentlich gerne sofort anfangen. Jetzt, wo Sie vom Feuer so schön warm sind." Sie ging zu ihm, nahm ihm die Kaminzange ab und küsste ihn. Dabei guckte sie ihm tief in die Augen und was er sah, gefiel ihm.

„Ich bin dir für deinen Mut dankbar. Ich hätte mich nicht getraut."

„Tja ... die moderne Frau!"

„Was ist mit der modernen Frau?"

„Sie wartet nicht mehr, bis sie ausgesucht wird, sondern sucht selber aus."

„Wie schön, dass dein Auge auf mich gefallen ist!"

„Hör mal, so gut wie du kochen kannst!"

„Ist das alles?"

„Ist da noch was? Warte mal. Ich hab's. Weil du so ein schönes Fahrrad hast."

„Und?"

„Das reicht dir noch immer nicht? ... Was sonst noch an dir so dran ist, schaun wir mal! Lass uns doch erst mal probieren, ob der Fisch wirklich so gut schmeckt, wie er riecht! Vielleicht überlege ich mir dann das Ganze noch mal."

Sie saßen noch bis nachts um zwei am Tisch in der Küche in der Nähe des Kamins, in dem ein kleines Feuer loderte, und befriedigten ihre Neugier auf sich. Das geschah noch immer tastend und auf der Hut, um ja keine unerwarteten Enttäuschungen erleben zu müssen.

Außerdem kamen sie immer wieder auf den Inhalt der Tasche zu sprechen: „Der erste Schritt wird jetzt sein, zu erfahren, ob es einen Erben gibt und ob der das Erbe vielleicht schon angetreten hat. In diesem Fall ist die Vollmacht bloße Pappe. Dann ist sie wirklich obsolet, weil alles in geordneten Bahnen gelaufen ist. Joseph Kohn hatte 1943 jedenfalls Angst, dass sich die SS das ganze Vermögen einverleibt und dass die Familie keine Ansprüche stellt, weil keiner überlebt."

„So etwas ist doch sicher häufig passiert."

„Was ich heute Morgen bei der Recherche im Internet gelesen habe, war völlig neu für mich. Jedenfalls habe ich so etwas nicht im Geschichtsunterricht gelernt. Vieles weiß man anscheinend auch noch nicht lange.

In der Nachkriegszeit mussten die Besatzer den Deutschen in den Westzonen ganz schön auf die Sprünge helfen. Was in der Ostzone geschah, weiß ich nicht. Aber viel scheint es nicht gewesen zu sein. In den Westzonen war es so, dass die Nation, die die Juden einige Jahre zuvor ihres Eigentums beraubt hatte, es als ein kollektives Unrecht empfand, dass die Eigentümer ihr Eigentum zurückforderten. Sie hielten das Raubgut in ihrem Besitz für ihr rechtmäßiges Eigentum. Die Umstände, unter denen sie es in Besitz genommen hatten, wurden schöngeredet. Meistens so: Man habe den betroffenen Juden einen Gefallen getan, ihnen ihr Eigentum abgekauft zu haben. Die Nazis hätten es ihnen eh und zwar ohne Entschädigung weggenommen.

Eine andere Version war die des reichen emigrierten Juden in Amerika, der sich dort ein großes Vermögen angehäuft hatte und nun im armen zerstörten Deutschland abkassieren wollte. Unter diesen Umständen seien die Juden selber schuld an einem neu entstehenden Antisemitismus.

Ich war fassungslos, was ich da heute Morgen las.

Da gibt es die Geschichte von dem nach Auschwitz verschleppten ungarischen Juden, der sich in seinen Pelzmantel, den er beim Transport trug, vorher Goldstücke eingenäht hatte, die später natürlich weg waren. Als er sie nach dem Krieg zurückforderte, kam der erste deutsche Richter zu dem Ergebnis: nur zu Unrecht entwendetes Vermögen berechtigt einen Verfolgten zu Erstattungsansprüchen. Die Konfiszierung von Vermögen zu Beginn eines Haftaufenthaltes sei aber kein Unrecht, sondern normal. Dieser Richter hat den Aufenthalt in Auschwitz mit dem in einem Knast verglichen. Die deutsche Justiz war in den Nachkriegsjahren unfähig, die richtigen Schlüsse aus dem Unrecht zu ziehen, das den Juden geschehen war. Das Verfahren ging über mehrere Instanzen. Soweit ich weiß, hat dieser Ungar zu Lebzeiten keine Entschädigung bekommen.

Ich weiß noch nicht, wie es bei Joseph Kohn und seiner Familie war. Ich habe ja erst heute Morgen die Vollmacht lesen können."

„Du hast sie doch schon seit Mittwoch Abend."

„Aber ich konnte sie nicht lesen." Er erklärte ihr das Problem mit der deutschen Schrift.

„Jedenfalls habe ich heute Morgen ein wenig gesurft und weiß jetzt ungefähr, was nach dem Krieg im Allgemeinen mit dem jüdischen Vermögen geschah. Dass die Briten und Amerikaner die Sache so straight angingen, hing mit dem Druck der jüdischen Organisationen zusammen. Diese hatten sich schon während des Krieges gegründet und ziemlich konkrete Vorstellungen darüber entwickelt, wie man die jüdische Eigentumsrestitution organisieren könnte. Diese Organisationen haben eine Menge Energie in diese Sache investiert. Es wurden sämtliche Grundbücher der Jahre 1939 bis 1945 durchforstet und nach Vorgängen abgeprüft, die nicht plausibel anmuteten. Wenn so etwas vorlag, wurde der neue Eigentümer einer Immobilie aufgefordert, diese zurückzugeben oder einen entsprechenden Schadensersatz zu leisten. Es wurde gar nicht abgewartet, ob der rechtmäßige Eigentümer irgendwann erscheint, was bei sechs Millionen ermordeter Juden auch relativ unwahrscheinlich war. Das auf diese Art restituierte Vermögen wurde dann nach Israel transferiert und dazu verwendet, nach Israel ausgewanderten Juden bei der Existenzgründung zu helfen. Es kann sein, dass die Nachkriegseigentümer des Kohnvermögens schon bezahlt oder erstattet haben. Dann wäre das Geld nach Israel gegangen. Was passiert, wenn ich jetzt noch einen Erben auftreibe, weiß ich nicht. Das wäre eine komplizierte Rechtslage."

„Und was ist mit den Konten in der Schweiz?"

„Ja, das stimmt. An diese Konten sind die Restitutionsorganisationen natürlich nicht herangekommen. Das waren Vorgänge, die nicht so eindeutig dokumentiert werden wie die in Grundbüchern."

„Gibt es die Bank noch?"

„Das habe ich schon herausgefunden. Das Bankhaus St. Gallen existiert noch."

„Und?"

„Ich habe ihr die Vollmacht gemailt und ein paar Fragen gestellt. Wahrscheinlich wird sie so tun, als wüsste sie von nichts."

„Ich weiß. Ich habe neulich einen Aufsatz in der *Zeit* gelesen."

„Dann rücke ich denen persönlich auf die Bude, notfalls mithilfe eines Schweizer Gerichtes oder einer jüdischen Organisation. Die gibt es nämlich noch immer. Eine hat sogar ein Büro in Frankfurt."

„Das ist alles ganz schön spannend, was sich da in deinem Job abspielt. Ich werde langsam neidisch. Bei mir gibt es nur Rüsselmünder, einen nach dem andern. Aber der eine, den ich vor einiger Zeit behandelt habe, stellte sich später doch noch als unwahrscheinlich interessant heraus."

Köhler streckte ihr die Zunge raus.

„Lass uns nach oben gehen."

Teutoburger Wald 1946 – 49

Jeden Morgen, wenn er in den Spiegel schaute, sagte er zu sich: „Na, du alter Waldschrat, du lebst ja immer noch!" Sein Bart hatte inzwischen gigantische Ausmaße angenommen und um nicht eines Tages aus Versehen draufzutreten, hielt er ihn bei einer Länge von dreißig Zentimetern. Bei der Entscheidung, ihn wachsen zu lassen, ging es ihm nämlich nicht nur darum, sich zu verbergen und vor Verfolgung zu schützen. Es gab eine Stimme in ihm - er nannte sie ironisch die des Waldschrats - die er erst seit Kurzem, seit er Bewohner des Fachwerkhauses am Bach war, hörte. Das sollte nicht heißen, dass sie nicht schon vorher in ihm gerufen hatte. Seine Vermutung ging dahin, dass er sie bisher nicht hatte hören wollen. Sie sollte nicht stark in ihm werden.

Letztlich hatte ihn der Waldschrat dazu bewogen, sich eine Naturbadeanstalt anzulegen. Früher hätte er eine solche Idee als spinnert abgetan. Im ersten Sommer direkt nach dem Krieg hatte er schon mit dem Gedanken geliebäugelt. Da es im Haus kein Bad gab, musste man an den Bach gehen, wenn man sich mit fließendem Wasser waschen wollte. Das Wasser war so sauber, dass er sogar davon trank. Warum sollte es schmutziger sein als das Wasser aus der Quelle unter dem Küchenboden?

Soweit es das Wetter zuließ, wusch er sich deshalb einmal am Tag im Bach. Er stellte sich mit bloßen Füßen auf zwei bemooste Platten, die er eigens zu diesem Zweck dort fixiert hatte, und wusch seinen nackten Körper. Das kühle und klare Wasser und sein Gluckern lösten Glücksgefühle in ihm aus, wie er sie aus Kindheitstagen kannte, wenn er mit anderen Kindern im Bach gespielt hatte und sie sich juchzend nass gespritzt hatten. Weil ihm das Baden im Bach so gut gefiel, dehnte er es länger bis in die kalte Jahreszeit aus. Er hörte erst auf, als es im Dezember zum ersten Mal fror und die Wiese von Reif überzogen war. Aber an den Wintertagen, an denen es nicht fror, nahm er diese Gewohnheit sofort wieder auf und bekam eine Kondition wie ein Indianer. Das wiederum wirkte sich positiv auf seine Immunität gegenüber Erkältungskrankheiten aus. Die ganzen Jahre, die er in dem Haus lebte, wurde er nie von einer Grippe oder Ähnlichem befallen. Dazu trug natürlich auch die ständige Bewegung bei, insbesondere die nächtlichen Wanderungen.

Im zweiten Sommer bestand der Waldschrat auf dem Bau der kleinen Naturbadeanstalt. Schon im Frühling, wenn er sich im Bach wusch, stellte er sich immer häufiger vor, wie schön es wäre, in einem Becken mit aufgestautem Wasser des Baches schwimmend seine Bahnen zu ziehen. Schließlich startete er das Projekt und griff als routinierter Macher und Gestalter auf die gleichen Instrumentarien zurück, die er im Lager beim Bau der neuen Brennöfen angewandt hatte und für die ihn viele seiner Kollegen bewundert hatten, die das als seine Durchschlags- und Tatkraft bezeichneten. Der einzige Unterschied bei diesem Projekt war, dass er hier kein Personal vorfand, an das er schweißtreibende Arbeiten delegieren konnte. Er unterschied in Planungs-, Aufbau-, Probephase und Normalbetrieb.

In der Planungsphase entschied er sich dafür, den Bach mit einer Mauer aufzustauen, die er auf der Rückseite mit einem Wall aus Erde abstützen würde. Das hatte den Vorteil von weniger Schlammbildung und direkt vor der Mauer wäre eine größere Tiefe zu erreichen. Zum Ablassen des Wassers musste ein Rohr unterhalb von Mauer und Erdwall eingezogen werden. Dieses musste eine Vorrichtung haben, das System zu öffnen oder zu schließen, eine Art Wasserhahn. Vorher musste der Bach vorübergehend umgeleitet werden.

Als er seinen Bruder bat, ihm die Ziegelsteine und die anderen Materialien zu besorgen, lachte dieser: „Wer keine Arbeit hat, macht sich welche", versprach ihm jedoch, die Materialien innerhalb von einer Woche zu besorgen. Er fing an, den Umleitungsgraben auszuheben, der in einem Bogen um die geplante Mauer herum wieder in das Bachbett führen sollte. Der Graben wurde zehn Meter lang und es war eine schweißtreibende Arbeit, für die er sich ein paar Tage Zeit ließ. An den Abenden kühlte er sich nach der Arbeit im Bach ab.

Als er einige Tage später beim Frühstück aus dem Küchenfenster schaute, lagen ein Haufen Sand, ein Berg Ziegelsteine, mehrere Säcke Zement, diverse Teilstücke eines braunen Tonrohres und einige rostige Eisengitter neben dem Bach. Die Aufbauphase konnte beginnen.

Er fing sofort nach dem Frühstück an und hub einen zwanzig Zentimeter breiten Graben für das Fundament der Mauer aus. Den füllte er mit Mörtel und legte zur Verstärkung die Eisengitter in die Mischung. Nach zwei Tagen baute er auf diesem Fundament die Mauer. Vorher hatte er die Rohrkonstruktion in das trockengelegte Bachbett eingefügt und mit Mörtel befestigt. Bei einer Höhe von ein Meter zwanzig war die Mauer fertig und er nahm die ausgehobene Erde für die Umleitung, um den Wall aus Erde hinter ihr anzuhäufen. Da er, anders als im Lager, über keinerlei menschliche Hilfe und Maschinen verfügte, brauchte er den ganzen Mai des zweiten Nachkriegsjahres für die Fertigstellung der Badestelle.

Am mühevollsten war die Herstellung des Mörtels, den er in einem alten Schweinetrog aus Sand, Zement und Wasser mit einer einfachen Schaufel mischte. In dieser Zeit bekam er Schwielen an den Händen und seine Schultern wurden noch breiter. Sein bärtiger Waldschrat trieb ihn immer wieder mit dem verlockenden Gedanken an, schon in diesem Sommer schwimmen zu können. Als es so weit war, verschloss er das Ersatzbachbett mit einer Zementplatte und drehte den Hahn am Endrohr zu. Es war vielleicht lächerlich, aber er verspürte ein großes Glücksgefühl dabei, zu sehen, wie sich das Becken füllte. Zuerst war das Wasser noch braun und schlammig infolge der Erdarbeiten. Diese Brühe zog aber ab, als er den Hahn am Ende des Ablassrohres zur Hälfte aufdrehte. Voilà, das im Bereich der Mauer fast eins fünfzig tiefe Becken lud zum Bade ein. Es war ein heißer Tag Anfang Juni, an dem er seine Badestelle anbadete. Durch diese Aktion steigerte er seine Lebensqualität erheblich. Kein Mensch beobachtete ihn bei diesen Arbeiten.

Die Neugier der Nachbarn, die in einem Kotten anderthalb Kilometer entfernt wohnten, war mit der Version zufriedengestellt worden, er sei ein alter Freund seines Bruders, dem am Ende des Krieges die Flucht aus einem Lager der Nazis gelungen sei. So falsch war diese Version ja nun auch nicht. Natürlich war diese Erklärung seiner Anwesenheit durch das ganze Dorf und die umliegenden Höfe gewandert. Sicher wusste inzwischen sogar die zuständige Polizei in der zehn Kilometer entfernten Kleinstadt von ihm. Da die deutsche Bürokratie langsam wieder Fuß fasste, würde er sich gelegentlich anmelden müssen, um kein Misstrauen zu wecken.

Das relativ einsame Leben im Fachwerkhaus am Bach gefiel ihm. Je weniger Menschen er begegnete, desto geringer die statistische Wahrscheinlichkeit, jemandem zu begegnen, der ihn kannte. Viele Menschen mussten ihn kennen. Während des Dritten Reiches war sein Konterfei in vielen Parteizeitungen, aber von Zeit zu Zeit auch in normalen Tageszeitungen abgebildet gewesen.

Glücklicherweise war die Gefahr vorbei, dass die eigene Organisation ihn ergreifen würde. Diese schien ausgelöscht und viele ihrer Mitglieder, die nicht geflohen waren, saßen in Gefängnissen, die meisten mit dem Gefühl, ihnen sei großes Unrecht geschehen. Er erinnerte sich oft an Müller, der das so lange denken würde, bis sich der Strick um seinen Hals zuzog.

In einigen Tageszeitungen hatte er gelesen, dass die Briten eigene Henker aus England einflogen, die die Vollstreckungen heimlich und fernab jeder Öffentlichkeit durchführten. Die Sieger waren hinsichtlich der Haltung und Einstellung des besiegten Volkes unsicher. Würden sie zu diesem Zeitpunkt schon abziehen, würde sich das alte Regime schneller als gedacht erneut etablieren. Es musste auch eine Fahndung nach ihm geben. Seine Vorsicht war also berechtigt. Die Koinzidenz zwischen der Notwendigkeit, wenigen oder besser noch überhaupt keinen Menschen zu begegnen und seinem Bedürfnis nach Einsamkeit passte gut in sein persönliches Konzept. Alles, was er in seinem Vorleben getan hatte, geschah in Anwesenheit vieler Menschen, auf der einen Seite derer, die ihn bewundert und zu ihm aufgeschaut hatten und auf der anderen Seite derer, für deren massenhaftes Töten er Sorge zu tragen hatte. Er war froh über diesen Abstand und vor allem, dass er ihn in dieser Landschaft erleben durfte. Sich in der Stadt zu verbergen, wäre Stress für ihn. Wahrscheinlich hätte er sich tagsüber ständig in irgendwelchen geschlossenen Räumen aufhalten müssen und sich wie ein Hamster im Käfig gefühlt.

Die Weite der Landschaft und des Gebirges, die er bei seinen Wanderungen in fast jeder Nacht durchmaß, hatten es ihm angetan. Das Eintauchen in die Natur, der jahreszeitliche Wechsel der Vegetation, aber auch andere Sensationen, die er mit dem Landleben verband: seine Badeanstalt, sein Gemüsegarten, seine körperlichen Anstrengungen beim Holzhacken und vieles mehr, ließen ihn sein Vorleben fast vergessen, wenn man von den Träumen mit Rose absah, die ihn noch immer und zwar heftiger werdend quälten.

Aber auch dagegen hatte er Hilfen entwickelt. Wenn er spürte, er würde in der bevorstehenden Nacht erneut von dem Traum heimgesucht, zog er es vor, seine nächtlichen Wanderungen zu machen. Wenn er dann nachts gegen vier Uhr ins Bett ging, gelang ihm oft ein traumloser Schlaf. Für ganz heftige Anfälle hatte ihm sein Bruder Beruhigungstabletten aus einer Sanitätsstation der Briten organisiert, die er hin und wieder nahm.

Sein Bruder war relativ selten zu Hause. Er beschäftigte sich mit dem Aufbau eines größeren Antiquitätengeschäftes. Das dafür erforderliche Startkapital hatte er ihm bereits während des Krieges vorgestreckt und zwar in Form von Schweizer Franken, mit denen ihn eine Schweizer Galerie für den Verkauf eines echten Van Gogh bezahlt hatte. Diese Währung hatte den Vorteil, dass sie bei der späteren Währungsreform nicht abgewertet wurde und sich gut in Dollar tauschen ließ, an denen die Bauern, mit denen er Geschäfte machte, interessierter waren.

Die Bauern waren in dieser Zeit die eigentlichen Kriegsgewinnler. Um etwas zu essen zu bekommen, kamen die Stadtbewohner in Scharen aufs Land, um sich mit Nahrungsmitteln einzudecken. Bezahlt wurde mit hochwertigen Einrichtungsgegenständen: Perserteppiche, Stilmöbel, Gemälde, Schmuck, Silberbesteck und vieles mehr. Sein Bruder tauschte diese Gegenstände, an denen die Bauern nur ein begrenztes Interesse hatten, gegen Dollar und zwar mehr und mehr zu Spottpreisen. Eine eigens zu diesem Zweck angemietete Scheune füllte sich inzwischen und sollte die Grundlage für einen Großhandel mit Antiquitäten bilden. Die ersten Objekte wurden bereits unter der Hand verkauft und es zeichneten sich die Konturen eines rentablen Unternehmens ab. Mit der Zeit hatte sich auch herumgesprochen, dass es einen Händler gab, der mit Dollar bezahlte, weshalb sich einige Städter den Umweg über die Bauern sparten und direkt an seinen Bruder verkauften. Mit den Dollars kauften sie schwarz bei den amerikanischen oder britischen Besatzern ein.

Sein Bruder war daher tagsüber bis in die Nacht beschäftigt und kam nur abends mit seinem kleinen Lkw nach Hause. Da er zunehmend entferntere Höfe und Adressen abklapperte, schlief er neuerdings oft in Hotels und kam nur an den Wochenenden und auch das nur sporadisch, da er eine neue Freundin hatte, bei der er nun die Wochenenden verbrachte.

Allerdings kam er mindestens einmal in der Woche, um ihn mit Nahrungsmitteln und anderen wichtigen Utensilien zu versorgen. Er brachte ihm jeweils einen Stapel mit den Tageszeitungen einer Woche, damit er sich ein Bild von den Geschehnissen außerhalb des Fachwerkhauses machen konnte. Das war für ihn vor allem deshalb wichtig, weil er über die Anstrengungen der Besatzer informiert bleiben wollte, ehemalige Nazis zu ergreifen.

Besonders groß schienen ihm diese nicht zu sein. Außerdem änderte sich die Situation zu seinen Gunsten infolge der größer werdenden Spannungen zwischen Ost und West. Diese führten dazu, dass die Westzonenregierungen ganz gerne ehemalige Nazis beschäftigten, etwa im militärischen Abschirmdienst. Jemand wie er würde allerdings keine Chancen haben. Er hatte die Nürnberger Prozesse verfolgt, in denen hohe Funktionäre verurteilt worden waren, die für die Verfolgung und Ermordung von Juden verantwortlich waren.

Zunehmend übernahmen anstelle der Besatzer schlagkräftige jüdische Organisationen in Zusammenarbeit mit dem israelischen Geheimdienst die Verfolgung von prominenten Nazis, die in die Judenvernichtung involviert waren. Deren Bemühungen konnten sehr gefährlich für ihn werden. Wenn bei diesen Kräften der Eindruck vorherrschte, die deutsche Justiz oder die der Besatzer sei zu lasch, zögerten sie nicht, ehemalige Nazigrößen in Nacht- und Nebelaktionen nach Israel zu verschleppen, um sie der dortigen Justiz zu übergeben.

Insofern war es gut für ihn, dass ihn sein Bruder mit Tageszeitungen versorgte. Außerdem gab es eine einigermaßen authentische Berichterstattung über die Anstrengungen von Juden, die geflohen und nicht ermordet waren, ihr Eigentum zurückzubekommen. Auch dabei spielten jüdische Organisationen, die sich bereits während des Weltkrieges gegründet hatten, eine große Rolle. Ohne den Einsatz und Druck dieser Organisationen gegenüber der amerikanischen und britischen Militärregierung hätten viele beraubte Juden wesentlich weniger Chancen gehabt, ihr Eigentum zurückzubekommen. Ein Aspekt, der für seine persönlichen Pläne ebenfalls nicht unwichtig war. Diese Organisationen halfen nämlich auch solchen Juden, die sich geschworen hatten, nie wieder deutschen Boden zu betreten. Es reichte, sich ausreichend ausweisen zu können und sich schriftlich an sie zu wenden. Sie erledigten, falls erforderlich, juristische Fragen und wurden bei Wiedergutmachungsämtern und Gerichten tätig.

Neben den Tageszeitungen blieb ihm auch der alte Radioapparat seines Onkels, der einen guten Empfang hatte. Damit hörte er allerdings in erster Linie klassische Musik und weniger politische Sendungen.

Gegen Ende des dritten Jahres nach dem Krieg schrieb er seinen ersten Brief an die Jewish Trust Corporation, eine Organisation, die die Briten als Sprachrohr für um ihr Eigentum gebrachte Juden akzeptierten.

ESSEN März 2002

„Warum soll eine Vollmacht nicht mehr wirksam sein, nur weil derjenige, der sie erteilt hat, nicht mehr lebt? In diesem Fall hat der Vollmachtgeber sogar befürchtet, dass er nicht mehr lebt und genau deshalb unsere Kanzlei bevollmächtigt."

„An das Konto beziehungsweise die Konten können nur die Personen, die die entsprechenden Codes haben."

„Und die, die der Vollmachtgeber bevollmächtigt hat."

„Nur, wenn derjenige die Codes hat."

„Hören Sie mal, ich will doch gar keine Verfügungen machen. Ich will doch gar kein Geld von dem Konto."

„Haben Sie schon mal etwas vom Bankgeheimnis gehört? Wir in der Schweiz nehmen das sehr ernst."

„Wissen Sie eigentlich, dass Sie als Treuhänder der Familie Kohn, der das Geld der Familie aufbewahrt, alles in Ihrer Macht Stehende tun müssen, damit der Eigentümer oder seine Erben an ihr Geld kommen? Es reicht nicht, dass Sie einfach wie eine Glucke auf den Eiern sitzen."

„Das ist ja schön und gut. Aber wir sind eine Bank und nicht der Suchdienst des Roten Kreuzes."

„Wenn Sie mir bestätigen, dass es die drei in Frage kommenden Konten der Familie Kohn noch gibt und wann die letzten Verfügungen veranlasst wurden und von wem, hilft mir das schon enorm weiter."

„Inwiefern?"

„Hören Sie mal. Wenn gestern oder vor zwei Wochen über die Konten verfügt wurde, ist die Wahrscheinlichkeit groß, dass der oder einer der Berechtigten noch lebt. Dann muss ich lediglich überprüfen, ob es einer der Kohns oder ein rechtmäßiger Erbe ist. Damit wäre mein Auftrag schon erledigt. Wenn aber seit Januar 1943 keine Bewegungen auf dem Konto stattgefunden haben, kann das bedeuten, dass alle Kohns umgekommen sind. Dann stünde das Geld ohnehin nicht der Bank zu, sondern dem israelischen Staat. Dann teile ich die Angelegenheit der JTC oder ihren entsprechenden Rechtsnachfolgern mit.

Es kann aber auch sein, dass es einen rechtmäßigen Erben gibt. Dann lautet mein Auftrag, diesen zu finden. Wenn ich Ihnen einen solchen präsentiere, müssen Sie sich eh von dem Geld trennen."

„Nur wenn dieser Erbe die richtigen Nummerncodes hat."

„Nein, da liegen Sie völlig falsch. Anscheinend wollen Sie mich für dumm verkaufen."

„Inwiefern?"

„Wissen Sie was? Das geht mir jetzt zu weit. Sie glauben ernsthaft, einem rechtmäßigen Erben sein Erbe vorenthalten zu können. Wenn ich das publik mache, richtet kein Mensch mehr bei Ihnen ein Konto ein."

„Was meinen Sie mit publik machen?"

„Das ist doch ganz einfach! Ich miete mir in St. Gallen einen Saal und veranstalte eine Pressekonferenz, zu der ich die internationale Presse einlade. Wetten, dass bei dieser Thematik und Vorgeschichte eine ganze Menge Journalisten kommt? Ich kann mir schon die Überschriften in diversen Medien vorstellen: *Schweizer Bank verhindert erneut, dass ein jüdischer Eigentümer sein rechtmäßiges Eigentum zurückerhält* oder *Schweizer Bank will weiter vom Eigentum ermordeter Juden profitieren* oder *Bankhaus St. Gallen ist nicht bereit, bei der Identifizierung ermordeter Juden und bei der Suche nach den Erben zu helfen.*"

„Jetzt hören Sie doch auf mit solchen Horrorgeschichten!"

„Ich mache Ihnen folgenden Vorschlag: Sie überlegen sich die ganze Sache noch einmal und sprechen mit Ihrem Vorstand. Haben Sie meine Telefonnummer?"

„Ja, auf dem Display."

„Gut, wenn bis morgen Mittag Sie oder ein anderer Vertreter Ihrer Institution nicht zurückgerufen und signalisiert haben, dass Sie mir entgegenkommen, wähle ich die Variante mit der Presse. Außerdem beschwere ich mich in diesem Fall bei der eidgenössischen Bankenaufsicht. So eine Adresse wird es ja wohl irgendwo in der Schweiz geben."

„Warten Sie mal! Eines muss ich noch loswerden. Wenn wir tatsächlich bereit sein sollten, Ihnen Einblick in die Kontounterlagen zu geben, benötigen wir das Original der Vollmacht."

„Das ist kein Problem. Der Presse würde ich das ohnehin zur Verfügung stellen. Auf Wiederhören." Köhler legte auf und grinste. Der letzte Satz des Direktors der Bank in St. Gallen klang schon so, als wenn jetzt Bewegung in die Sache käme.

Aber nicht nur deshalb hatte er gute Laune. Er wurde wieder von einer attraktiven Frau geliebt und liebte sie. Sein Wunsch und seine Sehnsucht nach einer Frau waren erhört worden. Warum er das bloß so komisch ausdrückte. Von wem eigentlich erhört? Das klang ja geradezu viktorianisch. Als wenn es eine höhere Macht gäbe, die seinem Antrag stattgegeben hätte. Es gab aber keine höhere Macht. Es gab lediglich ihn selbst, der sich erhört hatte. Er selbst hatte zugelassen, dass seine Einsamkeit durchbrochen wurde und dass er von einer schönen Frau geliebt wurde. Er hatte Gefühle zugelassen oder sich welche erlaubt. Das ganze Brimborium, seine Eitelkeit, ein guter Koch zu sein, seine Flugkünste waren wahrscheinlich gar nicht notwendig gewesen. Herrgott, sicher hatten sie auch nicht geschadet. Der springende Punkt waren aber nicht die Flugkünste, sondern seine Bereitschaft, dieser Frau zu zeigen, wie er sich nach ihrer Liebe sehnte. Er war ein Risiko eingegangen. Eine Reaktion wie: „Netter Abend mit Ihnen. Sie können wirklich ganz gut kochen. Ich hoffe, Sie folgen irgendwann mal einer Einladung von mir", wäre genauso möglich gewesen. Aber sie hatte ihn gewollt, und er schwebte jetzt auf einer Wolke und war glücklich.

Zwei Stunden später kam der Anruf. Ein Herr Gründgens stellte sich als Direktoriumsmitglied des Bankhauses St. Gallen vor und versicherte ihm, dass es keine Probleme mit der Einsicht in die Konten der Kohns gäbe. Er müsse sich lediglich als Bevollmächtigter, also als Berechtigter der Kanzlei ausweisen und die Originalvollmacht vorlegen. Als Termin vereinbarten sie den kommenden Freitag in der Filiale in St. Gallen. Köhler ließ sich die genaue Adresse geben. Falls er die Angelegenheit an die Presse geben wollte, gäbe es auch keine Bedenken. Man könnte überlegen, ob man nicht gemeinsam an die Öffentlichkeit gehe. Sein Institut könne dabei nur gewinnen. Jedenfalls sei das Verhalten des Bankhauses völlig korrekt und das könne alle Welt wissen.

„Haben Sie sich schon einen Überblick über die Kontobewegungen verschafft?"

„Ja, aber darüber möchte ich am Telefon nicht sprechen. Warten Sie bis Freitag."

„Können Sie mir wenigstens bestätigen, ob seit Januar 1943 noch Bewegungen erfolgt sind?"

„Soweit ich weiß, nein. Aber lassen Sie uns das Ganze am Freitag anschauen und bewerten."

Köhler bedankte sich und legte auf.

Die Bank hatte offensichtlich begriffen und zwar sehr schnell, dass sie mit einer restriktiven Haltung nur Fehler machen konnte. Dass sie das Geld fast sechzig Jahre auf den Konten liegen gelassen hatte, ohne den Eigentümer zu suchen, konnte man ihr schlecht vorwerfen. Immerhin konnte es ja theoretisch dem Willen des Berechtigten entsprechen. Dass sie sich aber verweigerte, wenn es darum ging, diesen ausfindig zu machen oder den rechtmäßigen Erben zu finden, würde ihr nur schaden. Vor allem, wenn eine solche Haltung publik würde.

Das Mitglied des Direktoriums, mit dem er gesprochen hatte, drehte den Spieß einfach um. Eine Publicity wie: „Ihr Geld ist bei uns sehr sicher. Selbst wenn es sechzig Jahre auf unseren Konten liegt, sein Wert ist gestiegen und keine Währungsreform hat seinen Wert geschmälert und wenn Sie wollen, zahlen wir es auch an Ihre Erben aus." Das wäre eine Erfolgsstory, mit der die Bank punkten könnte. Sie hatten ihre Lektion aus der internationalen Kritik gelernt.

Wenn es zutraf, dass seit 1943 keiner mehr an den Konten der Familie Kohn war, war das ein erster Hinweis darauf, dass es die Familie wirklich nicht mehr gab. Joseph Kohn war davon ausgegangen, dass seine Eltern, sein Bruder und dessen Frau und deren Sohn Detlef in einem KZ ermordet worden waren. Die Frage war, was aus Joseph und seiner Nichte Rebecca geworden war. Dass keiner von ihnen über Jahre an dem Konto war, sprach eher dagegen, dass sie überlebt hatten. Aus welchen Gründen sonst würde jemand über Jahrzehnte nicht an seine Konten gehen, auf denen sich inzwischen eine Menge Geld befinden musste. Wenn Joseph und Rebecca Kohn tot waren, würden die Essener Immobilien beziehungsweise ihr Wert an die Jewish Trust Corporation ausgezahlt worden sein. Diese Organisation war in der britischen und französischen Zone für das Eigentum ermordeter Juden zuständig. Sie hatten den Auftrag, nach Erben zu suchen und für den Fall der Nichtexistenz von solchen war das Geld nach Israel in die Obhut des Staates zu transferieren. Dort sollte es ausgewanderten Juden bei der Existenzgründung helfen. Das Kohngeld in der Schweiz würde einen ähnlichen Weg nehmen und er würde mit der JTC oder ihrem Rechtsnachfolger verhandeln müssen.

ESSEN **Chur** Dezember 1949

Walter Summers war 1919 in Berlin geboren. Seine Eltern waren 1932 nach London ausgewandert. Ihren Namen Sommer änderten sie wegen des Widerwillens gegen die Sprache der Nazideutschen sofort in Summers. Er trug also den neuen Namen, seit er dreizehn Jahre alt war. Er beherrschte Deutsch und Englisch perfekt, weshalb ihn die JTC sofort nach dem Studium der Jurisprudenz und Politologie eingestellt hatte.

Anders als viele deutsche Juden hatte seine Familie das Glück gehabt, früh genug Deutschland verlassen zu haben. Weil sein Vater Arzt war, durfte dieser nach einigen Nachprüfungen durch die zuständige Ärztekammer in London als niedergelassener Arzt praktizieren. Es war ihm also im Unterschied zu vielen gleichaltrigen deutschen Juden, die ermordet worden waren, ziemlich gut gegangen. Er hasste die Deutschen und in der Funktion, in der er tätig war, konnte er sein Volk zwar nicht rächen und viele Deutsche töten, was ihm am meisten zugesagt hätte. Aber er konnte den Mördern und deren Sympathisanten, die jüdisches Eigentum geraubt hatten, dieses wieder wegnehmen. Das erfüllte ihn wenigstens eine Spur mit Triumph und Genugtuung. Von der Verschwörung einiger junger Juden kurz nach Kriegsende hatte er bis vor Kurzem nichts gewusst. Sie hatten geplant, möglichst viele Deutsche mit vergiftetem Brot zu töten, ein Plan, der aus irgendwelchen Gründen, die er nicht kannte, gescheitert war. Wenn er vor drei Jahren davon gewusst hätte, hätte er sich mit Sicherheit beteiligt.

Die Mentalität, auf die sie bei den Deutschen trafen, die sich unrechtmäßig jüdisches Eigentum angeeignet hatten, war genau so, wie er sich die Deutschen vorgestellt hatte. So etwas wie Reue über das Unrecht, das sie Millionen seines Volkes angetan hatten, gab es nicht, eher das Gegenteil. Man sah es als ein Unrecht an, dass die Juden ihr Eigentum zurückbekommen sollten und wollten. Schließlich habe man sie damals angemessen entschädigt und sie hatten froh sein können, überhaupt einen Gegenwert erhalten zu haben. Außerdem falle ins Auge, dass die meisten ausgewanderten Juden sehr wohlhabend seien. Nun würden sie sich in ihrer Raffgier auch noch am rechtmäßigen Eigentum von durch die Folgen des Krieges verarmten Deutschen vergreifen.

Die Juden hätten selber Schuld, wenn sich nun ein neuer Antisemitismus in Deutschland verbreite. Wenn Summers gekonnt hätte, hätte er dem deutschen Volk genau dasselbe angetan, was sie seinem Volk angetan hatten. Natürlich würde er so etwas nicht in der Öffentlichkeit oder als Angestellter der JTC äußern.

In dem Fall, mit dem er es gerade zu tun hatte, verhielten sich die Deutschen genau so, wie von ihm erwartet. Der riesige Immobilienbesitz der Kohns, zu dem auch wertvolle Industrieanlagen gehört hatten, war ihnen gegen Ende 1942 geraubt worden. Die ganze Familie war in Auschwitz ermordet worden. Nur einem der Söhne, einem Joseph Kohn, war es gelungen, zu fliehen. Er wäre der rechtmäßige Erbe. Nach seinen Recherchen war Joseph Kohn vor vier Jahren im Exil in Shanghai tödlich verunglückt. Kinder schien er nicht gehabt zu haben. Jedenfalls blieben seine Nachforschungen in dieser Richtung negativ.

Außerdem war die Nachrichtenlage dadurch erschwert, dass sich die Gemeinde der deutschen Juden in Shanghai in Auflösung befand. Die meisten waren bereits nach Israel oder in die USA ausgewandert.

Es schien, dass die ganze Familie ausgelöscht war. Sein Studium der entsprechenden Grundbucheintragungen hatte ergeben, dass die Firma nach der Enteignung zweimal den Besitzer gewechselt hatte. Kurz nach der Enteignung waren achtzig Prozent des Aktienbesitzes in die Hand einer SS-nahen Vermögensgesellschaft gelangt. Pünktlich kurz vor Kriegsende war die Firma verkauft worden. Die Aktien gehörten jetzt zu achtzig Prozent einer Holding, deren Eigentum diversen Gesellschaften gehörte. Wenn es gelänge, die biologischen Subjekte aufzuspüren, die es irgendwo im Hintergrund dieser Gesellschaften geben müsste, würde man sicher ein paar Kriegsverbrecher oder deren als Eigentümer eingetragene Ehefrauen dingfest machen können. Das war aber nicht seine Aufgabe. Seine Aufgabe war es, so schnell und so viel wie möglich bei der Restitution herauszuschlagen und die so erzielten Werte nach Israel zu transferieren. Nicht, dass ihn das Aufspüren von Nazitätern nicht interessierte. Aber er hatte einfach zu wenig Zeit, sich auch noch um diesen Aspekt zu kümmern. Das sollten andere, am besten auch jüdische Organisationen tun, die erbarmungslos zuschlagen konnten und sogar ehemalige Nazis nach Israel verschleppten.

Das zuständige Wiedergutmachungsamt hatte den Anspruch der JTC abgelehnt und er hatte jetzt Klage bei der Wiedergutmachungskammer des Landgerichtes eingelegt.

Zunächst völlig in die Quere gekommen war ihm der Brief eines Detlef Kohn, den ihm die Zentrale in London als Kopie geschickt hatte. Anscheinend hatte Detlef Kohn überlebt. In seinem Brief, der in der Schweiz abgestempelt war, hatte er geschrieben, er habe eine Notiz in der Tagespresse über den Streit um das Kohnerbe gelesen. Er sei der rechtmäßige Erbe. Eine detaillierte Liste sämtlicher Immobilien der Kohnfamilie lag dem Brief bei und vor allem - darin war die Liste seiner Recherche natürlich überlegen - die beglaubigte Kopie eines Kontoauszuges der Sparkasse Essen, demzufolge auf dem Geschäftskonto der *Kohn & Söhne AG* im Oktober 1942 - also kurz vor der Verschleppung der Familie - vier Millionen Reichsmark notiert waren. Selbst wenn es sich dabei nach der durch die Währungsreform bedingten Abwertung nun um lediglich vierhunderttausend D-Mark handelte, war dies in der gegenwärtigen Zeit eine sehr große Summe. Diese hatte Summers mangels Kenntnis dem Wiedergutmachungsamt nicht nennen können. Außerdem waren auf der Liste noch zwei Grundstücke am Duisburger Hafen angeführt, von denen er nichts gewusst hatte und die ihm von der Holding, mit der er stritt, natürlich nicht genannt worden waren.

Eigentlich passte ihm diese Wendung der gesamten Angelegenheit überhaupt nicht ins Konzept. Mit der Liste von Kohn und seinen berechtigten Ansprüchen hatten die Holding und die übrigen Besitzer keine Chancen.

Es war von Zeit zu Zeit vorgekommen, dass Häftlinge aus Konzentrationslagern fliehen konnten. Vor allem in der letzten Zeit des Bestehens der Lager im Osten hatten die Lagerkommandanten Todesmärsche in den Westen angeordnet. Die Rote Armee sollte keine oder möglichst wenige Überlebende in den Lagern vorfinden. Die Überlebenden der Todesmärsche sollten in westlichen Konzentrationslagern unterkommen. Auf diesen Märschen war einigen Häftlingen die Flucht gelungen. Es sollten auch Häftlingsrebellionen in dieser Zeit vorgekommen sein. Es konnte durchaus sein, dass Kohn, der damals ungefähr vierzig Jahre alt war, überlebt hatte.

Wenn Kohn seine Ansprüche nicht angemeldet hätte, hätte er sich mit den gegenwärtigen Besitzern streiten können und publik gemacht, mit welcher Raffgier sie sich an das geraubte Vermögen krallten und sich weigerten, eine Entschädigung zu zahlen. Wahrscheinlich wäre es ihm dabei gelungen, bis in den Dunstkreis der Mörder vorzudringen, die diese Familie auf dem Gewissen hatten. Dass sie sich wie Mäuse in ihren Löchern in Gestalt von

Firmenbeteiligungen und Holdingstrukturen versteckten, war relativ sicher. Selbst wenn es nicht seine Aufgabe war, die Mörder zu ergreifen, hätte er auf diesem Wege wichtige Vorleistungen für deren Ergreifen schaffen können.

Dass Kohn lebte, trieb die derzeitigen Besitzer psychologisch in die Enge. Sie würden sich nicht auf lange Streitigkeiten einlassen, sondern bereitwilliger zahlen. Also würde es keine langen Auseinandersetzungen geben, in denen er sie vorführen könnte.

Dass sich Kohn erst heute meldete, konnte er sehr gut verstehen. Was er in Auschwitz erlebt haben musste, war ein unvorstellbares Grauen. Er musste gewusst oder sogar miterlebt haben, dass seine beiden Eltern, seine Frau und seine beiden Kinder Rebecca und Detlef ermordet worden waren. Jedenfalls lagen ihm keinerlei Erkenntnisse vor, dass nicht beide Kinder verschleppt worden waren. Diese Menschen litten in der Regel ihr Leben lang unter einem Trauma. Eine der größten Belastungen war dabei, dass sie sich zwanghaft selbstzerstörerische Vorwürfe machten, ihre Angehörigen überlebt zu haben. Kohns Kinder hatten nicht überlebt und er hatte, obwohl im selben Lager, nichts für sie tun können. Stattdessen hatte er für sein eigenes Überleben gekämpft, hatte egoistisch gezittert, wenn eine Ration Kohlsuppe oder eine Schlafkoje nicht ausreichte, hatte sich in den unerträglichen Wintern nach der Wärme und Sonne des Sommers gesehnt, und seine physische Konstitution hatte ihn überleben lassen. Das alles in einer Zeit, in der der Lagerarzt aller Wahrscheinlichkeit nach seine Kinder als menschliche Versuchskaninchen missbraucht und ermordet hatte. Er würde sich mit Vorwürfen bestrafen, weshalb er keine Lagerrebellion angezettelt hatte oder Ähnliches.

Kohn hatte somit in den ersten Jahren nach dem Krieg andere Sorgen, als um sein Erbe zu kämpfen. Dass er in seinem Brief von vornherein ausgeschlossen hatte, vor einem Wiedergutmachungsamt oder einem Gericht zu erscheinen, schien Summers auch plausibel.

Ökonomisch war es natürlich Schwachsinn, nicht darauf zu bestehen, die Firma mit allen Immobilien und dem sonstigen vom Bombenkrieg verschonten Vermögen zurückzuverlangen, wofür er gute Chancen hätte. Allein die Immobilien würden in einigen Jahren einen riesigen Wert haben. Mit der Währungsreform waren die Eigentümer von Immobilien die eigentlichen Gewinner, während die Eigentümer von Kapital und Bankguthaben das Nachsehen hatten.

Gut, das war Kohns Sache. Dass er vielleicht an einer Art Verfolgungswahn litt und deshalb nicht einmal seine Adresse in der Schweiz preisgab, sondern lediglich ein Postfach im Postamt Chur angeben hatte, konnte er auch verstehen. Kohn hatte schon einmal über eine einwandfreie und vermeintlich sichere Adresse verfügt. Von dieser war seine Familie direkt ins Lager verschleppt worden.

Die Zentrale verlangte von ihm allerdings ein persönliches Treffen mit Kohn. Er sollte ihn in Chur oder an irgendeinem Ort in der Schweiz treffen und sich bei Inaugenscheinnahme ein Urteil darüber bilden, ob es der echte Kohn sei. In seinem Schreiben an die postlagernde Adresse in Chur hatte ihm Summers geantwortet, dass die JTC auf einem persönlichen Treffen und einer Überprüfung seiner Person bestehe. Kohn hatte ihm telegrafisch ein Hotel in Chur für das Treffen vorgeschlagen, in dem sie sich mittags treffen könnten. Summers sollte sich einen Tag innerhalb der nächsten zwei Wochen aussuchen und diesen an die postlagernde Adresse telegrafieren.

Bis Zürich hatte er den Zug genommen. Von dort aus hatte er sich einen Leihwagen, einen VW Käfer, genommen. Als er den Aufenthaltsraum des Hotels betrat, erkannte er Kohn sofort. Kohn saß allein an einem Tisch und guckte wiederholt um sich und hinter sich, so, als halte er nach einem Verfolger Ausschau. Mit seinen Händen strich er sich unentwegt über das Gesicht, als wenn ihn möglichst wenige Menschen erkennen sollten. Der Anzug aus grauem Tuch hatte schon bessere Tage gesehen. Es war der einzige Mensch in der Lounge, der unglücklich schien oder sich nicht wohl in seiner Haut fühlte. Man hatte den Eindruck, er würde am liebsten sofort davonlaufen.

Sie begrüßten sich. Kohn zog einen deutschen Personalausweis hervor, der 1935 in Essen ausgestellt worden war. Den Ausweis hätte er bei einem Häftlingsaufstand in den letzten Tagen des Lagers erbeutet. Viele Häftlinge, die fliehen wollten, hatten Angst, ohne Ausweis durch das besetzte Deutschland zu gelangen. Sie hätten die Aktenzentrale und die Speisekammern des Wachpersonals aufgebrochen und sich bedient. Ohne die Lebensmittel aus den Speisekammern hätte er die Flucht nicht überlebt.

Summers verspürte Mitleid und Sympathie für diesen gebrochen erscheinenden Mann, der einmal zu einer großen Familie gehört, seine eigene bereits gegründet und eine glänzende Perspektive als wohlhabender Industrieller gehabt hatte. Die Fragen zu seiner Familie bezüglich der Vornamen seiner Eltern und ihrer Geburtsdaten, zu den Daten seines Bruders, zur Firma, aber auch zum Lagerleben und weiteren persönlichen Fragen konnte er zufriedenstellend beantworten. Summers kam zu der Meinung, dass es sich um Detlef Kohn, den einzigen Erben des Kohnvermögens handeln musste.

Kohn musste ihm den Vertrag unterschreiben, demzufolge die JTC die Entschädigung für das Kohnvermögen vor den zuständigen Ämtern, gegebenenfalls Gerichten, geltend machen sollte. Die JTC verpflichtete sich, alles in ihrer Macht Stehende zu tun, eine angemessene Entschädigung zu erstreiten. Kohn verpflichtete sich, zehn Prozent der Summe in den Wiedergutmachungsfond der JTC zu zahlen und gab Summers die Bankverbindung einer Schweizer Bank, auf die die Summe eingezahlt werden sollte. Die Transaktion sollte so erfolgen, dass die derzeitigen Besitzer direkt an die JTC zahlten und dieser wiederum das Geld unter Abzug der zehn Prozent an Kohn weiterleitete.

Den Versuch, Kohn dazu zu bewegen, sich als Zeuge zur Verfügung zu stellen, weil sich unter diesen Umständen eine größere Summe ergäbe, musste er aufgeben. Schon bei dem Gedanken daran, deutschen Boden zu betreten, erstarrten seine Gesichtszüge. Nie im Leben würde er das wieder tun. Er sei bei Bedarf telegrafisch und postalisch über das Postfach zu erreichen, falls dieses erforderlich sei.

In seiner Stellungnahme an die JTC gab Summers einen ausführlichen Bericht über das Treffen mit Kohn und beurteilte die Wahrscheinlichkeit, dass die Person, mit der er sich in Chur getroffen habe, Detlef Kohn sei, als äußerst groß.

Splügen März 2002

Inzwischen war der Alte vierundneunzig Jahre alt und spürte den Tod näherkommen. Sein Augenlicht hatte am meisten unter dem Alter gelitten. Gegenstände im Halbdunkel sah er gar nicht mehr. Wie stark die Beeinträchtigung war, kam ihm zu Bewusstsein, wenn er die gewohnte Umgebung von Haus und Garten verließ. Als seine Bank in Chur vor zwei Jahren umgezogen war, konnte er die Zeile der Bankschalter gar nicht erkennen und musste sich fast wie ein Blinder von seinem Chauffeur führen lassen. Weil ihn von Zeit zu Zeit die Vorstellung plagte, der Chauffeur würde ihn eines Tages einfach stehen lassen und verschwinden, klammerte er sich an dessen Unterarm fest. Hinzu kam ihm manchmal in den Sinn, er würde nicht nur alleine stehen gelassen, sondern hätte auch vergessen, wer er war, wie er hieß und wo er wohnte. Solche Wahnvorstellungen hatten ihn sein Leben lang begleitet und beängstigt, wobei dies durchaus ambivalent war. Wenn er Stress hatte und es ihm schlecht ging, zum Beispiel weil er nach einem Traum von Rose aufgewacht war, litt er unter diesen Zwangsvorstellungen und sehnte sich danach, von ihnen befreit zu sein. Wenn sich bei ihm alles ganz normal anfühlte und er sich in einem stabilen Gefühlszustand befand, fehlte ihm manchmal der Kick. In solchen Situationen steigerte er sich in diese Vorstellungen hinein, um damit der Monotonie zu entfliehen.

In jedem Fall hatte er am Ende seines Lebens das Gefühl, dass die beeinträchtigenden Gefühle zunahmen. Die Alpträume von Rose verfolgten ihn inzwischen über fünfzig Jahre, sie waren stärker als früher und gegen sämtliche Beruhigungsmittel resistent, die er nahm.

Dass er seit der Zeit mit Rose keine Frau angerührt hatte, wenn man einmal von der kurzen Episode mit seiner späteren Haushälterin vor zig Jahren absah, wertete er als gerechte Buße, der er sich bereitwillig unterzogen hatte. Sein einsames Leben in dem halb verlassenen Dorf im Gebirge, seine Einsiedelei, war auch eine solche Buße.

Das nicht gelebte Leben mit Rose war seine Strafe: ohne Rose keine Kinder, ohne Rose keine Enkelkinder, ohne Rose keine Freude an groß werdenden Kindern und Enkeln. Ohne Rose hatte er nun über fünfzig Jahre dahinvegetiert.

Unter der Furcht, gefasst zu werden, hatte er weniger gelitten. In diesem Punkt hatte er seit seiner Flucht vor der SS die Haltung vertreten: Komme es, wie es kommen mag! Er konnte sich noch sehr gut daran erinnern, wie gelassen er dem jungen Engländer Summers im Sommer 1949 in dem Hotel gegenübergesessen hatte. Warum alle, Summers, die Angestellten des Wiedergutmachungsamtes, der zuständige Richter der Kammer und die sonstigen Beteiligten davon ausgegangen waren, dass Rebecca Kohn auch in Auschwitz umgekommen war, wusste er nicht. Er hatte sie in diesem Glauben gelassen und kassiert. Die Haushälterin der Kohns, eine Wilma Neuss, hatte gewusst, dass Rebecca mit Joseph Kohn geflohen war. Aber die war schon tot, bevor die JTC tätig wurde. Sie war durch eine Bombe getötet worden. Das hatte er noch als Lagerkommandant in Erfahrung bringen können. Müller hatte auch Bescheid gewusst, war aber 1946 gehenkt worden. Natürlich war das Risiko groß, dass Rebecca eines Tages in Europa auftauchen würde und ihr Erbe antreten wollte. Deshalb hatte er von Zeit zu Zeit den Vorsteher der deutsch-jüdischen Gemeinde in Shanghai angeschrieben und sich nach ihrem Verbleib erkundigt. Er sei ein Onkel und wolle etwas über den Verbleib seiner Nichte erfahren. Als er erfahren hatte, dass Rebecca nach Deutschland aufgebrochen war, hatte er sich auf das Äußerste gefasst gemacht. Weil er sichergehen wollte, hatte er einen Detektiv eingeschaltet. Zu seinem Glück oder Unglück - seit Roses Tod wusste er nicht und würde es nie wissen, ob gefasst oder nicht gefasst werden besser für ihn war - war Rebecca zwei Tage nach der Landung in Bremerhaven tödlich verunglückt. Sie war die einzige überlebende Zeugin, die sein Spiel hätte durchschauen können. Immerhin war er offiziell ihr Vater Detlef Kohn. Es gab auch einen zweijährigen Sohn, hatte ihm der Detektiv geschrieben, um den sich die deutschen Behörden kümmerten.

Als glücklich bezeichnete er sich nicht, als er von Rebeccas Tod erfahren hatte. Er nahm es einfach zur Kenntnis und akzeptierte es als Teil seines Schicksals, dass er wahrscheinlich nie gefasst und für seine Verbrechen zur Rechenschaft gezogen würde. Außerdem war sein Leben ohnehin eine lebenslängliche Strafe, nachdem er zugelassen hatte, dass Rose ins Gas ging.

Im Nachhinein bilanzierte er die Zeit von seiner Flucht vor der SS bis zu seiner Umsiedlung in die Schweiz als die glücklichsten der vierundfünfzig unglücklichen Jahre nach Roses Tod. Damals hatte er eine Stimme in sich zugelassen, die er als die seines Waldschrates bezeichnete. Dieser hatte ihm bewusst gemacht, dass sein Leben bei der SS von der Jugendorganisation bis zur Position des Lagerkommandanten ein Irrtum war. Dass sein zwölfjähriges rastloses Agieren für die Organisation nicht nur ein historischer Irrtum und ein schweres Verbrechen an vielen Menschen war, sondern mehr. Der Waldschrat war noch weitergegangen. Er hatte ihn davon überzeugt: Es war nicht nur ein Verbrechen an den vielen unschuldigen Opfern, sondern auch ein Verbrechen an sich selber. Seine unerbittliche Bereitschaft, seine Person, sein Leben, seine Natur diesem Moloch ergeben zu opfern, hatte ihn zum Massenmörder gemacht.

Der Waldschrat hatte ihn gelehrt, mit wie wenig Mitteln eine menschliche Kreatur glücklich werden kann und wie genügsam sie ist, wenn man ihr dabei die notwendigen Freiräume lässt. Nur in diesem Fall findet sie von ganz allein, was sie wachsen lässt und stärkt: Die simple, mit samtigem grünem Moos bewachsene Steinplatte in einem Bach, auf die man sich beim Waschen stellt, das Kribbeln auf der Haut, wenn das kalte Wasser abperlt, die Freude an der körperlichen Arbeit beim Holzhacken und der Genuss, die erste selbst gepflanzte Tomate im August zu probieren. Um diese mit einfachen Mitteln zu erreichenden Ziele für sein Selbst hatte er sich mit seiner rastlosen Opferbereitschaft gebracht! Um was zu gewinnen? Nie würde er verstehen, was er als Äquivalent dafür eingelöst hatte.

In der Schweiz war die Stimme des Schrats immer leiser geworden, bis sie eines Tages ganz aus seinem Leben verschwunden war. Um eine größere Sicherheit vor Verfolgung zu haben, war er später in die Schweiz übergesiedelt. Eine von seinem Bruder in Osnabrück zusammengetrommelte Handwerkertruppe hatte zunächst den Geheimgang in dem Schmugglerhaus repariert und renoviert. Das war fast unbemerkt von den Dorfbewohnern geschehen. Die übrige Renovierung ließ er von örtlichen Handwerkern durchführen.

Die neuen Besitzer der ehemaligen Kohnwerke hatten ihm die gesamte Summe, die sie mit der JTC ausgehandelt hatten, abzüglich der zehn Prozent für den israelischen Fonds auf sein Konto in Chur überwiesen. Wenn es nach ihm gegangen wäre, hätte er vor der Wiedergutmachungskammer schneller als die JTC einem Vergleich zugestimmt. Je länger die Verhandlungen dauerten, desto größer war das Risiko für sein Inkognito. Glücklicherweise hatte die postlagernde Adresse in Chur allen Versuchen von Journalisten standgehalten, es zu lüften. Die JTC hatte wegen des Anteils für den Fonds, aber auch wegen Summers, der von einem tiefen Hass gegenüber den

Hintermännern der Holding beseelt war, zäher und länger verhandelt, als ihm lieb war. Auf der anderen Seite hätte er sich verdächtig gemacht, wenn er einem Vergleich gegen die Meinung Summers' früher zugestimmt hätte.

Um das andere Geld, das er für den Verkauf der geraubten Gemälde über seinen Bruder erhalten hatte, musste er sich auch Gedanken machen. Die Renovierung des Hauses in Splügen erforderte viel Kraft. Er hatte keine Zeit und keine Energie, sich so um sich zu kümmern wie in dem Fachwerkhaus am Bach. Wahrscheinlich war das einer der Hauptgründe, weshalb die Stimme des Waldschrates verstummt war. Im Fachwerkhaus hatte er sich immer widerspruchslos den Ansprüchen des Schrates gebeugt. Wenn sein Körper Lust auf Holzhacken hatte, hatte er es zwei Minuten später getan. Als er sich nach einem Bad im frischen Bachwasser sehnte, fing er sofort mit den Plänen für ein Schwimmbad an. Wenn eine Nachtwanderung angesagt war, zog er die Wanderstiefel an und marschierte los. Wie ein Vogel hatte er gelebt, der sich nur mit dem Augenblick beschäftigt. Was morgen und übermorgen oder in der Zukunft passiert, hatte ihn nicht interessiert.

Bei der Beschäftigung mit Geld war das jedoch völlig anders. Da spielte die Zukunft immer eine große Rolle. Der Schrat hatte irgendwann gepasst, als er gespürt hatte, dass er nie wieder im gleichen Maße wie im Fachwerkhaus am Bach in die Gegenwart und die Liebe zu sich selbst eintauchen würde.

Ein weiterer sehr wichtiger Grund war sein Argwohn, der Schrat würde ihn schließlich dazu treiben, sich zu stellen. Seine Zeit bei der SS und im Lager – vor allem die Begebenheiten mit Rose – hatte ein unerträgliches Grauen bei ihm ausgelöst. In der Zeit, in der er in der Tretmühle war, waren ihm vergleichbare Gedanken überhaupt nicht gekommen. Inzwischen war das Ganze zu einer schrecklichen seelischen Qual geworden. Hätte er damals dem Schrat in sich das Kommando überlassen, hätte er sich stellen müssen, sich einfach vor alle Welt hinstellen und sagen: „Hier bin ich. Ich habe alle diese schrecklichen Taten begangen. Ich leide darunter und weiß, dass das allein euer Rachebedürfnis nicht stillen wird. Nehmt mich und macht mit mir, was ihr wollt." Das hätte zu einem Todesurteil geführt und er wäre endlich zur Ruhe gekommen. Diesen Weg zu gehen, war er aber zu feige, was für den Schrat bedeutete, dass er sich zurückzog und seit Langem schwieg.

Mit der Verwaltung des vielen Geldes hatte er auch ganz andere Sorgen. Es musste angelegt werden. Er musste die faszinierende Welt der Börse kennenlernen. Das Schaudern davor, dass alles zusammenbrechen könnte, wenn er ein zu großes Risiko einging und die Langeweile und Monotonie, wenn er immer nur auf der sicheren Seite stehen wollte und vieles mehr.

„Du bist mein letzter Versuch", sagte sie und stand einfach in der Haustür. Köhler hatte sich über die Klingel gewundert. Dass ihn jemand spontan besuchte, war lange nicht mehr vorgekommen. Als er noch mit Emma zusammengelebt hatte, war es keine Seltenheit. Ihre Kolleginnen, Freunde und Bekannte waren häufiger einfach vorbeigekommen. Wenn er an solchen Tagen spät aus dem Büro kam, saß eine Gruppe von Freunden und Bekannten am Gartentisch und es gab Kaffee und Kuchen. Emma war unter anderem deshalb so beliebt, weil sie die Fähigkeit hatte, solche Treffen entstehen zu lassen. Das fing damit an, dass an einem Sommernachmittag eine Kollegin von ihr vorbeikam, mit der sie sich in den Garten setzte. Beim Gespräch wurde dann über jemanden gesprochen und es fiel ein Satz wie: „Ich glaube, der ist zu Hause. Rufen wir ihn doch mal an. Vielleicht hat er ja Lust, zu kommen."

Nach diesen oder ähnlichen Mustern entstanden spontane Gartenfeste, aus denen sich von Zeit zu Zeit Grillabende entwickelten. Wenn diese Festivitäten endeten, waren alle begeistert und bedankten sich überschwänglich bei Emma, die so tat, als ob alles ohne ihr Zutun zustande gekommen wäre und den Dank abwehrte. Aber gerade dieses Zulassen von Festen war eine ihrer größten Stärken.

Es war vorgekommen, dass die Teilnehmer dieser spontanen Gartenpartys ihn nur am Rande bemerkten, wenn er mit seiner Aktentasche den Garten betrat. Einmal hatten alle gelacht, als eine Kollegin von Emma, die ihn noch nicht kannte, sein Erscheinen mit: „Emma, ich glaube, du bekommst Besuch", kommentiert hatte.

Dieser Spruch entwickelte sich bei ihnen beiden zu einem geflügelten Wort. Wenn er spät nach Hause kam oder mehrere Tage beruflich bedingt abwesend war, begrüßte ihn Emma etwas ironisch mit: „Ich glaube, ich bekomme Besuch!"

Sie fehlte ihm immer noch.

Aber wie *Mon* da vor ihm stand, etwas schüchtern und fragend, ob sie überhaupt willkommen sei, da sie ja nicht eingeladen war, auf der anderen Seite aber auch selbstbewusst: „Du hast allen Grund zur Freude, mich hier, wie ich bin, vorzufinden", das machte ihn glücklich. Außerdem war sie schön, und er freute sich sofort auf die Nacht und die Vorfreude auf die Nacht.

Sie blickten sich tief in die Augen und es war so, als würden sie sich schon Jahre kennen und nicht erst seit Freitag Abend.

„Du hast dich seit Samstag Morgen gar nicht mehr gemeldet!"

„Ich wollte dir Zeit geben, das alles noch mal in Ruhe zu überdenken."

„Papperlapapp! Vielleicht war es ja auch einfach so, dass du mich alternde Vettel nicht noch einmal im Bett haben wolltest. Dafür ist es jetzt allerdings zu spät. Du weißt ja, ich steh auf ältere Herren."

Köhlers Gesicht produzierte einen Schmollmund, bevor sie sich umarmten und küssten.

„Ich will das Zimmer von deiner Emma. Aber ich will, dass alle Möbel und Sachen von ihr rauskommen. Es soll nur mein Zimmer sein." In ihrer Stimme lag eine etwas übertriebene Entschiedenheit, so, als erwarte sie Widerspruch. Köhler antwortete nur: „Ich helfe dir beim Aus- und Einräumen."

Er war sehr glücklich über diese Entschiedenheit, mit der sie ihn haben wollte.

„Hast du Hunger?"

„Immer, das ist ja einer der Gründe, weshalb ich hier bin. O weh, ich weiß jetzt schon, wie dick und fett ich bei dir werde."

Sie gingen zusammen einkaufen und verbrachten den Abend mit Kochen, Essen, Weintrinken und Erzählen und das alles am brennenden Kamin in der Küche.

„Was gibt es Neues im Fall mit der Tasche?"

„Ach, das hab ich ja völlig vergessen. Wir beide wollen am Freitag in die Schweiz. Am besten fahren wir Donnerstag Abend."

„Schön, dass ich das auch schon erfahre."

„Jedenfalls würde ich mich sehr freuen, wenn du mitkämst. Wir können daraus ein langes Wochenende in den Alpen machen."

„Ich muss mal eben mit meiner Kollegin reden, ob sie die Praxis am Freitag alleine schmeißt."

Die Kollegin war einverstanden.

Nachdem klar war, dass *Mon* ihn in die Schweiz begleiten würde, wurde über das Freizeitprogramm und die Klamotten beraten, die man einpacken würde.

Dazu gehörte eine längere Debatte über das Armanikostüm. *Mon* hatte eigentlich vorgehabt, es dem Geschäft gegen einen Gutschein zurückzugeben. Köhler war dafür, es einzupacken. Je häufiger es getragen worden war, desto geringer die Chance, es zurückzugeben. „Ich möchte mich gerne in Begleitung einer so schicken Frau sehen lassen."

Mon war stolz und klopfte sich auf die Schulter.

An einem Abend - dafür hatte er den Freitag vorgesehen - sollte es in etwas edleren Klamotten in ein sehr gutes Restaurant gehen. Köhler wollte sich im Internet über das gastronomische Angebot in St. Gallen informieren. Das Hotel für diese Nacht sollte auch was Besseres sein.

Am Samstag und Sonntag Vormittag wollten sie wandern und sich dafür einen Landgasthof im Engadin aussuchen.

„Was willst du eigentlich wirklich in der Schweiz? Ich meine vom Wandern und abends mit mir ausgehen abgesehen?"

„Ich hab am Freitag Morgen um elf Uhr einen Termin bei der Bank von Joseph Kohn, also dem Mann, der unserer Kanzlei 1943 die Vollmacht erteilt hat.

Ich will wissen, ob danach noch Kontobewegungen stattfanden. Vier Personen hatten gemäß der Vollmacht das Recht, über die Konten zu verfügen: Die beiden Eltern Kohn, Lena und Detlef, und die beiden Söhne, Joseph und Detlef. Für die üblichen Verfügungen auf diesen Konten benötigt man Codes, also irgendwelche Zahlenreihen oder Nummern. Wer im Besitz der Codes ist, kann auch über die Konten verfügen. Jedenfalls war das damals so. Heute sind die Schweizer Banken - glaube ich - ein bisschen strenger."

„Hat Joseph Kohn die Codes in der Vollmacht genannt?"

„Natürlich nicht. Er musste ja befürchten, dass die Vollmacht von den Nazis kassiert wird. Er wollte nicht riskieren, dass sie im Besitz der Codes die Konten leer räumen.

Er hat der Bank allerdings eine beglaubigte Abschrift unserer Vollmacht gegeben und den Besuch eines Bevollmächtigten nach dem Krieg angekündigt. Dass das so spät nach dem Krieg passiert, konnte er ja nicht wissen."

„Also du gehst am Freitag zu der Bank ..."

„Wir gehen zu der Bank. Ich hab angekündigt, dass ich eine Begleitung mitbringe und die bist du."

„O.K., wir beide gehen zu der Bank. Du legst die Originalvollmacht vor, und was passiert, wenn die Bank feststellt, dass es dieselbe ist?"

„Dann wollen sie mir definitiv sagen, ob sich seit 1943 etwas auf dem Konto getan hat."

„Und dann?"

„Wenn es keine Bewegung auf dem Konto gegeben hat, spricht einiges dafür, dass die ganze Familie tot ist, oder es gibt einen Erben, der von dem Konto nichts weiß. Das muss ich dann herausfinden."

Am Freitag Morgen verließen sie Essen gegen sechs Uhr und nahmen die Autobahn über Frankfurt, Würzburg, Memmingen und Lindau nach St. Gallen. Sie wechselten sich am Steuer ab. Ihre Müdigkeit, die sie mit heißem Kaffee aus einer Thermoskanne bekämpften, verschwand erst, als sie Lindau passierten. Köhler saß gerade auf dem Beifahrersitz, als sie das Ortsschild von St. Gallen passierten und sein Handy klingelte.

„Köhler!"

Seine Sekretärin: „Na, wie geht's denn so? Viel Schlaf haben Sie heute Nacht ja nicht gehabt. Hennings will Sie dringend sprechen. Er meint, das müssten Sie noch vor dem Termin mit der Bank wissen."

„Gut!"

„Hallo Hennings, was gibt's?"

„Sie haben mich doch damit beauftragt, herauszufinden, wem die ehemaligen Kohnimmobilien jetzt gehören und ob und an wen Entschädigungen gezahlt wurden."

„Und, wissen Sie es?"

„Wussten Sie, dass unsere Kanzlei noch eine alte Kohnakte hat?"

„Nein!"

„Ich auch nicht. Aber ich habe einfach mal auf Verdacht gesucht, weil die Kanzlei vor zig Jahren mal für die Kohns gearbeitet hat, und zwar bei dem alten Aktenmaterial, was noch nach dem alten Registratursystem funktioniert. Dabei habe ich die Akte gefunden. Sie besteht quasi nur aus dem Urteil einer Wiedergutmachungskammer in Essen und einer schriftlichen Notiz Ihres Vaters, dass er das Urteil gelesen hat und der Vorgang damit abgeschlossen ist."

„Damit?"

„Mit dem Urteil. Das Urteil aus dem Jahre 1949 gibt der Klage einer Jewish Trust Corporation und einem durch sie vertretenen Detlef Kohn statt. Irgendeine Holding, die sich in der Nazizeit die Kohnimmobilien zu Unrecht angeeignet hat, wird dazu verurteilt, eine für damalige Verhältnisse riesige Entschädigungssumme, fünf Millionen Deutsche Mark, zu zahlen. Das Urteil hob damit den negativen Bescheid eines Wiedergutmachungsamtes in Essen auf. Das Geld ging zu neunzig Prozent an Kohn und zu zehn Prozent an die JTC. Das muss irgend so eine jüdische Organisation sein ..."

„Ich weiß, was die JTC ist."

„Und?"

„Was, und?"

„Ist Ihnen mit dieser Information gedient oder soll ich weiter danach forschen, wem die Immobilien jetzt gehören?"

„Nein, das ist gut so! Ich danke Ihnen sehr. Noch eine Frage: Geht aus dem Urteil irgendetwas hervor, was diesen Detlef Kohn betrifft? Ist eine Adresse oder eine Kontoverbindung genannt?"

„Nein, so etwas stand auch früher noch nicht in Urteilen. Es ist lediglich davon die Rede, dass das Geld an die JTC geht, die es dann entsprechend aufteilt beziehungsweise an Kohn weiterleitet."

„Geht aus dem Urteil irgendetwas hervor, wie man die Identität Kohns ermittelt hat?"

„Warten Sie mal! Irgendetwas in dieser Richtung habe ich gelesen, aber wenig. Hier: „Was die Identität des Sohnes von Detlef und Lena Kohn angeht, besteht zwischen den Beteiligten Einvernehmen, dass den Recherchen und Ausführungen eines W. Summers (JTC) Glauben geschenkt wird. Diesen zufolge ist Detlef Kohn das einzig überlebende Familienmitglied, während Joseph Kohn, der zweite Sohn der Familie, bereits 1945 bei einem Unfall im Exil in Shanghai ums Leben gekommen ist."

Darüber hat man sich anscheinend am wenigsten Gedanken gemacht. Den größten Teil des Urteils nimmt die Bewertung der Gutachten von Sachverständigen über den Wert der Immobilien ein. Die Anlagen und Gebäude waren alle zerstört. Das musste Kohn gegen sich gelten lassen."

„O.K., das interessiert mich im Moment nicht. Ich danke Ihnen. Sie haben mir sehr geholfen. Legen Sie das Urteil auf meinen Schreibtisch."

Er beendete das Gespräch. Sein Vollmachtgeber war jetzt schon siebenundfünfzig Jahre tot. Ein Unfall hatte ganz unspektakulär das vollendet, was den Nazis nicht gelungen war. „Was für eine Ungerechtigkeit des Schicksals", dachte er. Außerdem registrierte er, dass die Beteiligten damals vom Überleben der Nichte Rebecca nichts gewusst hatten oder schlecht informiert waren. In der Vollmacht hatte Joseph Kohn erwähnt, ihnen beiden sei die Flucht gelungen.

In diesem Moment sagte die Frau aus dem Navi: „Noch zwanzig Meter bis zum Ziel auf der rechten Seite." *Mon* parkte auf dem Kundenparkplatz der Bank.

In der Bank wurden sie von einem Angestellten in einen Besprechungsraum geleitet. Gesprächsführer war Herr Gründgens, mit dem Köhler telefoniert hatte. Er hatte sie schon erwartet und gab sich sehr aufgeschlossen. Nach dem anfänglichen small talk kamen sie zur Sache. Köhler legte die Vollmacht von 1943 vor. Es war eine exakte Kopie der Vollmacht, die der Bank seit neunundfünfzig Jahren vorlag. Kohn hatte mit Kohlepapier gearbeitet.

Gründgens räumte ein, er habe die deutsche Schrift auch nicht lesen können. Man sei aber zu dem Ergebnis gekommen, die Übersetzung Köhlers, die er der Bank per E-Mail hatte zukommen lassen, zu akzeptieren. Sie würden ihm Einblick in die Kontobewegungen geben. Um die Sache zu vereinfachen, waren die alten, handschriftlich verfassten Auszüge gescannt worden und Gründgens ließ sie mit Power Point an die weiße Wand des Raumes werfen.

Kohn hatte sich im November und Dezember 1942 und im Januar 1943 Geld auszahlen lassen. Die größte Summe war im Januar 1943 dem Konto einer Lisa Fallinghaus gutgeschrieben worden. Eine etwas geringere Summe, hunderttausend Schweizer Franken, hatte sich Kohn Mitte Januar, also kurz vor seiner Flucht, auszahlen lassen. Danach hatte sich auf den Konten der Familie überhaupt nichts mehr getan. Außer, dass von Jahr zu Jahr die entsprechenden Zinsen gutgeschrieben worden waren. Insgesamt befand sich eine Summe von über zehn Millionen Schweizer Franken auf den drei Konten.

Die Frage, ob er Zweifel an den Gutschriften beziehungsweise ihrer Höhe habe, verneinte Köhler. Für die Bereitschaft Gründgens', diese Unterlagen nach Essen in sein Büro zu mailen, bedankte er sich.

Ob sie sonst noch irgendetwas für ihn tun könnten?

Köhler fragte, ob irgendwelche Bemühungen dokumentiert seien, dass im Laufe der Zeit eine andere Person Zugriff auf das Konto haben wollte, was Gründgens verneinte.

Köhler war ganz ruhig und dabei, diese Informationslage erst einmal zu verdauen.

Dann kam das Gespräch darauf, wie es nun weitergehe mit den drei Konten und ob sich Köhler schon entsprechende Gedanken gemacht habe.

„Wenn Sie uns einen Erbschein oder ein entsprechendes Dokument vorlegen, das beweist, wer die Familie Kohn beerbt hat, werden wir augenblicklich den Verfügungen zustimmen."

„Ich bin auf der Suche nach den Erben. Zuerst wollte ich überhaupt einmal wissen, ob sich seit 1943 etwas auf den Konten bewegt hat. Nach meiner Kenntnis sieht die Rechtslage etwa folgendermaßen aus: Für den Fall, dass es keine Erben gibt, steht das Vermögen dem Staat Israel zu. Allerdings würde ich gerne erfahren, ob Ihnen bekannt ist, dass ein gewisser Detlef Kohn 1949 eine große Entschädigungssumme für das Kohnvermögen in Essen erhalten hat."

Bei der Erwähnung des Namens Detlef Kohn tat sich etwas in Gründgens' Gesicht. Es schien, dieser Name sagte ihm was.

„Herr Köhler, ich bin mir zwar nicht sicher, aber ich glaube, dass ich Ihnen bei der Suche nach einem Erben helfen kann. Sie verstehen, es handelt sich möglicherweise um einen Kunden unserer Bank, der Anspruch auf das Bankgeheimnis hat. Deshalb muss ich ein wenig recherchieren und telefonieren. Was halten Sie davon, wenn wir das Gespräch für eine halbe Stunde unterbrechen? Wenn Sie wollen, bleiben Sie hier sitzen. Ich veranlasse, dass Sie und Ihre Begleitung noch einen Kaffee bekommen."

Natürlich waren sie einverstanden. Er wäre zu gerne Zeuge bei diesen Recherchen gewesen. Der Name Detlef Kohn als Erbe eines großen jüdischen Vermögens und Kunden seiner Bank musste Gründgens bekannt sein, und er nahm ihm nicht ab, Detlef Kohn erst ab heute als potenziellen Eigentümer der Konten in Betracht gezogen zu haben. Spätestens bei dem Telefonat, das er mit ihm anlässlich der Vollmacht geführt hatte, musste es bei ihm geklingelt haben, als er den Namen Kohn hörte. Wenn Detlef Kohn - der Mann musste inzwischen an die neunzig Jahre alt sein - über die neu aufgetauchten Kohnkonten verfügen könnte, ihm konnte das nur recht sein.

„Hört sich interessant an", sagte *Mon*. „Wenn Gründgens einen Erben präsentiert, kannst du deines Amtes walten und den Fall beenden."

„Abwarten", antwortete Köhler lakonisch.

Mon nahm erstaunt und angetan Köhlers berufliches Auftreten zur Kenntnis. Der Mann, der privat eine Spur redselig war, gab sich hier knapp und sehr zielstrebig. Es gefiel ihr, wie die Jovialität von Gründgens an ihm abprallte.

„Es tut uns leid, dass Sie so lange warten mussten. Es ist auch gar nicht so einfach, den alten Herrn ans Telefon zu holen. Normalerweise finden die Kontakte zu Herrn Kohn in unserer Filiale in Chur statt. Wenn Sie wollen, können Sie mit ihm Kontakt aufnehmen. Er bittet Sie um einen Besuch bei sich daheim." Gründgens schob einen Zettel mit einer Adresse in Splügen über den Tisch.

„Splügen ist ungefähr einhundertfünfzig Kilometer von hier entfernt. Wenn Sie mit dem Pkw fahren, benötigen Sie ungefähr zwei Stunden. Sie können Herrn Kohn heute oder morgen ohne Anmeldung erreichen. Wenn Sie später kommen, sollen Sie erst mit uns sprechen. Er freut sich auf Ihren Besuch.

Herr Kohn ist schon seit vielen Jahren unser Kunde, wenn er wirklich Erbe ist, kann er selbstverständlich über die Konten verfügen. Natürlich hätten wir gerne einen Erbschein oder ein anderes Dokument, das seine Identität bescheinigt."

Köhler wollte sich darum kümmern und sich später melden. Das Gespräch war beendet.

Eine wichtige Frage war im Raum stehen geblieben und weder von Köhler noch von Gründgens angesprochen worden: Warum hatte Kohn nicht schon längst über die Konten verfügt? Warum hatte er die Summe neunundfünfzig Jahre unangetastet gelassen, obwohl er die entsprechende Kontozugangsberechtigung und natürlich auch die Codes haben musste?

Genau diese Frage stellte *Mon*, als er am Steuer ihres Golfs das Schild für die Autobahn nach Chur suchte. Das Navi war schneller und befahl ihm, in zweihundert Metern rechts abzubiegen. Auf der Autobahn sollten sie nach hundertvierzig Kilometern nach Splügen abbiegen. Vorher aßen sie im Mövenpickrestaurant der Raststätte Heidiland ein Baguette und tranken Cappuccino.

Splügen März 2002

Der Alte saß nach dem Besuch bewegungslos auf der Bank vor seinem Haus und wartete. Seine Füße steckten in dem abgewetzten Fußsack aus Samt und Kaninchenfell. Im Grunde war sein Leben, seit er 1949 nach Splügen gezogen war, ein einziges Warten und heute wusste er auch, worauf er die ganze Zeit gewartet hatte.

Der Anwalt, der ihn am Nachmittag mit seiner schönen Freundin besucht hatte, hatte den größten Teil seines Geheimnisses gelüftet. Er könne nicht Kohn sein und wenn er nicht Kohn sei, wer er dann sei. Er hatte nicht widersprochen und zuerst kommentarlos geschwiegen. Unfreundlich war er dabei nicht gewesen.

„Ich bin kein Polizist. Aber ich werde verhindern, dass Sie sich das Geld von den Konten der Familie in St. Gallen auch noch widerrechtlich aneignen und wenn ich wider Erwarten einen Erben finde, müssen Sie die Entschädigungssumme, die Sie damals bekommen haben, auch zurückzahlen und zwar mit Zinsen. Falls etwas davon übrig ist."

Er hatte genickt.

„Sie meinen von dem Geld ist noch etwas da?"

Dann hatte er sein Schweigen gebrochen und alles, mit Ausnahme der Zeit bei der SS und im Lager, gestanden. Darauf, dass Letzteres herauskäme, würde er nicht lange warten müssen. Das Vermögen sei inzwischen gewachsen, weil er gut mit Geld umgehen könne. Danach hatte er den beiden erzählt, dass Rebeccas Sohn heute Winfried Mut heiße und Taxifahrer in Hildesheim mit einer Frau und zwei Kindern sei. Die Adresse hatte er schon vorher herausgesucht und präsentierte sie auf einem Zettel, den er aus der Innentasche seines Jacketts zog. Auf ihre Nachfrage hatte er ihnen von dem Detektiv, den er damals engagiert hatte, berichtet und dass er sich von Zeit zu Zeit nach dem Werdegang von Joseph erkundigt hatte. Immerhin sei er formell dessen Großvater. Als er der Meinung war, dass sie genug wussten, hatte er das Gespräch abgebrochen und ihnen eine gute Heimreise gewünscht. Er wollte sie loswerden und wieder mit sich allein sein.

„Ich weiß es nicht", hatte er auf die Frage des Anwalts geantwortet, der ihn beim Abschied noch danach fragte, wie es denn nun weitergehe.

Seine Haushälterin war heruntergekommen und hatte erklärt, Herr Kohn müsse sich nun hinlegen.

Seit sie gegangen waren, was nun über eine Stunde her war, saß er auf der Bank vor dem Haus, wie fast jeden Abend. Die Haushälterin stellte ihm einen Tee auf die Bank, den er stehen ließ und später lauwarm trank.

Sollte er etwa darauf warten, dass man seine Vergangenheit als Lagerkommandant aufdecken würde? Irgendein Mensch, wahrscheinlich ein israelischer Geheimagent, jedenfalls nicht der Anwalt, würde sich fragen, wie er damals an die Papiere von Detlef Kohn gekommen war. Es war eine Frage der Zeit, bis das herausgefunden wurde.

Er würde auch nicht mit dem Anwalt über das Vermögen streiten, sondern einfach bezahlen und auf ein benanntes Konto überweisen: Aus die Maus.

Das Haus würde die Haushälterin erben, die wahrscheinlich verkaufen und nach Chur ziehen würde. Als sie ihn gegen achtzehn Uhr hereinholen wollte, war er tot.

Der Arzt stellte Herzversagen fest. Ob der Alte wirklich eines natürlichen Todes gestorben war, interessierte niemanden.

Am 11. Mai 1945 verabschiedet der Oberbefehlshaber der US-Streitkräfte, General Eisenhower, die Direktive JCS 1067. Nach dieser ist Vermögen, das in Deutschland geraubt oder unter Zwang hatte verkauft werden müssen, zurückzuerstatten.

Experten schätzen die durch Arisierung und fiskalische Ausplünderung der jüdischen Bevölkerung entstandenen Schäden gemäß heutiger Kaufkraft auf 80 Mrd. Euro.

Kurzer Überblick zu den historischen Rahmenbedingungen

Die amerikanischen Besatzer waren befugt, direkt einzugreifen. In der britischen Zone vertrat man zunächst die Auffassung, die Deutschen sollten diese Fragen eigenständig lösen.

Im März 1946 beauftragt die amerikanische Militärregierung den Stuttgarter Länderrat - Vertretung der Deutschen gegenüber der Militärregierung - mit der Ausarbeitung einer gesetzlichen Regelung zur schnellen Rückerstattung geraubten Vermögens. Die Militärregierung wies mehrere Male Versionen dieser deutschen Entwürfe zurück.

Der Länderrat bestand darauf, nur solches Vermögen zurückzuerstatten, das durch staatliche Maßnahmen entzogen war. Private Eigentumsübertragungen sollten ausgeklammert bleiben, weil in diesen Fällen nach dem Bürgerlichen Gesetzbuch (BGB) zu verfahren sei. Der sogenannte „gutgläubige" Erwerb des BGB hätte es vielen beraubten Eigentümern sehr schwer gemacht, ihr Vermögen zurückzuerhalten. Die Beweislast oblag denen, deren Eigentum geraubt war. Für Erben, die die Eigentumsübertragungen nicht selber erlebt hatten, hätten sich besondere Probleme ergeben.

Im November 1947 verabschiedet die amerikanische Militärregierung das Militärgesetz 59. In diesem war der „gutgläubige Erwerb" nicht geschützt. Private Eigentumsübertragungen blieben nicht ausgeklammert. Deutsche Gerichte waren zuständig. Ein Board of Review, der bei der Militärregierung angesiedelt war, fungierte als Revisionsinstanz. Erbenloses jüdisches Eigentum sollte nicht dem deutschen Fiskus zufallen, sondern jüdischen Treuhandorganisationen übertragen werden, die es dem sich in Gründung befindenden Staat Israel zur Verfügung stellen sollten.

Briten und Franzosen wollten diesen Weg zunächst nicht mitgehen. In der britischen Zone wurde erst im Mai 1949 ein Rückerstattungsgesetz verabschiedet, das sich an dem in der amerikanischen Zone orientierte. Die Verabschiedung kam erst auf erheblichen Druck der amerikanischen Regierung in Washington und von jüdischen Organisationen in Amerika und Großbritannien zustande. Die offizielle Einbeziehung von jüdischen Treuhandorganisationen z.B. JTC - Jewish Trust Corporation – in dieses Gesetz folgte noch ein paar Monate später.

Viele Deutsche lehnten diese Rückerstattungsgesetze zunächst als „Siegerjustiz" ab. Da aber in deutschen Ämtern (Wiedergutmachungsämtern) und Gerichten (Wiedergutmachungskammern) verhandelt wurde, schien diese Einstellung auf die Verhandlungen in Ämtern und Gerichten abzufärben. Oftmals wurden Beamte, die an der Arisierung beteiligt worden waren, als sogenannte Fachleute auch in das Wiedergutmachungsverfahren mit einbezogen.

Unter Konrad Adenauer wurden 1952 mit dem Überleitungsvertrag die Voraussetzungen für ein deutsches Rückerstattungsgesetz geschaffen. Das Bundesrückerstattungsgesetz (BrüG) von 1957 regelte ausschließlich die Rückerstattung bei „Geldverbindlichkeiten des Deutschen Reiches und gleichgestellter Rechtsträger". Die private Rückerstattung, die zum Großteil in der Mitte der fünfziger Jahre abgewickelt war, wurde weiterhin nach den Rückerstattungsgesetzen der Besatzungsmächte durchgeführt.

Beim Schreiben dieses Romans habe ich mich bei Bedarf mit dem historischen Rahmen „Drittes Reich", aber noch mehr mit der Zeit danach, der Restitution, Rückgabe jüdischen Eigentums, beschäftigt. Dabei hat mir die Studie von Jürgen Lillteicher „Raub, Recht und Restitution", die als eines der einschlägigsten Werke zu diesem Thema gilt, sehr geholfen. Es handelt sich um ein Werk mit mehreren hundert Seiten, das quasi ohne Fachchinesisch auskommt und inzwischen auch als Buch erschienen ist.

Es geht vorwiegend um die Zeit von 1945 bis zum Beginn der fünfziger Jahre, über die ich bis dahin nur sehr wenig wusste. Ich nehme mir die Freiheit heraus, wesentliche Punkte der Aussagen Lillteichers zu referieren.

Der Autor